时间的舞者

The Dancer of Time

杨单树 著

上海三联书店

目　录

序

第一诗章　诗
（0001-0274）

0002　致上帝

　　　　旧约·创世纪

　　　　新约·创世纪

　　　　伊甸园

　　　　末日审判

0010　致安徒生

0012　致但丁

0016　致荷马

0018　致荷尔德林

0021　致弥尔顿

0022　致莎士比亚

0025　致约翰·班扬

0026　致维吉尔

0027　致埃斯库罗斯

0028　致索福克勒斯

0030　致阿里斯托芬

0031　致何塞·埃尔南德斯

0032　致英格兰·贝奥武甫

1

0033　致法兰西·罗兰之歌

0034　致西班牙·熙德之歌

0035　致俄罗斯·伊戈尔出征记

0036　致日耳曼·尼伯龙人之歌

0037　致冰岛·埃达

0038　致波斯·菲尔多西

0039　致雨果

0040　致陀思妥耶夫斯基

0042　致托尔斯泰

0044　致卡夫卡

0046　致波德莱尔

0048　致金斯伯格

0051　致伍尔夫

0053　致茨维塔耶娃

0056　致帕斯捷尔纳克

0057　致米什莱

0058　致庞德

0060　致康拉德

0061　致托马斯·曼

0062　致乔伊斯

0065　致萧伯纳

0066　致索尔仁尼琴

0067　致戈尔丁

0068　致怀特

0069　致索尔·贝娄

0070　致赫尔曼·黑塞

0072　致梅特林克

0074　致库柏

0075　致布莱希特

0076　致佛朗索瓦丝·萨冈

0077　致赫拉克利特

0078　致亨利·米勒

0080　致约瑟夫·赫勒

0082　致皮蓝德娄

0083　致帕尔·拉格维斯

0084　致劳伦斯

0085　致卡尔维诺

0087　致里维拉

0089　致艾特玛托夫

0090　致莫拉维亚

0091　致多诺索

0092　致何塞·马蒂

0093　致费尔南多·德尔

0094　致希门内斯

0096　致苏利·普吕多姆

0098　致博尔赫斯

3

0101　致福楼拜

0102　致昆德拉

0103　致格雷厄姆·格林

0104　致萨特

0107　致卢卡·德代纳

0108　致普希金

0109　致塞利纳

0110　致王尔德

0111　致伊索

0112　致奥维德

0114　致金敦·沃德

0116　致乔治·波格

0117　致贝克特

0118　致达·芬奇

0119　致米洛拉德·帕维奇

0120　致圣·德克旭贝里

0121　致威廉·魏特林

0122　致米歇尔·戴翁

0123　致安德烈·别雷

0124　致席勒

0125　致罗伯·格里耶

0126　致纳博科夫

0127　致特吕弗

0128 致梅里美

0129 致玛格丽特·劳伦斯

0130 致拉伯雷

0131 致多丽丝·莱辛

0132 致约翰·高尔斯华绥

0133 致海子

天地人

0156 致阿拉贡

0157 致福克纳

0158 致诺曼·马内阿

0159 致皮埃尔·维达尔—纳杰

0160 致奥莱纳·瓦诺依克

0161 致让—诺埃尔·罗伯特

0162 致印卡·加西拉索·德拉维加

0163 致让·韦尔东

0164 致吉尔伯特·默雷

0165 致海德格尔

0166 致鲁多夫·洛克尔

0167 致查尔斯·兰姆

0168 致马塞尔·普鲁斯特

0169 致让—皮埃尔·维尔南

0170 致加斯东·巴什拉

0171 致比亚兹莱

0172 致赫·乔·韦尔斯

0173 致丹皮尔

0174 致巴兹尔·戴维逊

0175 致伯恩特·卡尔格—德克尔

0176 致德图良

0177 致 E.A.韦斯特马克

0178 致赛珍珠

0179 致孟德斯鸠

0180 致西塞罗

0181 致普林尼

0182 致杰克·凯鲁亚克

0183 致恩培多克勒

0184 致布尔加科夫

0185 致乔叟

0186 致苏格拉底

0187 致维特根斯坦

0188 致尼采

0189 致叶芝

0190 致贝尔

0191 致考门夫人

0192 致法兰西

0193 致欧罗巴

0194 致西方画家

0195　致圣童

0196　致神圣罗马皇帝查理五世

0197　致艾略特

0199　致里尔克

0201　致歌德与拜伦

0203　致格林兄弟

0204　致村上春树

0205　致三岛由纪夫

0206　致阿多尼斯

0207　致爱德华·W.萨义德

0208　致帕慕克

0212　致哈亚姆

0213　致波斯·萨迪

0214　致迦梨陀娑

0215　致顾城

0217　致郁达夫

0218　致鲁迅

0219　致张承志

0220　致杨炼

0222　致昌耀

0239　致中国少数民族女诗人

0240　致杨小伦

诗人的追问

诗人座右铭

0241　致冉仲景

诗人的回答和沉默

0242　致野牛与夏加

0243　致马松

0244　致大豆

0245　致王小瓜

0246　致诗人

诗人墓志铭

0247　致雪域高原

0248　致德格印经院

0249　致中国

天地人

0250　致古埃及

0251　致恒河

0252　致所罗门之书

0254　致黄金海岸黑人的上帝

0255　致古希腊诸神

0256　致奥古斯丁

0257　致以赛亚

0258　致穆罕默德

0259　致耶稣

0260　致佛陀

0261　致俄耳甫斯

0262　致赫耳墨斯

0263　致靡非斯陀

0266　致毛利人的上帝

0267　致摩诃婆罗多·毗耶娑

0269　致巴比伦·吉尔伽美什

0271　致格萨尔王

0272　致仓央嘉措

0273　致人类

天·地·人

第二诗章

乐

人的创世纪

（0275-1044）

上篇　墓中船·时间·墓地

0278　方舟　驶向彼岸

0281　你居留的高度接近神灵

0286　为死亡之物重新命名

0288　在月光中写诗成为人子

0291　诗人终生在星光中流浪

0295　关怀上帝与真理

0297　我　爱我的人类

0303　月亮是灵魂唯一的陪伴者

0305　在太阳下面点亮一盏灯

0310 世界是死亡与时间拼凑的记忆

0314 冥界的河流呼唤地狱

0318 幻想中的地狱王子

0321 我的孤独是被天空追逐的鸟

0326 人类是神的风孩子

0329 地狱里没有冬天

0332 心空上的花已经开了

0337 死亡是一把温柔的伞

0340 风没有疼痛

0342 追忆和怀念是月亮的眼睛

0345 火焰结冰的冬天

0347 醉了的是眼泪 呼唤的是血

0349 远方比远方还远

0352 死亡是最后的义务

0354 跋涉吧 在存在的深渊之中

0356 在天堂 死亡的名字叫作爱

0358 风用人类的语言向月亮布道

0360 天空中没有邪恶

0364 生命注定在高处

0368 人类不应该是存在的旁观者

0374 只有人需要人类和世界

0380　每一首诗都是天国

0382　我活在你毁灭的光之中

0383　火焰是飞翔的另一种形体

0384　心的方向

0385　神性在草尖上

0386　果核里有上帝

0387　用目光掌握了黑夜

0388　跟不上你的死

0389　死在星星和你梦里

0390　追随青苹果的远方

0392　死亡是铭刻在风墙上的手稿

0395　你必经历果实

0397　你死在死亡的彼岸

0398　在你之前时间没有意义

0400　天空存在着巨大的神秘

0402　我们是被我们亲手写下的历史

0404　我选择深渊

0405　与风与天空与石头战争

0407　死亡正在成为风和思想

0409　还没到收割生命的时候

0412　夏天　我们去遥远的秋天

0414 看太阳从月亮中升起

0419 风在想象的彼岸回荡

0422 火光中飞向天空的一只鸟

0425 诗歌是一个人和上帝最后的宗教

0427 如果 没有上帝

0428 上帝 死亡和爱

0429 你在坟里高出了我的视线

0435 死亡不是我的岳父

0437 我可以从上帝到达你

0439 你的眼睛在星空的高处

0442 昨天仿佛还是将来

0444 人类不再相信星星

0446 在萤火虫的高度

0451 你永远是同一片彩霞

0453 你错过了世界的毁灭

0459 一千种可能最终归于绝望

0461 以什么方式把生命带得遥远

0463 你只能走到太阳的尽头

0465 山谷里只有风在欣赏

0467 鸟在回忆中更遥远

0468 你的声誉由风和鸟传送

0469 远方被简化成远和无限远

0471 太阳是最赤裸的风景

0474 蓝色的风吹开一朵莲花

0479 我只要睡眠中和平的呼吸

0482 或许 还有时间

0487 地狱唯独不是爱

0490 把生命也把死亡推向历史

0492 上帝在我们的沉默中沉默

0495 我在群山之中观想你

0497 去 诀别来生

0502 唐朝的诗人

0506 想你的时候 十字架是蓝色的

0510 如果河流没有教会我们怀念

0513 对一枚芒果的想象

0519 地狱很遥远 恍如梦境

0525 为了信仰

0529 灵魂是存在唯一的表达

0531 还不够去毁灭或创造

0533 就像香巴拉

0535 谁永恒地停在时间之上

0537 只有活着才有权利去死

0539 爱情是上帝唯一没有预言的

0541 上帝从未敲响过丧钟

0543 我们一同看见过霞光映照的地平线

0546 你对生命的理解比死亡深刻

0548　一首未完的歌期待明天

0549　鹰羽上的时光

0551　世界仅是一片沉寂

0553　你突然从我梦中醒来

0554　以万物的名义

0556　有的风景令人绝望

0559　一个相信天使的世界

0564　从镜子里看你形成的脸

0568　瞬间即一切

0572　死神吹的口笛

0580　河流唤醒了天上的云

0584　在孤独中守望和孕育死亡

0588　重新学习诞生和告别

0593　你高悬在天穹上的存在命题

0596　把轮回中的景象说给世界听

0599　没有真正意义上的过去

0602　神站在你空墓的四周

0608　没有绝对因此你就是绝对

0612　在关于时间和树的梦境中

0620　在来世的一片阳光下战栗

0626　把欢乐永远留给人类

0629　对于上帝眼睛是多余的

0633　想象是我的边疆

0636　我相信永恒

0640　天空对于眼睛是蓝色的

0644　是什么时候了

0646　绝望者唱给苍天的歌

0649　我们相隔一片未知的时空

0653　一直走到梦或死亡的中心

0657　在大地你是拉长的时间

0661　美就诞生

0664　在苍穹的背后

0666　从河流或火开始

0670　这是喜鹊在另一个世界

0672　道和路可以选择

0673　背负形骸的旅行

0678　墓地是一次向上的朝圣

0680　诗歌终将成为人类的信仰

0684　你用死亡命名的唯一一棵树

0687　一次沉默便永远沉默

0689　荒野是树和灵魂在世界的名字

0693　鸟儿　天使和云

0695　不管黑夜有多么黑

下篇　墓中船·时间·情歌

0700　欢乐是大地最朴实的景象

0705　你是电闪雷鸣的挽歌

0708　我们在大地上留下黑色的眼睛

0713　未来不是一部死亡之书

0724　你的名字叫冥河

0727　时间的终点站着上帝

0732　用一生写一部史诗给上帝

0736　你　安息吧

0739　竹笛是一棵树　是墓碑

0741　爱你的　是人类

0742　到达真理的船

0747　每一个日出都是最后的日出

0749　对鱼来说水就是真理

0752　世界是大地和道路

0757　群体没有梦和祖国

0762　你是人类与星空最短的距离

0765　死亡的一束阳光

0767　还有月光留下的印迹

0769　我已站在你的墓前

0773　在深渊中种一棵树

0776　地狱不仅属于人类

0779　活在白天与黑夜之上

0781　美丽与孤独对于鸟是必须的

0784　存在即命运

0786　一生行走在上帝的路上

0788　从天空取出阳光　闪电和思想

0794　用翅膀　风　自由为天空命名

0796　红得像大提琴的秋天

0800　音乐是喇叭花和教堂

0803　风吹过地狱

0805　莲花上的露珠和光芒

0808　你在水中或火中风雨无阻

0811　飞翔中有黎明和彩霞

0813　阳光透过坟墓照进死亡

0815　死亡拒绝了战争

0820　坟墓没有凯旋门

0823　从墓地重返上帝和人类

0826　无限堕落或无限上升

0831　神　无法唯物

0834　世界足够我们堕落和爱

0838　一部色彩的法典

0844　绝对的中心

0849　月球上的影像

0854　历史或花朵

0857　我们一起亲手构建死亡

0861　带着各自的绝路旅行

0864　有物将来自天空

0866　抒情到死亡和太阳

0868　历史是农业和一条干涸的河流

0872　从诸神的思想中醒来

0875　黑暗的寓言

0878　我梦见一千只眼睛的鱼

0880　死亡是我最后交还给天空的思想

0881　找一座山或一棵树用来怀念

0883　把你和世界带到遥远的将来

0887　心中坐着一棵树

0889　梦与花的课题

0891　没有发出的未来之书

0894　灵魂没有地址

0899　纸和月亮　太阳和匕首

0900　另一个世界的史诗

0903　放下一个世界或一块墓碑

0906　向墓地学习死亡和存在

0909　不敢想象没有女人与远方的爱情

0912　真理大到无言

0916　想象之外另一类辽阔

0918　想即远

0927　在时间的深处疼痛

0931　我也想成为死亡的景象

0935　你带着世界远行

0938　你在我的永远中

0941　你只剩下无限苍茫

0946　谁还会为月亮写一首情诗

0951　寂静如岩石里的岁月

0954　我从今不再笑谈绝望和深渊

0958　一半是存在　一半是虚无

0961　没有第三种死亡

0965　在星星面前谁敢说自己是真实的

0969　爱与死亡你都无法拒绝

0973　你的眼睛白色在消失

0977　仅有万物和大地还不够

0981　教你风和远山

0983　绝望是一种心境

0985　你归于一切夜晚

0987　未来充满了悬念

0990　以另一种幻美的形式

0993　在你之外　我不言上帝

0996　在风的两边

1004　你选择了更高的道

1009　存在的符号

1012　我们只有一次生命

1017　在时光中重建你失落的信仰

1020　美永久的凝固便是地狱

1023　与真理平行的道

1026　把天堂留给最需要的人

1029　想象还是梦境

1032　蓝色融化在蓝天之中

1036　宇宙的预言

1039　没有颜色的树是一棵悲伤的树

1043　灵魂志

1046　四季

　　　　五　月

　　　　六　月

　　　　七　月

　　　　八　月

　　　　九　月

　　　　十　月

　　　　十一月

　　　　十二月

　　　　一　月

　　　　二　月

　　　　三　月

第三诗章

舞

（1045—1140）

20

四月

1061　青藏高原

山

路

冰川

圣地

鸟

1075　核桃树　石头和鸢尾花

怀念　与死亡和世界无关

那是在冬天

大渡河边一棵树

1082　雪菊

朝向远山

雪菊

以你灵魂的名义

1088　阳光的雕塑

门

心向

蹈火者

想象之远

风碑

如歌的思想

1104　献给海和天空的情歌

1月1日

2月2日

3月3日

4月4日

5月5日

6月6日

7月7日

8月8日

9月9日

10月10日

11月11日

12月12日

1118　鹰笛与雪域

止于怀想

坛城心镜

与你空行

云水谣

无性别的词

冬祭

始于怀想

天上的葬礼

附录一

1141　杨小伦诗文

 附录二

1192　时间的巫者（大豆）

1243　不为诗歌生　但为诗歌死（大豆）

 代后记

1259　大巫，永远在天地间吟唱（王小瓜）

序

（留给永远的未来和人类）

第一诗章　　诗

致上帝

旧约·创世纪

0

上帝说要有光就有了光

1

上帝说要有光就有了

光

2

上帝说要有光就有

了

光

3

上帝说要有光

就

有了

光

4

上帝说要有
光
就有
了

光

5

上帝说要
有光
就
有
了

光

6

上帝说

要有

光

就

有

了

光

0

上帝

说

……

新约 · 创世纪

0

上帝说要有光就有了光

1

上帝说要有光
就有了光

2

上帝说要有
光就有了
光

3

上帝说要
有光
就有了
光

4

上帝说
要有　光
就
有了
光

5

上帝

说

要

有

光

就有了　光

6

上

帝

说要有

光就

有

了

光

0

上帝说

……

伊甸园

1

起初
神创造天地
地是空虚混沌
渊面黑暗
神的灵运行在水面上

神说
要有光
就有了光

2

神啊
你为什么站在远处
你以黑暗为藏身之处
你的路在水中
你的左手伸到海上
右手伸到河上

在一切的深处
天上的天

和天上的水

3

眼睛是身上的灯
你的眼睛亮了
全身就光明

当树枝发嫩长叶的时候
你们就知道夏天近了

凡动刀的必死在刀下
他的相貌如同闪电
他从水里一上来
就看见天裂开了

末日审判

你们不可与兽淫合
女人也不可站在兽前
与它淫合

不可叫你的牲畜与异类配合

你们
要圣洁

你们可以堕落成为野兽
也可以再生如神明

致安徒生

你对靴子的关注和对上帝的关注一样
你爱上帝和人
你在歌唱中活着
在歌唱中死去

你是我见过的最美的死者
每个尸体都是死神园子里的草
一棵大树包括上帝
世界和永恒
你相信我们死后都能长出翅膀

心是恬静的
天空就是蓝的
我在她最美的梦里看到了你
一首歌　一只曲　一大把心的声音
最好的地方是家

从第一朵玫瑰中长出一只鸟
一座坟墓支撑着彩虹

拿着花环的姑娘
至今还在歌里活着
她穿着高跟红鞋
裙子上有蝴蝶结

猫舔着爪子上的阳光
你想着哪里
就可以飞到哪里
我看见了《花》的歌手
在最孤独的时刻
玫瑰一朵接着一朵绽放

太阳照在一片荡漾着的植物世界上
你把沼泽里的一滴水举向太阳
眼睛变成了燃烧的空气
思想变成了文字

你心中想着死亡
在睡梦里梦着人类
没有迹象表明
你是在雾霭中出生的

致但丁

一

你来自你愿意回去的地方
下船吧
这里是入口

树叶不是绿的
而是幽暗的颜色
先长成一棵树苗
然后长成一棵野树

现在来吧　来吧
把散在各处的树叶集在一起
你活着是什么
死了还是什么
去经历太阳背后的无人之境

把船首掉转过来向着早晨
这里不像黑夜也不像白昼

黑夜又来了
我必须离去

那边是黄昏
这里正是早晨
还没有人看到最后的时辰
阻碍我往上走去的是夜的黑暗
你听那些绿色的翅膀划破天空

先白昼而来的黎明
把爱解释给我们听
用牙齿咀嚼空气
因此桑树变成了红色
让你自己的欢乐引导你
愿你的美受到祝福

一身洁净
准备就绪
就飞往星辰
用你的光把我们提升到你那里
要倾听
要相信
天上到处是乐园

一边歌唱一边消失
你并不忏悔
只是微笑
天堂不仅在你双眼里
我们向你微笑
立刻化为灰烬

你飞得更快
不是因为有更大的爱
有些事物在天上也无法看到
那么　开始吧
说出你的心灵集中在哪一点
这条
光的河流

二

你们的痛苦触动不到我
从你走进罪恶之渊
月亮下面的金钱
坟墓的热度高低不等
在上挥开那天火
在下撒开那热沙

上面画着一只洁白如奶的鹅
在那里你发现了另外一条沟
在这里不应当再有怜悯

把一个变为蛇
把另一个变为泉水
你没有死亡　你只是失去了生命
此处从未有人航行而来
也从未有人扬帆而去
呵　　空虚的影子
空虚到只有外貌

你并非有罪而失去天国
你是从地狱里来
还是从别的地方来
永久的火和暂时的火你都看见过了

你已清净准备上升于群星
你睫毛上的第一个和第五个灵魂
从前因信仰而步行于海上
在地上
你的身体是大地
同火星交换羽毛
假使你是　鸟

致荷马

一

你同黑夜一道降临
你已经见过诞生
成长和死亡
一头白公羊
一头黑母羊
还有太阳
黑暗落在你的眼睛上
管天门的是时间

一手抓住丰产的大地
一手抓住闪光的大海
一个早晨
一个夜晚
一个中午
你跑过了瞭望台
你跑过了
迎风摇曳的无花果树

二

随便从哪里开始
他是什么人　从哪里来　他坐的什么船
一部在日落之地
另一部在日出之地
岁月流转到了第四年
在你去过的地方
海洋如此辽阔
那里没有风吹雨打也不落雪

我很想拥抱你
虽然是在阴间
你是什么人　从哪里来
你是乘什么船来的
你说话的时候
一只鹰在右边飞过

我的甜蜜的光明
只要你活着
看到世上的阳光
用咒语止住黑色的血
今天
是万众欢腾的节日

致荷尔德林

一

在呼吸和运动的地方
献给少女的感人的歌
天上的花将与大地上的花一起开放

谁在临终前的最后一天
远道而来
你以永恒的神为起点
过去和将来
对歌手一样神圣

明天或将来
我们一起去野外
看长势喜人的田野
你生活过
像神一样

二

太大的光亮
把诗人置于黑暗中
神灵的传达者早已离去
我要亲身去存在
诗意地栖居在大地上

俄狄浦斯王有一只眼睛
也许已太多
只有偶尔人能承受全部神性
生活
便是对诸神的梦想

三

为爱而生
也为痛苦而生

神从高处引领大地
还没有人能承受最高的欢乐

生命

值得痛苦

与你一同
被风景和岁月埋葬

致弥尔顿

神就是光
空气
地球
天国
和一轮皓月
你超不出上天的允诺

你呼唤的是意义
不是名字
要坚强
要幸福地生活
还要爱
因为死亡已成熟

世界在自身的重压下呻吟
梦睡中也有上帝
我们对于你
是天下的万物
世界全摆在你眼前

致莎士比亚

一

你的心已经到达
你像黎明一样安静
眼泪变成了火焰
你身体里面有船有海也有风
还有死这条路
把童贞奉献给死亡

啊
人声吗
啊　　好刀子
你从虚无中
获得一切

二

走开去哭泣吧

要是你敢做一个比你更伟大的人物
钟声在招引你
熄灭了吧
短促的烛光
树木在行动

不要忘记问她的头发是什么颜色
她的眼睛里有四月的风光
想一想
然后死去
它们都是日暮的幻影
永恒的工作已经完结

你是你自己的征服者
把最后的一吻
放在我的唇上

三

一条狭路　一个老人　两个孩子
一个向太阳伸手的黑人
一只从云中探出的手
你的末日就是我的星辰

你
已经在太阳里晒得太久了

白昼何以为白昼黑夜何以为黑夜
你可以疑心星星是火把
让眼睛代替血
言语来自呼吸　呼吸来自生命
我没有路所以不需要眼睛
我们的呼吸互相拥抱

致约翰·班扬

通过飞鸟和草木
通过羔羊的血
那只手把柔弱者扶起
让他的手　我的头和你的心
靠拢在一起

我看见坐在云端的人打开一本书
罪的工价乃是死
怎样的野兽才算洁净
他的灵魂里没有恩典

那儿是锡安山
是天上的耶路撒冷
即使天堂也有通向地狱的路

行走天路的人
那条河就横在你和天国之间
你靠传说和信心生活

致维吉尔

那是云的故乡
东风才是你们的家
神会结束
这场痛苦

到处是海
到处是天
你看见过两个太阳
两个重叠的城

不要把你的预言写在贝叶上
这里有一颗心
它藐视生命

歌唱人类的起源
百兽　雨和火

黑夜和我的右手作证
你的右手
就是你的天神

致埃斯库罗斯

只有你有胆量拯救人类
你把盲目的希望放在我们心中
我们将居住在太阳的水泉旁边
他在天上为王的日子不会长久
还有什么阳光比今天的更可爱呢

致索福克勒斯

一

不可让它见阳光
灶火
或是神圣的祭坛

天上响雷了
电光又在天上闪闪发亮

二

把绣毯铺在王的过路上
不要把他当神来敬仰
他就要进宫门
踏着一片绛红之海

大地啊　　大地苍茫
生而为王

死而为灵

三

叫他得不到眼泪和坟墓
他愿意生而我愿意死
人间就你一个人活着到过冥间
你就是你要寻找的凶手
但你伤害不了任何看得见阳光的人

我该走了　领我走吧
你要讲那怕人的事了
天光呀　　他现在向你看最后一眼
人类从此黑暗无光

但是
只需一个字
就可以抵消一切的痛苦

致阿里斯托芬

一

你在空中行走
在空中逼视太阳
神不是通用的钱币
她们是天上的云
是穿无花果木板鞋的女神

你知道哪些是阳性的动物
你一把桨放到水里
便听到了动听的歌曲

二

前进吧　　哦　阳具
凡是都在埃及

致何塞·埃尔南德斯

风把你吹到哪里
你就在哪里安居
黑色的额头下面
有生命
也有思想

白人画黑色魔鬼
黑人画白色魔鬼
什么是黑夜之音
什么是大地之声
有生命
就有爱情

致英格兰·贝奥武甫

黑色的死亡之影
我看见前方的陆地
迎风的峭壁
风的家园广阔无边
不管是谁来自大洋彼岸
他终将踏上
归宿者的旅程

致法兰西·罗兰之歌

崇山峻岭

林木苍苍

你对自己的死充满忧伤

山岭高　树木更高

没有一块空地

没有一寸泥土

白天过去　　又

来了黑夜

致西班牙·熙德之歌

谁将我拯救
无论黑夜
还是白昼

摩尔人高呼
穆罕默德
基督徒高呼
圣雅各

夜晚过去了
黎明来临

致俄罗斯·伊戈尔出征记

你是
世上无双的光
家就是
某山某水而已

清早
云层中射出蓝色闪电
风呀
你为什么
一个劲儿地吹

致日耳曼·尼伯龙人之歌

你在世上再没有更高的向往
在鲜红的嘴唇上接吻
一片菩提树叶
落在你肩胛骨之间

他拉起提琴
奏出委婉动听的旋律
黑夜
已经不会太长

这就是
尼伯龙人的厄运

致冰岛·埃达

他们要给夜晚起个名字
这片多风的大地
她就是未来

谁知道第十七道符咒
世界被创出来之前
我曾经历无数个冬天

第十八件事我向你讨教
请问八个冬天你在何处
哭泣吧
金光闪闪的姑娘

太阳啊
这颗白昼的星辰
你看见她的时候
已落日衔山

致波斯·菲尔多西

月亮
也已蒙上灰尘

愿你
在天堂
心情永远舒畅

致雨果

这是一只壁虎
这是一位森林里的仙女
地狱里的知了

一个男人和一个女人合成一个天使
绞刑架是一个天平
一头是人
另一头是整个大地

我们只要空气和爱情
假若你是从地狱来的
我要同你一起回去

起先你爱女人
后来你爱禽兽
现在你爱石头

致陀思妥耶夫斯基

一

这是激愤　梦想和孤寂的结果
十字架和头颅
只有眼睛是善良和天真的
那不过是一幅画　一些幻想　一缕轻烟

你是一个青年
在天堂怀念祖国
愿上帝像我一样祝福你
我是你一辈子的心上人

二

现在你往东我往西
我来的时候
你可以看窗外
没有白兰地我也是爱你的

你没有上帝
我没有思想
给昆虫以情欲

你是谎言
你是幻影
你是我的一种疾病
神站在哪儿
哪儿就是神圣的地方

你可以拯救
你可以维护
你可以证明
你来了
我就走

三

谁胆敢自杀
谁就是上帝

你顺着自己的思路
走进坟墓

致托尔斯泰

一

她挑选的死法都是卑贱的
一个没有宗教信仰的女人的死

赴死
用不着介绍信

二

我希望这是使杯子满出来的最后一滴
注入我们灵魂的是光
在你以外　在你之上
说服我的是生和死
是的　这就是那棵橡树
那是一个超级动物

我们已经乐过了　活过了　也喝过了

为了从上界来的和平
凡是我的　都是你们的
我爱草爱地面和空气
那月亮　那彗星　那一把火的光
空中的鸟既不播种
也不收获
那个无情的永在的遥远的

看树丛和天空
它进来了
那就是死亡
灵魂立刻亮起来
是的　死亡是一种觉醒

太早或太晚
你从不为痛苦或烦恼哭泣
你们
必须怀孕
生产　喂奶
和养大孩子

致卡夫卡

一

唯有做梦
没有睡眠
你未完成的巨著有
《魔鬼史》
《梦幻和眼泪》

所有时候
你都在床上
读或此或彼

二

主要的问题是
谁控告了你
你为什么要绝望呢
你只是被逮捕了

仅此而已

你总是来得不是时候
狗
和跳蚤的谚语

致波德莱尔

一

怎么　你没有彩色玻璃
地狱里人满为患
什么样的寡妇最凄惨和最令人悲伤
他不笑　他不哭　他不跳舞
该去那里生活
该去那里呼吸
去那里死亡

黑郁金香和蓝色大丽菊
在树下而止
去问清风
问一切呻吟着的

靠诗歌和美德
向无限飞去
像鸟　像蝴蝶
像圣母之子

像香气和所有带翅的东西

一位只喝水的人
水具有一种可怕的美
最完美的男性美就是撒旦
女人生来如此
女人没有肉体

二

第五种宗教
那是一支水晶的笛子
渐渐地诗人习惯于完美
真正美的诗把灵魂带向天堂

他们都喜欢东方和荒漠
空间因鸦片而加深
女人大概是一片光明
一道目光
是幸福的一张请柬

致金斯伯格

你担心你对性事音乐宇宙的感知让人察觉
而且你只死去过一次
我们在黑暗中相遇
一边咒骂一边舞蹈
还有上帝的面影
每一个人都是天使

瘦手低垂伸向死神
《圣经》中的娜阿米
艾罗欣一切都这样了结
钥匙在窗上　钥匙在窗上的阳光里

每朵花儿都是佛陀的眼睛
月亮映照和平
像佛陀　莎士比亚和兰波
有谁还想当总统
在伊甸园里

造一座黄金屋埋葬魔鬼

你从未离开过大地
星光闪烁的天河没有标题
你看见风笛　鼓和号角
你看到通往山丘下的道路
每个人都只有一个屁眼　一个莫须有的上帝

为光明和乳房而祈祷
去落基山皈依佛陀
泪水和手指
死神的耳朵是冒烟的坟墓
双眼是一千扇堵死的窗户

谁的性交是神圣的
生命之前就有了死亡
没有自我没有酒吧
一只眼在黑色的云里
死亡是一封从未发出的信

爱因斯坦的天堂政治学
你却只会因诗歌而死
松弛下来再死去
体内有疼痛　有窒息　然后是死亡
你会在生命的彼岸写完这首诗

在你双目的尽头
一条虫　一个思想　一个自我
它爬行　它等待　它不动　它开始
像一具填满音乐的尸体
你看到了同性恋的造物主
你是那个想做上帝的人
这就是作品　这就是人类的尽头

心脏没有可以死去的肉
长有胸脯的幻觉
你的鸡巴　你的灵魂
你盯着痉挛中的做爱者

来吧诗人
那墓穴里的长发
在地球上做过舞娘
没有赞歌　没有天堂
思想是衰老磨损的阴道
没有爱便没有休息

死亡
宽恕了你

致伍尔夫

在男人背后
你看到了永恒
你不是一个女人　而是洒落在这片土地上的亮光
你就是四季
是元月
是泥泞　迷雾和清晨
你以不同的方式成长延续　永世不绝
你瞧见了隐没的红色和蓝色

在深不可测的宇宙中
没有一个地方存在着生活
一颗星星出现在天空就会使你感到世界是美丽的
那朵花它包含着六种生活
那棵柳树生长在荒漠边缘
没有一只鸟儿在上面鸣唱

你找到了一个仅有的字眼来形容月亮
对你来说　月亮和树的美是不够的
这里有诞生

那里有死亡
一条小径在平地上向前伸延
记着蝴蝶身上的粉末
记着称呼死亡的各种方式

致茨维塔耶娃

一

关于火焰的幻想
爱十字架　爱绸缎　也爱头盔
你血管里注满了阳光
你有一双看到大海颜色的巨大的眼睛
你是两个黑月亮的梦游症患者
你呼喊灵魂
你哭伤了眼睛

你歌唱不祥的美
你是一只贝壳
里面还有大海的喧嚣
你踏上一条条大路走进黑夜
没有狗也没有路灯
百合花　天鹅和竖琴
是你的墓志铭

女人的乳房

灵魂凝固的叹息
海洋比乳房更丰满
你
是出席晚宴的生命

二

杏树上鲜花正怒放
一切就从一个老人和一只鸟开始
你仿佛被人推到最高的山峰
看到了最遥远的远方
你喜欢友谊　就像山一样
你把来世的奶全都榨干了

爱就是火焰的程度
燃烧却不留下灰烬的是上帝
大海是绝对的圆形
清晨和夜晚
你在你的身体内起床　在你的身体内躺下
当你站起来时
你已不再是你

你喜欢花和根

你是有两只手和两条腿的街道
你从史诗的高度把握一切
在一切之前
和在一切之后

整个的一生　整个的大地
你看见第七个梦
一种受难的美
在生命之前
人是所有和永恒
你预订了整个风景
你仍在人间　时间还没有的昼夜

致帕斯捷尔纳克

你把神
从原来的高度
提升到新的高度

花朵和星斗
挨得这样近

你醒了
琴声停了

致米什莱

缪斯即阳光
军舰鸟高卧在暴风雨之上
那里唯一的游客是风　是太阳
我看见了从她嘴中
飞出一只白鸽

你在歌声中重生
你怀着爱
飞遍整个大地

致庞德

一

从泰山到日落
光柔韧至纯
结束了　　走吧

有一个画好的天堂在其尽头
一首题为影子的短歌
这是同太阳一道在其光辉下音阶偏高的歌

禹比不过耶和华
受命于舜
珀耳塞福涅在泰山下
望倾斜的塔

二

美是困难的

你们这些已渡过忘河的人
日光以及风俗
塞古尔山里有风的空间和雨的空间

在死亡前没有妓女
居之中　　不管垂直还是水平
闪耀的黎明在茅屋上
太阳是神之口

在炼狱里没有胜利
那才是炼狱
两个月生活在四种颜色里
她轻于夜星下的风
你就这样乘邪风而下

日落　　伟大的设计师
云和地
在自然中没有否定

你本想写出天堂
在石榴河边
清洁的语言
就像玉河

致康拉德

在自己的坟墓里呼吸
希望和痛苦
光脚板走入光明
有渺茫空虚的过去　但没有将来
学会了讲话
也学会了哭泣
你懂得生命的秘密

出生　休息和死亡的房子
在生活中
在梦境中
你都是孤独的
你的象牙
你的河

你还年轻
远没有跨过阴影线
黑暗变成了水
天上
有云

致托马斯·曼

你是猿猴　月亮
和亡灵之神
你是头上有一个新月的孔雀

你毕业了
死亡给了你自由

致乔伊斯

一

是谁在阳光里走过
是谁在温煦的阳光里走过
为了五月的风
蝙蝠在树丛间飞来飞去的时候
你整日　整夜
都听见海水
往来奔流

一片无鸟的天空　海上黄昏　一颗孤星
回忆着怜悯着
过去的你　现在的我
一个孩子睡着
一个老人已逝
你怕这舞蹈是死亡之舞

让最终安宁来临

就像劳作者的歌飘在高空

这是一个结束

我们等待　开始

然后结束

正确的心在错误的地方

你的左眼通宵不眠

到达是白色

出航是蓝色

二

生活下去　错误下去　堕落下去

这是一个世界

是一阵闪光

还是一朵鲜花

你向活着的上帝发誓

四月五日

寒冷的春天

奔驰的云彩

三

来自神秘的早晨的使者
母亲是犹太人父亲是鸟儿
他们对光犯下了罪
你可以从他们眼睛里看到黑暗
他的座右铭就是走正路

你怎么可能真正拥有水呢
钟 《圣经》与蜡烛
倘若月亮里那个男子是个黑人
来自穹苍的黎明

那是妊娠与分娩之床
合卺与失贞之床
睡眠与死亡之床

凭上主的阴茎发誓
阿门

致萧伯纳

风向变了
上帝说话了
除了天堂
危险总是有的
只有在桥上我们才是永生的
上帝的力量就在于他的孤独

你要远离明朗的天空
看不见鲜花和田野
你不相信天上是空的
你不过是我正在做的一个　　梦

致索尔仁尼琴

战争把男人带走
把女人留下来
肿瘤和 3 月 5 日

每一场战争都是最后的战争
世上有多少人
就有多少生活的道路

死亡在你心中是黑色的
而真正的死亡是白色的
人在死亡面前束手无策

我们是如此依恋大地
竟不能在大地上站稳

致戈尔丁

他的方脸
在你和月亮中间
你想逃避什么
就从什么解脱出来

致怀特

主角是一只公鸡
一条狗和天上的月亮
除非借助闪电
否则　你将视而不见

致索尔·贝娄

耶稣身上没有苍蝇
母牛跳过了月亮
你的一条腿
已经跨过最后的门槛

天空的蔚蓝只是理论
蓝色中有一种思想
不再流血　　不再呼吸
梦否定了死亡

致赫尔曼·黑塞

一

这是离别
这是秋天
这是命运

你发现每棵树都有自己的生活
形状和果子
都投下自己的影子

二

在背后起作用的是夏娃
让苹果在冬天生长
再过一小时
黑夜即将变成黄昏

告别睡梦和苏醒

告别姑娘们桥畔的月亮
再也不骑马
再也不漫游
再也不跳舞

眼下她就是死亡
你不能等到明天
没有母亲
你不能死

致梅特林克

城里什么也没有
只有死尸和断垣残壁
今晚天是有毒的
一只天鹅死了

噢　请打开窗户
风把她杀了
有人害怕死人的诅咒吗

你瞧　她两只手都是鲜花和绿叶
我看见黑暗中有一朵玫瑰
到菩提树的荫影下面去吧
在黑暗中我离你更近

真是冬天开始了吗
除了玫瑰花开
别的事儿　你都看不见

第七扇门在这里

门上还有铰链　铁闩和金锁
钻石之后就是火焰或者死亡
我们来捂住这歌声
祈祷　唱歌　哭泣　一直等待着

大门敞开　田野葱绿
月亮和星星照亮所有的道路
人是可以幸福的
把痛苦留给我

你们那里有会唱歌的草吗
祈祷就是思恋
它多蓝啊　多蓝啊
就像一个蓝色的玻璃球

你们想我们的时候　我们就像过节
鸟儿不是蓝色的啦
鸟儿变成了黑的

唯有光明站在人的一边
我们为什么不是蓝色的呢
青鸟是不存在的

致库柏

你站在海滩上
看见一艘船从太阳升起的地方朝你驶来
太阳升起时
他们走进这片土地

你梦见了许多个冬天
你顺着大河到了海边
你的眼睛看着朝阳而不是夕阳

在天空中
在云彩里
我看见了

致布莱希特

你坚信
没有暴力亦能生活
你坚信
有朝一日
人将成为人的帮助者

致佛朗索瓦丝 · 萨冈

过去
当人们跳舞的时候
总是两个人
不像今天是一个人

怀念空间和时间
光荣不只是玫瑰花
和凯旋门

致赫拉克利特

向上
向下
是同一条路

致亨利·米勒

会有更多的灾难
更多的死人
更多的绝望
纵使会走调
我也要为你歌唱

没有血管　心脏和肾
天上像是有水在冰上流动
一件上帝赋予的礼物
一个妓女的阴户
鲜花　小鸟和阳光都涌进来

没有遗憾
没有懊悔
没有过去
没有将来

充满诗意的陈尸所
到处是千篇一律的面孔　街道　大腿

几本书　几场梦和几个女人
你发现里面有一支口琴或是一本日历
世界变得越来越像一个昆虫学家的梦

或许悲伤会叫一个人变得更淫荡
歌德是事情的结尾
惠特曼却是开端
是男人和女人　还是影子
子宫的门总是敞开着

致约瑟夫·赫勒

一

你看不见上帝
看不见圣人
也看不见天使

二

该隐和亚伯的故事
那是过去
哪个该做国王　哪个该去死
那时你的女儿还没有被奸污
儿子也没有被杀害

你需要上帝
他们却给了你一个姑娘
往远走　　远远地走
我会在你的坟上跳舞的

除了下坡之路
无路可走

你在慢慢地失去你的婴儿
你的上帝
让我
进入你的花园

致皮蓝德娄

树木或石头
流水或蝴蝶
从这里走出去
到活生生的世界中去

太阳正在升起
时间就在前面
我们要永远
一起守在这里

致帕尔·拉格维斯

一

远眺
以死为名的
大海

二

没有一个人
在侏儒眼中是伟大的
理解不恨
是困难的

致劳伦斯

这是一个你云雨过
并且还想与其再度云雨的年轻的女性
女人里面是死的

拉开窗子
让阳光进来

这是世间最美丽的女人的屁股
我们只是一半清醒
一半活着

我们得完全活着
完全清醒

致卡尔维诺

一

月亮是天空中的预言书
一匹没有重量的马
是风与水的爱情结晶

看看这些死人
再看看那些死人

带上我的灵魂
带上我的肉体

二

死亡　教皇　金币
你现在正在放的牌是月亮

你已走遍四方

去月亮上的白色荒野
马车　爱情　月亮和疯子
这是一位在星辰下蹲在溪边晚浴的女子

没有地球也没有人类
连接你眼睛与落日的这座桥梁
我看见那把闪光的剑了
一块石头
一个人像
一个符号
一个词语

应该轻得像鸟
而不是像羽毛

致里维拉

没有人探悉过你的梦想
你从所有传说中的草原而来
没有脸庞的灵魂
死神横跨在马背上
回到你来的地方吧

把你的传统你的战歌你的神话告诉我
跳舞的人悲哀如月亮
你就是死亡　在我的路上
梦在空气中呢还是在视网膜上
谁要是跟你走就是跟死亡同路

太阳不会为悲伤的人照耀
唯有天空帮助你辨明方向
笛子正在和繁星对话
我看见一群从八岁到十三岁的小姑娘围成一个伤心的圆

我提供想象
你提供哲学

河流以但丁式的狂热奔腾

你的第一声悲叹

你的第一声哀号

你的第一声恸哭

致艾特玛托夫

虽说是二十一世纪了
可冬天却一如往常
就像一座山
在同一时间内
有阳光也有阴影
那里却没有土地也没有青草

从苍蝇到骆驼
我永远变不成鱼
我也游不到伊塞克湖
看不到白轮船

致莫拉维亚

那么　明天也就是今天见
认识右脚要比认识左脚困难得多
想象　诗意　幻想
这就是使你得到拯救的一切

他们登门占卜
不是求你虚构未来
而是希望你告诉他们
未来将和过去一样

致多诺索

在黑暗中
一切都改变了
用你的遗体焙暖我的墓穴
上帝将逐渐归还你鞋子外套内裤

你是如何做到的
用你的舌头去舔你的屁股

而心脏里满是黑色的海水

致何塞·马蒂

精神的边界也是语言的边界
美使一个人的生活成为一部圣典
把爱扩展到地球以外的空间
犹如新婚之夜的黎明

你是自然的神甫
你不害怕未来
配得上永生的人将永生
从有限回到无限

没有西方
只有戴着光冠的北方
坟墓是道路而不是终点
上帝是讲千百种语言的诗人

爱空气
爱痛苦
爱死亡
你有两个祖国
古巴和黑夜

致费尔南多·德尔

两个人和一只猴子的皇后
但你
永远也不会成为彩虹的皇后

她们抢走了你的山河
他们抢走了你的眼睛
并把死亡传染给你

所有的星星汇聚成一个谎言
你的胸口插着一把匕首
你的胸中藏着一个美梦
你只跪拜整个宇宙

你把死神当成镜子
你既是疯子又是婊子
你的眼睛让我睁不开眼睛

致希门内斯

去踏青迎神
去发现永恒
在云朵上守护
那些爱过你的人将会死去
爱情和玫瑰只剩下名字
在路的尽头
寻找鲜花盛开的草原

天空是灵魂之路
除了寂静
你还能是什么
你是海洋或天空的一个地方
你的歌也是水的歌
还有无数的日落
无数的黎明
普拉特罗
也有鸟儿的天堂吗

没有任何一个裸体女人可以和火焰比美

树枝和鸟儿
狮子和水
山和玫瑰
爱情就像是崇高的死亡

早晨它面对西方
现在面对东方
一个孩子将它静止的轮廓画在黄昏的天空上
白色的是它
黑色的是它的影子

致苏利·普吕多姆

这鸟就是你的心
比歌更轻的灵魂
一滴泪
一首悲歌
书中的一个字
美丽超出了欲望
除了天空和大海再没有别的蓝色
晚祷的人是你自己

一手放在额头一手放在胸前
上帝不是人而是一切
月亮上升改变着大地的模样
你在梦中等待四月

坟墓或摇篮
黎明　鸽子和乌云
你的国旗是梦中的蓝天
春天来自死亡
坟墓的另一方

是迟来的黎明
幸福不是别的
是回想和预感

女人是上帝微笑的化身
快乐是有限的
痛苦无限
死亡面前人人平等
哲学使人类更接近道德而不是上帝
花比果实丰富
除了永恒
没有什么东西是伟大的

致博尔赫斯

一

上帝的记忆将成为上帝的预言
神说出的词不能少于时间的总和
不存在的事物只有一件
那就是遗忘
人是他自己的处境

有人在光亮中有人在玫瑰花中
见到了神
轮子是水但也是火
你看到了宇宙隐秘的意图
你看到众神背后没有面目的神

让白天进入你的黑夜
躺在暗地让岁月把你忘记
睡觉就是把宇宙抛在脑后
有句谚语说
印度之大大于世界

20 世纪改变了穆罕默德和山的寓言
他师从的不是人而是上帝
一无所有的强调
从神子的衰老到太阳的久照到时间的流逝
我们进来时经过这里
出去时还要经过这里

把死亡当成梦境
借助于一个吻一个花园或者一次性行为
西方和东方
剑和旗帜
骑士　死神和魔鬼

马匹和拂晓
代数与火焰
还有尘埃　偶然和空虚
没有黎明和黄昏
唯有夜晚
坠落永远不会停止

你见到的只是梦魇
月亮不知道自己是月亮
哪一张弓射出了你这支箭
你想着玫瑰和语言

看看她吧
她就是你的圆镜

二

这本圆形循环的书就是上帝
肯定一切
否定一切
扰乱一切
就像精神错乱的神

梳头发的雷
有的变成了鱼和山

你用一副面孔看日落
你用另一副面孔看日出

致福楼拜

你不是女人

你是一个世界

你左手握彩色画书　右手拿一个圆球

你透过万顷碧波观看太阳

他们一丝不挂

以此模仿天堂的纯净

西莫安卡　　神话传说里的波斯鸟

柏利西拉　　弃家随孟他努传道的女先知

他想和月亮睡觉

她喜欢通奸

在一切形体之上

只需一跳便会越过空间

是曙光还是月光

她死后

世界末日就会到来

全都进地狱

致昆德拉

歌谣与云雀
像一片湖
离开了大地
朝着天空漂流

这不仅是一个恐怖的时代
而且是一个抒情的时代

在某个插曲里
一个无名的男人
出乎意料地点亮
一盏仁慈的灯

致格雷厄姆·格林

你唯一关心的是空间
没有建筑物也没有女人
不要和人谈什么人类
这里没有寂静

你想要跳舞
想要狂奔　呼喊
想要唱歌
对于你
宗教就像红灯区

灵魂可以等待
这里很远
你生前本来是要继续往远处走的

致萨特

一

黑衣服染黑了你的灵魂
你不可能有别的嗜好
有些回忆是不能分享的
门后有世界和清晨
在千山万水的另一端
上帝也会和我们一同得救

不要抬头看
天是空的
你没有怜悯心
上帝也没有
哭泣吧　　天使
有一个布满鲜花的美丽坟墓并不是一切

你是热是光
而你不是我
我在你的黑夜中行进

在你占有一切之前你不占有任何东西
天亮了
我度过了你的夜晚
这世界上只有上帝
你和魔鬼
那时
天国还没有苍蝇

二

在你的后面
在你的前面
有整个宇宙
生活无所谓结尾

一个人永远不能一下子就离开一个女人
一个人永远不能一下子就离开一个朋友
或者　一座城市

你通过另一种方式衰老
在集中营
你学会了相信人类

三

我来到世界上不是为了享乐
而是为了清算

你隶属于他们
他们隶属于上帝

致卢卡·德代纳

现在所在的这个大厅名字叫弃人厅
就像是一只拔掉了电源插销的吊灯
饭后甜食是两只苹果
上帝是个三角形
淫荡的修女
三千三百三十三亿只山中虎
宇宙不分左右
地狱里看见了天使

你会说话　　但是你不愿意说
你很有毅力
如果不是这样
你早就疯了
我知道你是谁
快看
这小姑娘在微笑

致普希金

丘比特
是怎样
一只鸟

真理在井中

致塞利纳

撒谎　接吻　死亡
女人对塞纳河无动于衷
她们既怀疑光明也怀疑黑暗
她们美得不需要我们的想象力

左眼靠近心这边的眼睛
你是个有睾丸的动物

致王尔德

基督是位伟大的诗人
他对人性的理解出于想象
他通过光束中跳舞的灰尘判断太阳的力量
他知道银色月光的预言
知道早晨的秘密

你一定要写苹果花一样的诗
你的心是一枝玫瑰
春季是你美丽的眼睛
你的书就是你的花园
你一旦订婚就不再拥有落日

灵魂坐在死亡的阴影下
太阳和大海
对你都是陌生的
基督的死是要教人彼此拯救

如果你死了
我就毁掉她
如果你活下来
你就亲手毁了她

致伊索

河狸的阴部用来治某种病
狮子爱上了农夫的女儿
狐狸讥笑母狮每胎只生一子
樵夫斧子掉进河中大哭
驴以为路上遇见的
都是在对他顶礼膜拜
鬣狗每年变换性别
有时是雄有时是雌

天鹅死于歌唱
动物之间
从前是彼此通话的

致奥维德

一

他让大地袒露在天光下
让天空看见大地

你能发出雷霆

她的衣裙
在风中
飘舞着

二

躲开南天
也要躲开北极

你在半空中就爱上了她

驱梦的短杖

带翼的凉鞋

你就是替你父亲在天空送信的人

致金敦·沃德

紫色的荒漠醉鱼草
春
叶下像镀一层银
秋
变成金色

西南风铃草
五色雾
大花冠的金花狗舌草

喜马拉雅岩梅
粉红
和雪色

鹿蹄草　蓝雪花　鬼针草
植物岛　长尾喜鹊　阿波罗蝶
祈祷柱与圣骨冢

铃　经书和蜡烛

白马山上的月亮

最北的雪峰

一片中国蓝天为背景

致乔治·波格

无论目光投向多远
都不会遇到树

致贝克特

金色的
还是黑色的
我想是白色的

有一天
你们诞生
有一天我们死去

一棵树
乡间一条路

一张床
一只蟑螂
一面镜子

好的
咱们走吧

致达·芬奇

请阿尔巴柯师傅告诉你
圆如何变方

致米洛拉德 · 帕维奇

我爱你的右乳
胜于爱你的左乳

致圣·德克旭贝里

第七个行星

是地球

致威廉·魏特林

去信
去想
去做

致米歇尔·戴翁

有些动词
使人痛苦

致安德烈·别雷

凡是能闪烁发亮的
都在闪烁发亮

致席勒

当他走的时候
你要背过身去

致罗伯·格里耶

一个真正的故事
必须发生在过去

致纳博科夫

一

我们每个人都认为自己是会死的
你的白天
就是黑夜

二

囚犯夜间最好不要做与自己处境地位不相称的梦
只有在童话里才有越狱这一说

五颜六色的黑夜

致特吕弗

一群人的堕落
对抗一个人的道德孤独

致梅里美

一副纸牌
一块磁石
一只干枯的蜥蜴
风流女子的生活
龙的眼泪

那天是星期五
想到这一天忘记了第二天
我不是一头羊

并不是有水就有石头
我不是答应过你
要送你上绞架吗

她们相信晚祷的钟声
但不相信太阳

致玛格丽特 · 劳伦斯

苍蝇又叫蓝色瓶子
蓟　三叶草　玫瑰和枫叶
就像是有人在我的坟墓里走动
你以前从不知道眼睛可以看见树上的叶子
没有人哭泣
冰天冻地唯有寂静

开始与结束
或结束与开始
是他的内脏不是眼睛
水牛是什么　叶子是什么
最高的建筑物是公墓
然后是垃圾场

她一边打喷嚏　一边看《失乐园》
岛是虚幻的
没有一个地方足够遥远
我有我的地狱
你想去的是他故事里的地方

致拉伯雷

为你和你的马干杯
你喜欢鹌鹑的翅膀
也爱修女的大腿

你的裤裆
你的破鞋
我的拖鞋
尼罗河带来了面包　衣服和尸体

丑角的红皮鞋
光脚丫子和歪脖子的来历
风湿病和花柳病患者的万年历
神学大师云雨篇
肉体和财产　心肝和肺腑

你借口替美人捉乳房上的一只虱子
是上天好呢
还是入地好呢

致多丽丝·莱辛

现在是一九五七年
你们都是桥下的流水
冬眠于啤酒　风光和美食
为了土地　女人和食物
只要打开一扇门
就会发现门后有人正陷入困境

黑色
黑　它太黑了
它是黑的
那里存在着一种黑

致约翰·高尔斯华绥

在大雾弥漫的土地上
是没有极端的

不是圣经
就是枪炮

致海子

天地·人

0

你请求雨　为了美丽
北斗七星　七座村庄
太阳和野花

春天　十个海子
源头和鸟

1

爱飞翔的是鸟　淹没一切的是海水
黑暗中跳舞的心叫作月亮

你一只眼睛就可以照亮世界

2

单翅鸟为什么要飞呢

一位少年去摘苹果树上的灯

你的眼睛
黑玻璃　白玻璃
那时你已走过青海湖

为了光明　你生出一对深黑的眼睛

3

公元前你太小
公元后你已太老
远方就是你一无所有的地方

风吹来的方向

4

村庄是一只白色的船
春天是风　秋天是月亮
你是没有河流的河伯

美丽在上

手指是船

你反复梦见火焰
你的头颅就是你的边疆

5

马的骨头绿了
乳房像黎明的两只月亮
你梦中的双手死死捏住火种

你伏在下午的水中
你伏在一具琴上
像鱼有水云彩有天空
黄昏你梦见你的死亡

因此跋山涉水死亡不远
远在远方的风比远方更远

6

最高的一座山仍在向上生长
你是太阳　　我们是白天
你是星星　　我们就是夜晚
你是河流　　我们也是河流

痛苦就在于没有声音
天空是你部分的肢体和梦

雪花和乳房的声音
第六天是节日

这是乳房　　这是月亮

7

钟和孤独　　女人和船
从早到晚带来死亡和水的消息
女人的右肩上出现了月亮
东方的两边永远需要黑夜

在你身体上有第一日第二日第三日
风吹在村庄的风上

死者的鞋子仍在行走
如车轮如命运

石头还是石头
人类还是人类

8

那是你一直不敢梦见的地方
月亮上亮起的灯和眼睛
柿子树下不是你的家

大片的光在河流上方飞翔
你的事业　就是要成为太阳的一生

9

你坐在近处　坐在远处
你在写一首死亡的诗歌
东面一万里是大海
西边一万里是雪山

三月过去了　四月过去了
在黑夜里为火写诗
在北风中为南风写诗

火照亮雪山和马

10

今夜你只有戈壁
这是唯一的最后的抒情

一夜之间　草原如此遥远

11

给每一座山取一个温暖的名字

你把天空和大地打扫干干净净
你寂寞地等二月的雪　二月的雨

12

走遍印度和西藏
寻求天空的女儿和诗
你的黑暗全归你

风后面是风
天空上面是天空
道路前面还是道路

什么是黑夜?

这是春天　这是最后的春天

13

一群鸟比一只鸟更加孤独

一个黑夜的孩子倾心死亡

黑夜　是神的伤口

所有的你都是同一个你
太平洋上唯一的人　远在他方

14

谁看见过阎王的眼睛？

从北冥到南冥
你是 0　是唤醒我的时刻

火回到火　黑夜回到黑夜　永恒回到永恒

天空明了　时间死了
春天的死　秋天的死

一句话说完你就沉入永恒的深渊

15

延长死亡就是延长生命
第一次也是最后一次

给你一次生命
再给你永远的死亡

16

有一种南风谁敢回忆

所有的诗人都是后来的
所有的夜都是歌者之夜

你的爱情在诗中
你的爱情要对大地负责

17

名叫人类的少女

诗和生命是你的王位

太阳不能无血
太阳不能熄灭
你将独自承担唤醒死亡的责任

死亡　像大神的花朵
如和平的村庄

18

天空是抽搐的骆驼
生存是人类随身携带的无用的行李

死亡比诞生更简单
死亡是黑色的一朵玫瑰
在众神死亡前　诗歌已经诞生

一片寂静　代代延续

19

飞行的黑暗
大地　你为何歌唱和怀孕？

一只鸣叫的太阳
拥抱大海的水已流尽

一生寻找一条河　寻找一个灵魂

这可是宇宙
灯中之灯

20

风吹月照的日子
你终于来到施洗者的河流

拒绝永恒
投往大地
彩色的庄稼是欲望　也是幻象

孕于荒野
人类死后的尸体　被黑暗中无声的鸟骨带往四面八方

21

诗歌本是土地死亡的力量

到达必须的黑暗　忍受宽恕

背叛亲人是你的命运
原始的生命　囚禁在路途遥远的车上

你爱过　活过　死过
为了死亡　我们花好月圆

22

天空　诗歌和水
覆盖着大地

一个少女坐在水中放出光芒的种子
提着灯　飞翔在岩石上　与你在河中会面

如果毁灭迟迟不来
你就带着自己的头颅去迎接

23

丰收的鼓　命定而黑暗
大地绿色的脊背　命和血
露出河流和太阳

问你的头颅
你是否还在饥饿

死亡退向旷野　退向心脏　退向最后的生存

24

月亮在荒野上行走
手执陶土的灯

雨的眼睛　四季的眼睛
你的心脏是一座殷红如血的钟

你梦见自己的青春躺在河岸上
月光下的天空开满了花朵

秋天遥遥远去
大地没有边缘和尽头
太阳中的尸体
像真理又像诗

人类没有罪过　只有痛苦

25

你喜悦过花朵　嘴唇　大麦的根
在海边看见过肩生双翅的天使
你的眼睛是一双黑白的狮子

死亡如岩石　如天堂的大厅
尸体是睡在大地上的感觉

没有人知道　生命在火光深处
夜晚将同时存在下去

大地的寂静　盖过了人类的呻吟

26

守着地窖中的一盏灯
泥土反复死亡　从中吐露出诗歌

天堂的黄昏
太阳除了头颅没有别的肉体
众神在你的星辰　在你的村庄沉默

歌唱然后死亡
梦境辉煌

27

天空的红色裸体高举着你
大地上你做到了死亡

敦煌不在你做梦的地方
百合虽然开放　却很短暂

月亮的内心站着一匹忧伤的马

远方　就是你一无所有的家乡

28

居住在大地的灵魂　圣洁而美好

故乡和家园是你唯一的病

女人就是大地的处境

在这个春天　你为何回忆起人类

镌刻诗歌的灯在水上亮着

29

肉体像一只被众神追杀的载满凶手的船只
无以言说的灵魂　同归太阳的燃烧　同归大地的灰烬

黄昏不会从你开始　也不会到我结束

荷马在前盲目地引领
只有大河静静流过平原是你唯一的安慰

你是夜晚的一部分
戈壁横在你心中
你就是你自己的故乡

在你自己的远方
走过世界最高的地方

30

该不该向世界讲一个　只属于曙光和朝霞的故事
石头也会长出自己的眼睛

这是大地上最高的一条河流
我们犯下的死亡之罪
不是数学和天空可以解脱的

原谅天空给你带来的一切　包括飞行和暴雨

31

你所有的一切都来自天空
包括闪电雷霆

世界上到处都在下雪
天空在天空上变得寒冷
天空在你内部变得寒冷

你的伙伴是季节　诗歌　火与遥远的声音

你的朋友是西藏和大海
你的爱情是印度

世界和你在诗里是一个人
你梦中的海　让天神点燃的一匹马

你在风中像风一样

32

你爱恋的她　不喜欢大象和骆驼
她喜欢风　云和烟

在遥远的山上
她就像住在远方
遥远得没有内容

天空上写满了文字
像只剩下骨头的鸟群在天上飞

你没有音乐　只有思想
逃亡中　陪伴你的只有景色

33

数学和诗歌
是同一天空同一大地
是水是鱼是鸟
归根结底是太阳

天空就像是帐篷　挂满了闪电
任群鸟在天上飞

你对着天空举起了你的锤

夜像黑色的鸟　黑色的深渊

你站在路口　等待冬天明亮的月光照亮雪地

世界历史的最后结局　是一位少女
她像闪电一样把自己照亮

34

你来错了地方

躲开这个地方
躲开这个时间

躲开这条大河

你既然从远方来
为何不回到远方去

还有那些变幻不定的风
吹在你脸上的风
自由的风

在太阳出来的时候
我们就睡去

35

你一直在研究天空的数学
那里有爆炸　但没有屠杀
有物质和光　但没有尸体

你用天空预言大地
那儿比天空更高
比大地和远方更远
超出死亡之外

必须以一个人的孤独
面对人类的孤独

36

今晚只适合死亡不适合出生
如果你的欢乐不在天堂

你　已没有明天

快到冬天了
你可曾栽下过一棵山楂树

有人死在山上
有人死在地里

庄稼熟了　也就是高粱红了
玉米黄了　黄瓜绿了

37

在岁年的中心
在丰收的中心
在风暴的中心

你不是四季
你是四季中空荡荡的风

草原的末日　就是你的末日

38

多少年之后
你梦见自己在地狱做王

你　走到了人类的尽头

在天空无一人的太阳上
你还爱着　虽然你爱的是火

在人类尽头的悬崖上那第一句话是
一切源于爱情

你走进了　比爱情更黑的地方

这就是你的声音　这就是你的生命
在你的诗歌中
真正的黑夜到来

39

你曾手持诗琴坐在大地上
每个人都有一条命

是谁活在你的命上

是谁活在你的星辰上

那时候　你已经来到赤道
那时候　你已经被时间锯开

太阳被千万只头颅
抬向更高的地方
千万颗头颅抱在一起　仿佛一只孤独的头颅

头颅旋转
空虚　和黑
在空虚和黑暗中
谁还爱人类

在太阳中心
谁拥有人类就拥有无限的空虚

40

在四月和十月
你经过天顶

你是赤道上被太阳看见的一只猿
你看见了不该看见的东西

幻象的死亡
变成了真正的死亡

赤道将你劈成两半
一半是诗人　一半是猿

你问：黑夜是什么？
你答：黑夜就是让自己的尸体遮住了太阳

41

在无边的黑夜
除了黑夜还是黑夜
除了空虚还是空虚

在水的中心是黑暗
人类没有内外
真理就是对真理的忍受
宇宙的诞生也就是你的诞生

黑夜　是一条黑色的河

在天上行走是没有方向的行走
太阳把自己的伤口　留在月亮上

42

闪电中的猎人
在云中狩猎
你把呼吸呼成光芒

有水的地方　就有青草和果实
就应该有村庄

去巡视天空
一旦发现就是河流
接着就是黎明

0

船　　长成大树

致阿拉贡

你看　这水和树的背景
你是我一生的以后
尽管你不知他的眼睛是蓝的还是黑的
爱
就是
奔向院子的
深处

幸福的人民是没有历史的
为了人民
为了情人
为了眼睛和记忆

致福克纳

一只独一无二的鸟
站在一棵独一无二的阿拉伯树上

火与水搏斗的故事
飞蛾或山羊

水　　《圣经》内在悲剧与命运的传承
火来自天上

毁于火的预言
从火和水中复活

致诺曼·马内阿

躲开
魔鬼的面具和陷阱
在这个国家
人们喜欢的是歌声而不是祈祷

一个推翻所有纪念碑的国家
一个抹去所有回忆的国家
你们不断地赞美着罪恶

致皮埃尔·维达尔—纳杰

人和神
除了联盟和战争
还有爱情

在天上飞翔
但都住在大地上

每一位书籍爱好者
总有一天要去阅读荷马史诗

致奥莱纳·瓦诺依克

你母亲和我
我们当了娼妓
白天　太阳　水
月亮　黑夜
通通免费

你可以向所有女神祈祷
但不得向男神许愿

致让—诺埃尔·罗伯特

住店过夜的
不光有男人和女人
还有蚊子　臭虫
蜥蜴和毒蜘蛛

我们
万岁

致印卡·加西拉索·德拉维加

吃的是
荒野里自生自长的野菜
树根和野果
还有人肉

你的哥哥
正把你的
水罐打破

你们赤身裸体
任意交媾

致让·韦尔东

超自然
才是最自然的事

人在奇迹中看到的是神意
鬼魂已经脱离了时空的束缚

我们
一起去中世纪游行

致吉尔伯特·默雷

当他还不是神
和河流的时候

远在大地下
犹如高在苍天之上

在风中
在水中
在阳光中

致海德格尔

哲学被刻画为与神话的断裂
真理本质上是大地性的
没有东西在等待我们

为了结束
我们必须再次开始

致鲁多夫·洛克尔

六条道路通向斯芬克司
他的眼睛
超过古屋的尖顶凝望着远方
要知道　要理解

人心藏有太深的奥妙
不适宜于信奉上帝
在你的内部
秋天已经慢慢地来临

那时候
祈祷和眼泪都没有用
一条小河
一根绳子
一杯毒药

时间和世界
过去和未来
都只是幻想

致查尔斯·兰姆

我
跟崇拜太阳的波斯人
站在一起

致马塞尔·普鲁斯特

我也爱过一些女人
你也爱过一些地方
在一片风景的深处
总有灵魂在闪动
广大的天宇
让人梦想永恒

致让—皮埃尔·维尔南

你过去曾是
男孩和女孩
荆棘和飞鸟
是大海里不会说话的鱼

致加斯东·巴什拉

一

哪里有灯
那里就有回忆

火苗是正在受难的存在
灵魂都有各自的彼岸
光在顶点得到净化
猫　这支动物蜡烛

像梦一样地理解他
最伟大的遐想
正是在顶端

二

夜没有历史

夜
没有未来

致比亚兹莱

有恶龙有魔鬼
有蝙蝠有猫有百合

他一手拿十字架
一手拿玫瑰念珠

你从月亮里获得疾病
你毕业于所有学校

他在烛台的烛光下作画　写字　读书
魔鬼全都不在非洲

致赫·乔·韦尔斯

人类已进入花卉的时代
草正在成为世界上的一件大事
人和人互相模仿
互相战斗
互相征服
互相交配

神
坐在地图上
做梦

致丹皮尔

那不是证明
而是假设

自然不断走向完善

了解一切
便是饶恕一切

致巴兹尔·戴维逊

迁移
繁殖
并且　布满大地

致伯恩特·卡尔格—德克尔

据说
鸭子是树
结出的果实

要是我愿意
我就可以把血吐在雪地上

致德图良

你所关心的真正国家
是宇宙

致 E.A. 韦斯特马克

法律限定

国王只能有

三千三百三十三名妻子

致赛珍珠

一个女人
一条瀑布
或者　　一只小鸟

致孟德斯鸠

这些黑人

从头到脚都是黑的

致西塞罗

没有坟墓
没有栖息地

有些鸟只是为了占卜而存在

致普林尼

唯一不受雷电攻击的植物
是月桂树
唯一不受雷电攻击的鸟类
是鹰

致杰克·凯鲁亚克

所有狗
都是爱上帝的

为光祷告吧

致恩培多克勒

我曾经是男孩　　女孩
灌木和飞鸟
以及一尾海里面的鱼
我是居住在光明里的思想

天上的如同地上的
地上的如同天上的

我们
去上帝那里

致布尔加科夫

除了水
什么也别喝
他的坐骑是一片黑暗

一切从火开始
一切也用火结束

致乔叟

雨把你淋湿
阳光把你晒干
愿主保佑你的臀部和卵巢

我的家在北方
非常遥远

看见了神
才是永生

致苏格拉底

你去死
我们去活

你说太阳是一块石头
月亮是一团泥土

分手的时候到了
船到
我就死

致维特根斯坦

我在上面
地球在我下面
人的身体是人的灵魂最好的图画

你看到而不能听到
红和绿

玫瑰没有牙
玫瑰在黑暗中
也是红色的

我必须去的地方
是我现在站立的
地方

致尼采

你并没有进入天堂
而只是走进了一团云雾
像上帝　女人和动物
所理解的爱和恨

如同一片用问号过分装饰的云
人是上帝的动物化
人很不易把自身看作一个上帝
下身就是理由

致叶芝

你不在天堂
你不在地狱
和炼狱

致贝尔

不能设想
没有色彩的空间

致考门夫人

他埋葬在
别人的坟墓里

蜡烛不说话
它发光

致法兰西

你把什么引向那么高
你在时间里走路
线的力量
树
天堂的影子
把梦转向黑夜

另一些声音将会歌唱
另一些眼睛将会哭泣

致欧罗巴

惩罚弑父者
将其装入一根口袋
扔进大海里

口袋里放一只公鸡
一只猴子
和一条蛇

致西方画家

月亮和树
退向远方的正方形
一幅风景的器官

形而上学的静物

致圣童

那一天很长
生命只有两种选择

但你选择了第三种

致神圣罗马皇帝查理五世

你跟上帝谈话说西班牙话
跟你的情妇说意大利语
跟你的马说德语

致艾略特

一

是否你什么也不知道
什么也看不见
什么也记不住
生你的是西艾纳
毁你的是玛雷玛

那里没有水只有岩石
走在你旁边的第三个人是谁
如果你愿意
你能醒来
结束那一场梦

你的思想有尾巴
但没有翅膀

二

我们为什么要祈祷
你在这里或那里
或其他地方
黑夜越深
上帝的光就越近

黑暗将是光明
静止将是舞蹈
你在的地方正是你不在的地方
家　　是出发之地

去探索子宫　　坟墓或梦境
玫瑰和杉树
玫瑰和火焰
这里　　现在　　永远

三

外边全是百合花
里面全是红玫瑰
你心目中只有一只野兽

致里尔克

你是那种没有爱便闭上眼睛的人
师承已经忘却的痛苦和美
在树木的后面
黑夜走到了尽头

世界上有这样多没画过的东西
也许是一切
风景在那里存在着
没有哪个身体的部分是不重要和渺小的

这是一株大树的侧影
它将面临三月的风暴
没有双臂也要拥抱
没有双手也要挽留

对美的敬畏
预感和力量
天堂临近了
但尚未到达

地狱临近了
但尚未忘掉

这是一种渴望
全世界所有的水
都会在哪里干涸成
一滴水

创作一幅肖像
就是在一个既定的面孔上寻找永恒
每个人都以自己的方式
经历最后的时刻

还从来没有人创造过美
像自然那样工作
这是神的使命
一天的生活以太阳开始
但并不以太阳结束

致歌德与拜伦

你在遥望远方
永恒的女性
领道你走

白昼在你前面
黑夜在你后背
你诅咒希望
你诅咒信仰
死亡在等待

那里没有东西
除了你和波浪
水在落下时冻结成云石
月光中立着永恒的神殿

让我活命
然后让我死亡
在泉水中
在花朵上

过你们的一生

人类说谎
但依然热爱
一直扶摇于生与死之间的纸鸢
新的歌声
将传遍宇宙

致格林兄弟

人们说
死很苦
我却觉得很甜

那就让它是
而且永远是吧

谁喝过我杯子里的葡萄酒

致村上春树

那个地方过于安详
过于自然
过于完美

寒暄一旦结束
告别即刻开始

致三岛由纪夫

玫瑰花在黑暗中
看起来是黑色的
到有歌剧的国家去

一句再见
结束了一切

致阿多尼斯

风是天
空的血
在上帝的深渊
我的困惑是全知全觉者的困惑

对着窗户的天空是裸体的
在旅途中
每一朵玫瑰都成了她的名字

高将人引向更高
这是坠落
还是飞翔

致爱德华·W.萨义德

女神的早期生活

上帝在二十七世纪

蓝色的黑夜

鸟类的上帝

同性恋与共产主义

不同物种的思考

时间 外星人及其他

语言与性器

论天使的肤色和性别

鱼或天使在历史中的地位

上帝对石斑鱼的态度

螳螂传

军舰鸟的后宫日记

论蟑螂的灵魂

没有道德的鱼

北与南

我们和他们

致帕慕克

一

玩弄瘟疫和镜子中的恐惧
太阳升起时
他正谈到星辰与死亡
照镜子时谁都可以一直做自己

真实的东西是有影子的
天空的另一边是地狱

二

地狱的清晨是何等模样
如果这就是死亡
那么我就复活

黑暗中
你看见了自己的一生

那就是平静　睡眠
死亡和光明

三

我们一起讨论天使　　光线和时间的概念
门启处
是一片不可思议的寂静

这里有书桌　有时钟　有灯火
有窗子
现在你已吃下那颗糖果
如缺乏或者死亡

读书
和天使聊八卦
及做爱

四

男的献身于宗教　　女的自杀
在没有安拉的地方

非常美丽　非常贫困　非常忧郁

每个人都有一片雪花
今晚的主题是我的头发
他很友好　很喜欢狗

你的遗憾不仅仅是你的
而是整个世界的

五

歌词吟诵爱情　痛苦和世界的空虚
脸被赋予生命及意义
摆脱时间与神性
所有的生命皆相似
如同我的死亡与梦境

文字与脸
你梦中出现的每一只狗
骷髅　马和女巫
我以及棺材里的尸体

为什么画家

总是把天空涂成波斯蓝

他曾写到

我们没有私生活

致哈亚姆

从鱼到月亮
这是开天辟地第一个早晨所写

神从人得到宽恕

致波斯·萨迪

二是梦遗
三是羞体上长出阴毛
人身上有的地方是不好明说的
右边本身就已完美
底格里斯河总要流过巴格达
蝙蝠的眼里是一片黑暗
只在你忘记真主的时候
国王的身体早已腐烂
眼睛在眼眶里转动张望
没有前定的人在底格里斯河里捕不到鱼
不幸者是死了也就撇弃了一切而去的人
传闻中记载穷人的死就是安息

此时盛开
彼时凋谢
冬季
你为什么不出来

致迦梨陀娑

谁会向幼嫩的茉莉花上浇热水呢
我看到你以前采集的
生在门前的祭米

山在狂风里
也不会动摇

致顾城

一

为了避免结束
你避免了一切开始
你只留下了铜鼓和太阳
冥海的水波漫上你的床沿
你走向了永恒的空间
而我们
将在另一个春天靠岸

在远处　很远
在更清凉的夜色中
你避开了你的一生
火是一种浓郁的美丽
你把更远的水留在夜里
月亮是唯一的灯

没有一只鸟能躲过白天
有些灯火是孤独的

在夜里什么也不说
你知道
最后碎了的不是海水
在黑夜来临的时候
你在阳光里
我们也在阳光里

二

你没有希望
梦里没有
醒了也没有

致郁达夫

等枣树叶落
枣子红完
西北风就要来了

单调的海和天
单调的船和你

细雨化为云
蒸为雾

致鲁迅

一

你信我
我便去

你不信
我便住

二

你在天上看见了深渊

致张承志

他们在跳舞
我们在上坟

致杨炼

一

草地上镶嵌着生命
一部死亡的自传

山　比山更远
蓝总是更高的
水面的月亮　想圆就圆

星空在上面也在下面
每一夜都是归途
有多少黑夜　就有多少一九三七年

二

你站在海岸上
看见你自己出海远航
离开的日子　都是清明

鸟声就是葬礼

万物后面　是一条船

致昌耀

一

鹰鼓动铅色的风
长路上日月浮着烟尘
帆　是大海的翅膀
是飘逸的魂
黑色的山　黑色的水　黑色的夜
一朵盛开的牡丹

二

你喜欢望山
像梦一般遥远
一片荒坟　是黎明中的城
你不想苏醒
你看到了山的分娩
你的马驹行走在水波
你就是这土地的儿子

你就是这荒土
黑眼珠的女人　都是一盏盏清亮的油灯

三

风是鹰的母亲
你坐在黄河方舟　你望见森林里的小屋
夜空中有黎明的气味

八月是一株金梧桐
把最广阔的空间留给金色
今晚没有天鹅　没有花朵
你的生命是奔行长远的道路
你转向蓝的眼睛
盲者　给了你水
河岸上　雪花是红的
望得见的只是高山
只有日月昆仑

苍茫中是谁在追赶马群
红色的生活
驼峰马背　尽付与了黄沙

四

只有风的牧者
你也是放牧长风的精灵
带露的木叶竟成春天的遗书
古事千年如水　时光已成终古

你这大山的囚徒
远　不是你应有的生活
冰山那边
你听到自己的心　落在日月身后
仿佛在湖泊的对岸
通向太阳的路
斧锯声中　你听到了女神的呼唤
生命重又回到你的躯体

她是谁
空空青山　你若非看到了希望的幻船

你想到往昔
跳崖自尽者的游魂
这里　是基督走不到的地方
唯有心　驰骋在阴山之野
你听到太古之初生命的水

你看到奴隶殉葬的墓坑
太阳　应该升起来了
此时　冰山那边满天星斗
东方　就在一线光波之中
山垭口　一座喇嘛寺的金顶

五

你不属于这个黎明
七千年前的高山流水
像一个七十五度倾角的十字架
历史的长途　留下先行者的雕塑

你是一部行动的情书
你不理解遗忘
十指弹向空中
触痛了的是回声
旷野的猫　可是你昨天的影子

在土伯特人沉默的彼岸
那些占有马背的人
猛兽的征服者　炊烟的鉴赏家
鹰的天空没有墓冢

众神的微笑

是缥缈的哈达

在白昼的背后　是灿烂的群星

然后　是燃烧的水

是花堂的酥油灯

是时候了：该出生的一定要出生

在不见青灯的旷野

超然在时空之上

你应无穷的年轻

你应占据不尽的未来

你既是苦行僧　又是欢乐佛

是时候了：该复活的已复活　该出生的已出生

六

边陲的山

梦中有佳木

黑河向北折去……

有比马的沉默更使人感动的吗？

时间的永恒序列

闪光的风　　飘然一支玉笛
西子在哪里？

在地球的第三极
昆仑原上　　黄昏的沉重
眺望东方的黎明
云雀是飞鸣的鸟

失去了大海的船夫不再是船夫
在红与黑的时辰
远方　　亮似黄昏
在出产骆驼草和夜光杯的西羌雪域
一头野牦牛　　他有金黄的鼻圈和金黄的犄角
一片黑色的波动
这里　　阳光也是香气

古原上　　天是青苍的
你从驼峰想到浩天大漠
想到幻想的金桂树
这里是黑土的海
这里是天涯

你不为寻找古迹而来
你不为寻找神话而来

雪山神女的草原是宽广的
背水女的心怀是宽厚的

七

人和马　人和山岳　人和故乡
准噶尔的天幕　张开一面七彩的扇子
双手在阳光里吹奏
汗血马在花雨中远去

树冠下的鸟是 24 部灯
高处是白炽的云朵　是飘摇的天
看得到太平洋的帆
驶向阿尼玛卿雪山

雪山北　旷原之野
沿途第三只乌鸦　半狮半鹰的神
刹那已成永恒

一切是时间
时间是具象　可雕刻
时间是镶嵌画

你已推开玛纳斯河西岸的绿城堡

一切恍如昨日

爬上来的半边月

攀树的源牴

你走向开花的时间

走向夕雾半遮的古之大河

走向　第九个昼夜

八

远方漠野　　散射的晨光

黎明中的野山羊

黑河发光的鹅卵石

深山独庐困在白雨中

好大的一只鹰

白头的巴颜喀拉

白头的雪豹

三条自然的母狼

鹰的城堡

消失的黄河象

迎神的喇叭

唐古特人的马车

你　走向远方
你是时间　你是古迹　你是春之召唤
你终将是巨人般躺倒的河床

皮革与草的气息
你期待已久
看见过大雪山的黎明和黎明中的鹿
看到过马驹　看到过犬和狼
看到过万千牡牛的乳房
看到过　万千处女的秋波

雷霆从河床上滚过
你去了　去追随自己的车队
他们说：那里正在修一座桥

你的双眼璀璨如雪
雪白的曙光里第一批长眠者
肃然远去
远方　正在修一座通天的桥

九

没有船的湖犹如无弦的琴

从碉房出发　沿着黄河　寻找卡日曲
寻找河的根
西羌人的营地　吐蕃人的火种
吐谷浑人的水罐旁
是蒙古骑士的侧影

一路度过沐浴节
每一条河　都是一棵盘龙虬枝的水晶树
守护神住在九座白石崖
天棚草场只有天风浩荡

白云　蓝空
海的笑声是夸张的
海的笑声是迷幻的
失去了飞鸟的投影
在盾形的大海上
你只是海的幽客

你听到一扇推开的窗子
大月氏人在那里支起流浪的苍穹
这土地　谁爱得最深？

攀登得越高　海离你越近
你没有悔恨

直到最后一分钟

十

使臣已西出阳关
使臣已乘云雨而来
但你也已等不及了
看啊　隔岸那只苍狼……

行舟已摇过万重之山
再不是那处流水
再不见　那个歌舞的胡旋女

大潮如盐如幻
如日晨一派银白雪
光明之乳
海的少年满怀海的冲动　向远山走去

无声的河
钟鼓那时已西沉
年年都有四月
年年都有老木头

围春神跳踢踏之舞
在最不该流泪的日子
你泪流如注

十一

昆仑摩崖　无韵之诗
是一曲古歌
是一片蓝海洋　星宿的海

月亮湖边处子们的月亮诗
一步一朵莲花
从神的时代远延而下

夜彷徨
一千年往后
是马　是匈奴　是长着头角的荒原西域

转瞬群山全在暮色仓皇之下
于是跳下去
跳到天荒地老
归于飘　归于魂

十二

不止于一个散花的天女
大道似光瀑倾泻
信仰不听从历史的裁决

总是金野牛
总是灿然西去
越往西北　山色越堆越重
越深　越浓　越冷

一个穿红色百褶裙的高原
一个白布缠头的高原
从森林到森林　一片黑森林
从黎明通往　天涯尽头的光之源

空中　道路荒无
死是一种压力
死是一种张望
死是一种义务
悬棺云集　死亡的建筑
最隆重的一刹那
必在人生的最后

无门之门
一万种鸣禽
一万种风
赤条条涌向东方之门

十三

仅有风和流水
楼兰古城　沙海　天葬者
走向一堵红墙
走向土地和牛

死去的青年一代
在云海之上
那些石头
观星人　江河日远

飞翔苍远的背景
创造和毁灭之神在你梦中朗朗大笑
天空血酒一样悲壮

眼睛穿不透夜的墙
乌鸦像一只黑色的灯

帕米尔冰山的轮廓
两个雪山人的背影
一个青铜的女子

信仰是一种至大的爱
太阳人在万里之遥
心源有火　肉体不燃自焚

大漠深处纵驰着一匹白马
心　如黑色的梅
超现实的马越过千山万水

天鹅湖上的一双水晶鞋
村口的红衣女子
是一盏照明的灯笼
你欲飞翔
于是　你就飞翔了

十四

黄金是记忆　是烟草　是生命与梦
爱　如一次流血　如一棵树
遥远如同再生

理解魔鬼也就理解了上帝

不为呻吟就为呐喊
神早已失去了踪迹
钟声回到了青铜
不见村庄
苏醒就是时间

窗玻璃贴满了眼睛
狼呢　进山了
山呢　雪盖住了
雪呢　化成了水

一只鸽子如一本受伤的书
你绝不是最后一个　走出谷地的皈依者

十五

青山已老只看如何描述
五个看湖的水鸟
是五个佛陀

一片茅草地像鸟儿一样飞来

不是所有人都能走到昆仑　念青唐古　巴彦喀拉和冈底斯

寺　在彼岸
一只逃亡的鸟
一只蹲伏在山脚的鹰
想象翱翔于南疆天宇
你的孤独是致命的

谁与你一同进入月亮
缥缈在镜像与虚无中
那就　选择风吧

致中国少数民族女诗人

谁的眼泪滴落在高处
望见一场大雪　然后望见你的背影
在雨天在水中你炽热而美丽
在风的上方
风吹过风就走了　　雨下完雨就停了

为了水之源和土地
一棵树
是另一棵树的过去
秋水中的远山
人死了
都是神

致杨小伦

诗人的追问

上帝
是不是永恒都没有生命

上帝
是不是只有灵魂脱离躯体
才是永恒生命的开始

诗人座右铭

生于冬天
死于春天
不为诗歌生
但为诗歌死

致冉仲景

诗人的回答和沉默

没有梦过就不配醒来
没有爱过就不配去死

致野牛与夏加

最初的曙光来自天上

众神比众生少一座坟

致马松

没有一种真理比得上春色无边

万水爱不够的还是千山

致大豆

神灵的天堂
就是人类的地狱

致王小瓜

必须将人类带进地狱
否则　世界没有未来

上帝就是未来

上帝何在
上帝　就在大巫心中

致诗人

诗人墓志铭

诗从死亡开始　今日之诗从奥斯威辛开始
诗人　从地狱出发

为诗歌而生
为诗歌而永生

人类灭了
诗歌犹在

致雪域高原

吃长犬齿的水牛
看见四只狗
与四只乌鸦奔跑

猫头鹰在冬天大笑
马在夜里嘶鸣
老鼠和黑麂子不按季节交配

看见白乌鸦　食人肉之鸟
降落在屋顶上
看见母牛生人

致德格印经院

风之圆光

非人歌舞与水月舞者

第七与第八说

南方花鬘与问话

八十四圣者传

黄山居佛母传

清净月晶石

金刚云雨与空行向导

意乐莲花与魔树花园

寓言月光

鬼神遗教

四光线经

第四章并第七支

三界空行

致中国

天地人

杨柳如是
贺兰望月
白云上

第五桥　第八峰　第二天
启与无疆

那条路　那时候　那山河
水中国　山上　鸽子飞
夏商周　家天下　绿水青山

剑道
杀父
川上曰

看见风　看见水　看见春夏秋冬

从白昼而来

致古埃及

我是生和死
我是大麦

死者同时拥有石头和香蕉

致恒河

第二
你要向北流

他和她们
她和他们
她们和他们
融化在一起

致所罗门之书

一

她征服了时间
猫头鹰永远不会衰老
年华被镀上了银色的光辉

神要诅咒谁就让他学会写字
他们信仰植物
就像信仰圣人

你要的是无穷无尽
你也有一个孩子他在红海中游荡
她的美照亮黑暗

你的脸出现在空中
你的身体像蜗牛一样卷曲
你是谁　　风吗
你在哪一颗星上栖息

月牙尖对着的南方的那颗星
在歧途上
她将继续引导你
直到坟墓

她住在月亮上
她有三种形态
黑夜　星空和曼陀罗

二

100 粒苹果籽使人死亡
独角兽　祖母绿
蟾蜍石及其他

未来的爱人
将出现于梦中

致黄金海岸黑人的上帝

上帝
今天给我米和甘薯
黄金和美玉
给我奴隶　财富和健康

致古希腊诸神

每一片云都使我发抖
她要举手祈祷
才想起已没有了手

告诉我你们的家乡
告诉我你们的名字

在空中
我在何处可以找到你

致奥古斯丁

世界之前无时间
世界之外无空间
任何思维方式都不能理解无限
魔鬼是上帝的玩物

我　看见这个世界存在
我相信　上帝存在

致以赛亚

早晨将到
黑夜也来了

黑暗是它自己的命运

主的道路是
仁慈和真理

致穆罕默德

地狱更热

你身上最美之处
是你的微笑

致耶稣

你是道路
真理和生命

致佛陀

海是什么
它在哪里

但我的真正生命是法身

致俄耳甫斯

你穿越黑夜　出没空气
水的情侣
喜爱狗和夜
你是飞鞋的信使

头上环带着黑夜和黎明
在生长的季节让清水长流
你看见一切　听见一切　判断一切
你在无尽的花与叶中展示形魅

你是水的气息
是命运
是神意
起初和终结
这就是最伟大的诸神

来吧
蹦跳奔跑着来吧

致赫尔墨斯

没有光
不要读出神的名字
睡觉时也要睁着眼睛

如其在上
如其在下

这就是我要说的
太阳的工作的全部

致靡非斯陀

一

山上有雷霆
闪电和密云
像人类一样体验情欲
痛苦和死亡

他的话语就是闪电
他的眼睛
将要回归太阳

二

你们躺在那里
尸体抱住尸体
灵魂和海洋闪闪发亮

在黑色大地上

最美的是什么

大地　海洋和天空
都在沸腾
没有他的准许
一个麻雀也不能掉在地上

三

世界上的事
开头和结尾
是清楚的

为生命
而选择生活

关于太阳和宇宙
我无话可说

四

他一开口就丰收

海静了
风停了
水退了

致毛利人的上帝

让水分开
让天成形

让地出现

致摩诃婆罗多·毗耶娑

月亮中的印记也已消失
有五穗的大麦
有百穗的稻谷
太阳　月亮　星星
还有风
六万六千年后
进入月轮

众生的父亲　母亲　儿子
天空和天国
还有启明星
月亮和太阳
你的职责就是行动

以你为归宿
走向你
我要思念
崇拜你
祭祀你

向你敬礼

大地上倒卧着断鼻大象
灿若莲花和月亮的面庞
这时
黑夜降临

以马为鱼
倒下时
看到太阳落下
在太阳熄灭时前往我从前的居处

哪里有过去
哪里就有胜利

致巴比伦·吉尔伽美什

此人见过万物　足迹遍及天边
他把一切刻上了碑石
他三分之二是神
见了水就眉开眼笑
去吧　你的猎人把神的女人领走
并且将聆听她的预言

起来吧　从地上站起来
喝吧　这是此地的风习
太阳之下唯有神灵

把冥府的大门敞开
在黎明之光里
我想探听生命和死亡
纵然有叹息和眼泪
来　　给他打开入山的门
将死亡给予死者

芦舍啊芦舍
墙壁啊墙壁

这时辰终于来到
在海的尽头他认出了岸

谁和她睡觉呢
那个使豆成长的农夫　　　那个使大麦成长的农夫
她盯着你
用死亡的眼睛
你们的水合为一体
嘴唇一动火就燃烧起来
他在她的乳房上建起了特别壮丽的山

麦子母羊的创始者
在水上创造了云
他是牧人　诸神是羊
期限已到子宫开了

神听啊　人类在呻吟
他们看不见光
把你的门打开　我要进去
牡牛不挑逗牝牛
那些天　那些年月

让他回到大地上去
在天上
他是野兽

致格萨尔王

你在无主的山上建过多少个经塔
你在无主的地上做过多少个察察
你在无主的河上修过多少座桥梁
你在无主的风上竖过多少面经幡

致仓央嘉措

一个人在雪中弹琴
我为了死才一次次地活下来
我一走山就空了

未来　花朵与春天无关
解梦者是天上的风

把蹚不过去的河
留给来生

致人类

天·地·人

0

地狱在上
天堂在下

1

我要对孩子们讲关于上帝
关于精神的真话

2

我们品尝过汗水和精液
我们的心已被文身

3

我们从来不同鬼魂性交

4

我们拥有雷霆和海洋

5

没有耳朵的甲虫
许多鲜花
盛开在无人见到的地方

6

痛苦是遥远的
我们是我们父亲和母亲的墓志铭

0

让我们
在中国和大地上信仰

第二诗章

乐

人 的 创世记

上 篇

墓中船 · 时间 · 墓地

方舟　驶向彼岸

在想象中
在噩梦中
在愿念中
纵身踏入地狱
寻找死亡存在的真相
探寻你自杀背后
魔鬼或上帝
神秘的意志
凡人间没有答案的
天堂也没有
地狱是唯一的真相
地狱是唯一的理由
开放地狱
是为了开启未来
开启我们走到了世界尽头的心
是为了——

重建地狱
重建天国

重建未来
重建过去
重建人性

重建生活

重建地狱与天堂就是重建绝对性
绝对性就是爱的永恒
重建历史与未来就是重建彻底性
彻底性就是爱的永远
重建人性
就是重建自然性　人类性　上帝性

重建生活　就是
让生活成为诗性的宗教

让生活成为人在大地行走和栖居的宗教
让生活成为人在宇宙中存在和信仰的宗教

死亡先于爱
降临我们头上
地狱先于天堂
世界是过去与未来
天国是我们最后的精神家园

上帝是我们最初
和最后的生活

灵魂的无知就是地狱
一切地狱所见所闻
与人类无关
与上帝无关
均属个人生命的历程
均属个人灵魂的立场和虚构

诗从死亡开始　今日之诗从奥斯威辛开始
诗人　从地狱出发

你居留的高度接近神灵

面对天空我感到羞耻
重新认识石头
大地和花朵

你为何要去死
用拒绝世界的方式
用拒绝天堂的沉默

神灵的草地和天空
是大地最后的远方
飞行的鸟群用来怀念
呼唤你石头里的呼唤

放弃天使歌咏的世界
用骨头与情歌
用死亡的光芒为你招魂

重返东方
重返日出和死亡之地

回到你和时间的起点

结束世界与爱的游戏
找回生命被遗忘的意义
地平线上的一缕阳光

天上
你的孤独
神圣不可侵犯

谁看透了世界
谁就必须去死
然后同黎明一道复活
成为大地和诗

永恒地站在时间之外
成为一棵树
成为爱和思想

马和帆船的年代
世界是明朗的
在死亡降临之前
我们相互信任

山河破碎而壮美
我们扔掉捏在手中的世界
我们虚无的手将在云层里相握

不再需要葬礼
世界已成为回忆
我既然已选择以你为世界
以死为生

世界的本质不是复杂和深刻
你曾渴望单纯与宁静
单纯而宁静地面对死亡
你做到了

鹰是悟道者
鹰以翅膀走过大地
卸下生命与世界的幻象
鹰让我看见了天空
你居留的高度
接近神灵

拥抱生命中的偶然
在死亡如水存在如死亡的平淡中
思考生命的意义

一个可知的世界不值一过
活着就意味着不可能成为一棵树
不可能一次就花开

不再遥望星空
人性与神性的脱节
大地本无须幻想

悟道是危险的
痛苦而绝望
人心没有回路

悟道使人明亮而苍白
虚无之美化为存在而失美
心只为无知的未来而狂喜

伟大的神秘
存在诱人灵魂的芳香
悟道迫使我成为上帝

要么成为上帝
死于绝望
要么背负光明
黑暗而存在

一个可知的世界彻底粉碎了诗
诗人消亡于
一个寓言的未来

开启就是拒绝
世界
因拒绝而辽阔

荒野是星星在大地上最后的呼吸
死亡是跨越了星光后的生命
思想与真理在上帝脚下终结

大海
是情人悲伤的眼泪
也是神悲伤的眼泪

大海
是天空说出的
又一句谎言

为死亡之物重新命名

诗人面对永恒者
述说爱
花与冬天
瞬间和永恒的感受
述说灵魂比肉体更深的痛苦
梦与想象中的死亡经历
对上帝的情欲
对地狱的背叛

述说存在
万物被命名
就成为历史与习俗
众神死于语言
神死于人类
人走过大地
以怎样的方式告别和存在
诗人在语词的摇篮和坟墓中
为死亡之物重新命名

日月星辰与鸟

众神的墓园

太阳最真实的谎言

死亡与梦无法到达的心空地带

天空是诗人的墓志铭

把遗嘱写在星光上

在末日到来时

敞亮地说出太阳

神和爱

抚摸大地上的石头和树

鹰因天空与存在的启示

飞往太阳

太阳是诗人心中

最明亮的黑暗

星星已在神灵之前

道出了世界的真相

月光中写尽了

诗人的怀念与诗行

星星自我照亮

而后

永远沉寂

在月光中写诗成为人子

诗人不比神灵活得更长久
甚至不比诸神更欢乐
星辰在上
谁还能如天使般幸福
神与星辰和死亡平等
众生平等

诗人怀念死亡的方式
就是大地悼念生命的仪式
星星早已经为诗人准备好了悼词
在太阳朗照大地之后
诗人在上帝的沉默中沉默

大地还没有被述说尽
大地以自己的方式述说
光洁如处子的河卵石
真实的树
真真实实的少女
大地是不能被翻译的

月光是行走在大地上
最后一个诗人
我们都将成为月亮的心灵
在月光中写诗
成为人子

月光无骨
月亮无心
神放下了光明
永恒之爱呈现
月光在大地聚成一颗
诗人之心

神在大地上写下的诗
是轻灵柔软的
少女与水是轻灵柔软的
诗凝结的光线与石头
大地是太阳白天做的一个梦
大地是月亮
在夜晚写的诗
最终沉默的将永远是诗人

走过大地
并不意味着走过死亡

一只鸟给予诗人的
甚至比上帝给予我的还要多
一朵花
盛开在上帝的原野上

诗人终生在星光中流浪

走近少女
也如走进了星光
日月在朗照
少女的世界就是一切世界

花在枝头上绽放
聚与散并游世界
诗人在大地上
写天上的生活
也唯有诗人相信
众神的眼泪

天空是神灵的家园
是星星宁静的墓地
墓地　是生命最纯粹的风景

在阳光下看一只蝴蝶
飞过天空
飞过云的头顶和阳光

飞向死亡与远方

在蝴蝶的飞扬中
大地在我们的死亡与怀念的远方
呈现并重新诞生
诗人　阳光　花朵
都是大地的家园

大地把一切美与悲伤的事物想象成为家园
诗人的灵魂与爱情
化为云彩
化作蝴蝶

怀疑星星不是星星
怀疑月亮与太阳
诗人因为怀疑而信仰坚定
大地因人类学会了赞美和怀念

鸟怀念与赞美
故天空存在
树赞美与怀念
故大地存在
墓地就是赞美
死亡即怀念

死亡没有后来者
诗人不是大地上
最后一个赞美者和怀念者
将不会再有新的上帝

天上的星
足够我们去赞美
足够我们去怀念
足够我们去死
去追求永生

神的墓园不属于诗人
神的家园不属于人类
诗人在太阳下面没有墓地
墓地是属于上帝的
诗人终生在星光中流浪
诗人在大地上
写不尽最后的一首诗

有星辰就会有神灵
就会有星空下的赞美与怀念
神不会因疯狂而绝灭
什么才是死亡绽放的
那最美的花朵

越过蝴蝶的梦
越过阳光与鸟儿的飞翔
看女人和男人
在上帝的原野上
接吻
拥抱和做爱

在天堂的幻灭中亲身感受
成为上帝的神圣和寂寞
月光如大幕降下
遮盖了
在神的墓园交欢的天使

关怀上帝与真理

在人间
天国是假的
唯有在地狱
你才能理解地狱

上帝构想出地狱
是为了人类
在地狱中寻找天国
地狱　有一种非人间能体验的踏实

在大地我一无所有
在大地没有了却的心愿
灵魂在天国去完成
地狱使我更坚定地行走在大地上

关怀存在
关怀上帝与真理
关心死亡和灵魂

必须从人

再回到上帝
你们必须成为天使

诗人通过月亮言说太阳
通过太阳言说天空
通过天空言说上帝
通过上帝言说大地与生命

天使在天堂
感到存在空前的迷惘和寂寞
这是人类对于天堂真实的想象

触动大地的
是从存在的深渊
与天国中抽身出来
环顾世界
学会凝视和思想

绿色的阳光饱含欲望
在身体中长成一棵树
在死亡中开花

谁看清了蓝色真实的谎言
谁就在地狱
获得自由

我　爱我的人类

女人是我的地狱
美因为天使
也因为死亡
在大地上泛滥
她们的水流进了天空
她们的身体是神葬身之地
女人的生命是世界的救赎

放不下我内心
大地的沉重
远山的呼唤
割不断我心中死亡的念想
心灵因充满水而窒息
天使是女人和鹰的灵魂变的
灵魂通过男人流向地狱
灵魂通过女人流向大地

灵魂撞击着心扉
想要出来承受太阳

灵魂燥热得发紫
灵魂燥热得发冷
在太阳下生起一炉熊熊的火

我死后将把尸骨归还给祖先的土地
将把心中的绝望献给神灵的天空
时间把梦想撕得粉碎
生命被真理践踏
死亡在地狱歌唱
我站在太阳的阴暗处哭泣
或放开喉咙
不发出声音

鹰并不歌唱
鹰只是把死亡带到了天空
鹰的天空
也是麻雀与乌鸦的天空
云的天空
是人心遥不可及的天空

天空在顷刻间便倒在了自己的血泊中
天空在流血和呻吟
但神说那只不过是一场风雨
是风雨后的彩虹

是临近黑夜时的一片光明
太阳与鹰之间
如人子的鲜血
一样的夕阳

诗人除了灵性
还有什么可以展示给天空的呢
除了死亡
我就只剩下所有了
诗人走过大地
唯有鹰和太阳之间的那一条路

砸碎了眼睛中的大地
撕毁了怀念的天空
诗人所见生命的
也就只剩下飞翔了
天使在幻灭的大地与天空之上飞行

长江黄河在中国诗人的天命中流淌得太久
天下再大　对中国诗人来说
大不过天涯与海角
目光再幽远
远不过大海以外的田埂和村庄

隐身于太阳身后的赤子
太阳用光芒与黑暗
也用童心照亮世界
我用太阳召唤你
用太阳的死亡呼唤神灵
沿着太阳的道一直走向死亡
一直走向上帝
或地狱

天使在地狱中
在你的噩梦中
为人类的灵魂而哭泣
为一个石头哭泣
为一棵开花的树

你的生命
交由大地来注解
也交由天使去注解
神灵在我们死亡的身体上
跳舞
和性交

太阳不该成为大地最后的见证
一只麻雀

也想用翅膀击毁天空
太阳是你眼睛中
神光芒的叹息
死神的背影
在大地两端翻过身来
我们与亡灵拥有同一个太阳
同一片云彩

死亡不该是生命认定的天敌
死亡不是灵魂的影子
人类的堕落不在大地上
而是在天上
天使那无知无味的眼泪
胜过死亡的滋味
神的目光在太阳的背后
注视着大地

在太阳下面只有祈祷
没有救赎
在太阳下面只有痛苦和不幸
但没有　罪恶和审判
天使的欢笑与眼泪就是审判
上帝的爱
就是上帝最后的审判

即使没有天堂
即便是只有地狱
哪怕死亡是存在的终结
我　热爱大地
我　爱我的人类

月亮是灵魂唯一的陪伴者

云是人类在天上的根
太阳是人类在世界的良知
上帝的审判与怜悯
就是人类的未来
欢乐和痛苦
布满了天空

天葬是精神通往永恒的预言
天葬教会了我
放弃对死亡的痴迷
对大地的眷恋
月亮　是灵魂唯一的陪伴者

面对太阳
就像真诚地面对
一张流血的手帕
或一棵悲伤的树
就像面对
为毁灭而燃烧的石头

在想象中
当我与死神握手的时候
二十一世纪就此诞生了
在想象中
我们手挽着手
为生命而祈祷
在最后的情歌悠扬中
走向天葬
走向地狱

大地是死神心中的娼妇
死亡是上帝
在人类心中做的一个春梦
诗人的孤独和绝望
是射向太阳的
一支箭

时间没有给人类第二次机会
但上帝给了人类最后的希望
太阳是从上帝手心上
放飞的那只鸽子
看见人类为飞翔而流泪
上帝笑了

在太阳下面点亮一盏灯

谁可以用一根手指
或整个身躯
承受住太阳的幻灭
谁能用灵魂托起
一只死于天空的鸟
或者　一片燃烧的云

把太阳拥入怀中
就如同在夏日的傍晚
把情人拥入怀中
人类本来就不该有痛苦
和眼泪

与太阳共饮一杯
天空的酒
我们没有理由不尊重
太阳的光芒和毁灭

鹰的天空

对于大地上的生命
是最高的天空
也是最后的天空
鹰的天空该不该成为
人类最终的天空

太阳扑向诗人绝望的想象
就像天空扑向鸟
和少女的怀抱
就像大海扑向鱼
的眼睛和梦

在太阳下面
点亮一盏灯
一个人静静地
唱一支关于夜晚的歌

上帝给予了人类天空
却因此伤害了人类
上帝只应给人类一片彩霞
这是大地的悲哀
也是天空的悲哀

天空

在天使的睫毛上飞翔
所有的鸟都是天空的一根飞翔的睫毛
神与太阳
在黑暗中
相视而笑

太阳是天使拇指上的一枚戒指
太阳是幸福的
我终于可以面对
唯一的死亡了

天空
是上帝心中燃烧的烽火
照亮的
不仅是远方与死亡

诗人在酒杯中
饮下太阳
人类是坚持真理
反叛上帝的
一根稻草

天空是一颗子弹
人类没有

葬身之地

大地是天空扔掉的
一条花内裤
一顶绿帽子

天空是天空说出的一句谎言
生活
是驶向梦想和死亡的挪亚方舟
灵魂是飞向太阳的情歌
雷霆中诞生的花朵

在大海上
死亡是圆的
追寻太阳
人类因此而淡忘了大地
追寻大地
人类因此淡忘了天空

死亡
仅仅是
太阳的一个道具

天空

依托大地而升腾
鹰依托羽毛
也依托灵魂飞翔

鸟站在高高的山顶
背负苍天和云的身影
太阳与牛羊
携带着死亡　　一路
走过大地

你的灵魂中
除了爱
除了上帝
没有人类和世界

世界是死亡与时间拼凑的记忆

狼在走出森林之前
草原是沉静的
尸体在阳光下就像情欲
不会再有新的人类
从宇宙中诞生
雪线也是生与死的分界线
灵魂困乏于土地
上达不了天堂

死亡像云
像雾
像风
像黑夜
死亡
像爱人的肌肤
覆盖在大地上面
为梦想中的鹰
为生命不能到达的雪山
我曾放弃大海

我放逐了自己

太阳的源头
不在大地
也不在天空
众神在天空等待
一种新的文明
亟待诞生

世界
是死亡与时间
拼凑的记忆
生命是远方的呼唤
死亡是呼唤的远方
爱是生命对死亡的想象
爱是死亡对生命的开示

太阳的飞翔是光
飞翔就是
即身成佛
太阳的葬礼
是黑夜的葬礼
是风的葬礼
是佛的葬礼

过滤掉大海中的盐和死亡
过滤掉石头里的阳光和历史
从大海到大海
在死亡的幻想中
追随古代的鲸群
在所有未知的海域
打捞人类遗忘的所有的沉船

大海是太阳水写的墓志铭
太阳是大海用火做的墓碑
明天将不会有
属于我的大海与沉船
其实
从来就不曾有过
属于人类的大海和沉船

回头站在同一个天空下
昨日的太阳不是明天的太阳
大海的咆哮
挽救不了大海的空洞
跪拜天地的祷告
甚至唤不醒一只蝉的睡梦
唯有星辰
是　永恒的

祖母的子宫
无法再承受爱情
生命的悲凉和屈辱
消失在
海天之间

一切年代都是同一个年代
所有的葬礼都是同一个葬礼
鹰飞往太阳
染上一身的蓝天
阳光直接刺向
鹰的眼睛和心灵

冥界的河流呼唤地狱

眼睛所到之处
死亡都曾降临
眼睛所到之处
神灵就诞生

世界
在我的孤独中
越来越渺茫和空虚
谁在眼睛之中
看见过自然的原貌

诗人在内心的寂灭中
蜕变成一只赤道狼
在灵魂的幻影下
追逐太阳

雪原
诗人与狼
成了兄弟
在流浪中废弃语言与世界

用天空和死亡交谈
用伤痛和绝望
彼此相爱

世界是一只失去了伴侣的黄鸭
为爱而牺牲
为爱而殉道
嘴里唅着一枚白石
沿着赤道绕地球飞行
飞越天空与悔恨
寻找为爱葬身的地方
孤独的鸟
你才是大地真正最后的葬礼

灵魂是
在死亡的瞬间
飞向太阳的鹰
太阳是我噩梦中的地狱
只有鹰能拯救世界
只有太阳能拯救我的亡魂

我们都是
大地母亲的亲生儿子
从开天辟地
便获得了

永远占有母亲的权力

汗毛上站着饥饿的狼
站着诸神
我向世界引进
更加深邃的黑暗
我向世界引进更深刻的毁灭

只身躲进火焰或孤独里
与死亡同醉
把世间的悲凉
对虚无的恐惧与绝望
一齐吐在我的心上

我是死神一生寻找的草原和羊
我用情欲和思念
歌唱地狱
蜘蛛与螳螂的爱情
令世界美不胜收
尸体在我梦里繁殖

狼在未来
与羊达成和解
死亡在天堂
与生命达成和解

子宫中流出母亲一生的希望与衰老
一声啼哭伴着
一个时代
接着一个时代的幻灭

命运的流行
罪恶的传教
从灵魂开始拯救生命
重建生活

门牙思念远方的草原
天空没有爱的位置
结扎母亲的输卵管
让生命从另一个渠道出来
听死亡的胎动

在对大地的背叛中
我一天天长大成人
就是在地狱里
我也要诅咒上帝

犹大——
我
的
祖国

幻想中的地狱王子

光线与光线间
黑暗与黑暗间
我是我自己的阴魂
行走如风
风一样沉重
时光一样坚硬
在历史虚构的魔鬼的目光中
沿梦想中冥界的河流
呼唤地狱
上帝在一片云彩上手淫

幻想中的地狱王子　你是
母亲从未存在的情夫
你是迫使祖宗的血源自动曝光的黑白胶片
你是阻止遗传顺流的性动力
你毫不犹豫地斩断了土地的根
你是死亡澄清后的无源之水
是生命初次造爱的怀孕
你是天和地的第一个占有者

与进行分配的法典
你就是开天辟地的大地之子

天堂是你劳动的收获
地狱是你爱的奉献
大地是你感官的物质大厦
是妓院史上辉煌的门庭
世界是专门为你供应鲜血的后方
是魔鬼赠送给情妇的项链
与购物的账单
大地是人类葬礼上的筵席
是你醉生梦死的资本

大地是你的债权债务
是战争赔款与青春补偿费
你是大地的行为准则
价值标准与良心
上帝只收购苦难
悲伤是丈量爱情的尺子
大地的衰老就是爱的衰老
世界的毁灭就是爱的墓园
是你在地狱的遗产

你是生物诞生的烦恼

你是神灵没有走过的世界
是女人献身的教堂
你是生命的吸尘器
母爱的暴发户
你是人类精神的末日情结
是人类心灵的隔墙布
情感的话外音
你是阳光下
上帝的健忘症
为了地狱
人类
你一定要挺住

我的孤独是被天空追逐的鸟

我的孤独
是被天空追逐的鸟
人类在对世界的占有中
必须经受诸神的拷问

鸟行天道
鱼走水路
天空
是被死亡过分渲染了的
灵魂的幻影

风骑在马上追赶你
山骑在风上追赶你
追赶你
就是当场审判你
一只眼睛就是一杆上膛的猎枪

变换一种姿势
直立行走

脚倒挂在半空中
代替脑袋思想
或用心代替脚
把世界走得天昏地黑

痛苦的灵魂
尽管扬起头
吞月吐日
继续承受着神在天上的审判
人类到死
都不会有一个明确的罪
被最终固定下来

像梦一样自由地进出于世界
犹如精子的一万次漫长旅行
奇景就出现在深夜
所有之物
皆如少女般灿烂美丽
而白天
阴霾的心境被遮天蔽日

世界从海上诞生
世界在天使的欢歌笑语中
降下了帷幕

灵魂迷失在一座阿拉伯情调的花园之中

爱情像天空
天国的一个早晨
是我在梦中
第一个奸淫了圣母

无限形象中的另一个自我
魔鬼与太阳的对话
对于上天与神灵
人类更相信历史

想象远比天上的爱情更感人
魔鬼给我身上的每一根毛发
都戴上了绿头巾
花朵啊
我嫉妒公鸡

让月亮做公证人
以骑士优雅的风度
同发情的公蚊子决斗
观察星相与乌龟交配的季节
研究石头的性别
在地狱做更深入的旅行

倾听幽灵与绿叶的胎音
上帝啊
背地里你也意淫吗

爱情是猫
是飞碟
是意识流
是被自然色调还原的
嗅觉艺术

捏造一个上帝
对人类做最后的审判
我是被一个个动词
钉在女人乳房和大腿上的耶稣
我是头顶百合花的大耗子

我的每一根汗毛
朝向南方的天空勃起
等待堕落的天使列队从上面走过
一直走向屁眼和死亡的高潮
一直走到地狱

我的欲望像水手开的玩笑
感染了整个阴曹地府

我力大无穷的性欲
能让金鱼
孔雀和螃蟹
不按季节以几何级数繁殖

我梦想在植物界
矿物界
推广新的死亡科学
对冬天和风进行人工授精
把四季嫁接在同一个女人身上

我的痛苦在大地上泛滥
泛滥成船和滔天之水
我承认不是我强暴了圣母
因此才有了你和世界

我
不是上帝
我也永远不是
盘古

人类是神的风孩子

人类是神的风孩子

是被天空

一把洒在大地上

破碎的山河

时间巨大的阴门洞开

天空被时间的手掌劈成两瓣

一瓣叫作地狱

一瓣叫作天堂

一半是黑夜

一半是白天

一半是水

一半是火焰

神

是赤手空拳一腔热血闯天下的

时间超人

神的阴茎

发射的死亡电波

让石头受孕

让风和恐龙隔世怀胎
神是处女子宫中午睡的火山
是地狱里所有鬼魂梦想的情妇
神是死亡的教父和私生子

死亡没有题记和注释
没有坐标和方位
没有前行和后退
没有过去与未来
死亡
唯有开始
和启程
开始
并且　永远在开始

在我的梦里
一万只愤怒的大象
涌进死神的眼睛
我的深渊
是我唯一的真神
我的死亡
就是我的人类

神死死抱住死亡和永恒不放

圣诞日
也是地狱里的妖魔鬼怪
终止忏悔的日子
是撒旦放下手中的工作
与万里之遥的情妇
意淫的日子

一只死鸟
眼睛里记录下了
人类的末日与悔恨
天使的肺里
充满岩浆
和海水
太阳　在众神的意念中坠落
血肉模糊
绝尘千里

地狱里没有冬天

生命消亡之时
也是神灵消亡之时
森林消失的地方
正是人类诞生的地方

神灵走过冬季
神灵走过了
所有的冬季
怀念跨越了天空
但怀念越不过
所有的天空

空间
为生命和世界
设下了永远的障碍
仰望乘风远去的
神灵忧天的年代
为爱而流浪的
无限的远方

地狱里没有冬天
没有蔚蓝色的天空
阳光冻结成冰
思恋与目光
冻结成冰
鸟儿不顾季节
飞越了我童年时的梦境
让亡魂独自在地狱中忍受

想一想阳光和冬天
想一想死亡
想一想云
和女神
想一想童年的鸽子花

云淡天高的黄土地
风雨雷电的精神家园
凋零了的那无限春光
我们一起走过的
那个并不算寒冷的冬天

趁人类还来得及
在轮回中
缅怀上帝

趁上帝还没有最后忘记审判日
指天
指地
为誓
与来世的佛陀
挥手告别

太阳从天上
月亮从我心上
升起来
地狱
　永不沉寂

心空上的花已经开了

孤独
是神灵的家园
孤独
是我的墓地
和远方

天空的皮肤上
我嗅到了地狱的气息
你空远的目光里
有期待和暴风雪

上帝的寂寞
是时光
追赶的天涯

生命等待你的分娩
世界死于难产
死亡是人类
走不完的路

大雁的翅膀带回了春天
带来了更多世外的消息
星星在更远的天上
向我们发出死亡的微笑
上帝拿人类的痛苦伤自己的心

抚摸风中死亡的背和眼睛
聚合一生的目光
再最后看一眼天边

银色和蓝色的冬天
苍茫唤醒更深的怀念
星光中
有你舞蹈的形体
天空是你拉长的背影

魂飞而魄散
随你破碎的梦远去
思恋染上了阳光与时间的颜色
把死亡和怀念插进青花瓶
把怀念和死亡插进蓝天和石头

在诗歌中重建
你与墓地的温柔

女儿在梦中梦见父亲
我在梦中梦见了地狱中的观世音

夜色血流如注
空气伤痕累累
悼念以水与火的形体呈现

我的悔恨
比黑夜沉重
我的怀念
比天空深厚
狼全都死在了人世上

地狱的天空
是生命永恒的天空
围绕着死亡旋转
日食可能是天上最壮观的景象

月亮困住我的身体
太阳困住你的灵魂
用光年丈量星空
用爱丈量眼睛的距离
天堂在思恋中
越来越虚无缥缈

手捏紧了黑夜

挤掉黑暗中的水和温度

天使在你的视线外裸露

燕雀受伤的翅膀

在等待下一个春天

满山遍野都是爱

在寻找失去的生命

群山与河流

涌不进死神的眼睛

用大地也用天空

翻译鱼在云上的目光

睁开龙的眼睛

流出芬芳的语言

你的视线

有一种圣洁之美

你的血液中

流淌着人类和魔鬼的血

火焰的头发

水的骨头

存在之痛

许多年前

你与草原的远方

死亡在赤道凝结成冰
天上幽远的牧歌和云
是金色的
在四季遥远的河岸
心空上的花
已经　开了

死亡是一把温柔的伞

燃烧后的云彩
没有颜色
记忆中的四季
全都是红色的
风的种子
不惧死亡
拒绝天空
也就拒绝了大地

天使的世界
随手摘下一朵云
就是一个瑰丽的传说
鬼神在满月之夜
通人性
亚当甚至比女人更了解
夏娃的贞操和沉默

上帝说
要有一条船

立即就有你
做我的大海
上帝说要有一首歌
立即就有你
做我的黑夜与远方

上帝说
还要有怀念
立刻就有了你
做我蓝天下的墓园
这个世界
哪怕是有水
没有月亮

死亡
是一把温柔的雨伞
无论是水
还是石头
在人间
都不会失传

水的精神
孕育了天空
天使的目光

染红了天际
还会有女人
走出村庄和大地
去　　更远的地方

风没有疼痛

鸟在天上
鱼在水中
鸟把鱼和水
带到了天上
天使把鸟和天空
带到了诗人的心上
梦中
鱼化为鸟
鸟变成了天使

把属于基督的爱情
交给基督
把属于佛陀的
交给佛陀
从天上到人间
从地狱到天堂
你都逃不脱上帝的爱
你逃不脱
上帝的审判

太阳的注视
就是你的末日
风一路叫喊着
寻你到天涯
寻你到地狱
你可以怀疑死亡与冬天
你可以怀疑太阳和天空
但你不可能怀疑爱
你无法怀疑风

风没有身体
风没有疼痛
风没有远大的生活目标
你用意念走完了大地
你为风选择了一种生活
你用诗歌的方式
把灵魂
交给风
交给了人类

追忆和怀念是月亮的眼睛

人类把大地和自己
交给了诸神
如果你还在天上
也为我点亮一颗星

思想像鸟和风
穿越光线
穿越历史与梦境
穿越一切时空
大地上有云
漂流的形体
有光存在的幻影

在风的两岸
在世界的两岸
我和你
生命和死亡
存在和虚无
构成对称的风景

风景以外
站立着的
是那永恒者上帝

波光盈盈的水面
隐去了一切背景
源头之水
是死亡之水
也是神灵眼睛里的水

追忆和怀念
是月亮的眼睛
石头里
有深沉的歌声
时间的沿岸
太阳升起来
我不相信
那仅仅是一次存在的偶然

天空对于大地的沉默
阳光不需花的回报
云中之心
有七种颜色
七种光与火的裂变

上帝在七天之中创造了世界

猫有七条生命

在天上就应该有七座坟

七块墓碑

你需要七次死亡

七次光的诞生

你还得经历

七次环绕地狱的旅行

我相信

人与大地的结合

是水与火的结合

人与天空的分离

是光与火的分离

我相信

大海不是人类与美人鱼的眼泪

江之水远去

海并不呼唤

乱石　　无须

作证

火焰结冰的冬天

火焰结冰的冬天
天使的心是热的
佛祖的思念是热的
死亡是温暖的
地狱是温暖的
末日审判是温暖的
上帝的愤怒和寂寞
是温暖的

鹰从天葬地
带走的
与太阳从天空上带来的
一样多
我带给你和世界的
除了死亡
就只有怀念

精液和思想结冰的
冬天

精灵在我的梦中
带来了你在天上
殉道的消息
死神的眼睛之中
吹动着
太阳味很浓
很浓的　　风

醉了的是眼泪　呼唤的是血

酒喝不醉的高原
眼睛望不见的远山
永远都在悔恨的风
永远都在反叛的云
和天空

逃离了地狱
也逃离了天国的梦想
你想象中与神话中的北中国
比天边的一千零一个夜晚
还要遥远

比死亡更遥远的是
真主的思想
所有的怀念
都随季节一天天地远去了
所有的追忆
随雪花全都化作了水

生命错过一次开花
就永远地错过了大地和未来
醉了的是眼泪
呼唤的是血
呼唤的是灵魂
呼唤的是死亡和爱

生命可以被粉碎一千次
世界可以毁灭一万次
但你不能粉碎一个梦
你不可能毁灭
　梦中的思想

远方比远方还远

生命
在水中的流放
草原因失去了河流
退缩成一千个女人
与一个女人
最后的柔情
生命对河流的背叛
是对天空与爱情的背叛
生命背离了死亡
生命远离了
生命尽头的圣地

草原也曾在梦想中
飞往天空
诗歌在水中
无声的葬礼
鹰与太阳
在死神苍茫的眼睛之内
放牧蓝天

天空之鸟
都将飞过
你在大地上没有文字的墓碑

怀念死亡
和太阳
怀念草原的生活与爱情
你说
太阳是你远方的孩子
诗人骑在牦牛背上的诗
不过是关于圣地与来世的想象
冬天
随河流远去而远去
狼的呼唤
随冬天的消失而消失

远方
比远方还远
家园比远方更远
你的家园
就是你的远方
你在水中丢失的
还应在水中赎回
死亡可以告诉世界的

唯有死亡

死亡最终可以告慰世界的

唯有世界

死亡是最后的义务

唯有你

孤独的旅人

在一次次爱的葬礼之后

草原离你近了

像太阳的命运

你在大地

然后

你在天空

完成了生命的漂泊

完成了死亡的救赎

草原

连同草原的宽广

与温情

融入进你的心

天使

被天空

被爱和回忆

占满了思想

心灵

无须再承受死亡

死亡
是最后的义务
最后的责任
死亡是人类神圣的权利
承担死亡
也就是承担地狱
承担世界的毁灭
承担死亡
也就是
灵魂皈依上帝
与天国

跋涉吧　在存在的深渊之中

只有生命
站在天使的睫毛上
跳舞
鹰站在岩石上
大风吹动着鹰黑色的羽毛
为了夏娃
为了女人的灵魂和眼睛
为了太阳
为了地狱中的鬼魂

草原与雪山的交合
蓝天
把天上的怀念
投影在人间
大地便有了远方
大地便有了
太阳书写的地平线
从我的悲伤走向回忆
走向天涯的远方

天使的舞蹈

就是诗人的远方和地平线

生命朝着时间的山顶跋涉

死亡皈依人间的宗教

灵魂对于永恒的注视

走向你

在天上的爱

情系地狱

跋涉吧

　　在存在的深渊之中

在天堂　死亡的名字叫作爱

在草尖上
听天使心脏的跳动
跋涉
在人类心灵
荒无神迹的道路上
向死亡重新学习
尊重地狱与轮回
尊重每一个生命
绝望和寂寞的权利
死亡与爱
是人类终极的人权

死亡的气息是火热的
在大地上
与树和人类一起成长
与河流和鱼群一起奔腾
与鲜花和四季一起绽放
与万物一起唱歌和沉寂
在天上
与云和龙一同飞翔

与阳光和天使一同漫步
与风和自由的思想一同吹遍大地
在地狱
爱的名字叫死亡
在天堂
死亡的名字叫作爱

一只受伤的鹰
被时光
钉在尖啸的风上
夜在梦里的废墟
阳光在心中的残骸
孤独　是透明的
痛苦　是晶莹的
死亡　不能穿透

流星汇聚起天上的光芒
降下帷幕
天使为我身边的世界
唱响挽歌
满载灵魂的船只
沉没于大地
沉没于
　时间之海

风用人类的语言向月亮布道

对上帝的审判
就是对人类的审判

风用人类的语言
向月亮布道

从死亡中赎回存在者的存在
从死亡中赎回死亡的未来

最后再对山下一道指令
作为与山的告别

把悼词写在朝圣者的赤脚上
为荒野中的点点白骨和石头点一盏心灯

为日出唱一首
与死亡和天堂无关的歌

死亡像草

像风情万种的眼睛

死亡是一朵云与一棵树的传说
是一片雪花与一条河流的对话

死亡是彩虹与星星的寓言
是生长在雪鹰翅膀上的群山

死亡是神灵额头上的高原
是一片轻风明月虚怀若谷的风景

神灵的天堂
是人类的地狱

人的天堂
与死亡和人类无关

对天堂的审判
就是对历史和世界的审判

梦想潜入深渊
审判日已向你逼近

天空中没有邪恶

没有
最后的一个冬天

世界要么彻底幻灭
要么永远置于时间的前面
置于死亡之后

女人的背叛
将我从地狱中唤醒
上帝的背叛
将我永远地推向了存在的深渊

诗人在被世界的背叛中
重新站立起来

把世界装在心中
诗歌因此而绝灭

让天空在思想中展开

一直展开

流亡的路上
我找不到丢失的岁月

把痛苦和怀念累积起来
与生命一次性道别
只要死不干净
我仍然还是诗人
即便是一个绝望的诗人

心事如同神话
如同青草
散布得满街满世界都是

甚至都可以容忍
每一根毫毛上
世界的混乱

心像山一样撞击胸膛
哪怕是为一棵树
也死不瞑目

爱

必须去表达
爱　必须得到表达
不管是对一朵云
一个女人
或是　对地狱中的魔鬼

把邪念和绝望
紧紧锁在心里
把美丽与自由
展示在蓝天下

心
带着上帝的爱
在黑夜中跳动

尽可能携带
多的邪恶
走进地狱

心灵敞开
放出黑暗中的光明
放出　地狱中的思想

所有的鸟儿

都该飞向
蔚蓝色的天空

感受到心在流动
灵魂就已经开始远离

让心
在火焰上
跳跃起来

依靠太阳
依靠　整个地狱
帮助人类
再次重塑心灵

天空中不再有罪
天空中
　　　没有邪恶

生命注定在高处

生命
注定在高处
基督的灵魂
在基督的遗梦中
追赶太阳
风马踏雪无痕
风马似马而非马
风马是飘飞在风和时间外的
神灵的预言文字
天高
而　日远

诗人的心灵
承受不住一片雪花
或一颗星星的打击
人性像雾
像闪电
像鹰影下的死亡与追忆
像幽灵与青草

像少女的乳汁与酒
像天使五彩缤纷的眼睛

月光是存在的谎言
火焰像基督的心跳
人类的双脚
已大到了穿不进童年和神话
死亡蜂拥着挤进枪口和历史
鸟在天上
写下道别的诗句

水在思春
树背对着季节开花
冬天被阳光染成绿色与红色
候鸟与云的倩影
飞逝于高山之巅
世纪外的喧嚣
化作怀念和沉寂

沉积在死亡中的雪和阳光
翱翔在死亡之上的梦境
远山对大地无言的问候
对于天国
你比对坟墓还要冷

人类把青苹果与鸽子
还给了上帝
神灵走到了历史与黑夜的绝路
诗人在真理与意志的悬崖上自尽

荒野
曾让众神与狼成为兄弟
月亮才是荒野的房东
大地是蜜蜂
永远的家园
死神的眼睛
在云层和十字架的上方
凝视着大地

牛何曾为淡忘了荒野
而流泪
家禽何曾为淡忘了天空
而哭泣
除大海和森林
荒野是人类
建立在大地上的第一个节日

鹰是神灵与雪原的守夜人
风和太阳

是神灵欢宴的祭典

上帝放弃使用人的语言召唤灵魂

梦见星光

引领着狼和基督的灵魂

重返荒野

天使走出人类的行列

世界因此将被永远改变

面朝黑夜

我看见光明

背朝地狱

我并不怀念天堂

幻想在时间与墓地的边缘

纵身跳进太阳

为寻找上帝的遗体

　　人类不是死亡的终结者

　　死亡

　　必须被人类

　　写进天空的　　历史

人类不应该是存在的旁观者

星星　　涅槃
的低语
星光　渗透了存在
渗透了
存在者的心

香巴拉的山　和水
香巴拉的月亮　与声音
饮　天上香巴拉的水
皈依
手持金刚的云彩

红色的哈达献给
佛
献给比佛更高的　山
比山
更高的　白云

佛的目光

超出了　世界
从高处到达大地
佛的眼泪
在另一个世界
是天上的云　和雨

用呼吸面对大地
用灵魂
面对死亡
对云和山的　爱
就是　对夏娃的爱

人类会不会是
生物最终的　掘墓人
人类　会不会是
宇宙的寄生虫
空气　的天敌

人类是
阳光　和
远方的恋人
是风和
天空　最动人的
聆听者

大地　　不是
灵魂的居所
黑夜卸下天空的重量
死亡卸下　脚下的
大地和人生
死亡
清不除
对你的思恋
死亡清不除
存在之　恸

我需要多少次　存在
才能到达上帝
我需要经历　无数次的轮回
才能最终抵达　你
蝴蝶　在少女的墓穴里
脱胎换骨

时间被死亡穿透而成为不朽
从上帝的死亡中
提炼出神圣的　未来
从　基督的死亡中
提炼纯洁的人性

迷茫时
就　走向大地
绝望时
就　仰望星空
黑夜　因眼睛和手的祝福
变得明亮

除非在觉悟中
否则　你将无法
独自承受存在
除非你把死亡融入了生命
否则　　你将因
背离上帝而融入　死亡

对永恒的执著　你
将走向
生命的反面
你将走向
死亡的　反面

大地是　一个
不完美的整体
是　一个球
每一次死亡　生命

并不因此而增加
除　每年五月
坟头长出的
紫色的花　与
你相伴的
就只有　风

对墓穴的无限遐想
构筑起
世界的明天
宇宙中的黎明　非
灵魂中的　黎明

你的躯体
来自　光
并最终化作了　光
返回天空
光　是肉体
最后的　存在境界

要么　化为尘土
重归大地
要么
成为光

重返天堂

大地　是
阳光的积累
人类
不应该是
存在的　旁观者

只有人需要人类和世界

从童话　和历史中走出的人类
在幻觉与睡梦中
追忆　天上的生活
人间与天堂
两个世界上的你　我和人类
在其间沉沦与轮回
存在和死亡
两个世界　最终
都将成为我的彼岸

天上的月亮　和
水中的月亮
都不是真实存在的　那个月亮
童话通向梦和历史
世界通往　何处
对精神家园的追寻
就是　对存在的信仰

为求索大地的将来

从伊甸园中出走　身陷
虚无的亚当
他的悲剧就在于　他
不是上帝
他还不是　　基督

世界　并不需要　上帝
世界　也不需要基督
拯救世界
是亚当和人类的梦想
只有人　需要上帝
只有人需要人类　和世界

天堂被幻灭
但神灵尚在
神的悲情　就是神的觉醒
唯有神知道存在的真相
唯有觉醒者　知道真理
唯有诸神与天使　看清过
天堂与地狱的面貌

人类正在经历　对存在和
痛苦的遗忘
人类将最终遗忘的是　对

拯救的遗忘
为挽救神永恒的怜悯
天堂　必须重建
一个没有天堂　和神灵的世界
宇宙终极的毁灭　是注定的

找回失乐园
重建人间
从起点再回到起点
历史回归童话与寓言
世界　就是上帝在天国
做的一场没有终点的　梦

灵魂是　从童话
再回到童话的　永远的梦游
灵魂　是在时间之中　永恒的雕像
仅有悲剧和梦
世界　将无法收场
存在的主题
存在之殇
已被上帝　铭刻在了人类的心上

没有天堂　和地狱
就没有世界

一个　失去了人间的神
无法存在
从来就没有　迟到的上帝
毁灭者的存在　就是虚无
此岸和彼岸　　对爱
没有界线
人类　　将永远身处于
蓝色中的绝望和痛苦之中

彼岸　是对世界的拯救
世界是对　彼岸的救赎
因为彼岸　所以世界
因为世界　所以彼岸
没有世界　彼岸即虚无
失去了彼岸　世界
即存在与痛苦的深渊

不知生　焉知死
不知死焉知　生
爱就是一切　和　所有
爱就是所有　和　一切
世界　是人间与天国的完美
世界就是　彼岸和此岸的圆满

爱　即爱之大道　大光明

爱　即爱之大道自然

爱　即爱之大到真理

爱　即存在与虚无之自在　和自由

爱

即爱之大爱本体

中 篇

墓中船 · 时间 · 黎明

每一首诗都是天国

自那遥远的天地昏暗
人伦沉浮的时间之初
人类绝命而来
身似鸣禽
心念如炽
背负上帝的罪名
背负存在的绝望

在手与上帝之间
目光与云路之间
在火焰和涅槃之间
死亡对生命的伤害
活的意义
不止是为了悼念和救赎
蝉一口气吐尽春天的快意
飞鸟　飞过千山万水

想象与期盼
被云中之手击断

从梦到梦
从黑暗到黑暗
从无到无
一首诗
是一座坟
是一次人间的轮回

每一首诗
都是　　天国

我活在你毁灭的光之中

你　在时间之初
就已照亮我的存在
我活在你
毁灭的光之中
活在你的灰烬之中

死亡
与来生
谁离我们
　　更远

火焰是飞翔的另一种形体

火焰
水　　的另一种形式
飞翔　　的另一种形体

树的变形
星星的变形
脱离了死亡的生命存在

纯粹的精灵
纯粹的音乐
纯粹的　舞蹈

心的方向

果子
承载着世界全部的隐私
心的　方向

季节　打扮成绿叶
花
和果实

所有的绿叶
为亡灵为你
引来阳光　春天
和大地的根性

神性在草尖上

你满身的　绿
在　冬天里
渐渐褪去大地的色彩

目光所到之处
时间凝结成
一尊雕像
飞鸟在空中　被雷霆击落
往事　被点化成石头

神性在草尖上
演变成习俗
传说
辞和词语

果核里有上帝

一只　苹果
在秋天里　将世界浓缩成果核
果核里有上帝
有童年和死亡
有新世界的　远方
有未知的美　在想象之外

品味生命
也　品味
死亡
死亡的重量
也如阳光的重量
也如爱的重量

谁能说出
死亡的颜色
死亡辽阔的边疆
谁　到达过
死亡和爱　的中心

用目光掌握了黑夜

我们
渐渐地
用目光　掌握了黑夜

我们
渐渐地
用　空气
阳光
和爱
掌握了
死亡　的知识

跟不上你的死

别把　我
根植　在你心中
那样　我生长太慢
跟不上你的　死

在　你心中
我永远长不成　蓝天
长不成世界
借你去生
去毁灭的　世界

你的需要
比天地辽阔
比我内心　辽阔
比　我感知的神灵的世界
辽阔
拉近上帝
和虚无
你　到达了死亡的边界

死在星星和你梦里

有些
风
像　你诗中的
孩子
被命运击断了
年轮的　孩子
夺去了　你的生命的
粗暴的孩子

夜里的　星
夜里的　风
死在星星
和你梦里
名叫　诗与树的
孩子

追随青苹果的远方

心
指向
一个　方向
聚合成
一种语境

太阳　以光芒的形式
不断放下自己
放下自己
就是从神的高度
放下万紫千红
万种风情

放下手中的　日
月
放下死亡
放下每一片
肉欲的　景色

思想同风一道
随波逐流
含笑入地追随季节
青苹果的　远方
一路尘土
　　　一路歌舞

山山水水
秋去春来
经受　鸟的飞翔
经受　植物的生长
经受太阳
每一天　从夜和心念中
平静地　升起来

死亡是铭刻在风墙上的手稿

死亡　是铭刻在风墙上
残篇断简的手稿
忍受你的肉体　精神
和死亡
如同以我的绝望
灵魂和生命
实现大地的　美
植物的　开花
同你一样　经受
离别和时间

你　把自己
交给了黑夜
和天空
你　把世界
爱
和思想
遗赠给了
泥土

从坟墓中
长出青草
长出　树
和鸟

怀念通宵达旦
彻夜难眠
怀念柔情似水
怀念往事中渐行渐远的少年
载歌载舞
呼天抢地去毁灭
去化作　空气
化作　风景
化作　回忆

世界
因你的逝去
便　轻了许多
我以行走和哀悼
弥补你　遗留的空间
一只飞蛾
一只梦中的老虎
飞过　宇宙
称量大地

称量世界
　　称量往后的日月

对你的
思念
一丝不挂
想
你　的心情
一览无余
月光
一直延伸到
　墓地

月光
一直延伸到
　地平线

月光
一直延伸到
我们出生前
世界的　尽头

你必经历果实

经历草叶
你必　经历果实
果核里　藏着夏天
在　充满时光的果子里行动
在你掩埋肉体的　地方
长出青草

皈依土地
最初的思想
你把美还原为　枝
和叶
还原为　天空
和　世界之始的爱情

空气中散布着死亡的气息
云的气息
草叶和鸟粪的气息
散布着
处女头发的气息

泥土中蕴藏着
生命的活力
蕴藏着
你　　无与伦比的
美

你死在死亡的彼岸

死亡　是宗教
时间　是祭坛
世界　是人类
献给死亡的　祭品
死亡
　　是上帝想象出来的

你死在
死　的彼岸
你死在
　　生　的彼岸

在你之前时间没有意义

从　你开始
土地有了
我个人的　历史
起点
和家园

在　你之前
面对星空
我无话可说
面对大地　和大地上的生物
我　无话可说

在你之前
大地在我身上
延伸为　手
膨胀成　欲望
天空　在我身上苍茫和寂静

在你之前

时间没有意义
在　你之后
时间失去了意义
从你开始
死亡　成为一种语言
成为聆听上帝的
声音

在鹰
和天空的　高度
在　众神以外
你比死亡
更具体
你

比　死亡
更追悔莫及
坟头草　日复一日
年复一年
　为风盛开

天空存在着巨大的神秘

大地上

没有　你的位置

你没有　知己

你的声音

飘散在云端

向苍穹呼唤听众

梦境中

你与虚拟的手

在云层上空　紧紧地握在了一起

没有人知道

上帝最初的想法

没有人说出

人心最终的指向

比鬼魂单纯的是花朵

是眼泪

比死亡不堪回首的

　是恍然如　梦

天空存在着巨大的神秘
写不尽你的死
对世界的意义
死亡与虚无
是宇宙最隐秘的语言
谁能知道
在死亡和虚无中
　将会发生　什么

我们是被我们亲手写下的历史

我们是
被我们自己
亲手写下的　历史
我们是
被我们自己
亲身经历的　爱情
我们是
我们　自己的墓地
和来世

有太多的　粗暴
有太多的　欲望
有太多的　心灰意冷
有太多的　心灵破碎

世界　将无法居住
唯有鸟儿依旧
在有死亡的天空上
飞翔

花在开放
轰隆隆的机械
从世界各地开来
又轰隆隆地
散向世界的　四方
　散向　世界的未来

我选择深渊

我曾经
以一个虚构的天谴
把你与世界的诀别
当作传奇
当作一个美丽的梦
一直拖延到了　今天

冬天　无法回避
世界　不可挽回
既然死亡一再被拖延
那就将生命留下
将世界留下
就以谎言和背叛
重新规划我的人生

虚幻即　活
绝望即　死
我　选择
深渊

与风与天空与石头战争

活着
总不能把什么都抛弃
还得给自己留一些温暖
以度过春天过后的冬天
还得留一些精力
与风与天空与石头战争
还得留下一些心愿
收拾梦境中破碎的山河
还得留足了一口气
去雕刻石碑上
还没有刻上去的　名字

云　和青春
为我们守卫山岗上的白天
和黑夜
守卫山岗上未亡人的　墓地
你用死亡和无言
为我守望
往后的日子

往后的岁月
往后的光阴
　守望着
　那个世界

朝前　走
同样的景色
一再出现
风　从我手指间穿过
风
从我的头发
流进火红的　夕阳
双臂在日落前如饥似渴
情欲中我泪如雨下
我在秋天里成长
我也在夏天中成长
胸口朝天空　敞开
　最终　河里的水
梦里的水
眼睛里的水
都将化成云雾

死亡正在成为风和思想

还需要
死亡
不断去喂养土地
喂养山河
喂养我们身上
枯败的人性

死亡
在我们身体里酝酿
在阳光和空气中酝酿
在鬼神的尸体里酝酿
死亡
在大地上
没有未来

大地上的生灵正在退化
退化成树　恐龙
退化成化石和传说

死亡正在成为脚的死亡
牙齿的死亡
眼睛的死亡
死亡正在成为风
和思想的
死亡

死亡
正在成为新的神话
从神话转化为政治
从政治上升为文明
死亡
正在成为过去

正在成为
地球生物
共同的
节日

还没到收割生命的时候

还没有到
播种死亡的　季节
还没有到
收割生命的
时候

我们　在大地上种植水稻
我们　移栽神话中的树
我们　将桂花种在月亮上
我们把苹果
栽在上帝的　梦里

你在黑夜中
你在风雨中
你在时间里
你　在我心中
种下绝望和深渊
种下死亡和爱
如今

早已经果实累累

死亡在大地上
是一道风景
死亡　在我血液里
需要成为一道风景
死亡
在我灵魂中
必须成为
一道风景

死亡
在　远方
不叫死亡
叫传说
叫梦
叫童话
死亡在　彼岸
不叫死亡
而叫天国

生命
拼命想要成为
你自己的生命

生命
迫切需要成为
上帝生命之园里
　　永恒的　生命

夏天 我们去遥远的秋天

夏天
我们去遥远的秋天
看　成熟的果子
看　风中满地的落叶
看　果子中
梦与婴儿一样
沉静的果仁
看掉光了叶子
像死亡一样的
　树和森林

春天
我们走到了冬天里
去做梦
去怀念季节
思考时间
去看天上吹来的　风
看天上飞过的　鸟
看天上飘落的　雪花

看月亮　星星

和太阳

看　白茫茫的群山

看　羽毛一样

从我们眼睛里一直延伸到天边的

　　远方

穿越时空

到　遥远的未来

与旧世界战争

到石头里去

与风和鬼魂战争

去　天国

或地狱

要么　皈依上帝

要么

　　化为虚无

看太阳从月亮中升起

睡眠深到
超过黑夜
超过了做梦
神灵便降临
你带着昨天的太阳
沉入　永恒的黑暗

死亡
带走了　你
你带走的
比死亡还要多
你　带走了
大地或天上
我永远不知道的
你　带走了我身上
我　永远失去了的

你　在未知世界
与世界之间

或之外
什么是　你肉体没有实现的愿望
什么地方
是你死亡也不能到达的
地方

没有人
哪怕上帝
可以玷污你
石头里的贞操
你的存在
不占据空间
你　在我身上的呼吸
你　在我四肢与皮肤上的颤抖
你　流在我血液中的
殷红的血
不属于你
也不属于我
而是属于　语言

在你生命的彼岸
我就是死亡
我就是熄灭的火光
灰烬和泥土
是你心脏停止的跳动

是你在人世间
最后的谢幕

独自一个人
面对被你的双脚踩过的大地
心如止水
是艰难的
人有的时候
　　哪怕在春梦里
　　也会感到迷茫和心碎
人有的时候
　　想要对着苍天
　　或一块石头　痛哭

在你之　后
世界不再一清二白
时光不再从容
　　人孤单的时候
　　就是梦见了鬼
　　也是温暖的

想象你
在　黑暗中
把眼睛闭上
想象　半夜里突然醒来

看你半裸着身子
站在镜子前
想象　你在我梦里
看太阳
　　从月亮中　升起

　　总有一些词
让你一生不堪回首
比如核桃树和石头
　　总有一些词
让你一生不能释怀
比如大地和死亡
　　总有一些词
你终生无法回避
比如上帝　和爱
　　总有一些词语
将伴随你的一生
比如地狱
和人类
总会有一些词语
叫你痛不欲生
比如　星星
与少女

有些词

我　无法想象

比如梦和灵魂

我　无法想象

黑暗中一只陌生的手

抚摩你的脸

你会是什么感觉

我　无法想象

火焰像一只手

抚摩你的头发

你是什么感觉

我　无法想象

上帝用一双情人的手

抚摩你赤裸的身体

你　会是什么感觉

所有的日子都指向同一个日子

你遗留在时间里的肉体

没有水　也没有月亮

永远　不再被占有

我　闭上眼睛

我　睁开眼睛

你　都无动于衷

对于世界和人

　你从不予以回答

风在想象的彼岸回荡

在女人千姿百态的　脸
和大腿上
我想到了萤火虫
想到了　蜜蜂的眼睛
想到了
基督

让人类痛苦的
不仅源自大腿的根部
不仅来源于
眼睛里不断飘过的　船只
和尸体

神在我的耳朵里
飞来　荡去
今天
一只猫去逝了
　她身上
有你　对上帝的无言

在　遥远的罗科马草原
我梦见过
你是一棵正在化妆的　树
　我还梦见石头
　在星空下的黑帐篷里跳舞

只有在梦里
你才是　一座水做的教堂
月亮把浑身是　手
和鼻子的云
赶进教堂

你在我梦里
一次次地　死
我一次又一次地
在你的梦中复活
　你的前生
　　就是我的来世

神在我对你的怀念中衰老
上帝愈加年轻
我在睡眠和交配中
　分享你和世界的存在

我在大地的　每一处
听见你
风　在山谷
也在想象的　彼岸
回荡
你失去的头发　手
嘴和乳房
　不会从　时间中长出

火光中飞向天空的一只鸟

一把　空空荡荡的椅子
一架　古墓中出土的钢琴
一只　褪去胎衣的秋蚕
一根裸露在
天空下面的　白发

在月亮中　凋零的一棵月桂树
海岸线上
一只　被风吹到海里的海螺
火光中　一只飞向天空的鸟
屋檐上的一粒雨滴

风中
一张并不提出问题的　脸
海水退潮后
露出的白生生的卵石
寺庙大殿里念珠的声音
　一千条　没有水　没有石头的河流

白雪皑皑的山峦

像乳房一样和平的等待

天葬台

牧鹰飞散后的寂静

末日黄昏的一只蚊子

背向永恒

　　雪地上　　一串银铃般的脚印

一只圣甲虫眼睛里

渐渐干涸的海水

天空中飘过的　　一根阴毛

星星抖落的烟灰

死神嘴里

　　一只　　做梦的狼

秋日

　　落　　月下

你义无反顾

从你心中

把世界

　　连根拔掉

坟墓中

石头里

隐藏着

宇宙毁灭　与

诞生的真相

　和神秘

诗歌是一个人和上帝最后的宗教

上帝　死了
宗教　结束了
这是真的吗
这是可能的吗
这是如何发生的

上帝　死了
宗教　结束了
对世界
和人类
　意味着什么

没有宗教
时间是深渊
存在即虚无
世界　是牢房和地狱

地球是人类最初的　摇篮
最后的　墓地

没有宗教
人类　走不出宇宙

走不出　时间

走不出死亡

再远

远不过爬虫

再远　远不过禽兽和恐龙

诗歌

包括上帝

死亡

爱

　人类和世界

诗歌

是一个人

和上帝

　最后的宗教

唯有上帝

可以

拯救死亡

唯有上帝

可以

　拯救人类

如果　没有上帝

如果　没有上帝
所有的洞　都是黑洞
不管是　在天上
在大地上
还是在女人的身上

如果没有　爱
死亡　就是王者
是真理
是存在的终极法则
是世界的统治
死亡　就是一切
　和结束

上帝　死亡和爱

上帝
死亡
爱
世界与人类
　　是我的全部

你在坟里高出了我的视线

风景的　那一边
有我们的家园
夜的脊梁
阳光的万道思绪
蓝天下
我们是　春花秋月的
旁观者
让风做亡灵的
守望人

山间的那棵树
不是你和我的
石头
不是你和我的
坟头上的青草和月亮
不是　你和我的

你的乳峰
你的白发

你大腿里的流水和血
你　胸中被死亡熄灭的
仇恨和烈焰
　　不是你和我的

你手上的表情
脸颊上的风云突变
你皮肤上的火热岁月
骨头里的绝望
不是你和我的
你的贞操
你的热血
你的眼流水
属于尘土
被大地酿成了绿色
　　绿色的秋天
　　绿色的树　和石头

绿色的原野　和天空
绿色的月亮　和星星
绿色的死亡　和上帝
你绿色的思想与贞节
被青草和云
从坟墓　举向天空

光线曾把你蒙蔽

你把黄昏

你把黄土地　认作是

阳光的末日

水的末日

粮食的末日

认定为　时间与风的末日

你用死亡扼杀了　时间

你用　你自己

扼杀了这个世界

你用上帝扼杀了爱情

　　你用死亡扼杀了死亡

我说

你　是美丽的

就像我说　天国是存在的

只有风知道

只有地狱里的鬼魂知道

死亡　并不在乎你的温柔

大地　并不在乎你的死亡

　　我嫉妒死亡

我嫉妒地狱

　　我嫉妒烈火

我嫉妒你皮肤上的空气和黑暗

你站着时
我竟是如此高大
你　躺下了
我　竟变得如此渺小
和卑微
你在坟里
高出了我的视线
高出了　这个世界

夜里
你的鬼魂来到我的身上
你的手访问了我的手
你的眼睛　访问了我的眼睛
你的　脚
走过我的全身
走遍天空
走过黑夜
走过　我的灵魂
你的头颅　在世界里陷落得很深
你的心脏
在我的身体里　陷落得很深

梦里

在我听你说话的时候

上帝一天天地缩小

　　缩小成为　你子宫中孕育的赤子

夜里

你的呼吸覆盖了我

你肉体的思想

淹没了我的欲望

死亡在高潮

　　化作一道闪电

　　化为一轮红日

在树　　在根

在叶子

在花和果

我寻找过你

你充满万事万物

你　充满虚无

你　在马的奔跑中

像绝望和赤道一样延伸

你　在鸟的飞翔中

像气流一样盘旋　上升

鱼把你的气息带回到草原
风把你的形象吹遍大地
世界把你造出来
　　黑夜　再也不能将你收回

我只能把你想象成
上帝
你　是泥土
你归于泥土
你　是云彩
你归于虚无
你　是虚无
你归于存在
所有的水和火焰
归于上帝
上帝　最终归于沉默

岩石在黑暗中　发光
恒星在时间中　诞生
除非上帝　在死亡中沉思
并改变创世之初的想法
生命将会被
死亡　照亮

死亡不是我的岳父

在天上
你不是　云
在地上
你　不像雨一样行走
在我身上
你翻手为云
覆手为　雨
你　云过　雨驻
我不发芽
我是你　死亡的苗

不仅是在幻想中
我分不清你是我的母亲
还是一条　在雪地上种树
的鱼
在我手中
无论你化为一座大山
还是一片白云
你都是　我的女人

在上帝的床上
你是所有男人的　新娘

死亡
不是我的
岳父

我可以从上帝到达你

你的来生

没有一次

来到我的梦里

你不是　高山

不是　河流

你不是　一只会变性的蜜蜂

我带着你的肉体和世界

走进你的　梦

就像　走进一座教堂

我一进去

世界便消失

从中飞出　一只

长着鱼脸的蝴蝶

只要蝴蝶化着你

不管是在梦里

还是在神话里

我就相信

你不是　上帝
至少你不是
蝴蝶的　上帝
不是七仙女
和齐天大圣的　上帝

你有改变世界的
　　一千种可能
你有改变我的
　　一万个瞬间
改变你自己
　　只有一种可能
世界从末日
开始

我不能够
从世界到达你
我可以从死亡
到达你
我　可以
从上帝
　　到达　你

你的眼睛在星空的高处

在　时间前面
转过身来
我就看见了　你
你与上帝同在
上帝的面容
竟　如此熟悉

在　某种光线下
我走进镜子的深处
那时
你在镜子里
从上帝身边　走过

我在时间中转过身来
在世界的岸上　我看见你
我在黑夜的每一个角落
看见　你
看见你暮色苍茫
你的眼睛

在星空的　高处

我在大地的背上转过身
看见阳光那边的你
你在　风的另一边
独立寒窗
傲立风雪
你面如桃花
一语未发
忍受着我的想象
手和怀念
忍受我的目光
把你钉在天空上
任世界　天翻地覆

你将空间和时间
联结在一起
你把鸟和人心联结在一起
在生与死的两岸
你　是那道唯一的彩桥
你　就是人性和云的船

凭着想你的权利
拥抱大好山河

拥抱这个世界
每一个女人和风景
双手从遥远的过去
将明月和你的肉体捧出
取回你在这个世界的
存在

昨天仿佛还是将来

你会像我一样
某一天早晨醒来
身旁已不见了　月亮
和酣睡的女人

你　推开窗子
满世界的叶子
都已不在树上
昨天
仿佛还是　将来

昨天
你的女人
睡在星星上
你用手拂过她的头发
嘴唇上
　还有春天的味道

她身上的秘密

在你身上
沉默
新的　早晨
新的　女人
　已占据
　这个　世界

人类不再相信星星

电灯
改变了　夜晚
改变了
生活的节奏

人类不再相信
星星
太阳　从地平线上
落下
去点亮　万家灯火

月亮退回到星星的夜里
在旷野的风中
高悬　如明镜
在灯光下
天上的故事
正在失传

回到

家
扭开
电　灯
这就是
　世界

和你的女人上床
只想在灯光下
　却忘记了
　怀念女人

在萤火虫的高度

在蝴蝶的高度
天空
是爱情的花园
是色彩的地图
是高山
和流水

在小鸟的高度
天空是森林
是莽莽
原野

在鹰的高度
天空是阳光
是风
是死亡
是孤独与辽阔

在人的高度

天空是怀念和阵痛
是身体的地平线
眼睛的远方
是天使与精灵
是打开的手帕
是一张裹尸的蓝布
是胃和女人的性器

在蝙蝠的高度
天空是跑道
是空洞
是遮盖原罪的伞
天空
在萤火虫的高度
是黑暗
是一张交欢的
床

我从萤火虫的高度怀念　你
我从蝴蝶的高度怀念　你
你　是风洞
你　是一片叶子
我从鸟的高度
我从鹰的高度

怀念你
你是森林
你是云和
天使
你　是毁灭之物的起点

据说
在银河里
有你一样如晨星般
晶亮的女子
奇迹　就在夜里出现
奇迹
发生　在死亡里

天空　是喷水的花园
是浴池
是卫生间
是阳光的残骸
是上帝肥嘟嘟的肚皮

是巨大的伤口
是被神玷污的床单
是神奇的印花布
是渐渐放大的瞳孔

是情人的　蓝头巾
　飘过山岗

天空
是死神戴的绿帽子
是光线与天使织成的渔网
是缀满哭泣和哀号的面纱
是浸透了　盐
血
和思想的　海绵

天空　是
一只猛犸象
无限扩张的头皮
是遥远到充满希望的风衣
是　远行的灵魂
穿的　花裙子

天空
是一张写满了星星
和传奇的
大字　报
天空
是半只蝴蝶

在风　和月色中的
飞舞

一位诗人说
没有常春花　紫罗兰　或风信子
那么
你　怎么同死者
交谈呢
死人只懂花和风的语言
她们默默地
在　天空上旅行

你　必须学会
用紫色同精灵交谈
用彩云或天空
同她们对话
花　开在夏天
开在　天空下
很　短暂

你永远是同一片彩霞

你曾经是乳房
你曾经是宽广的大腿
你曾经是接受拥抱的身躯
你　曾经是
为拥抱而张开的双臂

后来你成了大道
风向和路标
一个女人　一个
翅膀是梦
是风的天使
一个　新生的高原

你从来不保持固定的形态
就像　云中的精灵
就像　黑暗中的天使
就像　上帝

你　永远是同一片原野

同一片彩霞
同一处神迹
同一个　方向
就像　云雀的翅膀
和歌声

你错过了世界的毁灭

世界在你这个年龄
还太年轻
还来不及思考灵魂和将来
还来不及去迎接死亡
一切都还没有成熟到
成为　一个人

你　还没有成熟到
独自一个人处理地上
和天上的事情
还没有成熟到
独自一个人
处理身体和世界的遗产

你的肩膀　还承受不起天空
你的双脚　还承受不住大地
和一条完整的路
你的手和身体
阻挡不了男人和世界

在你那个年龄
没有一个人
承受得起触到了灵魂
的爱情

你拒绝在风光中
去　堕落
你拒绝了自我流放
唯有　堕落
你才可以
挽救你自己
和过去的日子

你像植物　一样
错过了开花
也就错过了将来
也就　错过了
世界

凤凰错过了涅槃
就只能被叫作凡鸟
人类一旦错过了救赎期
历史　终将在大地上终结

在　雪域高原

冬天一再被拖延

雪无法化成雨

化作江河

候鸟错过了季节

死在迁徙的路上

狐狸错过了交配期

土拨鼠和岩兔

忘记了发情

牧鹰　错过了

把死人的灵魂

及时交给　天空和太阳

你错过了成为母亲

和妻子

你

错过　了

世界的毁灭

你

错过　了

地狱与救赎

你错过了

死亡

和上帝

一片树叶

不足以平息冬天

不足以平息风暴

一条　　船

平息不了

大海的狂怒

一盏灯　或一根蜡烛

照亮不了　黑夜

和天空

我看见过

你迷惘的双手

和眼睛

我看见过

你渴望堕落的乳房

大腿和脸

我看见　你的脚步

一天天沉重

身躯扭曲成　一个

死亡的符号

黑暗从你身体上溢出

你身上长不出青草

长不出森林

长不出　远山

你的身体

不够一个孤独者的旅行

你的胸膛

满足不了这个世界

满足不了　死亡

你还需要

比你身心　更多的荒野

高山和大海

比渴望　更多的风景

那时

我需要变化

才能活命

那时

我需要变革

从地狱到天堂的变革

那时

我　需要

不止　一个世界

你还不够一个风起云涌的　世界

还不够　掀起

生命与死亡的浪潮

当一个恋爱的女子
恰好是一个诗人的时候
世界是未知的
世界的结局
是　已知的

一个女人的子宫
怀不下整个世界
上帝无法　从中
诞生
死亡
也　不能

一千种可能最终归于绝望

世界
像　一匹
发情的骡子
涌向春天
乳房在天空下
成熟得　像一场阴谋
你在梦里
举起了　刀
我的头颅
等待实现一次
壮举

怯弱的躯体
对着天空说
对着大地说
也许鲜血
还不足以化解仇恨
也许死亡
也不能　阻止死亡

世界

玷污了

我对你的赞美

和怀念

灵魂渴望

从窗口飞出

去实现追赶和超越

你在　阳光

和虚无中的

完美

死亡中

丰收的　景象

眼睛化作

鸟语花香前

无声的哭泣

一千种可能

最终　归于绝望

死亡化作

尘埃前的煎熬

　等待和沉默

以什么方式把生命带得遥远

手　在我身上
一次次测量你的痛苦
测量你身上的每一个部位
距离世界的距离
用耳朵测量
你　飞过宇宙的
距离

以什么方式
把生命带得　遥远
对于世界
你是远方
对于上帝
你是　风和孩子
对于死亡
你是　背叛
和遗忘

在世界的　那一边

你无法拒绝
我的到来
我会把天国
或地狱
送到你　空无肉体的
手上

你只能走到太阳的尽头

带着　我
沉重的肉体
你只能　走到
太阳的尽头
在太阳的　那一边
你以一种怎样的孤独
生活

太阳附近
不断有发光的鸟
飞来
带着　天空
带着　黑夜
带着你的气息和传说
太阳饮着　鲜血
更充满生机

云
裹着湿淋淋的　灵魂

上升

被风托起的肉体和梦
到达不了　彼岸
蝴蝶
不会从　泥土中飞出

山谷里只有风在欣赏

在　耳朵里聆听
在　海浪里聆听
空气中
一片
听觉的　幻想

山谷里只有风
在欣赏
天上的　云
坟头上的
花

想象无法阻挡
生活无法阻挡
真理　无法阻挡
上帝　无法阻挡
把你想成
大地上绿色的原野
把你想　成

天边外绿色的　云彩

死亡
构成我们
活的理由
我们
不至于
在　觉醒中
毁灭

绿色
是感化大地
最生动的　语言
死亡
是感化上帝
　　唯一的诗

天空
布满了
我们　对神的感激
大地深处
有我流血流泪的
　　人类情怀

鸟在回忆中更遥远

爱情　在我生命中
越来越轻
轻　如鸿毛
重于　泰山

神　在怀念时
更辽阔
鸟在回忆中　更遥远
头发上镌刻着
你灵魂的标记

黑暗
从睡眠中
将　你抹去

你的声誉由风和鸟传送

历史
在潮湿的天空下
在昏暗的人心中
耽搁得太久
把岁月　倒在阳台上
吹风
晒太阳

除了上帝
凡是都需要
充足的日照
你的声誉
由　鸟和风传送

远方被简化成远和无限远

天空
是　写满神奇秘密
和恐怖
的
匿名信
谁撕开
谁
将如尘土
飞扬下落
或　如光线
上升

蝉
在冬天　等待
在树皮下
或在　黑暗的地下
孕育飞翔
和自由

冰封的土地里

有不可预测的　美

和险恶

远方

被简化成

远

和无限远

太阳　从我们眼睛之中

饮水

吮吸黑暗

太阳

毕生都在燃烧

从诞生

到　灭亡

太阳是最赤裸的风景

星星释放出诱惑的　光
为梦游者
为夜行动物
讲述爱情
和生命的故事
这些天空的
无人领养的野孩子
神的众说纷纭的情妇
狼性的引路明星
每一颗星星
都是人心的　某一个瞬间

土地　烈火　河流
各自都在以自己的方式
讲述同一个故事
同一个预言和童话
太阳不只是　一张
绿色的嘴
不仅拥有最多彩的头发

最多彩的舌头
太阳
是目前
我所知道的
最赤裸的　风景

鸟儿们在天空
解答着太阳的谜语
还有　星星
和月亮
还有云和彩虹
还有　风
和亡灵

春风不度一万年
从我们黑暗的根处
还会长出　新的肉体
新的寓言
以大腿或石头
以海或枯叶蝶
以雪山或墓碑
以风铃草和花仙子的方式
　向夜晚和星星诉说

鲜血

是大地最纯净的饮料

灵魂是上帝的

泪水

本身也就包括了上帝

我们

是　从苍天的伤口

流出来的

大地的　血

　和故事

蓝色的风吹开一朵莲花

云　变幻着　你在天上的形象
演绎着　世界的历史
有时　像上帝
有时　像冰山上的一朵雪莲
有时　是两只母狼
疯了似的跑过原野上的羊群
有时是　一只鞋子
一条裙子
一双菩萨的大脚
一只飞马的蹄印
数千只胎儿的眼睛
一行神秘的诗
一排柏杨林
一只蚱蜢尾随着一只蜻蜓
有时是　香草美人　古道西风
有时是　宝马素车　一江春水
更多的时候
是你穿古装的影像
是一具青蛙的尸体

是一把月光之刀

是一根羽毛　接着一个传说

一句没有语法的主语

一部天使的魔鬼辞典

有时是　森林里一座孤独的教堂

是肚皮上跳舞的四只小天鹅

是夜半歌声

是饥饿的山谷和空山鸟语

是一滴眼泪里的千朵睡莲

是一个脱去了花裤子的女妖

是白石头　垒成的象形文字

一块黑色的人字形墓碑

像墓地一样的少女粉红色的　心

是住在海市蜃楼里的中国公主

是星星唱的童谣

是精灵聚成的一只水妖的右手

是在天空驰骋的十字架

是死鸟和不明飞行物

是在赤道上写诗的　一只又哭又笑的猿

三只长满青春的耳朵

在银河中洗澡的美人

一个啊字　化作了　万道金光

一条金色的蛇　和一只红苹果

是大腿上长出的一片绿叶

两只做梦的乳房躲过了冬天

太阳像沉船一样沉入了海底

是不规则的图画演变成一只飞蛾的命运

从绿色变成了红色再变成黑色的基督

忘川上漂着的红叶与纸船

是一床古琴　一张渡鸦的嘴

是被撕毁的　猫头鹰的脸

幻化成纷飞的雪花和雨

是长出一座高山的魔鬼的阳具

从头顶上飞过的母牛的性器和鸽子

一半是猿一半是佛的雕像

一半是海水一半是火焰的鱼

是长着女人的脸　狮子的身体　鸟的爪子的　一只猫

月亮　是一只兔子和一棵树

蓝色的风　吹灭一盏灯

吹开　一朵莲花

大海在一队希腊人身后　消失了

草原在蒙古人身后　消失了

河流在埃及人身后　消失了

消失在　云的沙丘的背后

一张　让鬼灵魂出窍的风马

一个　喇嘛在云巅打坐

颈上挂着一串人头

子宫里飞出一群乌鸦

接着是一群蝗虫

一群仙女

一只　肺在呻吟

一只　空洞的嘴发出的叹息

一张　物种更迭的地图

一只巨大的胃　在风中哭泣

深渊在哀号

骷髅　在阳光下手淫

坟墓爬上了　悬崖

良心亮出黑色的披肩

灵魂缠绕着灵魂

头发缠绕着头发

历史扭曲成一条铁路

时间弓着身子

风捶打着胸膛

岁月抓自己的脸

给自己的脸上抹黑

一只贝壳　唱起绝望的歌

鲜血在咆哮

地狱在流淌

梦中的老虎打着喷嚏

季节在彷徨

阳光泪流满面

呼吸扑伏在大地上

鸟从树上飞来

向云霞道别

一座座山头

争先恐后地出家

一座座海岛

被自己的泪水淹没

上帝　死了

上帝　死在自己的刀下

死在　自己的　悲哀之中

我只要睡眠中和平的呼吸

钓竿
伸向　远方
钓起　一座岛屿
上面有恐龙写的诗
有海马与海龟画的岩画
有苹果树
和天使的化石

船坞在云霞里触礁
鸟在神话中搁浅
月亮偏离了航线
神
在上帝的　床上
失眠

果子
在树上　做梦
鱼在水中　开荒种地
萤火虫愤怒地

咬碎了星星

灵魂　挂在树上

逃避时光的追逐

诗人在字里行间中

挣扎

音乐逮不住一只云雀

逮不住失踪多年的

　一只兔子

海王星改变了女人的体味

和肤色

改变了山羊与蜜蜂的习性

死亡擦洗着

我们　生锈的人性

你消亡的声音

在　山谷

化为　一片白雾

在天空

化作　一片云霞

饮着烈性音乐的

云中之　鸟

饮着马蹄声
饮着教堂的钟声
饮着　墓园的祷告声

云霞过后
黎明在广阔的绿野上行进
黑暗
　　在广大的原野上褪去

我们不要　天国
我们就要
这个破碎的　世界
我们不要未来
我们只要
　　睡眠中和平的呼吸

或许 还有时间

诸世纪
转眼 已成了传说
死亡比想象
比预言更加迫切
和深不可测
上帝死了
上帝虚无的尸体
继续改变着世界
我们 活在
地狱的影子里
活在星星的预言
和昆虫的梦里

我们从假想的人间
放飞的鸽子
飞不到天国
飞不进地狱
被空中伸出的命运之手 击落
或许 还有时间

或许
时间永远　在到来

黄金与宝石的眼球
嵌在翠绿的肉里
一只泥土烧制的嘴
向我们讲述
时间的往事
空气呼叫着
要一个　报信的人

一只喇叭吹奏出　女巫
宇宙的边疆
血脉的向导
也是罪恶和暴风雨的向导
肮脏的内衣
膨胀的裤子
充血而苍白的　一根羽毛

纯洁的两牙屁股
耗子咬断了光线
太阳的遗书
天空到处是
星星的遗物

旗帜上　沾满了妓女的血

鸟儿自己的教会

植物自己的　神殿

烈火中的鱼

水中的蚯蚓

打出了自己的红旗

花朵在宣布一场战争

　　谷物火热地投身于革命

二十一世纪

蝴蝶敲打着锣鼓

蜜蜂吹奏着唢呐

连蜘蛛都在为独立拉选票

精液奋勇　向前

子宫展开想象的翅膀

锁在　保险箱里的伤痛

天空

是另一个世界正在演奏的乐谱

人类与命运的合金

灵魂的仿制品

黎明与黑夜编织的渔网

绿叶是　树

饱含深情的　泪水

明天
吉凶未卜
太阳　撒下了渔网
夜已深
蟋蟀的命运　悬而未决
大地以满树的果子
欢迎黎明
生命在一刹那间
便化为烟雾
没有　远方
月光中有多少未知
在引导我们走向　地狱
或天国

没有　前方
时间的后方　在哪里
朝上
或朝下
我们都　一无所知
世界被固定在永远的现在
从绝对的死亡出发
从现在　走向

永恒的现在
等待云中的精灵来收尸
　烟囱像　阳具
　遍布大地

地狱唯独不是爱

地狱什么都是
地狱唯独不是　爱
爱是　烈火中的烈火
爱是　纯粹的火焰
在天上
灵魂必须忍受着烈火
灵魂必须成为烈火中的火焰

在天上
雨是月亮的眼泪
鸟　是脱胎换骨的鱼
老虎是跳过黄河的蚱蜢
星星是上帝的羊群
传说中
你的母亲是一只
未来的壁虎
蝴蝶　是你在天上的情人

阳光是血

阳光里有我来世的思念与回忆
天葬是破灭者的梦
每一只灵鹫的身上
都带着死者对天堂的寄托
在天上以祭奠神灵的仪式
把来世的你和世界交给太阳

在阳光中做梦
在阳光中手淫
在阳光中思考上帝
在　阳光中　死亡
古庙里没有历史
处女膜不证明什么
把梦想植入云和树
　　谁为星星占卜
　　谁就是　佛

古寺里的幽灵是假的
鬼是假的
历史是个文盲
灵魂　没有耳朵
没有　生殖器
世界将毁在暴君和文盲的手中

灵魂一票否决天堂
灵魂一票否决地狱
青草因为死亡和灵魂
变成了坟头草

把生命也把死亡推向历史

当你　拥抱一个女人
你就将世界朝前
推动了一个时辰
把生命
也把死亡
推向了　历史

终会有
丧钟为谁而鸣的时候
总会有
没有梦过
就从此不再醒来的时候
你在夜里
被一个女人拥抱
天使　就把黑暗推向光明

从内脏中取出　心
尸体在地上将保存得更长久
直到

最后　腐烂
人心的归处
不在地上
梦　长出翅膀
世界　就飞翔

没有来世
但会有一个崭新的世界
放弃旧世界
就是放弃
唯一的　世界
就是放弃　人类痛苦的权利

高举天国神圣的誓言
走遍大地
就是石头
也会泪流满面

死亡的权利　归于人类
永恒的权力
　　归于上帝

上帝在我们的沉默中沉默

对人类来说
树不是一种献身
男人为女人或彩霞献身
是应该的

上帝为我们脱下裤子
瓢虫的修道院
死亡　是一枚图章
印在大地上
印在　我们的脑海里

我们将最后遗弃的　是天空
我们
在天空之外寻找天空
我们
在生命之外寻找生命
靠一个虚构的思想
我们活到了现在
人类为何不能像花朵一样

冬死春又　生

那绿茫茫的　一片
对于生者不足为奇
但对于亡人已是足够伟大的了
恨不能　把眼睛睁开
大海就躺在那里
生命与死亡
都在她的博大与宽广中　诞生

云　把大海举起
从我们头顶倾盆而下
太阳一针一线
把自己织在大地上
谁
是绿色之物的缔造者
和最后的　守望者

上帝在我们的沉默中
沉默
上帝
在我们的欢笑与哭泣中
沉默

在大地上
我们不会听到
天使的召唤

我在群山之中观想你

战争的结局
从来就不可挽回
你开启一座城池
抛出一座地狱
里面全是　思想者的尸体

我在群山之中
观想你　最初和最后的表情
大地上什么地方
可以避开上帝和深渊

我赞美过你的　大腿
我在世界的宽广中迷失了自己
　　失去了你的生命
　　失去了上帝

男人的根　在哪里
蓦然回首
你的乳房早已成为

思想的化石

我需要的是呼吸
和水
还需有人在死亡的国度呼唤
上帝的一滴眼泪
便能将世界融化
对于世界
我已一无所求

你死于　植物
　岩石
　和海水

身体燃烧后成为风景

去　诀别来生

从远方到　远
从高　到高处
太阳　落下
在黑暗中
太阳　升起
在光芒中
我　从空蒙的眼睛中醒来
无花果的岛屿不是天堂
绿色之物的海洋
不是地狱
死亡　也不是通向　你
　　最后的时机

你　从一个窗口进来
呼唤我
我　醒来
你从门上　消失
太阳下
我想不出

我们来世的生活

一颗葡萄内部
隐藏着　上帝之城
鸟各有天命
但　都飞向天空
雪花如果有耳朵
如果有　心
风就会告诉她
大地上所有悲伤的故事
在风中哭泣的
绝不是　风
　　绝不是　上帝

花　在蝴蝶飞来时
是愉悦的
植物也就是大地所有的痛苦和欢乐
地球再破碎再苍老
还是我们的家园
带不走的是无限春光
是风
我们　在末日到来前
　　生下我们的孩子

死亡将再次统治

黑暗中伸出的　手

还会建立和平

天空以怎样不可思议的决心

紧紧抓住　星星

女人　仅凭一点白色和黑色

　就征服了世界

睡眠抓住我们的　梦

和死亡不放

我们在大地上去死去活

去　流血

去　流泪

去　诀别来生

　我们用灵魂引诱　上帝

我们用血喂养蛆虫

再把我们变成　植物

果园

森林

变成　土地上奔跑的野兽

变成　风景和菜单

变成　争夺女人和

　墓地的劳作

变色龙随时变幻着形体和颜色

有时是　绿原

有时是　落叶

有时是　黑色的石头

红色的火焰

这　就是我们的本性

螳螂在　一朵花上

变出　一朵花

蜜蜂在一朵花上

变成佛的　一张脸

我们在女人的腿上

变化着姿势和行为

　变幻着　表情和语言

春天　是一个提着颜料箱的漆匠

把我们灰暗的心情

漆成绿色

天空　是一只伪装的七星瓢虫

是鱼的童话

是死神做的梦

我聆听　风

为了知道世界

我聆听　死亡和上帝
为了懂你
什么都　是
美的一滴
什么才　是
　那最美的　一滴

唐朝的诗人

唐朝的诗人
常常为月亮里的女人饮酒
这个　月中的美人
给了他比大腿和美酒
多得多的东西
给了他饮酒的胃
最主要的是给了他　一个可以飞翔的
遥远却不必到达的　天国
那里
诗人　依然是诗人
酒还是　酒

谁道出真相
无论对诗人或天使
都是残酷的
因为李白的　诗
那个月亮里的女人是幸福的
她来生获得的赞美
超过了圣母玛利亚

超过了　所有的天使
天使不会用她们的月兔
用她那月兔一样发光之物
在月亮里　引诱男人

对着月亮犯罪
是美的
是灵魂难以抗拒的
梦中　有一个　月亮中的女人
一个　亚当的女人
同时向我们张开双臂
最终我选择了地狱
我们一手拿苹果
一手拿剑
心中想着　大海

苹果树一部分隐藏在云中
寻找隐秘的女人
我们耗尽了　青春
和想象
女人脱得越多
暴露得越多
同时也就　隐藏得越多

为了悼念　一个月亮中的女人
大海会不会因几条渔船而自满
天空会不会因为充满星辰而满足
大海
从不展露她全部的暗礁和贝壳
天空也不会
悲哀的不仅　是鱼
不仅是　亚当的女人

未来无法预测
战争不是为了和平
子弹与思想
就像精液
失血必然失美

白色不属于雪花和花
大海将是死亡和盐
没有最后的
上帝　不是
死亡　不是
你　也不是

没有永恒之物
能躲过时间的浩劫

悲伤与痛苦最基本的词汇是

面包

渴望和　爱

鸟的明天

吉凶未卜

大地的　未来

就掌握在诗人

和月亮中的女人　手中

想你的时候　十字架是蓝色的

天国

让我想到　红色的十字架

远看　　像上帝的左眼

近看　像上帝的右眼

黑色十字架

让我感受到

地狱　在我身体内部倾倒

时间像方舟

驶进了　死海

白色的十字架

我想到了　你的裸体

想到绿色的云

想到天空中美的事物

想到了盐和坟墓

春梦和女鬼

想你的时候

十字架　是蓝色的

基督睡在上面

梦里梦见了　绿苹果

梦见了　　更多的绿苹果

时间
是上帝扔给人类的
一根骨头
岁月　是上帝做的一个噩梦
是月亮和蛇
在上帝的梦里写的　诗
是世界对天国的暴动
历史是　上帝穿的一件新袍子
白生生的骨头和肉露在外面
拯救世界
就是从历史　和岁月中逃离
回到时间
岁月物化了　你的生命
历史腐蚀了　我们的灵魂

时间是　魔鬼
和你玩的把戏
岁月是佛陀　鼻尖上凝固的表情
一个叫老子的中国古人
骑一头骡子
从历史中　走过
你的死

你的前世
你没有写完的诗
与老子　与佛　与基督
都有关系
你的死　是历史事件
是　岁月的创伤
是　　时间的寓言

死于　岁月
或　死于历史
是不幸的
死于　时间
是令人绝望的
时间是一场可怕的阴谋
诗人就是　拥有岁月
同时拥有时间的　人

岁月最基本的词条有
火焰
舞者
鹰和草原
　太阳和葬礼
　风和墓志铭

时间源于上帝

在烈火中分裂成历史与岁月

人有时是　一手拿着矛

一手拿着盾牌的　武士

有时　是一只手握住历史

另一只手举着光阴的　神

岁月应该是

生命　从时间中获得的解放

历史应该是

神性的普天同庆

凡　走过大地的

必将　　与你同在

如果河流没有教会我们怀念

对着一面　墙
或虚空
想象　一只困在光明中的飞蛾
想象
像思想一样飞向太阳的鹰
想象　为绿色摇旗呐喊的野草
和骷髅
想象　心怀草原的诗人和狼

想起了流云
想起了天空
想起了蜜蜂
和在风中吐露芬芳的花
想一张变幻着颜色和图案的飞毯
想一千只手　一千只眼睛　　与
在虚空中　自慰的菩萨

讲你的故事
就从想象　开始

如果我们错了
我们就去　改变
我们的生活
如果上帝错了
我们就去　改变
世界的未来

如果痛苦
不来源于地狱
如果思念
不来源于天空
如果　爱不来自天国
如果　河流没有教会我们怀念
如果　森林没有教会我们哀悼
如果　我们不能　用生命
去爱和创造　那么
死亡　是我们　最后的一课

停　在风中的云雀
看上去就　像是一只
做伪证的　帆船
停在柏桦树上的蛾子
像一句邪恶的　谎言
我们

就这样在错误的想象中
错过了　末日审判
　心情一天天地　恶劣下去

　花
不会在　历史中犯错误
心
代替世界　飞翔
我　祈祷
并在祈祷中
面朝大海
面对无边的　虚无
看　日出
　和日落

对一枚芒果的想象

在　雪域高原
对一枚芒果的想象
不亚于对大海　或上帝的想象
我们熟知牛羊和青草
我们视太阳为　天地万物的如来
我们守望　世界的冬天与河流
我们　为遥远的芒果感动和祈祷
心中想着　前世和佛祖

身体安睡在草原和女人的怀里
我们把女人身上的白色
与天上的云
比着羊群
暴风雪中的黑帐房
是藏獒和我们的　家

大海　让我们想到　草尖上的风
想到雪线消失的地方孤独的野牦牛
想到狼的吠声中

我们少年时温馨的睡眠
和骑马路过草原的女子身上的奶香

在雪域高原
我们相信
月亮里　有最美的牧场
我们相信
一只海螺
能吹响整个　蔚蓝的大海

在雪域高原
每一条山谷
都住着隐修者和神灵
每一朵野花　都有前世和来生
每一个石头
都通人性
每一座山
都是　通向天国的门户

我们称乌鸦是菩萨的化身
称鱼是水里的菩萨
鹿　是我们前世的恋人或姐姐
仙鹤　是飞往异国他乡的　我们自己

天上飞的　是我们诸世纪的亲人
大地的每一处
都是我们的出生地
荒野上的鼠兔是孤独的
雪域高原　每一个人
都是孤独的

我们与　精灵生活在一起
我们同死去的人
永远　活在一起

来到雪域高原的每一个人
都是佛
都是　观音的化身
都是　我们的父母兄弟
我们以风
以四海　为家

我们的血液和心境
是蓝色的
为报答太阳
我们用灵魂　喂养太阳的牧鸟
我们相信
是鹰　把太阳从天空　带到了大地

我们　相信
太阳与佛的祝福
是最深　最美的　祝福

在众生繁殖的季节
神　在歌唱和劳作
云从天边外　飘来
春天带来的
比神的祝愿还多
比我们失去的
和希望的　还要多

我们把　战争和死亡
珍藏在心上
我们把　鬼魂
收留在寺庙里
我们把男人的阳具
叫作魔鬼拴马的桩桩

我们给山　洗澡
为云　献上五彩的哈达
所有的江河湖泊
都是　女神的隐宫
天空　精灵密布

大地遍地　是死亡

爱和永生
太阳与来世的　生活
佛性与本能
历史与轮回
眼泪与酥油灯
青稞与鱼
念珠与时光

经幡与　火焰
阳光里的神性
爱心中　爆发的智慧
母亲　还是妻子
放生羊和天空
刀和鞘　合在了一起

夜里
我们将灵魂　放生出去
就像放生　草原和鱼
去喂养　风中饥饿的鬼魂
我们在地狱的图像
与天堂的色彩中
构建　我们的生活

雪域高原　与一个男人
或一个女人
佛　与一个世界
或一个人

闪电　在闪电中　　沉默
阳光被风吹成　　一个问号
佛　从太阳上
俯视大地
绝望的人　灵魂受到　　致命的一击

地狱很遥远　恍如梦境

你身后　拉长的影子
站立起
在正午的阳光下
迎接这个世界
影子　紧跟在　时间的后面
忍受过比奸淫　更无耻的谎言

插在影子和你中间的　那人是谁
插在上帝　和你之间的第三者
是谁
生你的是　风
记着你的　是风
毁灭你的　是这个世界

一朵朵野花　站着
在风暴中弓着背
蜘蛛　在我们的伤口上
织一张帘子
你把疼痛的　记忆

封存在里面

守着一个　虚构的世界
守望自己的　墓地
当死亡受到邀请
在　你面前
　谁还能说自己是贞洁的

你是一只　避难的燕子
为躲开　人类
化妆成天使和幽灵
到地狱去寻求发展
地狱　很遥远
看上去似曾相识
恍　若梦境

地狱　是人类寻找　天堂
最后的　一片净土
最后的　思想和童话
末日的钟声　将在那里敲响
石头是海水
夜莺是燕子
　　灵魂是　所有虚无的名字

眼睛和脊背

从地平线上　抬起头

天空中　已没有什么可期待的

鸟死后

还是一只　鸟

行进中不能停下

或者　思想

生命在黑暗中做出反应

生命　在地狱中　等同死亡

谁　看见女神的阴阜

谁　终将化作一只公鹿

一次次在噩梦中

　　被自己的猎犬　撕得粉身碎骨

一把黄土

足够容下　整个世界

鸟在传说中

全都是些　风姿绰约　天仙化人的女子

在现实中一个也逃不脱　猎枪和人类的双手

上帝已想尽办法

人类已足够文明

　　已足够强大

我们　将神话和人性
散布到宇宙中
我们　更像是泥土中长出的神话
我们　　设灵位供养　我们的食人祖先
再与他们　做彻底的清算

不为别的
只是因为　每一天早晨
我们从梦中　醒来
只因为　我们的胯下之物
和雷霆般　伸出黑夜的手

我们　在梦里
亲手杀害　我们的　亲生父亲
再把沾满鲜血的双手
伸向母亲的　大腿和乳房
在　地狱
或　　在天堂
我们还能　做出什么

一切　都是可能的
我们用亲生女儿的贞操和血
祭祀太阳与山河
母亲　是我们在世界上

最后的　障碍
是我们身上　最后的一块禁地

不论在神话　还是在梦中
无论是天上　还是地上
记忆　碰到哪里　都是痛的

石碑上刻着
这是　夜莺
这是　燕子
那是画眉
那是仙鹤

这是　百灵鸟
这是　成千上万只　麻雀
和凤凰

这是　水仙花
同性恋者的始祖
就像亚当
第一个　死于水的男人

那　就像是　预言
风　来了

现在　草原绿了

我　住在雨中
我　住在云中
这是燕子与云雀
身前留下的
通讯地址

为了信仰

不是所有　眼睛里面
都能看见　鸟和远山
不是所有眼睛里面
都住着神仙
不是所有眼睛
佛　都在其中寂灭

不是所有的犬与狗
在一个神圣的冬夜
抬起头来
就成了　狼
重回　想象中的森林
和月亮

佛给了你微笑
给了你　莲花一样的身体
上帝给了我们一双眼睛
死亡给了我
一条　　寻求救赎的路

你有一双　纪念碑

和远山一样的眼睛

你的右眼　像海水和火焰

你的左眼

像上帝失落的岁月

像精灵与天使的爱情

你的眼睛里

有世界的光明与黑暗

海鸥仍在用生命飞越大海

仍在用翅膀

追赶太阳

有大片的蝴蝶

雏鸟　死在海上

为了爱情与远方

为了　信仰

保持飞翔的境界

死亡　是值得的

神性的

远方

广阔的

地平线

庄严的生活

在　眼睛里
　　永恒的等待

把墓碑
建在天上
天上的生活
必须相信眼睛
相信上帝
相信　末日审判
相信　天国和灵魂的拯救

飞翔
是　可以信仰的
但不是在欲望和梦中
我们在梦中　上升
醒来　我们就堕落
堕落到　比现实更低的地步
精神在不同的空间高度
呈现出完全不同的品质
生命必将　再次诞生

歌声里曾经失去过人性
呼吸化作了诅咒
有时一片落叶就足以　毁灭

一个人的世界
宇宙中所有的水
也不足以溶解　我心中曾经的绝望和寂寞
我们出生
性交和死亡
除此
唯有虚无
　或爱

镜子　里
一切都是可能的
连影子都充满了
征服自然的欲望
凡大地上寻找不到的
就到　天上去寻找
到死亡的档案里
或到　地狱里
　去寻找

灵魂是存在唯一的表达

酒
是生命的升华
乳是生命的延伸
蜜是生命的转化
水　是生命的形态

酒是灵魂之　血
乳是生命流淌在
时间里的血
蜜是生命凝结于
空间中的血
水是　存在之血

血　是绿色与火
灵魂　是存在唯一的表达
死亡　是生命清洁的物质
基督以死亡与爱
维护了天堂的野性

与清白
基督是　灵魂中
　　生命和信仰的　颜色

还不够去毁灭或创造

肺　像飞鱼的翅膀
从呼吸到呼吸
对生命做出回答
变化的是　节奏
是空气的含量
变化　是嘴的姿势
用于接吻
用于歌唱
用于祈祷或诅咒
或是　永远的沉默

坟　因为无人需要埋葬
镜子　是静止与运动
死神布下八卦阵
地狱里
硫黄是空气
烈火是　爱情
鲜血是瞬间平静之后的雨露和阳光

人类对上帝了解得还不多
还不够去　反叛
不够做出一种姿态
在阳光下宣言
还不够把我们心头的恐惧和绝望
归于　上帝的残暴
还不够去毁灭
或创造
不够沉默
或　发出最后的叹息

上帝　永远是
我们永远的　出发之地
是起点也是终点
在结束　也在开始
上帝是我们共同的伤口
共同的血源
是我们共同的　梦境
母语和　　死亡高潮
上帝是我们的
也是你们的
四季外的另一个世界
上帝　是
　　灵魂　唯一的　　墓地

就像香巴拉

一生不一定要　走向海洋
海洋最终存在于我们想象之中
生活　在生活之中
生活　在生活　之外
那里
不知道是哪里
就像香巴拉
就像　上帝之城

神秘和辽阔
都是　必须的
无论是对于世界
还是对于天国
无论是生命还是死亡

云
是世界的边缘
是大山之外的自由
是我们怀念的

远方

云或大海
不停地变幻着场景
真实而虚化
海的那边
仍有人类
天空　之外　仍是天空
最后　是上帝

通过世界和灵魂
我们是否抓住了　上帝的慈悲
是否抓住了　上帝的思想
我们是否抓住了
历史的意义和启示

启示与预言
不是历史的全部
不是时间的全部
不是死亡的全部
更不可能　是
上帝的全部

谁永恒地停在时间之上

蜻蜓
停在　一束阳光上
停在时间上
停在我的视线上
闭上眼睛
折断光线
蜻蜓　掉到地上

蜂鸟坚定地停在
一树花香上
河流上停着的
是点水雀
林子里的是胡豆雀
岩石上停着的　是
　　红嘴乌鸦

云雀以另一种姿态
一种　更崇高的姿态
停在一片云上

停在光线的更高处
停在　更远的
　　我的视线上

谁
静止　不动
永恒地停在
时间之上
停在
上帝的　视线上

只有活着才有权利去死

计划之外的　夏天
罪与魔鬼
是必需的
谁　深入到了
如此孤独的灵魂之中
光荣归于犹大
在犹大永久的沉默中
我们　不甘于沉默

彻底的背叛
也意味着　彻底的皈依
背叛
绝望
和诅咒
是走向上帝的开端
失去了　孤独和人性
我们　会成为什么

只有活着

才有权利　去死

只有活着

才有权利　去痛苦和奋斗

只有活着

才有权利

去爱　去信仰

爱情是上帝唯一没有预言的

爱情是　流云
是天空
是天边外的彩虹
爱情是　风和你
在天上的孩子

爱情是流放与墓地
是死亡的　摇篮
灵魂的家园
爱情是天空之手
是上帝　致命的一击

爱情是一手握住天堂
一手握住地狱
同时　跨过
时间的河流
爱情　就是上帝

爱情是上帝　唯一没有预言的

宇宙大事件
爱情是上帝存在
最后的理由
是上帝　永远无法完成的工作

上帝从未敲响过丧钟

什么是远　和遥远
什么是　远
和远方

撕裂虚空的声音
墓地里的脚步声
天国或地狱
什么东西被彻底打碎了
像一个神　重重地倒在山顶上
所有的声音汇聚成　一声叹息
然后
就是沉寂

什么是比死亡　遥远的
什么比天空中早已毁灭的星星之光
还遥远
什么比天体之外
漂浮的尘埃和思绪　还遥远

时间的　远方
钟声没有敲响
声音已传到
上帝从未　敲响过丧钟
时空交错
梦境难以穿越
历史和世界　难以穿越

时空错乱成色彩的图案
心灵失去了参照
天国　没有距离
不是上帝
也不是　魔鬼
打乱了　宇宙的秩序

我们一同看见过霞光映照的地平线

你既是帆
也是桨手
你既是海水
也是岩石
是海岸线
　　也是风的港湾

你既是旗帜
也是声音
是时空的远方
也是祖国
你既是云
　　也是尘埃

你既是劳作
也是泡沫
既是雷霆
也是露珠
是花朵

也是酒杯

我们未曾一起诞生
未曾一起　死
我们未曾一起归来
你归去
随身带走了
　　我眼睛中　最后的疑问

怀着与世界邂逅的想象
我们曾经互为战争与和平
互为摇篮与墓地
互为琴弦与乐章
互为荆棘与水池
　　互为语言的星座

我们是　共同的画框
共同的舞台
共同的序幕
共同的山盟海誓
我们是　共同的
天涯苦旅

我们一同呼吸过

天上的蔚蓝

我们一同饮过

早晨与日落

我们一同看见过

霞光映照的地平线

　　我们　一同否定了　天国和上帝

　　你是沙漠

也是青铜

　　你是吻

也是赞美

　　你是唇

也是呼吸

　　你是阳光

也是泉水

你既是开向新世界的　窗子

也是关闭新世界的　门

你既是灵魂中的一个

也是灵魂中的所有

你是海

也是星

同归于圣洁与寂静

你对生命的理解比死亡深刻

你对生命的理解
比死亡深刻
你对生命的珍爱
胜过对死亡的珍爱
你毫不怜悯生命的贫瘠
掘墓人也不会嫌弃　死亡的贫瘠
悼念　是针对上帝的

你的眼睛　是世界堕落的深渊
你的唇
是我生命的夜光杯
你的歌声的　碎片
和空壳

收拾满山的阳光和疼痛
你身体的　每一处
每一个地方
都　不堪回首
拾不起你的呼吸

拾不起你　沾满杂草和尘土的目光

太阳在赤道上颤抖
挣扎与幻灭
从地平线的另一端诞生
光芒与黑暗
一齐涌向　世界
归巢的鸟儿
暮色苍茫中你的坟茔
都是大地的风景

一首未完的歌期待明天

无为的反抗
既然　死亡无法逃避
我们来重新设计
我们的生活
心
在　夜色中倾听

长满雀斑的明媚春天
一声啼哭伴着一声叹息
等待天明
用一首　未完的歌
期待明天

天花板也因你的无语
而沉默
最古老的
依然　是上帝

鹰羽上的时光

一草一石
一山一水
活在　我心中
生命与轮回
是神灵游牧的家园
哪怕在梦里
梦见太阳　明天不会再升起

鹰羽毛上的时光
雪花背上的春天
你满头白发的岁月
长美人痣的月色
长发飘飘的阳光
怀春的三月
草尖上的袅袅余音
风把季节　吹得动情

被你的手指沾染过的山岗
对于我的生命　是不朽的

你惊人之美

死亡与花朵无法模仿

你眼睛里的表情

梦无法模仿

你的头发也无法模仿　多彩的这个世界

像保持你的完美一样

　　保持　你神圣的沉默

世界仅是一片沉寂

孤独　是我的祖国
是夜里　一盏长明的灯
绝望时专注于天堂
黑夜渗进我的骨髓
你的呼吸
　在我肺叶里延伸

山岗上的风
这是一株　真实的草
露水在叶子上成为回忆
只有金色的赤裸
没有叹息
在哪里播种　死亡
也在哪里播种　爱情
泥土充满了裸体的石头
和风雨

一块埋人的土地
一个山岗

消失在光阴之中　人的眼睛里
世界仅是一片　虚无
一片　沉寂

死亡该不该有阴影
一只飞鸟胸中
也有大地和天空的
沉默

你突然从我梦中醒来

你突然
从我的睡梦中　醒来
对我说
电灯越来越亮了

记忆的传递
就像　坐高空翻滚列车
坠落前是眼泪
落地后是花朵
坠落前是雨滴
落地后是　江河

天空是
上帝映在时光中的寂寞
大地　像一只
正在孵蛋的鸽子
大地归于天空
天空　最后归于灵魂

以万物的名义

花和果
跳起了一年一度的　草裙舞
阳光因鸟儿的到来
更加炽热
眼睛里
有一把　永恒的火

大地穿得越多
少女穿得越少
灵魂　丢弃了伪装

夜里
天使伪装成新娘
你伪装成　尸体
植物随便找一个地方
举行婚礼
天空中
到处是手挽着手的　象形文字

以春天的名义
以万物的名义
我们　地老天荒
从大地到云天
世界满怀深情和敬意

每一座　坟
都是从大地的伤口中结的痂
长出的新肉
你的影子
在想象中　依然沉重

一壶酒
旋在天际
世界就算是开始了
甚至还没有诞生
你就已经醉了

月亮是酒杯
多少诗人
死在　月亮这杯酒中

有的风景令人绝望

在我尚不知道
人和孤独的时候
你就已经吹灭了
生命那盏灯
只有时间可以　重新经历你
只有上帝可以
再次走近你
到达你　便是到达死亡
便是化为时间
或成为上帝

你把世界
从我身边　推开
我每天的日子
就像　一个手势的投影
就像　一张脸谱的幽灵

目光的阴影
呼吸的幻想

心跳的错觉

手无法延伸进的　梦

身体在时间中的重逢

在另一个　女人肉体里的错位

阳光充满了暗示

每个黄昏都抹不去的提醒

每片云都在形成的抽象的图景

青春莫名的重复

夜晚的相似性

梦与现实的混淆

记忆无端的嘲讽

枕头下　依然泪流满面的回忆

梦里

有些果木是大地上所没有的

有的飞禽走兽

是天国或人间

未曾见过的

有的风景

是令人绝望的　风景

梦里

我行走于　你眼睛里的风暴

在你的背影中哭泣
我在你　手上遇难

世界
不会因为缺少你
变得更轻
更寒冷
但　明天
因你　会更加美好

一个相信天使的世界

春天
草木做出选择
要么开花
要么独立寒霜等待或死亡
秋天　来了
鸟儿也必须　做出选择

季节　一个片段
一个片段地
展示给我们
大地　灯红酒绿
果子充满了　成熟的想法
星星影响蜜蜂的爱情
草有自己的头脑
灵魂是　另一种抒情方式
一只仙人掌
占据了我全部的　想象

我们用女人表达心中的天国和地狱

我们用植物表达大地的思想
用月亮表达寂寞
用脚表达路的沉思
用躯体表达宇宙的构想
用山表达生命的崇高
用远方　表达生命的　梦想

我们用土地与花朵
表达生存的权利
用风或牧笛表达孤独
我们用床表达睡眠
以及与睡眠相反的事情
用草帽表达对太阳的敬意
用家犬表达内心的恐惧
我们　用女人的身体
表达男人的身体哲学
也表达万物和抽象的诸神
我们用家具
表达与世界的隔离

世界已不够我们　表达和想象
我们身体中有某种东西
正在加速分裂与背叛
超出了宇宙未知的边界

历史已不足以表达　我们的绝望
草莓已不足以表达　我们的渴望
天地万物
因表达而通达人性和神性
一个相信天使的世界
便是一个　拒绝人的物化的世界

让物　站出来
自己表达自己
灵魂因表达而获得　自由和意义
人　是天空下的鱼
森林　是海草
水　是一匹马
手可以伸进女人的梦里
或子宫里
子宫也是　墓穴

烛光可以是孤独的心灵
可以是一座灯塔
可以是天葬台
可以是　佛主通灵的生殖器
是前不见古人后不见来者的
千古绝唱

烛光是举起的河流
是断头台上的眼睛
是太阳　在深夜的缩写方式
是打着喷嚏的精灵与古怪
是上帝的一行眼泪
烛光是精子的疯狂变形
是一只跳羚面对着天空撒尿
那朝气蓬勃的阳具
烛光是　大汗淋淋　的峥嵘岁月
是从情人的大腿里
　伸出的一只　中世纪的手

我们遥远的子孙
从时间的另一端
在我们脸上画上
祖先的物种记号
就像上帝毛茸茸的肚子上的胎记
和变幻着形象的面孔
世界　在被表达中　不断否定自己
一个孩子说
烛光　就是烛光
诗人却问
什么是　烛光

诗人一边在烛光上吹气
一边谈论着　深渊和黑暗
诗人说
烛光是光明的深渊
烛光是光明的浓缩
佛说
烛光是　黑暗的深渊
烛光是　黑暗的
　无限次的　浓缩

从镜子里看你形成的脸

一只　骆驼
卧在蝴蝶的想象上
想象　长满仙人掌的云和月亮
一条死鱼　游过时光之河的想象
蜡烛在风的想象中
被太阳吹灭
一只蟾蜍在猫头鹰的想象中繁殖
一只壁虎
被钉在基督想象的十字架上
灵魂　在乌鸦的想象里　梦游

时钟
让雄性生物坚挺
在　风中颤抖
一只长马毛的母鸡
在公鸡的记忆里下蛋
一只甲虫
在蜂鸟的记忆里吹口哨
一只大象　在海龟的记忆中

饮水

一只　悬在半空中的　肉箱子
里面有魔鬼的一根手指
有天使的　心脏
我的骨骸和希望
云从空中　抹去你的荣光和回忆
我从镜子里
看你正在形成的　脸
消失的　目光

看自己　在镜子里　成为一个疯子
成为　妓女和万物
魔鬼用头发鞭打自己的灵魂
雨中阳痿的蝴蝶
大雾中手淫的云雀
一只精神错乱的松鼠
死神无限放大的瞳孔
流鼻涕的山神
打喷嚏的山羊
一片　飞翔的　仙子的肺

光线中断裂的眼神
萤火虫的耳朵

凤凰下的　　蛋
海底忽然凸显的一个脑壳
天边拖着长辫子的不明飞行物
山谷里一只没有影子的天蛾
天空飘落的一个传说
远方　　隐藏在暮色中　　的牵挂

山脊上的象形文字
发黄的一部天书
闪闪发光的一只兔子
叼着一束光线飞翔的头骨
一滴血化着一句嘲讽
马尾巴上拴着的一群鬼魂
燕子头上正在做梦的天空之神
纸船上飞出的和平鸽
金鱼怀抱着
装满海水的一只漂流瓶
一条海蛇　　缩进自己的肚子

灵与肉扭结在一起的中国汉字
一串麦穗上掉着的一千具尸体
一千张呼风唤雨的嘴
摇篮里的一根绣花针
所有的水　　涌入一个仙人的洞

为切除的肾举行的国葬
跳桑巴和草裙舞的甲骨文
抄来转去的死亡账单
荒野上
一朵戴贝雷帽的　蓝色的花

词语的闪电与雷霆
形象的快速转移
感官的百态千姿
用诗性擦拭人性上的灰尘
　撕去世界的伪装
　让生命直接呈现
　　和到达

瞬间即一切

如果　世界压缩为一天
那么爱情
甚至死亡
来不及诞生
等待将彻底失去　存在的意义
痛苦与欢乐
将成为语言的空白
　　文明的终结
　　告别与祈祷
　　就是生命的全部

最刚性的词有
火　天庭　狂飙
射精　剑　自杀
绝望　革命　角斗士
豹子对阳光一击后的迅速转身
苹果与蛇开创的宗教
千钧一　发
力拔山　兮

烈酒与西风

古道与剑客

目光的千锤百炼

风景的遍体鳞伤

飞流直下的思绪

与心情

　笑谈渴饮的野性

　含苞待放的死神

诗歌的　孙行者

烈士　发情

与祭祀

偶像的黄昏

神性的黎明

五光十色的泡沫

火焰的传教士

草尖上跳舞的神灵

空气中飞扬跋扈的辩证法

血与阳光的大彻大悟

手心上的火山

音乐的岩浆

生存与毁灭的天体物理学

性的万有引力

存在的一次性投资
脚和牙齿的殉道者
大腿根部的交响乐团
眼睛的唢呐
性灵的　最终胜利
生命对上帝的　鼓舞

蜜蜂硬朗的腰杆
瞬间　即一切
一朵在天空下绽放的花
是对宇宙无声的肯定
以　爱情
绝望和心灵的飞翔
支撑起天国与上帝
唯一的回报
是把眼泪与欢笑
延伸得　更远
更　长久

天空
是诸神未竟的事业
自然
是上帝未曾写完的　诗
灵魂令冷酷的宇宙

充满生机

人类是

献给永恒的爱情

天国是人类最后的记忆

宇宙的历史

因天使和人性

　将被彻底改写

死神吹的口笛

风口浪尖之上的战争与和平
阴唇上的色情舞蹈
白天的求爱
叶落归根
蓝眼睛的　狼
黑眼睛的　天葬师
夏花与藏族少女
青稞与野草莓
念珠与野苹果
绿叶中青春的成分
　　阳光像发情的母山羊兴奋的　眼睛

蜜蜂是伟大的诗人
植物是劳动者
花是劳动在蓝天下的证明
果子是对劳动的回报
风　是劳动的汗水
阳光　是锄头
也是肥料

季节是历算
雨是劳动者与大地的爱情

与劳动相比
战争不算什么
除非 爱情是一种劳作
追索劳动的起源
神秘与神圣
劳动捍卫了感观的千姿百态
劳动解放了感观中的风景
劳动 在倾听
风雨中
　　上帝的消息

诗是最纯朴的劳动
保持人永远是 一个人
植物永远是 植物
蝴蝶永远是蝴蝶
劳动是唯一的途径
劳动拒绝人性的泛滥
也拒绝神性与物性的泛滥
劳动使农民重新成为农人
成为丰收之神
成为 土地伟大的思想

劳动让渔民　重返河流

农人
是土地的理想
诗
是大地与河流
　最后的理想

你占据了我的　唇
占据了我的　心
天　就亮了
黎明带走我的心绪走过黑夜
你的身体
在我的吻之后
彻底消失了
我仿佛看见
白色的精灵梦想中的大地
我仿佛看见　鸟儿梦境中的天空
你的歌唱
没有形体
没有声音
也不在上帝的梦中　回响

你走了

仿佛阳光把你射伤

来临吧

那永不再来的钟情的时光

那美的一瞬

最终　将成为致命的一瞬

你是千真万确的深渊

你是万劫不复的存在的幻象

你是我洞彻死亡中的

世界的苦难

什么样的　灵魂

无怨无悔

谁在天国或地狱的怀想中

刀耕火种

云游四海

你是死神圣洁的天使

你是阳光和风的情敌

你是荒野　破灭的理想

星星的前世伴侣

你是灵魂的终极杀手

你是黑夜遥远的喉咙

你是苍茫宇宙

蓝色的　根

你是野花与尸骨遍地的劳动之歌

你是岁月的护身符

你是城市上空

建筑物的方向

你是浪迹天涯的深秋

你是我

　　肩头上的　祖国

谁在露珠和草尖上行走

谁是生命浪尖上的风暴

谁是云的步履

谁是绿叶的脚

谁是春天的身体

谁是大地的回眸

谁是　天空的

新仇与旧恨

谁是幻觉的沉船

梦的白色沙滩

鼠兔腿上辽阔的草原

谁是与草原　最后的永别

谁是历史深处的忧郁症

精子的白色恐怖与根的梦想

谁在火焰上做巢
谁在精神的痛苦中孵卵
谁在海岸上生下时间和虚无的孩子
谁在火星上遥望
谁在地狱寻找　一张空白的纸

你在天黑的那一边等我
我必须进去　同世界告别
我的衰老
就是你的　夕阳
昆虫的歌剧
鼹鼠嗅觉里永恒的光明
神圣是你的使命
你的天国

变质的阳光
走味的血液
腐化堕落的　云
在镜子与天涯之间
荒野上神秘的图案与磨坊
山谷里的云雾与经幡
　岩石上的咒语和脚印

长河边星星的同类

白色牧歌的情调

死神吹的口笛

佛的汗水

记忆的匮乏

灵魂与爱情的贫血症

呼吸的满目疮痍

心境的　无限苍白

梦的言过其实与痛心疾首

皮肤上的高原反应

肺的苟延残喘

头转过去

是景色的　贫瘠

头转过来

是贫瘠的　景色

脚和世界

　　朝前迈步

所有人　都来自

云淡天高的故土

所有人都来自　古道西风的童年

数学抽象的钢铁

物理学的生命的岩石结构

现代生物化学的脱胎换骨

生长在胸腔里的呐喊
手的痉挛
目光的乾坤颠倒
世界　是你的陷阱
也是你唯一的机遇

花以各自的　姿色
香气和命运
向亡灵讲述
各自　在地上的故事
草原无语
牛羊无语
天空无语
风何止是　唯一的倾听者
灵魂卑微得
就像转眼被鸟叼走的面包屑
绝望者眼睛的表情
还在　正午的树枝上　颤抖

河流唤醒了天上的云

谁　能一次　跨越
那　永恒的　一瞬
佛祖两千年隐秘的时光
与　沉默
孤独的猫与灵魂
披麻戴孝的花　昆虫
经幡的史前方言
被风翻译成了
灵与肉的世界语

哲学与科学
衍生出的新物种
鬼神与物质的怪胎
理性的无人区
历史的变脸
世界的　倒挂金钟

未来星球的血雨腥风
超凡脱俗的人造天使

与合成婴儿

土豆与人性的克隆

性幻觉的克隆

笑与哭的克隆

生活全方位的复制

感官与外星生物的嫁接

人体器官与思维的移植

梦的高科技研发

呼吸与　性快感的培育

人与走兽

人与想象之物

在烈火中　逐渐退去的　死亡高潮

时间鞭笞人心的麻木

精灵在人间的无所适从

天堂之音在手和目光中的断裂

山羊与双性恋人的生殖障碍

公鸡　每一天的寓言

星星是长在上帝脸上的雀斑

道路　像一条

没有尽头的伤口

我们都属于　这个大地

我们都是　月亮和祖先的心灵

世界在转化中
肉体　隐退
灵魂　呈现
河流唤醒了天上的云
死亡唤醒了
我们存在的意识
神灵把粮食和我们
紧紧握在手中

情调　味道　风景
在我们身体里纵横交错
生命是味道的雕刻
是情调的交响诗画
是风景　正在褪色的建筑
与散文

我们是　灵魂的芭蕾
思想的风俗画
我们在丧失了性灵的世界中　沉睡
错过大地
也就意味着
错过了天空
错过了
上帝眼睛中永恒的风景

0582

还必须有
更深层的黑暗
被唤醒
青铜唤醒了　火
唤醒了岩石
青铜唤醒了小号
但还不足以用来演奏
死亡和　虚无的声音

粮食唤醒了酒的烈性
地狱唤醒了
万物与宇宙的神性
死亡与爱情
永远都在
化腐朽为神奇
你把最后的日子
变成了神的最美的时辰

如果人间无望
那么
就去天上寻找
去地狱或天国　寻找

在孤独中守望和孕育死亡

拿一个人全部的生命
拿世界全部的未知和已知
去幻想
一个生命足够广大
足够苍茫
足够在灯光下
阅尽人间春色
穷尽我们身体中的水
足够心灵　去飞翔
去幻灭
足够我们
在孤独中　守望
和孕育死亡

一千年不确定的历史
化作了岁月
一千年
女人为我们生下后代
一千年的　生死轮回

春去春来
一千年的花开花落
一千年的草原与阳光
孕育的童话
一千年　不变的爱情
与世界的飞短流长

生命　一直在经历
在爆发
在重复和改写
在诞生中化为了　美
在毁灭中　归于神话和诗

历史永远是
间接的故事
鲜活的　女人
需要唇
和想象
需要用双手去拥抱
去擦尽眼泪
去刻写　墓志铭

在生命最高意义上的
简单和质朴

而成为一个人
成为一个天使
成为　一个男人
就是成为一个过去的世界
成为　一个女人
就是成为一个未知的世界
成为　一个天使
意味着成为没有男人和女人
而只有人的世界

一千年为一纪
一千年成为　一瞬
一千年准时到来的阳光
就像是一个约定
与云的约定
与河流的约定
与花朵与彩虹的约定
与死亡的约定
与前世　或上帝的约定
生命如约而来
天上的神灵
地狱中的鬼魂
如约而　至

人类只是
世界这场爱情中的
一个恋人
世界需要时间
世界需要我们
世界需要　上帝

一朵花的开放
在冬天
或在春天
绝不是偶然的
一朵绽放的花
蕴含了　永恒
和天堂

给了我喉咙
给了我眼睛的
是　神秘的夜晚
神圣的存在
我相信生命比死亡强大
比　世界更广阔
和苍茫

重新学习诞生和告别

梦里　丢满女人的头发
和长裙子
幽灵也匆匆赶来慰藉
用思想哺育黑夜
在世界的赤裸中
品尝你的寂寞
品味你骨头里的寒冷
不管在时间的哪一个点上
怀念　都是相同的

绝望使我们陷入　时间的深渊
欢乐属于天国
如果欢乐可以　化作雨露
或阳光
如果死亡
是一枚可以被鸟儿叼走的种子
找一棵　树
或一个石头
或幻想中的一只鸟

不用去管星相与日子
一起怀念
英年早逝的女人

水性和杨花
时间的伤口与空白
比死亡更加坚定的　决心
和信念
热血澎湃的生命情怀
在你和时光的衰老中
重新学习去生活
重新学习去存在
重新学习　诞生
和告别

明天就是末日
哪怕是在坟墓里
天使也是美丽的
明天就是未来
但是　今天
依然恪守对死亡的敬意和赞美

眼泪是孤独的一种形式
是歌唱和赞美的

另一种形式
用眼泪或者血赞美天国
用眼泪歌颂死亡
用灵魂　哭你
假如生命是自由的
假如生命足够真实和宽广
人类没有理由
仅仅归于寂灭　或沉静

比草莓或云
充盈的水
水的形体
水的灵性
水的品质
绝望也有一个形体
深渊一样变幻着
像脱下长裤的　夏天
像裹着皮袄的　大海
像上帝不忍回忆的
月亮中的女人的　脸

一切可见之物
在我眼睛之内
已无法让人振奋

灵魂沉陷得太久
需死亡或闪电
壮丽的　一击
乌鸦或天使
等待那神圣的时刻
仅一瞬　就完成了解脱
完成了超越
血液在循环中回归心脏
大海拥有足够多的　盐
和风景

不仅是土地与天空
不仅是死亡和女人
渴望被占有
渴望成为岩石的妻子
闪电像灵魂的头发
黑夜压在死神的眼皮上
我用耳朵　去飞翔

谁的手　在虚空中倾诉
像神一样
渴望殉道
奉献我的童贞
和我的成熟

宗教对于上帝
对于火
对于灵魂
都是 必须的

可以没有神话
可以没有自由
背叛与救赎
我匍匐在 犹大的脚下
对于世界
这是迟到了两千年的回应
犹大在沉默中
等待
地狱的 开启

你高悬在天穹上的存在命题

呼吸　将融入水

向海平线报以　平静的一瞥

山的影子

在阳光下迅速站立起来

成为一座座雕像

鲜花与青春的飞逝

一去不复返的　1992 年

永远的赤脚走在天上的云

光阴从未如此贴近过

你冰冷的心

用身体或思想去贴近

你　高悬在天穹上的

存在的命题

黎明随手便推翻了黑夜

春天走过来

取走大地身上的寒冷

光明再次粉碎了

我在黑暗中

自我解脱的计划

还没有足够的白天
还不具备足够的黑暗
形成一个
必须回答的问题
并在末日来临前
彻底地　去解答
恐龙的耻骨
预言了天空
最初与最终的景象
在你变得弯曲的　目光里
世界渐渐迷失了自己

哪一个不是
在日出之前
或之后
与　自己作别
深渊潜入心底
眼泪缩回眼眶里
没有人　在我心上
呼唤过你的生命
甚至　你的名字
解除了黑夜和寒冷的太阳
像处女一样　升起来

山谷回荡着风

喉咙里没有水

也没有声音

世界不会因你的离去

而变得　更轻

或更重

有的风

听上去像哭泣

单调　乏味

带着海水一样多余的盐

耳心深处

有一座　无须祭拜的坟

历史是你鲜艳的肉体

对死亡的　背叛

日子在对你的追问中

成为新的一天

谁抵达了存在的至高点

谁就将终生忍受

上帝一样

没有边界的孤独和寂寞

神因肉体的衰微

而绝对　美丽

把轮回中的景象说给世界听

孩子或天使的　眼睛

映照出我的世故

和世界无可救药的悲哀

历史朝着物质的深渊迈进

给肉体　一个窗口

给灵魂　一个窗口

或去寻找一个窗口

或去创建一个窗口

把所见

所闻

所知所感

把轮回中感观的景象

说给　世界听

说给风听

　　说给死亡听

远和近　都是

相同日月的心境

墓地中的回音

是寻问

也是　回答

如果悲伤能化作岩石

和海水

如果悲伤能化为大地

化作　山野里

清冽的风

一个声音

　在梦中呼唤

　也在　地狱中呼唤

水与火

甚至承担不起

一株结满果实的树

谁可以安然　如土地

谁可以活得　像青草

无怨也无悔

这是生者的想法

但还得去幻想

还得去　经历

世界的风起浪涌

生命还得继续

　　总得放下　欠死亡的债

去走人生的　路

每一颗果子

都是长在地上的一个悬念

每一个果子

都是拨动梦想的　钟

时光倒挂在树枝上

不容虚度

果子的形体消亡

化作味道和记忆

唇与吻

阳光的雕像

时间的凝结

万紫千红的鸟蛋

夕阳下的

　一枚苹果

　一只　眼睛

没有真正意义上的过去

每一个瞬间　都是创造
每一个瞬间　都是重复
每一个瞬间　都是开始
时间　永远在开始
没有真正意义上的过去
也没有未来
精子是重复
是创造
是宇宙终极的梦想
阳光尖上
那刹那的一瞬
比死亡还要壮烈
思想　在风中而立

我来自　宇宙
我来自　母亲的子宫
和阴门
我在你的死亡中　诞生
起初我还不是我

你也不是你
海还不是大海
世界还不是世界
但鸟仍然是鸟
土地依然是土地
世界在我的诞生中
你的脸　逐渐形成
你的眼睛
你的灵魂逐渐形成
海与天空也在　成形

在你的诞生中
世界需要　重新诞生
鸟在你的眼睛里　飞越看不见的高山
果子在你的呼吸中开花
绽放成思想
上帝在我的眼睛之中
见证你诞生的奇迹
并看到了　世界形成的情景

你在我的声音中聆听
在我的身体与泡沫中
你是我观念的大海
在我的眼睛里

你将看到上帝未曾看到的景象
在上帝的　眼睛里
你的声音　也是我的声音

我们
浴着阳光
沾着露水
一同启程
去　远方
远方
你正朝我　走来
你的死亡
是　我的远方
你的死亡
是　我的新生

神站在你空墓的四周

你不是天使
却满怀死亡的柔情
天使　在我们的观念中死去
上帝必须　死
人才能获救
如果你是　石头流出的水
如果你是　钢铁开出的鲜花
如果你是　死亡的终极肯定
天使死去
让人成为人的天使
成为死亡的天使
让人成为上帝
及万物的天使
让人类成为　大地和天空所是

如果世界的破碎是不可避免的
就让世界破碎在
人类的手上
破碎在人类的　命运之后

从上帝的手中交出存在
交出死亡
交还　世界的绝望
从上帝的心中
抢救被束的时光
对天使的回报
就是人类自己
上升为天使

你不是天使
却满怀天使的绝望
天使都是刚烈的
暴力的佳酿
残酷之美的形体
饮血如饮甘泉
纯粹的黑色恐怖
死亡富丽堂皇的宫殿
与雕像
被死亡滋养的欲望
死亡最后的微笑
和化入虚无的祝福
神话再次成为　现实

黑眼睛内的万丈深渊

与死神缔结的山盟海誓

痛苦和仇恨

都是假的

每到夜里

你就会现身

来砸碎房间里

和大街上的瓶子

死亡是天使最美的微笑

死亡是　宇宙开出的

最美的思想之花

死亡是佛　无所不在的祝福

谁　是夜晚或飞行的情敌

谁在你身下脱下伪装

谁在远方

用死亡写信

谁在上帝的唇边

用时间和爱吹奏并雕刻

谁在我的睫毛上布满阳光

谁从你的肺叶中取走了空气

谁　　是长在天使腿上的绿叶

或花

谁在我的眼睛里

布下死亡的陷阱

谁在魔鬼的胯下谈笑罪恶

与酒的烈性

谁在众神的眼皮上

转动法轮

谁　在蝴蝶的睡梦中

仰天长啸

谁　在我身后

玩转地球

一觉醒来

世界不过是

昨天夜里的　一个想法

而现在是死亡

存在的至高点

是思绪的战略转折

是化学的一次性配方

是物理的穷途末路

现在是　上帝

是一片绿叶命名的天国

是一道一元二次方程的

终极答案

风的草图

云端上的耳语
比一束阳光
让人眩晕的计程器
一个名叫海的诗人
现在是一棵树
是石头
是河流
是飞翔
现在是十字架
　是蓝色的高度浓缩
　是天空组成的神秘符号

必须取消　死亡的过渡
必须取消　时间的抒情
季节在豆娘的眉目传情中
被生命交换了一万次想法
天黑了　　天亮了
你错过了时间
成为天使
甚至　一个成熟的女人
最佳的时机　最好的时光

男人或阳光
再也没有机会

在你身上播下新的希望

现在正是二月

梨花正开得烂漫

神正站在

你的床前

　　站在你　空墓的四周

没有绝对因此你就是绝对

一只　鸟
是天空中的　一条线索
你与　天上的光
有着千丝万缕的关系
世界在你心中
永远是我化解不开的心中之痛
你一步跨过时间
成为我与死亡
解不开的情结

大海无非是一场
比蚊子掀起的
更大的风暴
比手捧起的
更多的水
比一场雨
对于人类或者石头
更接近　历史真相

灯为夜晚而存在

风吹过了

对你

对世界

意味着什么

但　也可能

并不意味着什么

一个唯心的世界

必然是一个唯美　唯精神的世界

唯心的世界

灵魂是　唯一

可以信靠的河流与船

鸟在天空

延伸着我们的视线

延伸着我们对　彼岸的想象

狼用野性捍卫荒野

用呼吸扩大了荒野

世界在鸟的飞翔中

一直延展到

时间的　尽头

鸟在你的眼睛里

是草写的一个　远字

夜空里的每一颗星
都是鸟的变体
星星把我们的灵魂
书写在天上
随手抓起一把语词
都是　我面向四方的心愿

没有绝对
因此你　就是绝对
绝对地站在
我和上帝　之间
缥缈在时间　之上
我在你的存在中呼吸
我在万物及上帝的存在中
存在而苍茫

一万年　转瞬即逝
不够用来表达爱情
不够用来表达　一吻
到死亡
你比上帝　离我更远
比空气更具体
比时间更抽象
你比死亡　更真实

没有唯一

因此你还　不是唯一

你在我的无限中

化作虚无

我在你的虚无中

化为无限

我们　在上帝的永恒中

化作无限的　虚无和存在

不会有谁站出来

为你的存在作证

就让死神

在地狱或天堂

为你吹奏

上帝唇边的那支长笛

你是比大海

和眼泪

更加　深情的一滴

在关于时间和树的梦境中

远与近
光明与黑暗
是一个　问题
首要解决的问题
依然是大和小
轻和重

世界在世界的前面
你在你身后
无限地走向远方
最终走向了自己
远方就在　离我
最近的地方
春天来到春天的面前

我走在我的生前
我赶不上自己
我被世界
永远在路过

时间在我身上
荡起一串涟漪
世界在我身后酝酿
上帝在我前面
永远地沉默

我渐渐长大
世界渐渐变小
我成长
世界因此变大
一滴露珠很小
因此你　很大
一滴露珠很大
因此你　很小

你在离上帝最近的地方
也就是离我　最远的地方
你在世界的前方
因此你走在我身后
我们勇往直前
我们
在你身后相遇

光　使黑夜成为黑暗

黑暗是对光明的召唤
黎明是对黑暗的证明
黑暗将光明交出去
交给世界　和永恒

黑暗从亡者心中
打开天国之门
黑暗永远为上帝的存在作证
光明进入黑夜
光明溶入　黑暗
黑暗是无限的
光明是无限的
黑夜最终　溶入光明
而为黑暗

思想一直向上飞
直到触及大地
你头朝下穿过大地
进入天空
天空在我脚下徐徐展开
太阳从我胯下升起来
月亮在下面望着我的脸
头　是生长在　天上的根

神在天空中倒立

大地与一滴泪水相比

要么重于泰山

要么轻于鸿毛

要不是灵魂倒立着顶天立地

世界

还会　存在吗

必须把世界还原成为元素

问题是

什么是　颜色

什么是　声音

什么是　火焰

什么是　石头

什么是　树

什么是　时间和远方

什么是　世界和天使

时间对于人类

是感知

是幻想

也是回忆

时间　是宇宙的年轮

时间　是上帝的身体

时间　是人和万物的心性

没有唯一的　时间
时间的无限和碎片
时间的瞬间与延伸
时间在我生前
时间　永远在未来
永远正是　现在

黎明推开窗子
神在夜里　独自守望星辰
你在正午的阳光下徘徊
而现在　是晚上
远方　一片惟余莽莽的原野
大雪彻底覆盖了
你对远方的怀想
春天又来到了山岗上
众神就住在　天空上

时间在我们身体上分裂
每一个瞬间
你都是生命和世界的某一部分
脚在大地上行走
心在天上追逐
像鹿又像马的　一朵云

和彩虹

手在天国向上帝倾诉

思念是天空中

飞行的　一只耳朵

在关于时间和树的梦境中

一只手　在夜里数天上的星星

一只手　在阳光下抚摸

你的青丝

骨头里全是寒冷的冬天

皮肤上夏日在燃烧

眼睛中

是一片　春花秋月的景色

我老了

望着　父亲在麦地里

像蜻蜓

追逐着一个往日的想法

追逐着春天的表情

追逐着花草丛中

一个绿眼仁蓝皮肤的女孩

他们在云天下亲吻的时候

天空变得　很矮

很朦胧

我想起了　我貌若星辰的童年

我想起了　上帝手心上的一束阳光

我想起了黑夜中

一团白色追赶着一团白色

白色在空气中跳跃

变成红色和蓝色

最终　化作一团震颤的声音

死神的脑子里

危机四伏

上帝的　手

在天空中

面临难以跨越的

重重障碍

是谁　在我的记忆里放牧

是谁　在我的爱情里散布死亡和谎言

是谁　在我的名字里

种下一棵树

是谁在你的生命中　坐吃山空

是谁在你的人性中

放置了一块石头

是谁在你的额头上

击鼓传花

谁在我生前
与你交欢
谁在我心上
跳神并自裁
谁在我的来世
出售你身上的器官

以身体为大地
追问存在
以时间为出发之地
追问上帝
想象
光在我的目光上滑行
滑向　远山
滑向　天空的黑
滑向　万丈深渊的心境

死亡　不是　真理
深渊中的痛
与呼唤
将把你　带到
曾经的过去　和
天国的未来

在来世的一片阳光下战栗

你在大地上留下的每一个脚印
和表情
是说给风听的耳语
是对世界的称述
是以死亡的名义
直面深渊的呐喊
感受你的胸口
在来世的一片阳光下　战栗
感受你的双手
在虚无中　一直伸向地狱
感受你的眼睛
在世界之前就已失去了光明
感受你的　脸
在末日被雕塑成人类的母亲
你的绝望
就是我的来世

黎明或黑夜
最终都　将我引向未知

你身上的黑色和白色

你身上的红色与黄色

你身上的绿色和蓝色

黑暗中有什么东西

正在靠近

黑暗在大地的每一个支点上震颤

夜被推向高潮

太阳从海上抖掉

夜里一半的呻吟

阳光下　就连植物

仿佛也没有睡眠

你身上的白色

与天上的白色

一样抒情

一样神圣

如果加速呼吸

或者停止呼吸

是一种罪恶

毁灭与我　远隔着一个夜晚

我梦见天使身上有一个洞

我梦见　你的灵魂中

有一条河流

太阳　也在黑夜的　那一边

思绪一天天发胖
总有一天
无法再挤进　你的墓门
把阳光关在外面
同风和虚空一道怀念
天空下各种名目的眼神
不同国籍的手势
不同语种的表情
来自不同文化的缄默
在夜里归于同一
黑夜　是人类的大同

我们的身体在夜晚是平等的
和平　在床上
和平　在死亡者的心中
黑夜　无须翻译
任随你点亮一盏灯
或者关掉一盏灯
黑夜在女人的腿上
占尽风流
黑夜洞察一切
思绪万千

犹如白桦林中猫头鹰的眼睛
时光滑过黑夜光洁的皮肤
连一朵浪花也没有留下
来世
我们在阳光下　擦肩而过

夜晚
在相同的支点上
我们把世界朝前推进
在梦里
我们是形态各异的两块石头
在天堂
我们的灵魂
永远不会相互追逐
黑夜把世界划分成
行动和睡眠
白天将你　同上帝分开

明天
是随便一个名字的复写
是水与火的合谋
身体的感叹号
牛患上厌食症
为鸟儿分发安眠药

明天　是植物的改朝换代
是器官的独自行走
或飞翔
是空气的待价出售

明天　是对灰烬的品尝
是爱情的讲座
明天　是对古典音乐的考古
天空飞过的鸟
都是黄金做的
大腿扛着一个仙人洞
吹着口哨
走街串户
呼风唤雨

你从地狱匆匆赶来
交出死亡的钥匙
从一个夜晚
到夜晚
食指的情妇
被躯体遗忘的情夫
我朝着思想的　某一天
出发

明天
追逐女人
或天使的想法
不会改变
黑夜　不会被阳光
和鸟儿的翅膀驱散
死亡笼罩人间和地狱
死亡终将被上帝
　带往天国

把欢乐永远留给人类

你　目光的　长度
足够我一生
走往永生
你　生命的　宽广
足够我通向
我的人类
一条蛆虫在记忆中
啃食风的手指
一匹马　在佛的睡梦中
呼唤荒野

时间追赶着河流
眼睛翻过了一座山头
就到了中国的汉朝
候鸟从汉代飞来过冬
身
在雪域
心
在汉

星星是埋藏在天空中的宝藏
唯有读懂死亡的人
才能在白天或夜晚
随意地取出
星星的　含义
胜过天空
和　女人的肉体

目光在宇宙攀登
仿佛一只孤单的雪豹
走向雪原深处
一个　深渊
一片　辽阔

有的东西
比如星辰
或爱情
谁失去了
便意味着
失去整个世界
天使　或一片树叶
各有其命

大地上的痛苦

是我的　是我们的
把欢乐永远　留给
人类
留给未来
谁在爱和生命中沉默
将　永远
沉默

对于上帝眼睛是多余的

凭你目光中的万种风情
我何以把握　天上的路
我何以把握你的未来
我何以把握世界
你是带牧笛的守望者
你是我今生
最后的荒原

当你说出　第一个字
死亡
当你说出　最后一个字
爱
深渊　就已经被开启
命运之光
照亮天空和大地
时间从此诞生

时间
是我们心中

延绵的呼吸
时间是我们生命的凭证
时间是我们　面朝死亡
或永生
的呼喊与祈祷

黑夜
如同一个承诺
对于上帝
眼睛是　多余的
聆听风的心情
手化作相思
用于爱的人
在　天空中飞翔的
胜于鸟和云

在茫茫宇宙中飞翔的是什么
有比爱情更大的迫切
耳朵是多余的
从你的幻影
我不仅看见　月亮
在你生命的一个地方
我领略了
世界的黑暗

虚空中的光
来自你彻底消亡的身体
最明亮的地方
你的身印　在夜里
又在白天
你的眼睛里
蓝色　在增加

我想到
你灵魂里去飞翔
生命想要飞翔的时候
你便是
时间终结后的天空
你　存在中
最隐秘的地方
比我脑子里飞出的任何一个想法
都更　光明正大

想你的时候
你可以是夜晚
我在你黑暗的里面
带着你去翱翔
夜属水
水做的夜晚

水做的女人
水做的　远方
与天国

想象是我的边疆

对于　时间
你是唯一的
世界是众神的伊甸园
眼睛是墙
耳朵是长翅膀的性器
和脚
想象是
我的　边疆

对于上帝
我是千万张脸谱中的　一个
和所有
我甚至都不是
尘埃
我　诞生
但没有归程

前面是　深渊
身后是　火焰

是遗弃和背叛
是苍茫无际的暗与光的交替
是时间的断裂与轮回
是对天国的重新确定
塑形
和敬畏

时间被复制
就像女人
在我们生命中被复制
时间不断在开始
如同女人不断生出女人
时间对于我
不比女人的目光
或　怀念更长

用死亡为天堂写一首诗
用眼睛为远方
写一首诗
用身体为时光写一首诗
用灵魂
为你
为人类
写　最后一首诗

世界因你　存在
我需要幻觉和想象
才不至于辜负上帝
爱
便是　绝对的统一
与和谐

天国看似永固的构造
曾经动摇和破碎
未来需要重建
生活　必须重建
凭借你对死亡的意志
对地狱的信仰
以及　你灵魂的绝唱

我相信永恒

上帝有记忆吗
时间
除了毁灭
和抹杀
时间是　我们
死亡后的存在
上帝与死亡
是怎样的一种事物
时间若非偶然
我　相信永恒

短逝者的歌
宇宙的一刹那
醒的一刹那
性交的一刹那
死的一刹那
美的　一刹那
爱是一刹那后的　永远

生命在欲望的浪尖上沉浮
死亡
无数的死亡
无限的死亡
未知的死亡
铸就了一刹那的　美丽
和永恒

肌肉中收紧的红色和黑色
皮肤上张开的一个性器
无限与有限
广阔与具体
过去与将来
光与暗
感官与真实
梦想与现实
悲剧的烈性
爱与恨的浓度
灵魂的重力和　速度

无须从高潮
冷却之水中
挽救世界
生命从死亡中聚积能量

和思想
大海不会永远停在　浪尖上
波谷的深度
决定了高潮的强度
在高潮的　顶点
世界融化得越彻底

心占据空间越多
肉体占有的世界就越少
大海的意义
不仅在于辽阔
佛的一滴眼泪
甚至比大海辽阔
饱含着比大海　更多的
悲情和意义

赞美少女青春的皮肤
赞美自杀
赞美性交
赞美被逐的亚当与夏娃
赞美目光
可怕而　神圣的一瞥

存在的所有形式

时间的幻术
射精是另一形式的呼吸
高潮来临前的一刹那
两个人　从各自无限的远方
从死亡的边缘
重返　永恒的起源
喉咙与子宫
宇宙最神秘的事物
其次是　眼睛和耳朵

天空对于眼睛是蓝色的

曲线拯救不了世界
圆连接起人心
在直线面前
我们苍白无力
我的恐惧
我的沉默
像一张写满了
神秘咒语的
风中的　纸

天空
对于眼睛
是蓝色的
对于手是梦想
对于身体
是空气
对于心
是　飞翔

大海是天空流浪的行者

是春天的使臣

冬天　是时间的精灵

对于爱情

你是骨头

是脸

是头发

是身板

是　背景与远方

是　念想和宇宙

姓氏和月亮

女人与星星

蝴蝶与眼睛

耳朵与烈火

窗户与泉水

睡眠

与　花朵

你是拥入我怀中的光阴

秋天是你的风骨

夏天是你的性别

你的名字

在泥土中酝酿

你的寂寞
是开在地狱里的花
你的孤独
是悬在时空上的　一盏灯

当想象穷尽的时候
我是我自己的　远方
我是我自己在远方
流浪的草原
和风
我是我自己在远方
放牧的蓝天
我是我自己失散的故乡和亲人
我是我自己
灵魂迷失的　方向

从我的肺中
呼不出黎明
从我生命的内部
诞生不了新的世界
当所有的日子
在你手掌上破碎
我便是我自己
被时间废弃的村庄

远方
是我怀念的女人
天空　是我怀念的结局

星星　河流与乌鸦
是你寂灭后
迅速成长起来的新生事物
黑夜
是我存放遗书的箱子
天上哪一颗星
是你在　另一个世界
为我生下的孩子

你的眼泪
为梦里难产的诗
流落在　大海里
化成了　云
云中　我愿想的血和泪
太阳短暂的歌者
大地飞短流长的恋人
除你
和世界
我　没有痛苦

是什么时候了

是　时候了
是什么　时候了
公历还是农历
黄昏还是黎明
终结　还是开始

是时候　了
是　什么时候了
天上还是人间
梦境还是地狱
末日还是　新生

是　时候了
是　什么时候了
未来还是现在
前世还是来生

是时候了
是什么　时候了

死亡还是婚礼
历史还是幻想
精神　还是肉体
数学还是　诗歌

是时候了
是什么
　时候了

绝望者唱给苍天的歌

痛苦
是人类随身携带的奢侈品
你的　手
在泥土中抓住黑暗
脚在石头里生根
生长而后委顿
燃烧而后熄灭
死亡永远地改变了地球的面貌
永远地改变着人类的性情和形象
死亡不能改变的
是永恒者的　爱
是绝望者
　唱给苍天的歌

唯有上帝的寂寞
是绝对的寂寞
月光　是比粮食
更纯净的酒
冬天

是万物的摇篮

和眠床

没有月亮

就没有　梦

如果没有水

鱼的悲哀

超出了我们的想象

谁活着抵达过

彻底的孤独

谁活在　我们生命之外

鲸鱼的梦里

不仅有岩石和暗礁

我们都是

海水与岛礁的一部分

树从土地中长出

把存在的梦想和希望

伸向　天空

一年之中有一个季节

女人和蜜蜂做着相同的梦

上帝与你

在我的愿景中

是同一个人

女人活在历史深处

也活在四季之外

你比飞鸟更懂得天空

你比季风更熟悉

大地和树

　　你也是　一切中的唯一

你就像秋天

眼睛中只有　落叶和风

没有花朵

没有回忆

天上神性的文字

神秘的　光

引导着你

走向目光无法到达的

时间的深处

一些鸟兽

一些植物

变得越来越像人类

你走向黎明

比在黑夜中

更感黑暗和孤单

你　走向死亡

比在生命中

　　更加　宽广和自由

我们相隔一片未知的时空

你　走向了黑暗
不单是因为
心中没有足够的光明
你走向了　身不由己的天堂
因为绝望
也因为　爱
死亡是你和上帝之间
悬而未决的难题
和灵魂之恸
你活在死亡与上帝中间
世界不是你　善终的地方

让尸体皈依大地
皈依河流和花
心愿皈依　天空
即便是地狱
我也要为你
为生命祝福
我们相隔　一片未知的　时空

你是我通向时间的驿站
你是我跨入
永恒寂寞的毕生之路
没有你
没有上帝
地狱　没有希望
天国　没有意义

在我之前
时间是　遗忘和空白
在我之后
是时间的终灭与静止
同风混在一起的
不只是时间与死亡
除了思恋与空气
我不愿去猜想
与花朵和蝴蝶混在一起的
是虚无
是　存在的幻影

可怕之物
不是没有生的希望
而是没有　死的希望
天空　除了天空　还是天空

我不相信

死亡　只是失去了生命

树叶从树上掉下来

直到　赤裸

阳光被天空收回

直到　黑夜降临

在记忆的最远处

响起一串敲门声

你是我　黑暗中的灯

你熄灭了

黑夜里

我拿什么　去追随光明

蛾子不知冬天和雪

不知希望地

活在夏日的阳光里

我们满怀希望

被时间　囚禁在存在之中

死在你的死亡中

死在　上帝的死亡之中

是我今生

无法实现的梦想

是我来生

无法跨越的障碍

再死一次

我依然不能　放下世界

在上帝之前

和之后

还没有人类的灵魂

得到过拯救

不断有鸟从深蓝的天空中飞回

我愿相信

你不散的阴魂

　将从　时间中归来

一直走到梦或死亡的中心

空气中
有天使阴阜的气息
有云和死亡的气息
光与影幻美的景色
被风卷走
爱与死在心中
一触即发
生命使我们
同归于死亡
是什么甜蜜的念头
把鸟　引向天空
世界的强暴
将你　从时间中
彻底抹去

燕子在雨中憔悴
心在夜晚
也在白天哭泣
怀念无语

怀念不予回答
天使的号角吹响
你不再　从黑暗中醒来
心愈敞开
感受到的欢乐和痛苦
就愈深沉
无论是痛苦还是欢乐
　　生命都将被　引向绝路

死亡也不能阻挡我
歌唱死亡
赞美上帝
所有的痛苦与不幸加在一起
也不能阻止
人类　追问灵魂的脚步
死亡领着我　朝前走
一直走到时间诞生之前
我不会把你
单独　留在
地狱
或天堂里

你活着走到了
离天　最远的地方

你活着走过了天堂

你的灵魂

离地狱　竟如此遥远

每一个白天与夜晚都是

生命不可挽回的损失

星星是神灵远视的眼睛

早已看清了人类久远的未来

爱　即存在

和对　存在的充满

因为爱

宇宙终极的命运

是相同的

如果　我有一个灵魂

　我愿意为人类失去　一千次

什么是善与美的彼岸

为假的灵魂哭泣

是可怕的

为伪生命奉献生命

是一种不可饶恕的罪恶

为真实的　树

真实的　河流

或眼睛

而死的人

有福了

死于十字架

如同　死于爱情的人

　　有福了

在天国

丧失的不仅是睡眠

树在春天

长出的不仅仅是枝叶

鸟扇动翅膀

化着写进天空的语言

生命的欢乐

建立在生命的痛苦之上

正像生命的欲望建立在生命的肉体之上

没有时间　在时间里

停留或等待

旷野上的　坟

在夕阳下不昭示着什么

到　另一个地方

用活人的脚

走过墓地

走过风赤裸的山岗

朝前走

一直走到　梦

　　或死亡的　中心

在大地你是拉长的时间

谁才是　最终抹灭世界的　阴魂
火　是神奇之物
在泥土里
是陶瓷
在岩石里
是钢铁
是青铜
是黄金与宝石
在水里
是大气
在人心里
是激情
是　欲望和光明
在宇宙
是时间的　起源

在冬天
你是阳光
在黑夜

你是灯塔

在心灵

你是眼睛

是水与火的交汇

是生命与　历史的融合

在大地

你是种子

是希望

是拉长的时间

是中国　五千年的文化

在森林

你是恐惧和神话

你是物种的　新纪元

火与物质

火与精神的相遇

划分出文明的界线

地球如此充满我们

为岩石上的纪录

会有一天

我们将　永远怀念大地

如果时光可以　背向存在

走向　未来

为什么你总是在夜里

比在白天　更美丽

更通灵

为什么你望见星星

犹如看见死神　一样惊恐

愿上帝从人类的历史中

吸取教训

在天堂　不再有怜悯和同情

世界的本质

是生存与赞美

是爱和绝望

思索与寂寞

在夜深人静的时候

在心与自己独处的时候

当身体的愿望绝灭

心灵的念想　呈现

把目光变成

张开的双臂

把膝盖变成胸膛

我的两腿

跟不上思想

躯体变得　世界一样沉重

摆动你云豹一样的身姿
走进文字和世界
有多少魅人的景色
就有多少　死亡的风暴
就藏着多少存在的险恶
和　灵魂的玄机

美就诞生

花朵

承载着天空的重量

你的腿窝里

有一个存在的陷阱

你在光影中走路的姿势

江河挺立在大地上

谁可以

为山野中的一棵树做主

谁也不能　拿生命的名义

要求世界

谁也不能　借死亡的名义

要求上帝

未来

意味着把灵魂和肉体

完整地交出去

要么毁灭

要么　完整

完整地去死

就像完整地去爱和经历

一头公牛
或鬼魂的存在
超乎我们的期望
就像上帝
永远超出了
天空和大地的知识
生命到达　时间和地点
美就诞生
生命以不可思议的方式　到达
一切地点和时间
都是唯一的　时间和地点

心愿之　景
就是化身为灰烬
也要相互守望
梦想与现实
究竟哪一个　更接近神灵
用火与水
风和呼吸表白
遥望　太阳背后的
光明之景
远方

远到　心力交瘁为止

为什么
东边的　天空
群星云集
而西边的天空
星星稀少
为什么　东面的天空　星星多
西面的天空　星星少

在苍穹的背后

苍穹的　背后
是无限浩淼的想象
与愿景
太阳把你带到黎明
也把你带向　黄昏和梦境
每一天
都从观想死亡开始
究竟有没有
永恒　的欢乐
终极的　喜悦
痛苦和欢乐
就是　世界的边界

夜的神圣
演变成阳光下的罪恶
没有一成不变的　善和真
壮怀激烈的　美
在一瞬间爆发
生命　到达

随后是死亡
和沉寂
每一种结局
都不可能是完美的
一个人的内心容纳不下
包括灵魂在内的
所有的事物

选择灵性的生活
安静地死亡
东方是万物景仰之神
对于西方
则是基督不共戴天的敌人
没有　统一的人类心灵
还没有　一个完整的上帝
你的地狱
是我的天堂
你的痛苦
是我的痛苦
和　欢乐

从河流或火开始

谁
在大地的背上沉思
从胸膛流出的是血
点燃的是蜡烛或火把
上帝将存在和时间照亮
我们
常常伪装成陌生人
与自己通奸
在梦中
我们伪装成国王
伪装成各种肤色的女人
伪装成外星人和亡魂
在最无望的日子里
我们　甚至伪装成上帝
以对抗死亡
　对抗地狱

你不是女人
也非男人

既不是植物也非动物

既非彼时也不是此时

你　既不在白天

也不在黑夜

我不能为　你

身体上的一切正名

生命在消亡

痛苦却在增加

幻觉在消失

恐惧在增加

还要等　多少世纪

我们才能理解犹大

也许

我们还有希望

重新命名　天空

死亡和上帝

我们还有希望理解

我们身体上的器官

理解海水

岩石

旷野

四季与流云

理解　时间和树

长久地沉迷于感官
和土地
我们几乎已走到了
天使和灵魂的对立面
走到了彻底的　唯物
主义
从河流
或　从火
开始
也就是从时间开始
请说出
指纹或阴道的意义
说出世界　与
　历史的真相

凭借死神的　嘴
说出存在的谎言
凭借上帝的　眼睛
道出存在
和真理
凭借　灵魂与诗歌
挽救人类失去的岁月
如果有足够的水
足够的空气

如果有足够的心情
足够的想象
我们一起　等待
和企盼
世界的末日

这是喜鹊在另一个世界

曾经悲伤
到　欢乐的程度
曾经黑暗
到　光明的程度
即使身上长满眼睛
也不够我哭泣

黑夜
你看到的
比白天更多
你　看不见
时间的全部
太阳教会我认识生命
星辰启迪我　懂得死亡

我在夜里经历
我在白天　思考
太阳和一切
同时踏入

白天与黑夜

同时　走出

过去和未来

这是喜鹊

在　另一个世界

她们是

挨玛西亚王彼鲁斯

美丽的

九个女儿

道和路可以选择

每一刻
天空都有新景象
努力走出　眼睛
走出　内心
让生命与世界
离死亡
更近一步
星星帮助我
面死而　生

道和路　可以选择
每一条路
最终都是
没有归程的路
道
就是　上帝

背负形骸的旅行

有的　路
需要用心灵去走
背负形骸的旅行
是地球上
最古老的旅行方式
对天国的设计
超越了梦想和欲望
但超不出　你
对世界的想象

理性使生命变得平庸
飞翔的翅膀
寄望于　神圣和崇高
肉体是太阳的化身
肉体是美丽之物
其神性超过天使
美丽到　灿烂
便充满了悲壮

一道光

一团　白色

有时难以分辨

是云还是翅膀

是帆还是浪花

是雪山还是女神

是梦境

还是　桃花源

你留在太阳下的身影

曾经赞美和歌唱过太阳

尊重死亡的人

最畏惧死亡

也最热爱生活

对于灵魂来说

来自人间的援助和启示

比来自天国的更直接

更重要

来自人类的　爱

让灵魂长上翅膀

对天国的向往

完善了　我的人性

肉体易朽

灵魂永不磨灭
你在大地上失去的
远不止是
呼吸和世界
死亡是　生命与真理之间的灯
夜里
心是明亮的
燕子若是回想起
往日的爱情
鬼魂也会为你　哭泣

梦见苹果和蛇的你
来世将留下一道
深达思想的伤痕
彼岸就是
今生　不能到达的地步
天国永远在
生命和　世界的前面
日落之后
有一道地平线
鸟　无法越过

蛹只为天使的存在而存在
把死亡转化成生命

把生命

上升为美丽和真理

时间　更换着存在的主体

转化了　生命与死亡的方向

女人像草的颜色

使女人变黄的

也是使女人变青的

爱也是草的颜色

被分享的生命越多

得到的滋养就越多

肉体不是　人类的丰收

灵魂不是　上帝的私产

蛹生来就是为了

成为万紫千红的蝴蝶

太阳把神灵的形象

传播到大地上

一种在天使中形成的壮丽景象

我们把它叫作光明

一种从心灵中爆发出的智慧

我们称它为爱

灯将光芒

一览无遗地

展现在世界面前
太阳以光芒
隐藏起它的悲情
黑暗　就隐身在　光明之中

尸体是大地的先驱
死亡是　奉献
鸟是开在天上的花
鱼是你在大海的眼泪
让　黑暗引领你
让　死亡引领我的灵魂
黑暗是光明
永远的　方向
尸体是圣洁之物
水的滋味
阳光的滋味
　爱的滋味
　胜过一切

墓地是一次向上的朝圣

还不到　为人类哭泣的时候
留一些泪水
为活着的生灵祝福
生者比亡灵更需要爱
墓地　是神圣之地
青草在此安静地生长
眼泪对于墓地
是不合时宜的
是对死亡的玷污
是对生命的亵渎

墓地是一次　向上的朝圣
是对生者庄严的证词
如果非要有仪式
就用阳光和雨露代替眼泪
为生命祈祷
雨　来自神性的天空
阳光
从太阳的内心流出

没有悲伤
没有哀愁
花朵一样的自然情调

当眼泪　只是眼泪
当眼泪
不仅只是眼泪
太阳　花朵　眼泪
是天空对大地的问候
墓地是为了追悼生者
而不是为　死者
墓地
与逝者和死亡无关
　墓地属于人类
　属于上帝

诗歌终将成为人类的信仰

生物的灭绝
抹去了肉体与魔鬼肮脏的交易
意念中的天使
丰美我们的生活
自杀　是多余的
为永生而忍受
或背叛
是多余的
自由就写在　云天上
钟声是为人类敲响的丧钟
但也是拯救
所有的夜晚
都是　上帝之夜

长久地注视着太阳
内心因此变得纯洁
充满光芒和思想
长久地栖居在大地上
我们眼中饱含着泪水

愿念中流出乳汁和蜜
你用唯美的死亡
将我提升到天空的高度
星辰从内部道出了
宇宙幻灭的真相
爱　就是对死亡和上帝
绝对的信任

你曾经从我心中
从虚无中　伸出一只手
挡住我的眼睛
我从寂寞的大地抬起头
仰望星空
眼睛在天上　抓不住真理
天空愈来愈苍茫
世界越来越虚无
把赞美和挽歌赋予风
天空因此而充满人性
上帝赋予我们生命
我们赋予大地意义
月亮影响我们的性情
太阳　改造了我的人格

除人类之外

大地上其他的生命
并不忏悔
只歌唱和微笑
鸟在树枝上鸣唱
不是凭天国的许诺
而是因生命的美丽
自杀者无罪
只是　虚弱和彷徨
人类没有罪
只是　堕落
迷惘和不幸

花在痛苦者的眼里　芬芳
为获救而隐忍
和忏悔
曾将人类引向迷途
太阳在大地上被赞美
灵魂在天国
受到欢迎
愿望从地上转到天上
又从天上转向地上
在天上
你是天使
在地上

你　不如一条鱼

你说
什么才是
生命　最终的尺度
绝望是灵魂救赎
最佳的时机
母亲是人伦
最后的屏障
诗歌
将成为　人类的信仰
太阳
在你眼睛中
熄灭

你用死亡命名的唯——棵树

佛　的眼里
容不下一粒沙子
容不下翱翔的一只鸟
一只　长颈鹿
在壁虎的眼里
攀爬太阳
半个　月亮
从苍鸮的眼里
爬上黑色大幕
一只　天蛾
在你的　眼睛里自尽

一只海螺
在海洋　的深处
回忆过去
一只母马
正奔向
雪山草原
我　心中

有一条鱼

渴望洄游河的源头

在你梦中

我与一个　来自阴间的妇人

交尾生下了

我　自己

我　听不见

你耳朵里

风演奏的音乐

我　听不到

你的墓穴中

天使吹奏的鹰笛

在你的遗书中

我穿过爱情草原

我　认不出

你用死亡命名的

唯一　一棵树

故事都发生在

一个具体的时间

众神　是险恶的

上帝在我梦中

布下死亡的陷阱

光线一笔一画
勾画出山和水的形体
勾画出
天空与墓地的轮廓

丢掉一个夜晚
迎接一个　黎明
再次踏入
鱼或飞鸟的梦境
世界在此沉睡
我在你心中
所有的花
都　开过了

一次沉默便永远沉默

每个人
一生中都有一个
决定的日子
在　等待着你
等待你的觉醒
等待你的　堕落
和毁灭
等待你与世界
挥手告别

在末日到来之前
每一个日子
都是开启未知的日子
都是　最初的日子
世界在你之前
叫作天地人间
在你之　后
世界是虚无
是天堂或地狱

这取决于你
而不取决上帝

上帝发笑的时候
就是人类灭绝的时候
就是世界　还原成时间
和空间的时候
生命中有的东西
相信上帝
也　一无所知
一次沉默
便永远　沉默

荒野是树和灵魂在世界的名字

因为　荒野
我们与时间和大地同呼吸
与天空和神灵共命运
荒野的废黜
就是从精神上废弃了死亡
荒野是启示和邀请
是宇宙奔涌的歌
和燃烧的舞蹈
荒野是太阳的放浪形骸
是亡灵的音容笑貌
荒野是石头做的　梦
是狼　渐渐淡忘的记忆
荒野　是树和灵魂
在世界的名字
荒野
是通往天国的驿道

我们是
结在月亮里的两根

做梦的茄子
你用眼睛
也用星相揭示
心灵的奥秘
你把最终给予上天的
同样给予了大地
你留在地上
同你带到天上的
不包括河流　末日和朝霞
你在天上看到的
超出了我在梦里见到的
你在梦里见到的
超出了我在天上看到的
你在死亡中
比在生命中
看到了　更多
或许更少

孤独之痛
孤独之　殇
孤独中的　绝望与幻灭
孤独在你里面
吞噬着世界
吞噬了你

献给　太阳的爱
我的想象与悲欢
超不出大地
我的愿景和祷告
到你为止
到天堂和地狱而止
天空上太阳的形象
与大地上太阳的万千景象
因你而不再有分别
生命与爱的世界
在你内部　泯灭

时间　总是在到来
春天里花的芬芳
留在了人世
无法上达天堂
我从来不曾为自己
向大地索取　自由
我从来不曾为自己
向上苍祈求　永生

坟墓里　没有春天
阳光照不进死亡
太阳将你塑造成

光明中黑暗的远行者和歌者
你是追逐黑夜的诗魂
太阳
是为弥留的灵魂
点在天上的　一盏长明灯

鸟儿　天使和云

为什么
人类没有长出
飞翔的翅膀
脚和　眼睛
解释不了天空
心的含义
与天空和上帝有关
鸟儿　天使和云
都是人类的精神同胞

马　与牧歌
船　与大海
河流与青稞
太阳与地平线
诠释了大地
也诠释了天空的意义和历史
狼与神灵
鹰与野草
哪一个　更知天空　和大地

0693

飞翔

是人类做在天上的梦

鸟把人类的梦想

一半变为现实

鸟　是我们在大地上的心景

是风与众神的　亲兄弟

梦的颜色

也就是　飞翔

和太阳最基本的色彩

我长不出

脱离大地和你的翅膀

地球最终

归于天空

天空最终　归于

上帝

乌鸦有自己的童年

青春

和梦

不管黑夜有多么黑

大地　呈现出
一切和所有生灵的表情
每个人都按照自己的模样
想象大地
对于天空
人类有太多想要表达的欲望
神话中的英雄归来
将彻底　找不到故乡

不管黑夜　有多么　黑
天上的白云　是白的
森林中白色的鸟　是白的
浪花和雪是白的
昭示死亡的旗帜
是白的
宇宙最可贵的是爱
是生命
是　上帝的怜悯

除上帝外

生命是生命唯一的敌人

生命是生命　唯一的终结者

生命是世界

最后的遗产

生命是天国存在的奥秘

和理由

生命是灵魂　终极的

家园

神的习性一变再变

人类离真理越来越近

离上帝　越来越远

人类离末日从没有如此接近

灵魂渴望烈火

生命却在烈火中疼痛

生命渴望飞翔和超越

却把死亡与爱　抛洒在大地上

没有人　从死亡的国度回来

没有人在天国

见证过灵魂的堕落

我们从死亡中得到的是

比天国和地狱丰厚的回报

明天　注定是死亡
但今天　依然是
对明天的赞美和憧憬
啄木鸟在干涸的河床
敲击一棵死亡之树
藏獒与野牦牛将放弃最后的高原
大地上的事物不应只在大地上了结
真相隐藏在　世界的彼岸
大地只是生活的一部分
生命不是人类的全部
身体不能代替灵魂　做最终的决定

灵魂是宇宙的遗产
是诸神的遗嘱
每一个生命
都是死神的亲骨肉
灵魂关乎存在和上帝
灵魂
最终取决于
人类的抉择　和文明的本质

让植物选择自由的生存方式
让天地间所有美丽的生灵
包括天使和地狱里的鬼魂

自己去选择
我们为蝴蝶选择配偶和交配的方式
也许　有一天
昆虫也会像人类一样性交
且　充满理想

下 篇

墓中船 · 时间 · 情歌

欢乐是大地最朴实的景象

欢乐是大地最朴实的景象
也如赞美或信仰
像一座　紫色的葡萄园
夜里
上帝的手伸出睡眠外去毁灭
梦或飞翔
只是大地到天国的一小段距离
灵魂　像一片叶子
像一条河
或是蹦跳的　一只兔子

为了女人
我可以说谎
为了大地
我可以沉默
为了天空中飞翔的鸟
我必须　歌唱
像上帝
或者一只蜜蜂

去面对阳光

在墓穴与我的愿念中
你成长为一个成熟的女人
鸟的背影
在地平线
远成了燃烧的晚霞
在草原的尽头
你的形影
远到无尽的思念
心念　远去
远到无从抵达天堂
泪水化作　天边外的云

风景是人造的
鸟儿在人类的噩梦中醒来
鬼魂在天堂漫步
所有的梦　最终都破碎了
风景离不开水和阳光
鱼不会因没有阳光和水
死在梦里
绝望　是大地普遍的心情
上帝是世界的背景
但上帝首先是　绝对的力量

和速度

夜退去
露出白皙的大腿
露出一脸的迷茫
青春只是瞬间的过程
是来不及成熟的脸
什么都可以怀疑
但　死亡不容怀疑
我对你和世界的伤痛　不容怀疑

烈火清除腐朽
同时留下灰烬
精灵　是没有躯体的生命
生命　是长有肺和嘴巴的精灵
空气的皮肤
水的骨头
镜子里的死亡
时光的舞蹈
风景的黎明
爱情的阴影　与地平线

酒与向日葵
阳光和泉水

乳汁与花朵
时间　的废墟
你死于　心脏停止跳动
你是幸福的
沉默是无声的哭泣

大地给予你的
你已经逐一还给了大地
天空给予你的
你今生　无以回报
你给予死亡和给予我的
胜过上帝能给予的
时间给予你的
终被时间取回
被时间拿走的　就叫作命运

大地　没有疼痛
大地的疼痛是我的疼痛
大地不畏死亡
大地的死亡
是你的死亡
大地的呼吸和心跳
是我们共同的　呼吸和心跳

有死亡

就会有悼念和绝唱

有死亡　就会有未知和爱

死亡是　始

死亡是流动的风景

生命是大地的呼吸

死亡也是

死亡不做任何决定

太阳　将依旧被新的生命怀念

你是电闪雷鸣的挽歌

你是旧世界的伤口
你是新世界的曙光
你是天空
你是电闪雷鸣的挽歌

神怪的化石
人类的阴魂
天国的尺度
植物与风的伙伴
宇宙的子宫
被诅咒的　天使

背叛上帝
以回报大地
飞翔是手
天空是花园
神话是历史

我们怀疑灵魂

0705

但　我们相信爱情和诗歌
我们还没有解决战争和饥饿
还没有实现平等
但　我们歌唱自由
太阳与春天　受到神圣的赞美

一定还会有　堕落和痛苦
还会有迷茫和彷徨
还会有苦难和不幸
真理依然还很遥远
心念似乎已到了尽头

看　野马奔跑过的原野
恐龙将被饲养
太阳无语
它照耀神话和历史
女人将继续生育
死亡　将被克服

旧世界
火和地狱　是最伟大的发明
世界从火开始
也从火　结束

始于黑暗
必将结束于黑暗
始于上帝
必将　归于上帝

将来
人类还会在　夜晚
或白夜
　遥望星辰

我们在大地上留下黑色的眼睛

我们
相隔着生命和大地
一朵花　就是天涯
一只蝴蝶
是生与死的距离
我们的灵魂
永远不会在大地上相遇

船一经驶出
大海就是命运
鸟一经飞出
便把生命交给了天空
我们都是　上帝存在的影像
我们从上帝那里继承了天国
也继承了深渊
我从世界中继承的　是你的死亡

只有树或鸟
将生命的遗产

全部交给了未来
上帝唯一的遗产　是爱
大地是遗书
大地　是我们手上
遗失了的信仰

我们在大地上留下　黑色的眼睛
和蓝色的眼睛
海是大地流淌的身体
我们身体里的水
与天上的　水
是同一的

天上的水
就是天上的眼泪
天上的血
天上的水关乎男人和女人
也关乎上帝

天空是蓝色的
但夜晚是黑色的
我看不透　黑夜
我看不透　天空
蓝色的背后是上帝

黑色的后面是死亡

蓝色显露出星星
佛因星光而成佛
蓝色与飞翔的故事和传说有关
蓝色是透明的
就像地平线　指向的远方
蓝色的背景
鸟把飞翔延伸到死亡的极限
蓝色的深处　隐藏着神话的谜底

黑色是梦和幻想
基督用夜做十字架
黑色是透明的
但需要绝对的光明
黑色　是无限的深度
就像时间和深渊

太阳从天上证明了黑色的存在
黑色本质上属于东方
蓝色属于西方
像　冬天一样满怀深情
像　阳光和风一样生动
像　死亡一样宽容

历史隐藏了你死亡的真相
未来并不仅仅充满希望
真相被生命掩盖
也被上帝掩盖
唯死亡不断提醒我们
欢乐是简单的
苦难　离真理更近

树并不寓示着森林
生命并不意味上帝
星星与大海
不仅是多与少的问题
不仅只是
距离和形式

在光的中心
是黑暗的
在时间的中心
是静止的
在风暴的中心
是安宁的
在佛的中心
是寂灭和充满悲情的
在黑暗的中心

仍是黑暗
在死亡的中心
是　无言的上帝

在荒野
在黑暗中
在星空下
我恰如其分
像一个人
或像一条鱼
走过广袤的大地
牧人用草原　领悟了生存与命运

懂得阳光和水
是不够的
还须懂得　云
还须懂得　星辰
在静夜
遥望地平线和天上的命运
歌唱死亡
爱情和　上帝

未来不是一部死亡之书

水
让我懂得干旱
阳光让我知道寒冷
离别使我懂得了尊重
绝望令我充满希望
通过植物　鸟和月亮
了解大地
通过死亡　蝴蝶和少女
了解上帝
通过渴望与梦想了解大海
通过祈祷　聆听和歌唱
了解天空
通过爱和诗歌
我知道了　灵魂与天国

大海是大地的一部分
天空是大地的延续
每一片落叶
都是未来的你

每一只鸟的死亡
让我离死亡更近
离上帝和你　更近

大地与你的死亡
哺育我的生命
在对天空和彼岸的怀想中
与你相遇
与你相遇　就是与
我和人类的未来相遇　就是
与你的过去和世界相遇
与地狱里的鬼魂
和天堂里的神灵相遇
与黎明　彩霞和月色相遇

在大地上
我们把悬而未决的上帝的命题
叫作命运
我们也把大地本身叫作命运
我们把花朵　飞鸟　河流
春天和大海
甚至　人类
叫作命运

我和我的现在

相遇在命运之外

相遇在命运　之上

看大地上的花

我就想流泪

看大地上的鸟儿

我就止不住哭泣

看见天上的星星

看见岩石和雪山

我就想唱歌

看见上帝

我就想　去死

当我埋葬了死者

我就会长久地注视着天空

大地上每一块石头

每一根草

都是我灵魂的亲人

遥望大地与地平线

默默地对着虚无说出　花和鸟儿的名字

上千个世纪的风

吹落　一片绿叶

唯一真实的形式

是没有形式的形式
鸟　和天空
是一种形式
鱼　和河流
是一种形式
树　和大地
是一种形式
月亮　太阳　眼睛　生殖器
是一种形式
生命　死亡　是一种形式
我和你是一种形式
完美是一种形式
完美的形式是一种开放的形式
是包含一切形式的形式

上帝与天国
是否定形式的形式
是　超越了形式的形式
荒野
奔跑着
空气稀薄日照充足的
野牦牛
这就是　上帝为我们
描绘的绿水青山

未来

不是一条历史的边境

而是一个心灵的部落

未来

不是哲学

不是一部死亡之书

未来　应该是

一座思想的花园

未来不是一个结论

而是一种可能

一种时机

未来是创造

是发现

是　新的起点

未来也是　梦

是回忆和怀念

是朝圣之旅

未来是对太阳的重新认识

是男人和女人

告别前的相遇

是对花和星空的聆听

是对鱼和江河的尊重

未来　是对灵魂的忏悔和祷告
是对战争与和平的反思
是对地狱的立法
是对死亡和神性的　重新定义

未来是鸟也成佛的年代
狼用自己的方式讲述草原
未来唯一的哲学
是对上帝的重新思考　和信仰
未来是　每一个人
面对大地的终灭
快乐地生活
跳舞与唱歌
是对日出和日落由衷的崇敬和感怀
未来还应该是
超越了绝望后的宁静

天空
是唯一的刑场
也是唯一的精神的法典
像　太阳一样
做天空的烈士
死于大地
而不是　其他星球

大地作为人类的命运
将被彻底超越

家园也是墓地
来自尘土
归于尘土
是地球最古老的思想
是死亡与存在　最朴素的情感
佛行在地上
这便是　宗教的终结
未来
就是从宗教终结的地方　开始宗教

必须要有　末日审判
人类才得以超越战争　和地狱
超越人类自我生存的绝望
超越背叛与拯救的轮回
人类　是人类的刽子手
还是母亲和天使
人类是人类的摇篮
是人类自己的播种者
歌者和行吟诗人
还是掘墓人和坟墓
灵魂　保持沉默的权利

我只承认　一种痛苦

我只尊重　一种死亡

我只为　一种苦难

而历经苦难

世上只有一种欢乐

圣洁的生活　是天真烂漫的

圣洁的生活

是在虚无和绝望被解除之后

是在十字架重新诠释了　死亡与爱之后

一滴眼泪

大于世界

心灵

大于宇宙

光明与黑暗

不足以表达天空和大地

从日落到　日出

从日出到　日落

就应该有色彩与深度

战栗和震撼

速度与力量

景象和远方

就应该有危机和深渊

陷阱与时机

迷茫和觉醒

还应有雷霆与眼泪

还应有喉咙和信天游

　地平线与赤道

　浓度和烈性

惊心动魄　号角声声

同样是白天和黑夜

但　有生与死之别

鸿毛与泰山之别

上升与堕落　之分

我仰首致意

向黎明

向更加广大的黑夜

向天空

向阳光下的苦难和罪恶

向粮食

向　全天下的鸟和女子

向　已死和未生的生命

运动

就有极限

运动就会有终点

终点是死亡
但可能　也是新生
运动
便有了方向和前景
运动就是过程
　　到达与梦幻
　　路和　远方

心跳是一种运动
飞行是一种运动
上帝是一种运动
光明和黑暗是一种运动
爱情是　一种运动
飞行是一种极限
飞行
不会因此　将世界变得更加辽阔
不会因此　缩短天国的距离
真正的辽阔
发生在　时光之外

上帝的含义
超出了飞行
也就超出了世界
飞行是一种思考

是　一种宇宙生活
死亡限制了飞行的速度
生命实现了飞行
同时　终结了飞行

时间之　外
是没有速度的飞行
超越了飞行的速度
时间　之外
运动就是上帝
静止是唯一的运动
死亡不是飞行的极限
飞行的极限　是上帝
飞行拉长了空间
就像梦
缩短了时间

坐如钟
　站如松
　行动　如泰山压顶

你的名字叫冥河

终生居住在你自己的内部
上帝与你
隔着两个世界
你活着却被生命拒绝
被生命拒绝
就是被　一朵花
或世界拒绝

你生活在
你自己的外面
被生命流放
你离生活有　多遥远
离上帝
就有　多遥远

你还没有成为一个形象
没有神灵
在你的内心诗意地栖居
没有天使

诗意地环绕在你的四周
成为生命同时超越生命
像季节　和水

在我眼睛里
你是眼泪
你是血
是乳
是蜜
是酒
你是　所有的水和一切的水
你是　唯一的水

你是火中之火
你是水中的烈火
你是水的起源
你是火与水的传奇和神话
你是泉与火焰
你是上帝　神秘如水与火的话语

水
是水的远方
水
是水的深渊

水
是　水的渴望

在中国
你是长江和黄河
在印度
你是恒河
在遥远的古代
你是泛滥的尼罗河
你是爱琴海与死海汇成的河流
你是　一条河
你的名字　叫冥河

就像时间
在 1999 年之前
你是过去　历史和记忆
在今天之后
你是我的未来
你是一条
叫作银河的明亮的　河流

时间的终点站着上帝

你的面孔
是我的痛
狼有一张　天空的面孔
蝴蝶有一张　花的面孔
马有一张马的面孔

上帝也有一张脸
蜘蛛和月亮
有一张少女的脸
你的脸
是自然的面具
死者的脸
也是上帝的脸

所有道路归于一个终点
所有方向只是同一个方向
我们把终点叫作永恒
永恒是麻雀　老虎和美人鱼的宿命
是跳蚤　圣母　斑头雁的宿命

永恒是人类　恒星
云和河流的宿命
是算术　扑克
也是群山的宿命
永恒
废弃了灵魂

我们居住在
时光贫乏的世界
我们对战争与毁灭的渴望
胜过对末日和拯救的渴望
世界没有　现在
人不能活在　未来
就像天使
不能仅仅生活在天上和想象之中

过去遭到屠杀
龙和凤凰死亡殆尽
时间的终点
站着上帝
上帝可能是恐龙　狮身人面像
和老鼠的合金
上帝可能是一部天书

上帝是一则笑话
是精神病患者的寓言
或是　外星生物开的一个玩笑
上帝与偶像无关
与光阴无关
上帝与生育无关

上帝不涉及难产
不涉及占星术
不涉及几何和爱情
上帝与光和影有关
与轮回和死亡有关
与灵魂和水有关
上帝　与现在有关

上帝是人类的一部分
甚至全部
上帝是我们不能解答的
一道宇宙难题

上帝是存在与时间的终极拷问
上帝是诸神的选择
上帝是　人类的心痛
选择意味着推翻选择

选择就意味着　对选择的
背叛和否定

时光在远方
我们从起源走来
现在是出发之地
选择一个支点
在另一个支点上
上帝和我们同在
未来　我们将再次回到过去

在科学和真理之外
另有一种假说
迷信是一座金字塔
是一座人　和
万物交配的迷宫

蛇源于神话
也出自自然
座头鲸和人类
来自不同的子宫
我们
全都来自　天空和虚无

像鸟儿一样
在神话和天堂中飞翔
上帝
是迄今　我们所知道的
物种的起源

问世间情为何物
问诞生之　初
问诞生之　前
佛　含笑而无语

用一生写一部史诗给上帝

用一生写一部史诗
一部写给上帝的信
当作人类的墓志铭
如果相信真理
那么人类就不可能怀疑
蓝色　是天空说出的　一句谎言

我活过
我爱过
我死过
现在　该是时候
把头转向太阳的　另一面
我们曾经年轻
回避了上帝和灵魂
转过身
献身于天空的葬礼和事业

目光中的春色无边
引来蝴蝶　招来死亡天使与精灵

目光中的暮色苍茫
暮色苍茫下的墓地
生命渴望着走出肉体
血染不红的　天空

你的肉身
由谁做主
你的死亡
谁来继承
心中充满　圣洁的光
骨头里的空气
骨头里的声音
骨头里的　漫漫黑夜

灵魂在上方
坟墓上开出的紫色鸢尾花
草是肉体的一种形式
眼睛　神秘的战栗
死亡没有颜色
灵魂是透明的
灵魂　渴望飞升

有葬礼的地方
灵魂要去远方

春天

悬挂在墓园

一棵水杨柳树的枝头上

无须用堕落或疼痛

再证明一次

这个　世界

树和风

无须证明

鸟是大地一面　绿色的旗帜

鬼魂

是地狱打出的

推销死亡的旗帜

心灵正在成为人类的负担

没有人可以心静如天使

没有人能够圣洁地活到

世界末日

遥远的未来

大海也许被叫作高山

天空被叫作岩石

花叫作悲伤

森林不叫森林

也不叫树

而叫作　绝望

没有胜利者
人造的大腿
外星生物和上帝的大腿
是通往爱情和黎明的路
也是通向毁灭与极乐世界的路
通往爱人的身体
就是通向死亡
通向　空空荡荡的地狱

星星
终将作为
人类最后的礼物

你　安息吧

把盐和腐殖的泥土
洒在眼睛里
把鲜花　插在伤口上
把悲痛和回忆写进天空
玫瑰的鲜艳
不是鲜血
是阳光和水
燃烧的夕阳
令人想到的不是鲜血
而是生命与梦的景象
坟墓叫人想到的不是死亡
而是　大地和爱

鲜血依旧是血
带着肉质花朵的腥味
召唤高天之上的鹰和神灵
血是流动的
像　怀念
像　歌舞

像   银河
欢乐与痛苦同源

大地留住我们的躯体
终止了我们灵魂飞升的渴望
一株野草   是充实的
飞翔   让我更加眷恋大地
该归于尘土的
就归于尘土
该归于天空的
就归于天空
墓地
最终交予   岁月和风

墓地
就像树与高山
赋予大地形体和呼吸
墓地
使我们的肉体
从此不再迷茫
不再   孤单和寂寞

一杯水
一杯黄土

一腔热血
远方
苍苍莽莽
头上
浩浩淼淼

一杯酒
一杯星空
一腔悲情
大地
是一堆隆起的厚土
你
安息吧

竹笛是一棵树　是墓碑

竹笛不被吹奏时
是一节没有生命的木头
植物的尸体
烧火用的柴
来年春天的肥料
孩子手中
　　随意一匹　想象之马

笛声是无形的
甚至是无声的
犹如
草原的悲伤
犹如天使的泣哭
犹如
　　风马的灵魂

笛子不会自己吹响
竹笛
是一种乐器

一件中国民间传统乐器
竹笛
　是一棵树
　　是　墓碑

爱你的　是人类

比黑夜更黑的是人心
比天空更辽阔的是人心
比风比虚无　更无形的是　人的心

比尸骨更僵硬
比死鸟的羽毛更柔软
比　灵魂更轻
比　地狱更遥远

爱你的
是　人类

到达真理的船

想象　是加速度
是地狱的请柬
是到达真理的船
和旅途
想象　是天使隐秘的爱情
想象　是众神写的诗
是上帝唇边吹奏的长笛
是吊死鬼做的春梦

想象
是出淤泥而不染的佛陀
想象
是智慧
是神性的窗子
是黑暗的阳光
是飞行的方式与重心
是感觉器官的相互追赶
是眼睛的天堂
是手的思想　和辽阔

想象你　比一只云豹娇贵
比一只蟑螂复杂
比一条怀孕的公海马更充实
想象
你任意改变形体
性别　物种的属性
以及存在的方式

天上率性飘过的云
是你前世的恋人
你研究死神和风的血型
研究星星与大山的性别
你诗意地栖居在
死亡和屁眼里
你把阴茎　插进
空气的阴道

你是上帝
占有着虚无和阴间里的鬼
每一个女人　男人和野兽
都是你的新娘
处女是你的母亲
海是你的女儿
鸟是你的生殖器

太阳是你的肚脐眼
黑夜　是你的眼睛

天空是你的遗书
天堂是你的墓地
你往来于神话
出入于地狱
想象是陷阱
深渊和蛇
想象是生命的情敌
是地球生物　和水的宿命

想象是　没有价值的价值体系
是超越道德的道德观
想象是生命的盐
是情欲的调色板
是宇宙的话语权
想象是痛苦
是绝望
是寂寞
想象　是自杀的艺术

想象是一座坟
想象力最高的成就

是闭着眼睛

和嘴

永远不动的　佛陀

想象终止的地方

也就是世界

终结的时候

语言是想象的运动与远方

梦是想象的一种形式

正如魔鬼是上帝的另一种形式

想象

在梦到达不了的地方做梦

没有想象的爱情

是可耻和肮脏的

没有想象的生命

是不值得一过的

没有了远方

人类不过是猴子的外甥和娸子

没有了　远方

人类甚至连鬼都不如

想象

当蝴蝶变成了人

或变成了上帝的时候

世界　将发生什么

想象人类
在恐龙的眼里
在蜘蛛的眼里
在大象与北极熊的眼里
在鳄鱼和鲸鱼的眼里
在乌鸦与麻雀的眼里
在燕子和鹰的　眼里

想象实现了人
想象　是一只
飞翔的胃和阴道
想象
从心开始
死亡
从　上帝开始

每一个日出都是最后的日出

大地上的江河
是　天上的流云

世界　是人类的
也是属于土拨鼠和龙的

人类
是我们大家的

墓地
是我们大家的

天国
是我们　大家的

火是火的灰烬
火是火　的升腾

火是火的飞跃　超越和深渊

火是火的远方

前方
再前方
每一次日出
都是曙光
也都是　深渊

前方
再　前方
每一次日出
都是曾经的日出
都是　同一个日出

每一个　日出
都是唯一的

每一个日出
都是最后的　日出

燕子
我们拥有　共同的黎明

对鱼来说水就是真理

对于鱼来说
水
就是真理

对于鸟来说
世界　白天是天空
和飞翔
夜晚
是大地和睡眠

对于蝉来说
世界
永远没有
冬天

飞翔
是鸟儿们的边疆
睡眠是鸟儿们的
旅途

为什么
必须是　夕阳下的墓地
为什么
风吹口哨
群山依然静穆

人类
在离　你
不远的地方

坟墓里
有死亡　也
有新生命
有战争　也有
和平
有暴政
还有爱情

在坟墓里
有多少毁灭
就会有多少
生命的诞生

眼睛到达不了的地方

还有耳朵
还有手
　　还有牙齿

心
没有终点
云
将我的视线
从地平线
　　引向苍穹

世界是大地和道路

在上帝面前
世界　很大
在阎王面前
世界　很小
比历史久远的
是时间
比死亡更近的
　是人类

对于蜜蜂
世界是一朵鲜花
对于鱼
世界是河流
是湖泊是大海
对一只发情的公兽
世界是母老虎
　是张开阴道唱歌的天使

对于人类

世界是大地

是道路

是家园

也是墓地

世界　是一首还没有写完的诗

是上帝创作的

　现实魔幻主义小说

对于婴儿

世界是母亲的乳房

对于老人

世界是夕阳与离别

对于乞丐或一只流浪的狗

世界有时仅仅就是　一根没有肉的骨头

对于恐龙和狼

　世界是已经和正在消亡的荒野

对于外星人

世界

是宇宙生物的试验基地

对于牛顿的鸡巴

世界是万有引力和速度

对于爱因斯坦的　脑袋

世界是无法证明的

一个数学公式

对于犹太人
世界是对鸭嘴兽身上
一只跳蚤的研究
是对被判定为魔鬼的夜行蝙蝠的诅咒
世界是
充足的鲜血
对于人类的祖先
　　世界则是　一块神秘的化石

二十岁时
世界对于我是女人的奶子　屁股
和魔鬼的大腿
对于夕阳下舞木剑的老妪
世界是　她们的
也是　我们的
但归根结底
是你们的

对于先知
世界是
没有人继承的遗产
对于上帝

世界是原罪

地狱

　　就是一切

公元一九四三年

世界是战争

在东方

世界是　日出之地

是丝绸和龙的传说

对于二十一世纪

世界是在宇宙飞船上做的性学报告

是对星际的重新划分和命名

而对于红衣喇嘛们的青藏高原

　　世界是　最后的香巴拉

未来

世界是外星移民

是蝴蝶与猛犸象

合成的物种新起源

是对蓝鲸和蚊子性器官的考证

未来

是对火星猫三个阴道的发现

是对外星鸟人肛门快感的思索

未来

世界是　对历史和未来的　全面殖民

每一只乳房
在各自的世界上
都有自己的名字和星座
都有自己的风俗　家谱和命运
你说
大地上最后一个　看见日出的
是军人
是孩子
　　还是行吟诗人

你说
世界上最后醒来的
是上帝还是恐龙
你说
世界上最后灭绝的物种
是长颈鹿
是松鸡
　　是马铃薯
　　还是土豆

群体没有梦和祖国

人类
把除人类以外的所有生灵
都视为　群体
天上的归为一类
地上的归为一类
水里的　归于
另一类

天使　众神是一类
妖精　鬼怪　恶魔
是一类
猩猩　长臂猿和人类
是一类
它们　全都不是人
而是物
群体即类
也就是万物

群体是死亡的集合

群体即物　不关乎性别
群体是被取消了痛苦和存在的存在
群体没有　梦
没有　祖国
和上帝
在群体的世界里
数量是唯一的计量

群或物没有过去
只有肉体
甚至没有　属于自己的面孔
群体被阻挡在
时间和诗歌之外
群体中的每一个物
都有　一颗心
但心也是肉和血

群体被生活
拒绝在　生活以外
群体中的每一个
有性和欲
有生殖器
但都与爱情无关
群体就像地平线

群体　是大地的生物屏障

群体就像空气　水和阳光
群体永远只是　像什么
群体的世界没有肯定
也没有否定
群体是他人的命运
甚至是
上帝的命运
但唯独不是　自己的命运

一个夜晚　之后
一个白天来临
我恍然间
就跨入了
人类这个至高无上的群体
人类正在形成
大地上的一个
难以估量的神圣的群体

鸟的群体
不代表飞翔和天空
而是人类飞行的愿望和表达
每一种类的群体

都恰如其分地表达了
我们生命中某种隐秘的愿望
比如　鸟
象征天空
也代表男人的阴茎
比如　河马
代表远方
也象征死亡
比如　贝壳
既代表财富
也代表女人的私处

群体已成为一种研究和文化
并正在成为被保护的全球计划
群体在战争时期
常常用于表达人类的精神痛苦和正义
在和平年代
则用于表述我们像沙粒与海水一样多的欲望
就如同　几乎所有的词
和明天的诗歌

人类从群体开始
又复归于群体
蜜蜂　豺狼　海藻

老鼠与昆虫
以及飞马和比翼鸟
无一例外
最后都将用来表征
人类的崇高和绝望

人类的不幸
应由动物　或
上帝承担
正如人类的菜谱
由动物和植物群类
承担
　一样

你是人类与星空最短的距离

每当我　想你的时候

你就是嫦娥

你就是吴刚捧出的桂花酒

每当我　想你的时候

你就是对酒当歌　人生几何

你是十五的月亮十六圆

你是月中之兔

你是潮汐

你是月球引力与地球卫星

你是人类与星空　最短的距离

你是黑暗

是太阳无法到达的黑暗

你是宇宙传奇　和神话

你是月光奏鸣曲

你是时光的旅程与演奏

你是物种灭绝的时间表

你是诗歌的历史

是诗歌最后捍卫了
上帝创造的世界和世界的起源
捍卫了你　在大地的墓地

当我想你的时候
终极就是真理
你就是直达真理的旅行
你是光阴的代言人
你是一切价值空间的尺度
你是我灵魂中的月食
你是鸟儿眼睛中的月色
和海岸线

把命运交由风
把世界交给　太阳
与月亮
真实世界本来就不属于人类
世界不属于你的手和头颅
也不属于　我的白发与眼睛
世界一经被创造出来
就与上帝无关

当我想你的时候
其实　我一无所有

我只有　想
我只有诗歌
我只有诗歌对世界的控诉
我只有诗歌对死亡的控诉
我只有诗歌　对上天的控诉

对于你
对于不存在的世界
控诉就是末日审判
哪怕你已经死亡
你也必须接受上帝的审判
上帝的审判　也就是
对灵魂的审判

每当　我
想你　的时候……

死亡的一束阳光

此时　此地
那不是朝霞
不是月色和夜
那是　黑暗的废墟
是过去的记忆
对朝霞的复制
是幻影　是幻想　是幻灭

那　不是朝霞
而是　死亡的一束阳光
是死亡对时间的雕塑
那也不是　鸟
而是鸟的死亡
挂在天空上的肖像
是生命之外的　唯物主义宣言
那还不是　朝霞

现在
此时此地

此时此地　此景
那就是鸟
和　朝霞了

现在
此时　此
地
朝霞
已经过　去

还有月光留下的印迹

大地上的　　脸
是天空的肖像
躯体的洪流
与变幻的风景
墓穴中的头颅
世界上行走的嘴和欲望

豺狼有一颗心
即便是一颗　豺狼的心
也是自然的造化
也饱含了阳光和雨水
也是大地的丰产

大地上的每一颗心　都是孤独的
不管是天上
还是在遥远的将来
每颗心　都有自己的童年
今生与来世
每颗　心

都是肉长的

鸟儿的叫声
再也不用打扰你的睡眠
现在　是秋天
这里没有人
只有风　太阳　野草和墓地

坟上有鸢尾花
有乌鸦掉的羽毛
有月光留下的印迹
坟的　旁边
有坟和石头
坟的　上方
有雪山和地平线

坟墓中假如没有你
坟墓中假如没有　我们
坟墓中　如果没有上帝
世界
将会是　什么模样

我已站在你的墓前

坟　为你的人生画上句号
但时间还没有结束
坟或大地
并不提出问题
坟墓并不真的存在
提问的也并不是上帝

无论在坟墓
还是在　天国
存在是个问题
存在没有依据
时间无从描述
诗歌　从抒情又回到了抒情

存在的消亡和疑问　是真实的
因此也就是虚幻的
我的消亡和困惑是彻底的
因此是没有历史的
唯有神秘与寂静

唯有神圣和虚无
就如同　坟墓或天国

死亡并不叙事
死亡与时间
在天堂　在地狱
也许只是同一回事
就像我和你
最终只存在于诗歌中

坟墓
不否定什么
也不肯定什么
对于上帝
既没有坟墓
也没有　天堂

真实是一种描述
是一种抒情
是诗歌叙事的方式
真实的程度取决于人心的深度
上帝　或一座坟
是我们感知存在与时间的深度
深度也是终结

深度也就是　深渊

你和我
风与残阳
墓地或家园
描写通向直觉
叙述通向思辨
想象　就是觉悟

面对坟墓或世界
沉思是我们最后拥有的
当　叙述成为描写
只有在到达上帝的面前
生命是一次性堕落的
生命之　梦
最终是破碎的
陷阱就是希望

有多少痛苦就有多少欢乐和眼泪
有堕落　就会有拯救
诗歌或嘴巴没有说出的
太阳与黑夜　没能抵达的
并不代表墓地或天堂
并不只有　沉默

生活　永远在开始
坟墓就是证明
上帝就是证明
生命将到来
生命
正在到来

你还没有领略死亡和爱的正义
我也没有
也许
上帝也没有
西风残阳
我已站在　你的墓前

在深渊中种一棵树

心存上帝
意味着把命运和深渊
担在肩上
把死亡举过头顶
把石头踩在脚下
把大地当作你
把世界当作你永久居住的房子

把大海当作上帝的一滴眼泪
把彩虹当作
我们在天上的约定
把坟墓当作新婚的洞房
灵魂当新娘
死亡做嫁妆
太阳　是我们远方的孩子

所有的鸟　所有的鱼
所有的野兽
都是我们的亲生骨肉

所有的神仙
所有的死者　所有的天使
都是我们的亲娘
都是我们的养父

所有的水
所有的云
所有的雨
所有的雪
所有的江河
都是我们　存在之水
都是我们　存在之血
都是我们的眼泪

所有的阳光
都照耀在我们心上
照耀着世界
照耀天堂　也照耀地狱
地狱是我们的爱情
天堂是我们共同的墓地

心存上帝
就意味着拒绝来生
就是在深渊中种树
在虚无中开花

和收割粮食
死亡是　船
把时间当作通往永生的河流

心存上帝
意味着相信爱情
然后相信地狱
然后相信天堂
然后　相信灵魂的救赎
想象死亡和坟墓里的光阴

当绝望
成为一座　坟
坟墓就是自由
死亡就是末日审判
就是救赎
和灵魂的新生活

心存上帝
就意味着扛着死亡和世界
去　行走
在死亡中居住
和生活
生命的问题
只有死亡才能做出回答

地狱不仅属于人类

深渊
是　终极的人权
地狱也是
地狱
不仅属于人类

深渊
是废黜死亡的生命
深渊
是抹去了生命的死亡
深渊　是存在的处境
深渊　是人类对世界的爱

上帝不在深渊中
上帝不在地狱　不在天堂
在地狱或在天堂的
是人类

天堂和地狱

是人类对深渊的觉醒
超越　或堕落

人类生活在深渊之中
正如人类存在于时空之中
人类生活在世界
生活永远　在别处

深渊
属于我们　每一个人
深渊
只属于我们
每一个人

深渊是思想的开启
上帝是　梦
是理想和信仰

上帝
是　完美的
生活

没有深渊
或者说

深渊只是　天国的虚无
地狱的幻觉

深渊
　是天国的朝向
　是地狱的旅程

活在白天与黑夜之上

活在
白天与黑夜
之内

活在白天
与黑夜
之间

活在白天与
黑夜
之外

活
在白天与黑夜
之下

活在白天
与黑夜之后

活在白天与
黑夜之前

活在白天与黑夜
之中

活在白天与黑夜　之上

美丽与孤独对于鸟是必须的

天空
对于　鸟
是必须的

海与江河
对于鸟
是必须的

雪山　草地　森林
对于鸟
是必须的

风
对于鸟
是　必须的

太阳　月亮　星星
对于鸟
是必须的

冬天和春天
对于鸟
是必须的

黑夜和黎明
对于鸟
是必须的

鱼和花与果子
对于鸟
是必须的

眼睛　翅膀　喉咙
对于鸟
是必须的

美丽　孤独
对于鸟
是必须的

自由　远方
对于鸟
是必须的

战争与和平
对于鸟
是必须的

死亡与墓地
对于鸟
是必须的

梦与爱情
对于鸟
是必须的

上帝与天国
对于鸟
是
必须的

存在即命运

悲伤
必须上升为痛苦
孤独　必须上升为寂寞
迷惘　必须上升为绝望
苦难　必须上升为命运
困境必须上升为
深渊

深渊
是　绝对的
是虚无和所有
唯有绝对者上帝
阻止了深渊
深渊　朝下连着地狱
往上通向天国

天国
是绝对的速度与时间
地狱

是绝对的黑暗和静止

深渊

存在即命运

一生行走在上帝的路上

抒情　是个女人
抒情诗人
是彻头彻尾的女人
是女人中　绝对的女人
抒情诗人
因对地狱的遗忘
终将死于大地
归于尘土

深渊中的诗人
一生行走在上帝的路上
地狱是他的处境
对于深渊中的诗人来说
诗人就是死亡
因此
诗人是爱和命运

诗是死亡之后必须回答的问题

是死亡之后必须确立的存在

诗　　是开在彼岸的花

诗是　通向天堂或地狱的爱

从天空取出阳光　闪电和思想

我们
从大地取得粮食
宝石和水
从天空取出阳光
闪电和思想

远方
正在消失
在你的眼睛里
世界在时间中遥远成了
夜的轮廓

睡去
是为了更坚定的醒来
是因为相信　有一个明天
醒来
因为心中满怀深情的大地
是为了看见
天空中的鸟和朝霞

想起天空
就想起　你
想起大地就想到核桃树
想到大渡河沿岸的山
和石头

从海上看
你是　岸
是到达
是明天
是船
和大海的意义

从岸上看
你是　一座坟
是野草与风的家园
你是我死亡前的准备
是灵魂的起点

我坚信
没有鸟儿飞过的天空
不再是天空
有大腿
有胸脯

但还应有比腿和胸脯宽广的墓地

有鸟的翅膀和云
我不梦想飞翔
站立不仅是为了大地
站立是大地最美的姿态
站立　然后行走
就是大地的解放和自由

灵魂　是天堂的自由
飞翔　是天空的自由
歌唱和赞美是　一种自由
祈祷和眼泪是　一种自由
朝下看
是堕落和深渊
朝上看
是上升和自由

没有光明就没有黑暗
黑暗
是光明的延伸
世界被困在形容词里
犹如　舢板漂浮在海上
这样的表述本身就是一种形容

天空或上帝

云或飞鸟

神话或星星

这是　向上的形容词

地狱或石头

暴风雨或海马

梦或坟墓

这是　向下的形容词

植物　粮食　草

或者

季节　台风　候鸟

或者

日食　白夜　启明星

这是大地的形容词

大地本身就是一个形容词

一个形容词的世界

一个形容词的人间

一个形容词的前世与今生

一个　形容词的传说和预言

动词被阉割

肢解和消亡
名词失去了存在的光泽
温度和词性
生活　人类　死亡
最终被归于形容词

生命正在失去死亡的意义
白昼正在失去夜晚的意义
鸟正在失去天空的意义
天国正在失去存在的意义
灵魂正在失去　爱的意义
死亡的庄严与深刻
圣洁与清明
决定了葬礼与怀念的深度
和意义

黑暗　出自光明
是光明的行动
黑暗是一种速度
是一种静和启示
黑暗来自天空和上帝
而不来自人类和大地
黑暗出自人心
出自光明的本源和终极

世界不为了你
不为了我而改变
和哭泣
世界　敞开
犹如一个圈套和陷阱
它开启
犹如花园和人心

进入世界
我们不谈死亡
我们路过　秋天和春天
我们
去看冬天

用翅膀　风　自由为天空命名

墓地用死亡为死者命名
大地用阳光　雨　青草
为生命命名
人类用怀念　欢乐与痛苦
为生活命名
鸟儿用翅膀　风　自由
为天空命名
太阳用燃烧的风景和仪式
为爱命名
上帝用爱
为世界命名

墓地
一个痛定思痛的名字
一个风萧萧兮欲说还休的名字
船　一经离岸
思恋就变得像海一样广阔
像天空一样沉重

在一个崇尚购物　手机和身体

的世界上
在一个蔑视地狱　信仰和爱情
的世界上
在一个人心　山河　水和少女
被大量出售的年代
真理是　匕首
是世界的赤裸
是集体性交和母马的高潮
是火箭军和宇宙神话
是克隆粮食
和未来人口国际投资
是对肛门和飞行器的全面开发

火的意义
不再意味着种子和光明
灵魂与天国
被制成了印刷品
空气和阳光将受到保护
风是最后的风光
不变的是盐　鲜血
和死亡
在一个黑夜和彼岸被废除的世界上
我拿什么
为你　为你的死和墓地
命名

红得像大提琴的秋天

一边是空气　岩石和海的童话
一边是想象　绝望和上帝之死
一边是阳光下的大地和风暴
一边是空洞的言辞与面具

世界之外的不着边际
与杞人忧天
红得像　大提琴的秋天
绿得像　青苹果的原野
少女和鸽子
卵石和石榴
天空与红阴唇
黑漆漆的黄土地
上帝是　我心上　被时间割出的伤口

时间拒绝抒情
时间的长度
超出了死亡与怀念的长度
时间　不是我的祖国

抒情时代的抒情
本质上是歌　而不是诗
诗是寂静的　冷酷的
诗是太阳的冷却
是阳光的积累和死亡的累积
诗　是上帝的在场

歌是时间的　季节的
性的
诗是空间　岩石　父性
诗是对空间　岩石　父性的超越
凡是时间的
都归于时间和死亡
凡是上帝的
都归于上帝和永恒

星星是天空的花腰带
月亮是叹息
是千古绝唱
坟墓是岩石　树
和纪念碑
天国是　根植在尸体里的种子
和梦
是泥土的思想

是精子的天体大爆炸
上帝把死亡　写进了我们的爱

时间是上帝的手稿
书中充满了谎言和警示
死亡是用得最多的一个词
死亡是开篇和句号
是结构和秩序
但死亡不是　结局

天上的鸟
天上的　树
并不总在梦里通人性
痛苦与欢乐
延伸到尸体和梦以外
延伸到　时间与地狱之外

嘴和嘴的连接
手和身体的连接
深渊与上帝的连接
梦里到达不了的
我们　在大地上去实现
或者
到另一个世界　去实现

时间是上帝的遗产
凡是大地上存在过的
包括岩石和海藻
包括埋葬在岩石与海藻下面的尸骨
都是上帝合法的继承人
　除此外
　沉默就是最后的抒情
　死亡　是最后的诗

音乐是喇叭花和教堂

耳朵
是黑夜的　眼睛
眼睛是白天的嘴和手
黑夜
因聆听而变得神圣

猎豹和牝鹿的眼睛
耳朵里有　绝望和深渊
光
淡化了声音
在无声的世界里
人是渺小的
上帝是伟大的

音乐是小号　是竖琴
是鼓和长笛
是鸟语
是海浪

是喉咙

音乐是喇叭花
是教堂
是天上的云和闪电
是雨
的滴落

音乐是　春天
是落叶和百鸟朝凤
是原野
是山谷里的风
是晚钟
是海和墓地

音乐是眼泪
是痛苦
是绝望
是深渊与爱情
是祷告和永别
音乐　是墓碑

星星是连接诸神的电话线
死亡

是寂静的知识
臂弯里的一个梦

时间的象形文字
五千言的道德经
全人类的痛苦与利益
对十字架的重新发现
佛　擦去泪水的微笑
诗中枯萎的　花朵
路永恒的含义

因为有大地
鸟在天空上飞
是　自由的
天空
被鸟的翅膀
击碎
地狱里　阳光灿烂

风吹过地狱

眼泪

与鲜花的意义

超过了上帝

这是上帝　写在天上的

格言

眼泪和鲜花中　有天国

人间与地狱的区别

是鲜花

人间与天堂的区别

是眼泪

风吹过　天空

风吹过大地

风吹过时间

风吹过记忆

风吹过　墓地

风吹过你的将来

风吹过我的眼睛
风吹过
地狱

莲花上的露珠和光芒

眼泪
是阳光　的凝结
是花　的烈性
是少女与新娘
是歌谣和邀请
是云是雨
是海的精灵
是上帝的心情
眼泪是人心与世界的财富
是天使的宿命

朝下
十字架就是堕落　的地狱
朝上
十字架便是　上升的天国
眼泪掉落到大地上
灵魂上升到天空上
莲花是观音的一滴眼泪
坟墓是死亡的一滴眼泪
大海是上帝的　一滴

悲悯的眼泪

十字架是眼泪
与花的墓志铭
在佛的眼里
十字架是蓝色的　一朵莲花
眼泪是莲花上的露珠
和光芒
眼泪与鲜花
成就了新郎和新娘的婚礼
成就了新娘和新郎的葬礼

每一朵花
每一滴眼泪
在上帝的眼里
都是完美的
一座坟
就是盛开在时间
和人性上
一朵完美的　花
死亡阻隔了你和世界
但眼泪和鲜花
让你获得了自由

生命　只需一次

死亡　只需一次
爱只需一次
在大地上
唯一的一次错过
便是　永远的错过
唯一的一次相遇
就是　永远的相遇

我们
一起　走过大地
我们一起
在大地上
流泪和欢笑
你
先于我
在大地上
死亡

我们的尸骨
最终都
葬在大地上
你　没有做　我的
新娘
你
死于完美

你在水中或火中风雨无阻

清明
是　追忆时间的
行为艺术
和大地哲学
在死亡和哀悼中
重建　过去与时间
重建　生活和世界

被泥土和时间埋葬的
却在另一个生命中复活
你就活在　我永远的现在
你就活在　你永远的过去
你死于大地而活在我的生命之中
就像一个像云像风又像月亮的　天使
就像上帝

你推倒了生和死之间的墙
你清除了物种间的障碍
你跨越了所有时间

和一切空间

你解除了真实与虚无的魔咒

你任意在天空中

或在地狱与天堂中

飞行　或漫步

你在水中或火中

风雨无阻

你甚至就是　火焰和大海

你就像中国龙

上天入地刀山火海

在我生命中幻灭和永恒的世界上

你　是自由的

你是拥有你完美身体的

一条鱼

你是一只

拥有你完美身体的鸟

你是你一样的　一朵云

一棵树

一枚戒指

你是你一样的高山　月亮

甚至是一片　长着眼睛和羽毛的风景

清明时节
你在我的生命和怀念中
为你自己点亮一盏灯
在我的坟前种下一棵核桃树
一弯新月　照耀在你的坟上
照耀在我的坟上
太阳　从地平线上
升起来

飞翔中有黎明和彩霞

你　不是上帝
就该有一次生离死别
就该有一次痛不欲生　撕心裂肺
为一朵凋零的花
为一个死去的少女
为十字架或星星
唱一支　悲伤的歌
写一首诗
流一次泪
与天使和夜晚
与风和天空
与月亮和太阳
诀别

为一座坟　哭泣
为一棵树
为一条河流哭泣
为高山哭泣
为石头哭泣

为云和远方哭泣

为上帝哭泣

为人类　而哭泣

并在歌唱和哭泣中

学会死亡和生活

学习生命　与

爱

习惯于活着

习惯于死亡

习惯大地和永别

习惯于上帝和末日审判

鸟　把飞翔和羽毛

洒播在蓝天上

飞翔中有黎明和彩霞

飞翔中有冬天

有夜

有暴风雪

飞翔中有　太阳

飞翔中有死亡和望不断的　远方

阳光透过坟墓照进死亡

一个诗人　说
一朵花
就是开向死亡的
一扇窗子
是对生命和
上帝的邀请
是对
太阳和天空的
邀请
是对人类的
邀请
一朵花
就是　一朵花
与大地的　爱
情

阳光
透过皮肤
照进我的

心
阳光透过
坟墓
照进死亡
阳光透进大地
照亮了
全天下的花朵
一朵花
一座坟
一个　埋葬在泥土
和石头下面的
诗人

死亡拒绝了战争

我的　绝望
拒绝了
你的绝望
我的绝望
拒绝了你的
恨
和沉默
我的
绝望
拒绝了你的爱
和死亡

你的　绝望
先于我的绝望
你的爱
先于我的爱
你与上帝的诀别
先于你与大地的诀别
先于你与风和天空的诀别

先于你与世界和黑夜的诀别
你和你的诀别
先于我和你　我和你的生活的诀别
先于我与季节与空气与过去的诀别

光明　是一种感觉
身体是一种
感觉
痛苦与欢乐
是一种感觉
世界
是一种感觉
在你坟前唱歌
是一种感觉
死亡与黑暗是一种感觉
但　死亡也是存在和爱

死亡是邀请
死亡是悼念与墓碑
死亡是神话与预言
死亡是天国和信仰
死亡是爱与存在的　自由
感谢你的死亡
感谢广袤的大地和天空

感谢　生活
感谢　上帝

你用你的死亡
照亮了我生命的黑暗
点燃了我与世界的爱情
你用绝望
化解了我的绝望
你用坟墓
阻止了我的死亡
以及世界在我心中的死亡
你把我的思想　怀念
从大地上
带到了蓝天上
你把我的忧伤
化为了天上的云和鸟

死亡
原来是可以转化的
绝望和仇恨
原来也是可以转化的
地狱或天堂
也是可以转化的
阳光

从无限遥远的地方
风
从四面八方
鸟儿从天空和冬天
来到你的墓地
墓地与山谷和草原上的空气
还是新鲜的

死亡　不代表和平
但拒绝战争
死亡
终于拉开了
我们的距离
拉开了我与天地和世界
的距离
拉开了
我与生活的距离
死亡拉开了
我和死亡的距离

这样　就好
活着　就好
阳光的身体
风的身体

光阴和思想的身体
有一片墓地
我
可以不需要大海

寂静与辽阔
宇宙可能是上帝的一座坟
或者　永恒的家园
我们
辽阔和寂静在其中
上帝就是篆刻在太阳光芒上
我们共同的
墓志铭

坟墓没有凯旋门

床　和妻子
黎明与夜晚
汽车与城市
是一个有限和无限的世界
乡村
是一个无限和有限的世界

坟墓　荒野　天空
是一个世界
地狱是一个世界
圣经和十字架
是一个世界

佛陀与菩提树
是一个世界
一个人
对另一个人的
怀念
是　一个世界

一颗　心

一个梦

一条河

一条船

一座寺庙

一个神话

一架古琴

一封遗书

是一个世界

坟墓

没有天窗　没有凯旋门

墓地

没有邮亭和超市

坟墓与墓地

没有时间

没有道和路

没有军队和人民

没有　一成不变的风向

风是从山谷　吹来的

鸟儿是从林子里　飞来的

盗墓人是与坟墓无关的人

我过去住在城市

现在我住在乡村
将来
我的尸骨洒在山野
或　葬在另一处墓地

城市　乡村　墓地
都建在大地上
在天空下面
对于上帝而言
所有的世界
都只是同一个世界　同一个梦想

世界
被包括　在
天国里
或者
天国
被包括　在
世界里
天国和世界
被包括在　梦里

从墓地重返上帝和人类

一座坟
比一间房子小
但　比一座山大
比草原和大海
更　接近天空

墓地
给了死亡　一张脸
给了生者一个世界
人给了上帝
一张人的脸
人类和上帝
一起　创造了生活

墓地
为死亡打开一个窗口
把生命带向更远　更高　更虚无
在墓地你不会迷失
你也就不会在生活中迷失

从墓地

重返地球

从墓地

重返生活

从墓地

重回　上帝和人类

墓地与鲜花

是大地的两种书写方式

墓地是一种想象和心境

墓地

是　上帝的计时器

墓地

为日趋拥挤的世界　腾出房子

墓地以死亡

清算历史

以死亡清除时间上的尘垢

墓地

用死亡

拯救了世界

死亡的拯救

就是　生命的拯救

墓地

向内辽阔

也向上辽阔

墓地是战争

和毁灭者的终结

无限堕落或无限上升

没有死神

只有　死亡

和神

只有神对死亡的救赎

死亡将人类推到真理和命运面前

上帝就是唯一的真神

上帝是神的最高存在

是神最后也是最初的形式

上帝　是神的到达和完成

是神的圆满和完美

神是人类诞生前

和灭亡后的存在处境

神是人类的命运

上帝是人类的终极命运

神是世界的审判

上帝是世界的末日审判

神是人对深渊中存在的觉知和想象

上帝是对深渊中的存在

终极的觉知和信仰

神是上帝的知识
是对上帝的显明和证词
上帝是真理
是神的也是人和魔鬼的真理
是天空和大地的真理
是心脏　生殖器和死亡的真理
上帝
是空间和时间的真理

神并不真的存在
唯有上帝存在
神只存在于神话
和人类的心中
神因人的存在与毁灭而存在
神因人的堕落和幻灭
而回归上帝
神
是对人和上帝悲情的虚构

要证明神是不可能的
神的存在将人化归于野兽和物
我们只有用深渊与虚无

说出不可能的东西

用梦和幻想言说神和死亡

无限堕落

和无限上升

是深渊中的景象

神　在深渊中

随死亡而沉浮

神是深渊中的舞蹈与幻化出的花朵

神是对时间的想象

死亡是对空间的想象

想象　神

想象　死亡

是人类从野兽走向上帝的开端

是人类从大地　走向毁灭和拯救的开始

神就是死亡的深渊

神是死亡的超越和升华

神是关于极乐和永生的天方夜谭

神

比远更　远

比空更　空

比黑暗更暗

比虚无

更虚无
神是黑暗之中的黑暗
是黑暗之外的
光明

神是梦的牛顿定律和广义相对论
是风和月亮的伊甸园
以及海水与火焰的亚当和夏娃
是龙和凤的战争与和平
神是时间的梦淫
是物质或鬼的自圆其说
是呼吸的翅膀
和彩虹的生殖器
是　耳朵与眼睛的童话
是　头发的雷霆与闪电

神是血与泪
和骨头的史诗
是皮肤与睫毛的　地平线
和日出
是阳具与阴道的灵魂和自由
是感官的心理学与魔法
是思想的物种起源
和寓言

神　是不死的

人因死亡而成为神

神是死亡的耕种与收成

神

是死亡的

传说

和文明

神是　人类跳动的心

和心的飞翔

神　无法唯物

死亡的源泉

也是生命的源泉

生命不是单纯的肉体

或灵魂

生命　不可能是

一个单纯的梦

单纯的回忆

单纯的死亡

世界上原本就不存在单纯的存在

世界上原本就没有　单纯的爱

太阳　石头　空气

也像人类和世界

本质上都是一个神

神无法　唯心

神　也无法唯物

绝对唯心和唯物的

唯有上帝

唯有上帝可以

把天空和大地分开
把地狱和天堂分开
上帝是绝对的诞生和死亡
上帝是绝对的　彼岸
和远方

世界上第一个站立起来的人
是盘古
盘古就是盘古的父亲　母亲和神话
盘古两脚踩着大地
双手举起天空
像　时间一样伸长
从始到终　从死到生
盘古无限生长地站在大地上
双手撑起无限上升的天空
盘古最终也没能把天　和地分开

盘古已经死了
盘古必须　死
盘古除了为人类的存在和绝望而死
灵魂再没有其他出路
盘古死了
化作了神
化作风和云
化作树和道路

化作太阳
化作月亮和星星

盘古化作了石头与高山
化作了雨和江河
化作了大海与远方
化作了雷霆与火山
化作了天空与大地
时间有多长
盘古就有多长
盘古有多高
天就有多高
盘古是人类　从大地到天空的距离
天和地相隔着　一个直立的人

盘古
是太阳与人类的命运　和雕像
但盘古
不是我的命运
盘古
是我思想与永生的地平线
和出发之地
你
是我存在与爱的　远方

世界足够我们堕落和爱

我在你死亡的宽广中
自由地　飞升
每一次日出
都是一次死亡的旅行
都是一次死亡的涅槃
死亡　被生命与爱
一次次推向新的起点和高度

黎明拿黑夜的死亡
滋养山河大地
想象　我也是一滴水
被云带到天上
又被雨交还给了大地
河流把我带往远方
大海将我凝结成一滴海胆的眼泪
佛在你的梦里
将我化为一朵　　地狱中的莲花

因为幻想　怀念和信仰

在你的死亡和上帝的寂寞中

我不再孤独

我不再惧怕　来生

来世我也可以是一滴水

我可以是江河

可以是海里的一粒盐

可以是云和雨的轮回

我可以是杀父仇人

或弃之山野的孤魂野鬼

潦草的坟墓

我甚至可以是　你的再一次死亡

死亡就到你和末日为止

想象就到你和上帝为止

绝望就到你和地狱而止

思想再辽阔　便是虚无了

还没有人能承受漫无边际的深渊

还没有人能承受永无止境的时间与痛苦

哪怕是上帝也不行

人不能一直哭泣

或　一生歌唱

对于绝望者

阳光的形态

也是预言的形态
地狱或天国
就是对深渊的拯救
地狱终结　了
死亡中的你和世界

永恒的堕落与幻灭
我已经能够承受你的死亡
但我还不能承受
你　永远的死亡
不能承受　上帝的死亡
你为死亡和虚无赋形
你为我打开了生活　最后的一道门
你为我铺平了
世界通往地狱与天国的道路

是你教会我　生命从人做起
而不是从高山或神灵做起
时间因此有了颜色
死亡因此有了呼吸
因为你
和上帝
世界　　足够我毁灭
足够人类存在和死亡

世界

足够我们　去

堕落

和

爱

一部色彩的法典

红嘴乌鸦

白嘴乌鸦

差别只是嘴角的那一抹颜色

白昼与夜晚

黑暗与光明

冬天与春天

区别只在于颜色

生命和死亡

本质上是一种颜色

黑色代表死亡

白色代表死亡

红色代表生命

也代表死亡

颜色决定了类人猿及人类的性取向和进化方向

颜色决定了事物各自的宿命与将来

不仅人类是好色的

鬼神　禽兽　植物

也都是好色的

天堂是颜色的终极想象
阴间是对色彩的否定
地狱是对色彩的终极否定
上帝是金色的
上帝是白色的
上帝是黑色的
上帝不可能是绿色的
上帝也不可能是红色的
上帝是绝对的蓝色
绝对的蓝色包含了一切可能的色彩
上帝是人类未知的颜色
上帝是世界上并不存在的色彩

梦没有颜色
梦是黑白的
天堂鸟是五彩斑斓的
佛是湖光山色的
在佛和天堂鸟的眼里
世界并没有颜色
甚至没有声音
佛说　色即是空

最丰富的颜色不是彩虹
不是阳光或青春

我们知道海的颜色

我们知道云的颜色

我们知道雨的颜色

我们知道　泪水和精液的颜色

我们知道婴儿手心的颜色

我们知道少女眼睛的颜色

我们知道死者皮肤　骨头和心的颜色

谁能说出爱情的颜色

死亡的颜色

谁能说出梦想和信仰的颜色

谁能说出风的颜色

疼痛的颜色

思恋的颜色

绝望的颜色

思想的颜色

以及　　灵魂的颜色

谁能说得清楚

猫头鹰鸣叫的颜色是白　还是黑

饿死鬼在天堂梦见的月亮

是蓝还是绿

观音从男人变成女人

性器与声音的颜色

是紫还是红

变色龙的颜色

究竟是美味

是舞蹈

是咏叹调

是巫术

是象征主义诗歌

是性高潮

还是　死亡的邀请和追悼会

天空的颜色真的就是

我们眼睛看见的颜色

我们真的知道血和大地的颜色

命运是颜色的协奏曲

是色彩的交响乐

还是　颜色的停顿或省略

人类按颜色区分善恶

按颜色划分等级

按颜色分割世界

世界地图

是人类在大地上竖起的

一面旗帜

一座颜色的教堂和纪念碑

一部色彩的法典

和宇宙的未来规划及行动纲领

人类最终崇拜的颜色
不是绿色和蓝色
而是红色
崇尚红色的物种有
蜘蛛
吸血蝙蝠
狮子　恐龙
和人类
崇尚绿色的物种有
所有的食草动物
传说中的凤凰
天使　少女和亡灵
崇尚蓝色的物种有
诸神和上帝

黑色是
红色的深度与无限
白色是
红色的淡化与沉静
蓝色是
绿色的辽阔与幻化
无限　或永远

是与零有关的一个数
是一束光线的过去
与将来

想象　时间之前
和时间之外
生命的颜色
想象　人心深处
眼睛看不见的色彩的颜色
想象新长出的坟头草
在四季和时间里
变幻的颜色
想象鸟儿眼睛之中
远山和阳光的颜色

十字架
是绿色的
或者　蓝色的
死亡不会因为生命的消耗
而减少
或者　增加

绝对的中心

烟斗和　高跟鞋
盾和长矛
天圆地方
八卦及太极

天空与　鸟
光线和水晶瓶
沉船与暗礁
蜂鸟和喇叭花

啄木鸟和　树
伤口与盐
深
与远
亚当和夏娃

最简化的符号
包括一和一切
－1 和 1

零是无限　和永恒

盾和长矛
永恒的矛盾
对抗　和解　循环
无限中的轮回

烟斗
与高跟鞋
形象的高度　浓缩
和概括
犹如　胡子与长发

蜂鸟
和喇叭花
本质的裂变
退化　转调
和呈现

八卦与太极
最高的智慧
宇宙神秘和完整的学说
绝对的中心
唯一的静止

寂静　永恒　符号

天圆与地方
起源和宗教
上帝的宫殿
兽与花的乐园
古老的谋杀

伤口与盐
感观世界
体育　刺激　增长
毒品与幻觉
美到平庸　美到挣扎

啄木鸟和树
游戏时代的最后王国
兽性和机械
汽车时代
动作的精雕细刻
美到烈火
水被　彻底蒸发

天空与鸟
本质的升华

上升　升腾　飞翔
美好时代的回忆
希望和将来
美到　辽远
美到　美和无言

暗礁和沉船
文明的退化
快感的转换
形容词
时间的衰老
纵欲犯　性的泛滥

深与远
鸟对森林和天空的恐惧
鲸鱼的恐水症
地球的未来
想象力的枯竭

夏娃和亚当
时间的两极
存在
上帝

光线与瓶子
美到了数学
水的高度抽象
局部的凸现
整体的消亡

子弹　与撞针
欲望中的油和乳
对水的绝对占有
对氧气和空间的　绝对占有

夜晚的霸权主义
狼和狮子的社会法则
美到　战争
与和平

启示
也是预言
镜子里的鱼
不需要　水
和对象
不需要　上帝

月球上的影像

雪域

有自己对待土地

时间　女人　粮食

酒和灵魂的方式

雪域有处理死亡和性

独树一帜的方法

雪域对天空和来世有自己的立法权

雪域有自己的文字　神灵

和世界

雪域的女人

雪域的天界

雪域的海拔

加深了我与世界的决裂

世界蜕变成为

流过我生命和梦想中

一条天上的河流

世界是　世界幻灭后

月球上的影像

一个人在月球上的旅行
月亮上　一个人的车站和全世界

大地上所有的山
所有的水
所有的树和石头
所有的惨烈的风景
都存在于月球上
除了　　人类和上帝
一切都是天上的
天上的女人
天上的太阳
天上的大地和远方
天上的房子和梦境
天上的时光和日子
天上的我　和我在天上绝望的生活

一切都是天上的
与大地和人类无关
月亮上　没有阴晴圆缺
月亮上　没有海上升明月
月亮上　没有一轮明月出天山
月亮上　没有清明上河图
月亮没有过去

只有寂静永远的时间
月亮上没有嫦娥　没有桂花树
月亮上　没有月亮

月亮加剧了深渊
和我在深渊中的
堕落
我
直立在大地上
无所谓向前
还是朝后
我　没有想象力
月亮　也没有

理想是愚蠢的
孤独是可耻的
月亮或女人
透着化石般的光洁
这个世界
不是我的
不是你的
也不是月亮的
这个世界　不属于人类

在阳光下睡觉
或醒着
在黑夜中睁着眼睛
面朝虚空　提出一个问题
否定一个问题
一个问题是对一个问题
和所有问题的
否定
一切问题是对一个问题的否定

预言就是
心　如同一摊热水
摊在自己身体外面
的地板上
预言　就是
身体是身体
时间是时间
和耻辱

说出实情
避免最后的谎言和真理
你　曾经也在大地上失眠
并梦见你怀上了上帝和一只狗
你怀疑
梦见你怀上的

其实是
你的亲生父亲的儿子或情人
荒诞的背景
抒情的开始和结束

站立在世界上
无须摆出任何造型
打开　灯
或者
把灯关掉
将来的夜晚
夜晚的将来
光明和真理无法弥补的人生景象
不会在　黑暗中重现

把思想废黜
把黑夜留下
为了鱼和远方
将来还会有人　再去看大海
为一种行走的方式
一种唱歌和祈祷的方式
一种死亡的方式
将来还会有人　再度去雪域
将来　正在成为人类
一段空白的记忆

历史或花朵

具体之　物
必将毁灭
或被砸碎
或被掏空
或被焚毁
或被遗忘
或　自取灭亡
但是　物　不可能
毁灭

死亡是　物
上帝是　物
自由是　物
幸福　是物
爱　是物
时间　花瓶　人类
是具体　之物

世界是　一个抽象的概念

也当归于具体
世界正在被人类的双手
和一双看不见的手
砸烂
焚毁　掏空和遗忘
归于存在与本质
世界还不是人类的宿命
世界　大于人类
人类　大于世界

一双鞋子或一颗心
一个女人或一条鱼
一具尸体或月亮
十字架或明信片
时钟或青芒果
眼睛或麦穗
墙上的斑点或圆号
噩梦或性器官
历史或花朵
一张天使的脸和　孩子手上的玩具

圣诞礼物
结婚或离婚戒指
草帽

花圈

皇帝的新装

初生的太阳和婴儿

纪念章

出生证

判决书

上帝或石头的性别

物的名单

还可以无休止地拉扯下去

就像网络游戏

或者　天使开的玩笑

就像

悼词或天书

就像

上帝的花名册

灵魂中的

两个人

彼此伸出

一只手

有物在手中

诞生

黎明　朝霞　曙光

或　日出

我们一起亲手构建死亡

月亮
一个时间宝座上废弃的王位
一个去神圣化 去神秘化的岩石
一个被太阳照亮的天上的骷髅
一处 神仙居住的后花园
一枚宇宙的硬币
一个没有水
没有呼吸的
女神闪亮的性器官

月亮
未来人类的红灯区
老鼠和飞蝶梦中最后的香格里拉
海岸上鲸鱼张开的嘴
风 空洞的想象力
什么东西的什么眼睛
贫乏的象形文字
溺水者放大的瞳孔
与爱情和思想无关

与天涯和死亡无关
甚至与　夜晚无关

一个词
从少女脸上和诗歌里
渐渐消失
音乐中的休止符
像恐龙和皇帝一样遥远
像电话和女人的大腿一样
没有距离
兽类的异教徒
潜入地下的宗教
未来战争的转折点
候鸟　狼
心理变态的猫和儿童
一如既往的秘密崇拜物

月亮
有自己的生活
月亮
注定将继续影响
海贝与女人的骨髓密度
和性取向
也如孩子和鱼
月亮没有自己的命运

和未来

未来
永恒的情人
在火星上
我们却在月亮上约会
一夜欢爱
身体和眼泪没有重量
快感就像宇宙速度
风在地球上倾听
月亮潮汐般的呻吟

月光中渐渐地注满了
人体中的水
和各类性器
散发出的香味
禽兽的发情期
将被无限延长
乌鸦在寒冷的月宫中打抖
脑子里充满了情欲的思想
和对地球的想象与怀念

花朵看见月亮
就想做　一只鸟
或成为一头大象

月亮改变了麦子或猪的基因
性通过耳朵　肛门
嘴和鼻孔
烈火与预言一样
在星球间传递

在月亮上做梦
你想或希望　梦见什么
某个早晨
从冥王星上打来录音电话
孩子们全都笑了
那肯定是他们听到的最动人的故事
在末日到来前
大地上除了石头
将依然　还是
石头

转过身去
未来或许将　一片宽广
心　代替脚走路
这可能是又一次进化和抉择
我们一起
回头走向未来
我们一起
亲手　构建死亡

带着各自的绝路旅行

什么是　最后
和唯一的肯定
血液在流过大地和天空后
重归于心脏
火　在时间中冷却
月光一样柔软的水
月光一样柔软的思想
月光一样柔软的死亡

如果心中缺少水
那么　就用岩石　海岸　冬天
荒野　山谷　去表达
生命和死亡
如果你在黑暗中看见了深渊
如果　痛苦无法割舍
活着最好的方式
就是把死亡说给山河听
说给风和上帝听

用梦　守望天国

含笑而死

把绝望和恐惧

留给人类

把诗歌还给神

是上帝的就应该归还给上帝

有些时光和景象　不属于你

也不属于人类

你　不可能占有死亡

你无法占有　一个生命的孤单和寂寞

头发是我们最后的身体

是我们种在天空中的草

我们　有一双手

手可以取代女人

或男人

但不可能取代　所有的梦想

我们做过的梦

我们流过的眼泪

我们说过的话

我们心里的悲伤

比人类还要多

比世界还要多

黑暗和虚无
一旦说出来
心　也就亮了
心也就　空了

梦里
坐在佛的身边
是温暖的
身心散着佛的光辉和香气
想
辽远的想
圣洁的想
想到无限
想到最后
想　就成了真

朝上看　也朝下看
当我们说出云的时候
已经是
大海了
一面朝前
一边回头
我们
带着各自的绝路
旅行

0863

有物将来自天空

世界越来越像　一张
全球公开发行的晚报
我们追寻心中的江河
并不是想成为一滴露珠
或者大海
我们不想成为什么
哪怕是上帝
或　外星鹦鹉

其实　我们并不知道
我们想　成为什么
我们把与食物和性有关的一切
刊登在同一张报纸上
无论是变性猫的梦淫
或是与公鸡和山羊的性生活
不管是我们婴儿期的性烦恼
还是与鬼魂的第十三种交配方式
以及　一个胎儿的 N 种吃法

我们把去地狱的征婚启事
把关于牙齿和胃的整形广告制成彩色图片
配发在报纸显眼的地方
当我们说远方和云的时候
其实我们是在说食欲和高潮
皈依阳光和天空
就是归于大地
归于大地
也就是皈依粮食　性
和虚无

一个白色的世界
将到来
夜里　也不改变肤色
未来
有物将来自天空
从天而降的
何止是　龙
和飞碟

抒情到死亡和太阳

比方说

叙事　就从大地开始

从鸟直接到达上帝

我们是　大地的事物

是上帝存在的背景

大地是我们的心像

耳朵　嘴和喉咙

大地是上帝神秘的泪水

漂泊的身体

跳动的心脏

大地将天上的水

转化成河流与血

将阳光转化为呼吸和历史

一把泥土

塑造了我们的头和手的形象

我们的手掌上

布满了山河与石头的命运

水的身体

阳光的形体和雕刻

未知与宿命

风和神圣的未来

运动和呈现

便是爱

水　像一道闪电

把你和我

的生命照亮

我们

来自不同的子宫

我们　被葬在　不同的墓穴

我们同归于　大地

绝对的静止

虚无　或未知

消失的空间

现成的物质与光阴

唯一的永恒和存在

水与阳光的孩子

抒情到风

到月亮

抒情到岩石　到火

到死亡和太阳

历史是农业和一条干涸的河流

时间
是老人和孩子
历史是青春
是暴风雪
是农业
和一条干涸的河流

历史是游戏规则
是表现主义和历史唯物主义
时间是象征主义
及一切主义的源头
历史是粗壮的腰和大脚
是肉食动物
是时间的外延　意义和发现
是时间的戏剧

时间是痛苦
是梦
是虚静

是宗教的起源

灵魂的学术

是圆和数学的最高成就

是佛含而不答的微笑

时间是上升和旋转

是空间神秘的符号

是存在的彼岸

历史是直线

是充胀的性器

是关于空间的学问与化学的丰硕成果

时间

是真理

是自由　是神话

是上帝吹的口哨

和对上帝的

想象

历史是对真理的敬畏与探索

是对自由的梦想

是人性

和人心的海岸线

是天圆地方

是太阳是风是雨和大地的泥塑

时间
是永恒的黑夜
和黑夜之后的日出
历史是日落后正在到来的白天
时间　起源于神学
历史　起源于物理

历史
是老人对孩子
讲的故事
时间
是老人梦见孩子
在天堂里　捉蝴蝶

时间
以一个恒定的速度前进　后退
或静止
历史与地球的自转保持一致
与白昼和夜晚的更替相和谐
与一朵花的绽放
一只母鹿的性成熟同步

二十世纪和二十一世纪
世界突然加速
以一种不可预知的加速度
朝着苍茫的宇宙或死亡
进发
未来　被提前了
空间被拉长
拉长到人心能承受的极限
时间被高度浓缩

我们
一起来改变
梦　的重心
和速度
我们
一起去迎接
二十七世纪的
日出　或日落

从诸神的思想中醒来

梦里
你被锁在蝴蝶的身体里
一个夜的精灵
和天使的花园
时间化作了
风
空间长成了妖怪
吞噬了时间
上帝有好几张面孔
一张是你的
一张是
蝴蝶的

梦在突围
突破了光
和声音
以罗马就是宇宙
罗马就是
幻灭的速度

超越时间的有限
到达空间
时间的无限
化为空间的无限
本质回归　起源

在时间之外
空间是一种速度
你是上帝
上帝
是一只
蝴蝶
从夜晚到白天
是时间在旅行
而不是空间在旅行
你被困在时间上
不能及时在空间　化作
一只自由的蝴蝶

梦
表达并实现了
灵魂的某些想法
从诸神的思想中
醒来

你
从空间
又回到了时间
从无限回归存在
和本质
从蝴蝶还原成为
人

上帝
在你与世界之间
划上一道红线
太阳　越过了赤道
龙　在天上梦见一条鱼
蝴蝶　飞过草原
飞过　雪山和大海
从未来直接飞到　过去
一只鸟在烈火中舞蹈
化作　另一只鸟
在蝴蝶的梦里
你两次跨过
同一条河流

黑暗的寓言

属于圆柱体的有
时间
光线
阴茎
黑洞
以及　眼睛

眼睛
是存在的陷阱
眼睛
将人类囚禁在
感官世界
和谎言之中

光明
是眼睛的真理
光明
是　眼睛
的谎言

世界
就像没有边界的墙
上帝就像
没有边界的黑暗
或虚无
眼睛将我与世界隔离
眼睛　将世界与上帝隔离

瞎是眼睛的一种
存在状态
瞎是存在的处境
是黑暗的寓言
是上帝的启示

瞎
与死亡无关
与光明无关
与　眼睛无关
瞎是看见　黑暗
瞎　是看见上帝的前提
和开始

黑暗
是永远

存在的
黑暗存在于我们心中
黑暗
是上帝眼睛中的
光明

我梦见一千只眼睛的鱼

誓死与人类为敌
如果　人类成为鸟儿
或阳光的敌人
如果　人类成为山川和上帝
的敌人

人类与花的关系
人类对待天使的态度
以及　神话
最终决定着
星球的未来

地狱或天堂
树或蝴蝶
月亮和童话
墓园与爱
向世界宣告了
上帝的临在

我梦见
一千只手
一千只眼睛的鱼
像　星空
像　佛
像天使写的情书

我在太阳下宣誓
永远忠于大地
永远忠于天空
永远
忠于死亡
和　上帝

死亡是我最后交还给天空的思想

黑暗
将是我最后
归还给大地的
我的眼睛

死亡
将是我最后
交还给天空的
我的思想

灵魂
交予地狱
或是　交予天国
由上帝自行决定

找一座山或一棵树用来怀念

有山有水
有墓地和村庄
有鸟有草原
有鱼和森林
还得有　神山圣湖　有山坳上的喇嘛庙
还得有牧场和野牦牛

比希望与想象的更多
或更少
然后　找一座山或一棵树
用来怀念
怀念月亮
怀念一个与河流和天空有关的
已作古的女子

怀念
与她有关的人
和事
以及　世界

怀念与她有关的
天堂
或地狱
神灵和鬼魂

怀念冬天
或者是　秋天
怀念有星星
或没有星星的夜晚
怀念记忆中或天上的云
和太阳
怀念一个石头和
这个作古的女子
梦中未写完的诗

怀念
有山　有水　有月亮的
墓地和村庄

把你和世界带到遥远的将来

黎明　收回了黑夜
时空暴露在阳光下面
你用眼睛
用手
用头发和牙齿
拒绝阳光
你用坟墓拒绝了　黎明

坟墓
没有窗口
不需要呼吸
无须光线
和黎明

光到达你和坟墓内在
被照亮的就是灵魂
时间无法接收全部的死亡
全部或所有的死亡
或许仅仅是一只雀子的死亡

或你的死亡
或许　只是一次黎明
最后的一次黎明
到来与过去

死亡　永远是未来的事
黎明前
已经有太多的黎明
都过去了
唯有上帝完美的死亡
画上句号

一只只鸟
从黎明背后的黑暗中
飞出
对于鸟儿
天空是属于未来的
你与鸟和天空的关系
也就是你与水或一座大理石雕像的关系

你由整个的空间构成
时间蒸发成水和阳光
黎明把夜晚
完整地交给　白天

你把天空整个交出去
交给了　未来

部分就意味着占有
背叛和死亡
死亡只是部分地把世界
交出去
凡大地给予你的
你都归还给了天空
凡天空给予你的
你还没有交还给大地

在世界整体到来之前
一种叫作爱和信仰的思想
已经出现
如同新生的羊羔
沾带着羊水和母羊身体内部的温度
世界在我们手上
你可以随意地毁灭世界
如同毁灭你手中的婴儿
就如同毁灭镜子中
你自己的脸

镜子里的死亡

纸上画的月亮
云折弯的光线
水是锋利的
风是坚硬的
黑暗是被光线割断了的光明
闪电划破记忆的天空
就像一个噩梦
就像死亡的幻想

大地显露出
形形色色的面孔
狼的嚎叫
撕碎天上的星星
和黑夜的恐惧
白天是夜的希望
把你和世界
带到一个遥远的将来
　声音就是回忆
　是哀悼
　也是幻灭

心中坐着一棵树

门窗敞开
让风进来
让冬天进来
让黑夜　进来

黑夜　冬天　风
是你身体的延续
是世界的延伸

把眼睛里的孤寂和黑
带到阳光下
带到比风　比冬天　比黑夜
更深更广阔的思想
和远方
让呼吸
扩展到　整个天空

门连接着大地
窗子

就是窗子
眼睛里飞出一只鸟
天空化作　一片蔚蓝色的声音

在云朵上绘制图画
空气让人感动
眼泪顺着脸颊流出来
一会儿是云
一会儿是雨
一会儿是江河
一会儿是　海水和火焰

眼睛的清晨
手和身体的夜晚
耳朵不分白天和黑夜
心中坐着一尊佛
或一个石头　一棵树

梦与花的课题

夜与水
才有的风韵
诗歌一样凋零的
你隐秘的绝世理想
夜和死亡的名字
水的春夏秋冬
光不仅是为了照亮
不仅是为了赞美

蜜蜂的职业和品格
梦与花的课题
云最初的美德
土地最后的果实
把天国
偿还给苹果树
偿还给爬行动物

牙齿和头发里的
水分与阳光

火与水的葬礼
上帝的母性和父性
脸的大千世界
水面上浮动的光影
和精雕细琢的鸟

让风和时间
去阅读死亡
死了
依然相信
春天和风信子

灵魂
是不需要陵园的
纪念碑

没有发出的未来之书

戴遮阳帽的云
雨高昂的
头颅

黑夜
是月亮为明天
敲响的丧钟

黎明
埋葬了黑夜

眼泪　是召唤
是沉默和墓志铭
是没有发出的　未来之书

苍白　冰冷
你的脸
更冷的是
上帝的嘴唇

水
用于创造
也用来毁灭
火用于
毁灭
也　用于创造

除了上帝
我一无所知
除了上帝
我　一无所有

站在
你的墓前
就不能说
我
一无所有

地上的事
就在地上完成
天上的事
等太阳熄灭了
再说

想起海浪
想起
风写在地上
也写在　天上的
名字

排在
地球上的
日程表

灵魂没有地址

梦
被时光
拉长
直到断裂

疼痛被拉长
像一束光线
像灯丝
像
上帝的头发

命运
被拉长
或被压缩
拉长到无极限
压缩成一个圆点
命运还是
命运

命运
随你怎样组合
和解读
如同指纹和星象
如同摆在
上帝面前的梦境

攀登极乐的山顶
深入睡眠的深渊
音乐的牙齿和耳朵
墓地上空
是比墓地更辽阔的
天空

水的上升是有限的
水的魅力
最终与水
和大地无关

生于大地
归于天空
最美的事物是
云　世界
灵魂和上帝

嘴

被雕塑成了

谎言

用来述说身体的空洞

和忧伤

嘴

是用来接吻

祈祷和

歌唱的

光线抓住岩石

从海中提炼出黎明

黎明

主要由鸟　云彩和上帝

构成

水没有记忆

花园或墓地

苹果树或少女

什么样的景象

留不住眼睛

有的时候

水就是世界的噩梦
水
一直与起源和神话有关
一直与劳动和爱情有关

目光深处的墓地
舌尖上水的滋味
骨头的滋味
死亡的滋味

舒展镜子里的影像
饮镜子里的烈酒
饮酒的是我
醉倒的是镜子
是镜子里我的形象
欢乐与痛苦
泪水　流进镜子里

想你　把你想到镜子里
赤裸的皮肤
脸和手的表情
比镜子外的月亮更白
更圆
更遥远

想
是一种获取
就像山歌
与图腾崇拜
就像电话

空间在思想上延伸
空间　在时间中延伸
空间
在上帝的手上延伸

墓地
或是上帝
眼泪的最后
一个冬天

灵魂
没有
地址

纸和月亮　太阳和匕首

手指和睾丸
虞美人和闪电
勺子和鲜血
纸和月亮

粮食与生殖器
布谷鸟与喉咙
玫瑰花与失眠
太阳和匕首

我们脱光衣裳
仿佛要去死
或者　去大海
游泳

另一个世界的史诗

像　拔掉牙齿
或野草一样
从头颅中拔掉死亡的欲望
生命是孤独的
大地之上
我们都是阳光的奸夫淫妇
我们都是　时间之手和胃
嘴和大肠
鸟教会我们的
不是飞翔
而是征服和毁灭
上帝的敌人
也是水仙花的敌人

大地是眼睛越冬的粮食
黎明是爱情意外的丰收
春天是牛和爱神的饮料
耳朵是心灵的酒杯
你是我今生无法完成的
来生或另一个世界的史诗

世界急着去　毁灭
和创造
谁能阻挡
大腿和性器的团聚
谁又在乎
历史在你身体上结束
或者
在你死亡后继续

不管是对你
还是上帝
我不过是部分的水
骨头和肉
部分的鲜血和世界
而你是全部的泥土
不留下一根手指
毛发
和心绪
就像梦中的上帝
或上帝梦中的你
让死亡　去覆盖
人类的历史

是水都加入到
河流的行列

植物不参与竞争
春天　便死去
你是风
和日子的局外人
把所有的岁月都带走
把骨头里的光芒
尸体延伸的空间
彻底抹去
凡是属于生命的
凡是属于大地的
都归于你
归于　虚无和传说

死亡是肉体最纯净的愿望
泥土是肉体的另一种实在
死亡　意外的高峰
怀念　的深度
呼吸的心猿意马
鹰笛与秩序
月亮和手稿
为赤裸的心穿上裤子
灵魂是不穿内衣和袜子的思想
与爱
忍受身与心的创伤和诅咒
欢乐和痛苦
像处女的血　一样鲜艳

放下一个世界或一块墓碑

山

绝对存在

眼睛丈量的高度

星空的重量

呼吸的远方

在　距离之内

放下一个世界

或一块墓碑

山

一座坟墓

时间的　脸

死亡的　形象

少女之心与每一个苹果

光与影的变幻

存在归于唯一

眼睛的尺度

光芒的起点

目光被压缩
距离也就消失
渴望中空气被排出
灵魂中的空间
缩小到了无限
你　被运动和时间收容

山　在你脚下升高
升高到一种命运
山在你身上
也就失去了重量和未来
山　从你的高度消失
你诞生在　山的消失之中
你消失在　世界的诞生之中

一路下山
就是从山顶
不断拿走山的重量和尊严
从你的身体
还原到山的形体
把山的高度
重量与距离
交还给山
还山　以崇高
空灵和存在

你下降

山就　上升

你降到山的最低点

你降至　你和世界的最低点

高度　距离　场景

扩大成存在的形体

山还是原来的山

你已不再是从前的你

把痛苦

把生命

演绎到无限

靠近一个真实

靠近　死亡

甚至死亡

也还不是

最后的真实

山

在你的命运中

被演绎到极限

距离　深度　重量

决定着世界

山　是你的宿命

是灵魂　出发之地

向墓地学习死亡和存在

墓地

教会了我

尊重　独立和孤独

墓地上空飞临的鸟

激荡起我恍若来世的念想

我从飞鸟与天空的苍茫中

学习崇高

淡泊与飞翔

树和月亮

教给我的

同飞雪与黑夜

教给我的一样多

我头朝天脚踩土地

不断向墓地

学习死亡和存在

鸟是肉体

在天空的裸体

是灵魂换下的晚礼服

去坟地
呼吸空气
仰望天空
接受阳光
一生保持与死亡
和上帝的距离
没有墓地
世界　就没有未来

城市由现在构成
墓地主要是由　过去
与将来构成
在城市
与墓地之间生存
活在世界
和怀念中间
墓地
让阳光变得
如此安静

墓地
在夕阳的空气中
像一声无声的叹息
像一首无字的歌

声音来自
时间的内部
来自心灵深处上帝的思想
墓地绝非阴间
也非地狱
拿布谷鸟比拟喉咙
少女比拟鸽群
鹰比拟生殖器
那是岩石的地狱
但还不是我们的　地狱

不敢想象没有女人与远方的爱情

不敢想象
远离了墓地的村庄
不敢想象
没有雨燕或鲑鱼的春天
不敢想象
没有女人
与远方的爱情
没有了郊外的原野
森林　神山与庙宇
没有河流与远山的牧场
没有容纳心灵的黑夜
没有了存储童年印象的老地方
城市是怎样一个
空间与时间的场所
城市的生活
是怎样的一种生活

不能想象的是
电灯替代了月亮

光明废黜了黑暗

没有了神性的夜晚

也就没有黑夜里

精灵鬼怪的想象和故事

没有了对太阳与白天的期待

没有了对远方与未来的幻想和祈祷

地狱与天堂

因城市而宣告结束

城市是由人类创造的

与上帝无关

与命运无关

灵魂被排除在

城市的时空之外

像生命一样冗长的街道和空地

被房子　车子　人和商品占满

生活被出售

阳光经过反复加工和包装

变成了通向全球的消费品

空气　水　食物就是世界文化

人性被组装成电器　家具

和床上用品

未来指向同一个地方

同一款软件

同一条游戏规则
过去从时光和记忆中被清除
世界就是剔除了痛感与思维
按同一编程行动的脑袋
大肠　胃和生殖器

每个人都是全球化时代的亚当与基督
肝和牙齿来自非洲
输卵管与睾丸分别来自亚洲和欧洲
眼球是航天工业的副产品
男人和女人的胸　臀部与脸
充满了种种非凡的物质和液体
心脏与血是猩猩或大象的克隆
是太空岩石的合成
人类进化到如同一台台人体器官组装的汽车
与物质的超人
梦被贴上检疫的标签
思想被制成超材料超感官的艺术品
世界无限可能
除了灵魂的救赎
世界与一切有关
一切有关非灵魂的存在
就是世界和命运

真理大到无言

精液是一种液体

就像泉水

乳和蜜

是一种液体

就像酒与血

是一种液体

就像观世音的眼泪

是一种液体

液体充满宇宙

就像风和光阴

充满天空与大地

就像怀念与爱

充满心灵

液体是流动的

深不可测

液体没有固定的形象

液体是上帝最初形成的思想

是上帝最终显现的存在形式

液体最鲜明的形体是河流

是湖泊与海洋

是天空上的云

是雪和雨

是雾是彩虹

是汗和唾液

是瀑布与露珠

是情人私处渗出的神秘的水

精液是一种碳水化合物

主要是由水和灵魂构成

就像可口可乐

主要是由水和幻觉构成

液体是重量

是颜色和浓度

是永远变化的精灵

就像世界

就像时间

就像灵魂

就像魔鬼与上帝

颜色如同天空

和历史

如同誓言

是最不真实的

甚至是不存在的

颜色没有本质
就像重量和浓度
没有自我

心本质上是一种浓度
是水的变体
是时间的浓缩
是真理大到无言
是天命于存在的兑现
人心因此是最不确定之物
人类除心灵之外
由骨头　毛发　皮肉
油脂和鲜血结构而成
人体主要成分是水
是盐
是生命和思想
水干了
心就干枯了
毛发化成了风
皮肉和油还施大地
骨头化作尘土
生命与思想
化作死亡和传说
水干了

灵魂得以脱离肉体和大地
灵魂从世界中脱颖而出
没有水的地方
存在于时间的内部
没有水没有泥土没有阳光的地方
就是天国
或是地狱

想象之外另一类辽阔

与自性自为地活着
相比
承受死亡是容易的
重量意味着存在和自由
意味着时间与本质
形势与意义
被拉长
直到变形和断裂
深渊之中
爆发出的绝望
和思想

放下死亡
在天使的高度
甚至在上帝的高度
用绝对擦掉一切文字
形式和意义
抹去历史
也抹去未来

放下死亡
谁能在放下死亡之后
获得涅槃的深度
和力量
谁就是佛

佛拥有一切
包括没有意义
绝望的光明
绝对的空间
想象之外
另一类辽阔
与本质

真理　现实　前方
必然的到来
临近与过渡
悬崖之上的眼睛
临空的思念
骨头里的叹词
和光芒
绝对的　静止

想即远

梦与死亡
永无休止的形容词
苹果与性的日新月异
血与火的文明
命运的赤橙
黄绿青蓝紫
到达地狱的时间
风用世界语梦游和怀念
呐喊与哭泣
寂静的声音
在时光中回响

你可以拥有所有的钟
但你不可能拥有时间
你可以拥有所有天上的女人
在梦中
或在想象中
但你不可以拥有天上的爱情
你可以拥有天堂

但你不可能拥有世界

你不可能拥有死亡

但你可以拥有地狱

肉体在时间中煎熬

疼痛锤炼成火

火的升华

与水的呼吸

灵魂像欲望一样

散布到时空中

肉体无须获得解脱

就像世界本来就无所谓解脱

就像天空和自由

本身就是解脱

你流出的眼泪

还不足以把夜晚

或黎明的光线打湿

你的爱

还不足以燎原世界

你的痛苦

还不足以感动上帝

你的死亡

还不足以洞穿时间

想

你才是完美的

你才是自由的

想你代替了我的手和身体

想你代替了世界

在想的行进中

你是整个过程

变幻着颜色呼喊

变幻着形体深入

想　你是光线

是花

是擦着我皮肤

热辣辣的空气

想　你是风

从每一个方位到来

我想要抵达的是你的本质

我想要得到的是

你永远不再拥有的

想你身上的每一个器官

都在我身上获得解脱

想你的死亡

在世界上辽远

想你的灵魂

在地狱中引领

想你在我的想之中

修成正果

以被施予爱的天与地的方式

立地成佛

所有的瞬间

都只属于上帝

我所拥有的

就是世界所能拥有的

想你是水的时候

我就变鱼

想你是火焰的时候

我就是从死亡中飞出的凤或凰

最沉默的时刻

也是最神圣的时刻

想你

就离不开剑和伤口

想

你不断成为脱胎换骨的水

淹没我吧

你这水的新纪元

天使与蝴蝶的世态
你火中的水

我在你与死亡的岸上
以怎样的存在的姿态
避免成为历史
历史是时间无用的尸骨
夜里
我想要的是花朵
而不是尸骨
水在到来之前
永远是神秘的
神圣的水不可预测

想水的烈性
估量水的深度
想你或想上帝的时候
我无法分清
哪里是水或火的边界
哪里才是中心
守望着水
守住梦想
就守住了世界
未来在水中

也　在火中

一想到来世
世界就旋转
有水自佛寂灭的内部轮回
灵魂一样的存在
在时间中到达
到达并成为未来
你说
水是我的前途
你说
水是你的命运
水啊　水
你在其中
我　在路上

水在眺望
水在回顾
用水建造的纯粹的未来
用水摧毁轮回中的死和亡
用水浇灌历史
用水达成
我们的理想
水有时　就是全部

我不言火
因为火也是水
在想的世界
水建造的房子是最温暖的
当火成为水的时候
你比天空还要美
无须把鱼或鸟
单独从世界中提升出来
在水中
甚至将来在火中
我们可以你我不分

水从碧空中进入你
水从碧波荡漾中进入你
同你一道孤独
同你一道
在光影的世界流浪
与海浪一起拍打岩石
想象中
完成鸟或行云的姿势
花之美
在江河与大海之后
与碧空中的白云相对映
如同月亮

或诗句
在湖水中的倒影

你在水中燃烧了我
燃烧了我用火许下的一生的诺言
从自我到世界
再到上帝
水的旅行
也是灵魂的旅行
梦的旅行
是死亡与告别的旅行
水化成了彩霞
化成了日落
化成了　　终年积雪的山峰

水从我身体流出
流过大地与天空
水最终被超越了
世界甚或天堂
最终被超越了
水从我生命中
蜕变成蝴蝶和光
想在你的无限中辽阔
想即天和地

想即　远
光正在出发与到达
从水存在的内部
从上帝的　眼睛之中

在时间的深处疼痛

夜
不是黑暗
夜
想点的灯
想放飞的鸟
想
就是天使
水与火的幻想
火与水的轮回

夜
比光明更让我看见
更让我动心
或沉入水
对天使来说
夜是水做的
水的身体
水做的梦
也是水的道路

水的乐园
也只有是水做的你
我才能寻找
感动并且呼吸
在沉静中说出你的来历
水在夜里散尽了光芒
水的每一个瞬间
都是天使的荣光
每一个瞬间也是江河
海和云

世界在水中流血流汗
你在水中流泪
直到海枯石烂
黎明从水中诞生
我用比黎明更灿烂的词
赞美与歌颂
水把家园和墓地联系在一起
水
道不尽的心声
夜
看不完的风景

水有你的尊严

有我们的尊严
死亡的骄傲
神性开出的花
永远属于
水从内在被唤醒
唤醒了宇宙
一个流动之水的天体

水将我从封闭的心中
引导出来
从夜深入到黑暗的旅行
我获得了水的思想
水的行动能力
水使我和世界的关系
变得具体
在水的行动中
我与一朵花
一朵云
我与上帝的关系
就是我和你的关系

遥远时代的一头牛
来到未来饮水
抬头望见远方的天空

那里

你的目光

曾经到达

你被幻想成

一个恋爱的天使

你飘然如云

走向了末世的地平线

走向风的大地

青草沿着你过去的身体生长

因为你

水在死亡的远方回响

在时间的深处疼痛

因为水

你不再是存在的悬念

因为水

世界对你是开放的

你不占有物质和空间

水的思想永远在生死轮回的前面

到达哪里

那里　就是我存在的开始

我也想成为死亡的景象

从空间　走向时间
是宇宙的一次伟大跨越
从时间　迈向空间
是生命迷茫和绝望的必然
是存在与命运的转折
永恒的神秘
将我们一步步引向绝路
我们在真理中窒息和抗争
我们在死亡中感悟真理与生命大意
死亡与真理不是终点
都不是永恒
我们是泥土有效的成分
我们是天空的组成
开启了深渊也开启过未来
天堂与地狱
就是深渊和未来

我也想归于尘土
归于大地

我也想以花的形态

成为自然之子

成为死亡的景象

云天中的鸟再回到大地

对于命运或灵魂

为时已晚

我们在轮回中称王

做存在之物的主人

我们在时间中经营肉体和世界

通过嘴和生殖器

通过脚和大脑

进入历史与神话

我们把未来和灵魂

交给精液与子宫

我们为一口气

安息于时光之中

时间是我们　　没有围栏的帝国

我们在空间

一无所有

飞行的愿望

使我们越来越远离我们的身体

远离土地与家园

远离文明最初的构想

飞行正在从未来
与光阴的彼岸
抹去大地
人类因渴望飞行
而惧怕天空
因梦想永生
而祈祷死亡
皈依地狱
绝望是人类
对存在和虚无的抗议

天国的事
彻底越出了大地的边界
我们依托真理
构想上帝和未来
也许　我们还　来得及
一边梦想着飞越
一边逃离天空
一旦存在归于天国
人类将从此不再属于大地
人类必须在时间与空间
做　最后的选择

天堂是人类无法规避和割舍的

决定人类命运的
是灵魂不是肉体
是天国不是大地
宇宙的终极命运
不是毁灭
不是虚无
不是　上帝
灵魂是宇宙最后的存在
天使是人获得自由后的名字
存在与毁灭
我们还有时间思考
人类　还有时间
为灵魂去到天堂作证

你带着世界远行

我终究需要你

从我眼睛里出走

在我身体里消失

从存在与时间中获得解脱

肉体被当作宝藏

人类的世界

也是风也是青草的世界

墓地是大地的标志与景观

就像河流

是大地的标志与景观

就像太阳

是天空的标志与景观

就像　上帝

是天国的标志和景观

死亡被时间锻造成青铜和岩石的雕塑

泥土下面的词汇

眼泪与血

骨头与怀念

是其中最基本的几个词

我用以建造诗歌

我用以建造天上的生命

和天国之爱

我的悲伤曾被深埋在泥土中

没有　阳光

没有　水

大地和春天将不会发芽

风　建造的辽阔的宫殿

时间的深处

死亡被信仰唤醒

你在地下与在天上一样自由和宽广

死亡是孤独的

死亡　不需要援助

死亡的数量大到无限和虚无

世界被浓缩成

没有时间的空间

没有生命的存在

绝对的静止

时间通向墓地的旅行

你走到哪里

你就把绝望带到哪里

你带着世界远行

对于爱和上帝

你终生坚守着沉默

包括你　谁也不能

享有死亡的特权

如果　死亡意味着永生

如果　死亡意味着抹去痛苦的世界

我知道黑暗中生命的景象

我知道坟墓对于人类意味着什么

我知道孤独的绝对含义

天空充满了大悲情

当上帝流不出眼泪的时候

就是人类最终堕落的时候

就是人类想象力彻底丧失的时候

有　一种绝望

有　一种孤独

比坟墓

比死亡

甚至比天堂

更寂静

　更无言

你在我的永远中

上帝造人时
抓了一把云
抓了一把泥土
抓了一把天空
抓了一把　远方
掉落下一滴眼泪
上帝依照自己的形象
将手中之物捏造成一个人
上帝对着造物的嘴
深深地深深地
吹了一口气

上帝吹的那一口气叫什么
那一口气
就叫灵魂
假如没有
那一口
上帝之　气
人是什么东西

人不过是
一件　物

物
所有的物
或静物或动物
都是化物
归根结底都是虚物
虚物也就是虚无
虚无
就像上帝造人之前
人在上帝观念中
存在的状况

你活着时
我感知到你身上的泥土
我感知到你生命中的云
天空和远方
但我没有感知到你的灵魂
你死了
化作存在的虚无
我不仅能感知到
你存在的泥土和云
天空与远方

我还在我的幻灭
和世界的幻相中
感知到你虚无的存在
和那一口　叫作灵魂的　上帝之气

你在
我的永远中
你在
上帝的永恒中
你在
宇宙的时空中
化作
天地　　存在之气

你只剩下无限苍茫

面对墓地
我想到最多的还是太阳
眼泪
甚至呼吸
或绝望
对于坟墓
绝望是苍白的
我们都要去　寂静的地方
死亡从此不再增加
墓地不再是墓地
灵魂回归天界

什么才算是存在的不幸
在爱的时候
在死亡的时候
寻求生存的含义
棺木不象征死亡
世界在诸神的梦中搁浅
在上帝的灵魂中遇难

面对墓地
你只剩下　无限苍茫

坟墓是野草地
是鸟巢
是绝望的酒杯
是你首先抛弃了世界
然后被痛苦抛弃
被上帝抛弃
谁能在　光天化日下
把死亡看得如此清楚
谁能在光天化日下
把死亡　想得如此明白
选择死亡最直接的方式
就是阻断血和心脏的连接
阻止空气到达肺叶

你被古兰经和新月遗弃
你被辞海里所有的字遗弃
你被中国北方的农作物
你被阳光下劳动的农人
你被穆斯林的白帽子
你被失眠　偏头疼和烈酒遗弃
你被抽屉里

没有发出的信

你被钢笔

被空气中散布的思想遗弃

你被过期的电影票

被儿歌

被脸上的青春痘和私处的红痣

你被梦里神仙送给你的旧唱片

你被白玉河边的岩石和村庄遗弃

你被身份证

档案　祖籍和性别

锁和钥匙

牙膏和镜子

你被十九岁带血的蓝头巾遗弃

谁在黑暗中

正确拼写出死亡与生命的笔画

谁就是我心中的菩萨

谁就是我灵魂中永恒的恋人

避免用上帝替代空虚

你拿死亡注解生命

你就犯下了重婚罪

有些事物

只能用鲜花

空气和水
讲述
太阳一出
蝉　就鸣叫

梦与墓道的光线
青杠林中翠绿的早晨
野花的名字与草根的传说
马背上的童年
牛粪燃烧的炊烟
羊群与狼生存与毁灭的原野
充满神秘符咒的石头
人皮与檀香木制成的手鼓
果子中的核
大麻叶上的露珠
天使急促的呼吸
每一张脸　流露出的
死亡的表情

活着　就要对得起水
对得起空气
对得起冬天
对得起阳光和草原
对得起黑夜和萤火虫

我是一个没有道德的人
活着也应该对得起树和石头
对得起远山的色彩
我是一个没有理想的人
心中怀念上帝
来世也不能忘怀
你一生中的　那一次
黄昏和黎明

谁还会为月亮写一首情诗

经历过今天　淡忘了人类的昨天
谁还会为月亮　写一首情诗
为杂草中的坟茔
为日出与日落
泪流满面
亲身经历了上帝的死
人类怎么可能
再像写诗一样
去热爱生活
更何况以铭心刻骨的爱
呼唤死亡
为鱼美人和梦中的景象伤感
只存在于童话或传说中

不再为毁灭而心悸
不再为融化的冰川
不再为地狱中想象的一吻
不再为大海彼岸　一个诗人
或一个老人的死

不再为撕下的旧日历

与夜里燃着的半截蜡烛

不再为两只蜻蜓的交尾

不再为黑暗中脱光了衣裳和星星点点的少女

而感怀

如果墓地不再与大地相连接

如果死亡不导致圣洁的生活

如果不能将灵魂引向天国

我们何以哀悼死亡

堕落是为了获得　一个向上的深度

人类在死亡中不断获得生命上升的高度

死亡弥补了肉体与世界的不足

死亡是时间和存在的意义

墓地不是为了演绎痛苦

没有死亡

生命和爱　不足以证实上帝的存在

在绝对的黑暗中

我们才可以充分想象

上帝的脸和无限

墓地缓和了地狱与人类的对立

平衡了我们内心的绝望

墓地对于生活

不比处女
或一株灯笼草
揭示了更多的本质
死亡　是无用之物
把存在虚无化
世界也因此而　更虚幻和充实

死亡把肉体提升到了一个没有死亡的地方
死亡　水　阳光
丰富了我们的血液和心灵
我们需要　足够多的死亡
去平衡不断增长的人类
不断膨胀的世界
不断老迈的心
死亡如果只是数量
人类终将无法停止堕落
死亡
是永恒不变的道和总量

人类不是唯一
在大地上建造墓地的生灵
有些鸟兽对死亡的领悟和尊重
超出了上帝的想象
墓地锁住了死亡

也就锁住了上帝
超越空间的阻碍
把死亡　赤裸地展现在
时间的外面

死亡的面孔
目光幽深的表情
柔韧无余的身体
被坟墓紧紧拥抱
死亡正从我的躯体上抹去时光
未来　我们将不再有隔阂
不管是尘土　空气
还是世界

醉饮墓地上空的阳光
你的身体晶莹而透明
像一段光洁的岁月
到达你
必须越过起源和终点
密度和本质
是一种物质
彼岸的事物是无限的
以死亡为　生
以　永恒为生

把爱情根植于绝望与空虚之上
太阳从一个侧面回答了死亡
爱情与死亡
同是　无限风光
上帝经历着绝对空间
也经历着永恒的时间
爱情　死亡　风光
都是裸体的
上帝不占据空间
上帝的裸体
是彻底的

你对光和上帝的理解
超出了眼睛
死亡
自性解脱
死亡
自在逍遥
死亡
花朵一样
装点你的生活
把死亡　庄严地献给　你的爱情
献给　世界和未来

寂静如岩石里的岁月

饮茶

就是品泥土的精神

太阳的香味

时间的记忆

神性在水中

显现出的脸和仁慈

水打开封闭的历史

水　使幽远的时光重现

香味和回忆

水与土与火的　世界史

茶

陶罐

丝绸

古琴与围棋

是火　是土　也是水

水也是鱼的眼泪

汗水和心血

天空

是鸟的翅膀与声音
寂静　如岩石里的岁月

两眼直盯着宇宙
一天天地远离天空
我们离未来越近
未来就更黑暗
每一天
都有未知的人与事在破灭
并永远地死亡
远离上帝
也远离禽兽
人类离虚无　更近了

人性一触即发的寂寞与沉默
天空的只言片语
大地与天使的共鸣
太阳溶于水
上帝　不再是
天国存在的命案
夜是死亡
也是耳朵的延续
最终是虚幻
灵魂是否是

一个不值得提出的　问题

从任何方面
上帝都越来越像人类
我如何与你　在时间中同行
在存在中排起整齐的队列
走向一个结局
一边哀悼　一边被哀悼
一边被忘却一边被赞美
我们是天和地的珍宝
至爱
除了上帝
谁还能收藏

我从今不再笑谈绝望和深渊

狼在月亮中
呼唤神性和未来
上帝赋予人和太阳
存在的意义
上帝赋予天空的
与赋予大地的
赋予死亡的
与赋予生命的
同样多
每一个生命
在蓝天下
获得空气　粮食
水和爱情

人心不占有土地
正如女人不属于人类
上帝是具体的
相信风
相信神话

已是人类的幸运

清晨

推开窗户

天空映照出积雪的山峰

未来

除上帝和你以外

更多的是由

回忆与告别

风和阳光构成

你

真的相信

你在世界上

获得过土地

女人

时间

上帝

神　从人的手上

从世界中

从诗歌里

获得了多少爱

就获得过多少绝望

世界对于你

对于人类

都是存在的许诺

在你的坟前
我向上天承认
我相信原野和粮食
还相信大海与森林
我相信精灵
和天空
从一只麻雀
或一棵树做起
我从今不再笑谈绝望
和深渊
世界　被爱充满的时候
你就是光
你就是不灭的
美的存在

热爱上帝
转化为热爱大地上的
每一个女人
热爱与她们有关的
人和事
脚踏实地
目光远大

热爱一株草

一棵树

一条河流

一条　　鱼

从一座山或一个村庄做起

从一到无限

再到

无限辽阔

一半是存在　一半是虚无

坟

是时间打的一个　结

锁住了一片黑暗

锁住了一片美丽

锁住了　一片辽阔

风守望着

没有将来

只有过去

没有未来

我们如何　分享过去

我们怎么可以与上帝或人类

一同分享死亡

墓地的天空

哪怕是一束阳光

也应该分享

你　是生命的过去

我是死亡的　未来

两条直线

在时空中延伸着

一次交汇　便永远分开

绝灭是命运的一种方式

是追悼的一种形式

耗尽宇宙所有的水

所有的光和想象

一半是水

一半是泥土

一半是空间

一半是时间

一半是　存在

一半是　虚无

墓地

也需要真挚和忠诚

有限的时光

已化成了生命的回忆

就是到了地狱

我也离不开

理想与信念

苹果和坟墓

对于爱情　是必须的

天堂和地狱

对于爱情　是必须的

核桃树和石头
对于爱情　是必须的

墓地上空的风
从绿色转变成了蓝色
当阳光红了又绿
绿了又黄的时候
未来
一切都是可能的
什么颜色的　风
才会感动亡灵
我却因亡灵
不忍舍弃轮回
除非眼泪汇成了江河
唯有悲伤的日子
怀念无济于事
我因怀念而悲伤
我因悲伤而怀念
死或亡远比　死亡
赋有更多的含义

没有第三种死亡

在黑夜的深处
耶稣看见了绿色的星空
看到了金色的十字架
看透了黑色
就看清了灵魂的伪饰
眼睛的判断力与宗教
目光的纯洁和决心
黑色
是到达死亡
也是到达上帝的必经之路
从眼睛开始
走向存在与爱的深渊

寻找深渊
你发现了天空
寻找地狱
你找到了大地
并皈依了大地
逃避生命和自由

你来到日月下的墓地
对深渊的渴望
人类免于葬身地球
天空　开启了绝望之门

深渊
还不够上帝绝望
墓地
还不够你死而后已
远方
还不够慰藉
天使孤独的心
墓地的守望者
最终也就是
天庭的垂钓者

在深渊等待
升腾之光
一切的不幸
都是大地和人的不幸
都是上帝或灵魂的不幸
除非　能躲开起源
除非可以　彻底逃离星辰
以爱的名义

把大地赋予永恒
深渊
从心开始

生命是燃情的
灵魂是寂寞的
面朝深渊
离天国也就不远了
离上帝的审判不远了
我们伪造了太多的苦难
伪造过真理
我们曾背离深渊
淡忘了死亡彼岸的生活
也因为深渊
你比上帝　离我更近

时间是流动的空间
空间是扩展的时间
时间之外
没有第三种死亡
爱和绝望
是你能走到的　最远的地方
最后　见到的风景
你对飞翔无言

你对上帝无言

死亡没有超越
虚无到上帝的距离
绝望是对存在的误会
绝望就是彻底与地狱失去了联系
就是彻底失去了天国的消息
就是忘却了
上帝的面孔和怜悯
深渊
就是到地狱
我也要去寻找

在星星面前谁敢说自己是真实的

一生中有些夜晚
你就是你自己头顶上的天空
你就是你自己黑暗中的大地
与目光的远方
你是世界的尽头
你是灯火一样跳动的心
在有限的时空中
一片雪花是有限的
在有限的生命中
你的呼吸与爱
是无限的
正如远
对于世界
是无限的
在星星面前
没有谁敢说
自己是真实的
谁也不敢说
谁更纯洁

更无辜
在星星面前
空间是唯一的
上帝就是一切
死亡以隐藏的光芒与和谐
向你
向大地昭示
谁还能说
星空中哪一条光芒
不属于死亡
哪一条光芒
不属于未来
你的目光到达了空洞的遥远
对于上帝或者月亮
你的到达就是消逝

现在是雨露
往后是云
现在是眼泪
往后是幻海与度母
现在是雪花
往后是绿叶
是白骨与原野
是墓地与远行的山村
是大地上奔涌的河流

是血管中滴答的钟声
是新娘急促的呼吸中的
雾和水
是烈性的酒与上升的气流
在到达太阳之前
鹰一次
又一次
完成了自己
完成了对死亡的解脱
眼睛将我置身在世界之中
置身于你之外
有一种真实
既在你之中
又在你之外
既在世界之外
又在世界之中
在世界之中无限遥远之外
在世界之外无限遥远之中

在天空的下面
是大地
是壮丽的生命景观
是死亡
在　大地的上方
是天空

是绝望的风景
是上帝
上帝是存在的深渊
是爱
是生命的起源
我是上帝之所是
上帝拥有的
就是我本该拥有的
我是死亡之所是
死亡拥有什么
我就拥有什么
我是语言之所是
语言不拥有什么
我本就不拥有什么
我是大地之所是
明天
我将是生命之岸与尘土
但今天
我依然是生命之水与生命之火
大地是我最后的故乡
我最终要去的地方
是天空
就像鸟儿的灵魂
就像云水
就像　一炷青烟

爱与死亡你都无法拒绝

可以承受

天堂的谎言

地狱的诅咒

世界的末日

地球的毁灭

但　绝不能承受

生命永远的死亡

和绝对的虚无

星空的景象

是灵魂所不能承受的

绝望之美的风景

星空的景象

即便是对于死亡与梦境

天使或魔鬼

都太过惨烈和残酷了

对于鸟和花

对于天空和大地

对于未来与过去

对于神话与传说

对于诗歌与童年
对于女人的大腿和眼睛
都太过残酷和惨烈了
星星
那神秘
永恒
可怕之美
的光芒

静夜的星光
死亡永恒的距离
时空永远的隔离
真理永久的未知
光影与色彩之外的存在
声音之外的静止与震撼
物质以外的重力和绝对速度
存在与本质
真实与意义
彻底由上帝和灵魂决定
永无止境的深渊与绝望
在心境与想象之外延续
墙的千万种意象
道路的千万种可能
时间的终极演绎

空间的立方与魔法

对光线与风的考古和寓言

光的裂变与地覆天翻

光

星光

或许就是上帝说出的

唯一的　词

是上帝发出的

唯一的声音

是上帝唯一在存在与虚无中

呈现的形象和行动

爱或死亡

我们都　无法拒绝

星辰从存在之外美丽而来

来毁灭我们生存的梦想

来收回　永恒

残酷之美的天使

从世界之外

拿走了我们伤口中的疼痛

取走了我们眼睛里的水

星辰也如上帝

其实比鱼或山河

还要具体

还要实在
像大地和人类的痛苦一样真实
太阳或月亮一样照耀着我们
星辰　不仅仅是为了　祝福而来
不仅仅是　为了毁灭而来
远方之　远
星空之　远
星星之　远
空洞而无物
痛苦与思想
没有结果
存在或虚无
全都超越了　石头
上帝与死亡

被称着眼泪的液体
被称着歌唱的声音
被称着　爱或信仰的存在

你的眼睛白色在消失

照片上
你的眼睛
呈现出一片墓地
盯住过去的一束阳光
一只火烈鸟飞出你的眼睛
一只玉兔跳进你的眼睛
不断从内部变幻着世界
一声鸟鸣　牵出一个黎明
风吹出一片　夕阳如血的晚景

飘进　一朵云
飘出　一朵云
飘进一片绿叶
飞出两只蝴蝶
你的眼睛
黑色在减少
白色在消失
蓝色在增加
绿色　化成了一场蒙蒙细雨

红色化作
一钩弯月

星星从你眼睛里出走
地平线在你眼睛里不再延伸
落日在你眼睛里不再升起
你　不再是一个
与树和石头有关的女人
你眼睛中的白色
不再是天空中的白色
你眼睛中的黑色
依然是黑夜里的黑
你眼睛中的蓝色
化为遥远的天空

从白色到白色
从秋天到秋天
从天空到天空
在眼睛睁开与闭合之间
换了人间
你的眼睛
曾经呈现出千年积雪的高原
曾经呈现过
南中国阴云密布的天空

一些想象的阳光

一些过去的阳光

一些从未诞生的阳光

一些　永远消失的阳光

你的眼睛

如同时间之初的天和地

没有罪过

没有痛苦

没有黑暗

只是一片　混沌和宁静

你的眼睛

是天空的墓碑

是大地的墓志铭

鸟

接着是　云

接着是　天使

在你眼睛里刻写悼词

然后擦掉

植物在你眼睛里开花

引来蜂鸟和精灵

接着就是　一片阳光

一片云霞

接着就是雪山和岩石
上帝造物
在你瞳孔中繁殖
你眼睛里的蓝色远景
与海岸线
从直观
过渡为想象

黑暗　下降到脚踝
视线在梦景中
穿过黑暗
视线不能穿透的是
一种异质的空间
永恒的时间
眼睛里的女人
永远　光洁如玉
永远　清白如水

仅有万物和大地还不够

鸟在天空　画出一条条直线
脸谱在时光中一次次轮回
永远神秘的性器
和月亮
子宫与墓地
不仅仅是时间的想象

放不下死亡的梦想
放不下天使的完美形象
放不下眼泪和真理
灵魂的空气动力学与神学
上帝唯一的绝唱
仅一次诞生
宇宙永不再　寂寞

神灵使用最多的词
不是天国与永生
而是　人和生命
我们在大地获得姓氏

我们在心灵获得自由
我们是天地所知
第一个被命名的存在之物

有春天的心境才可以赏花
才能理解　风
泥土　水和阳光
季节中我独爱冬天
最美的风景可能不是你心中希望的风景
天空之蓝可能不是真正的蓝色
在冬天与黑夜　理解阳光
面朝苍莽的大地理解飞鸟

鸟飞上天空
时间　被拉长
死亡被压缩成　一个零
空间被延展到
像一个梦境和神话
你哭泣时
大地在天空延伸

你不可能再造一个身体
但你可以把心灵延伸到地狱
你不能创造空气

但你可以在空气中创造
天堂是你的身体和世界
永远的　远
天堂被看不见的思想和神灵充满

除了身体
你的某些存在
已达到了世界的彼岸
上帝是你身体无限延伸时的超越和到达
唯心就是唯一的佛
即存在之源
从唯物出发和思想
天使就消失

献给灵魂中有一条河的女子
光有美还不够
光有万物和大地还不够
光有生命和爱还不够
还得有命运和远方
还得有　死亡和末日审判

不断地进入你死亡背后的风景
进入你内在没有时空的无限世界
黑夜与天国一样的深处

你　像灯火一样亮着
在火与水的轮回中
天使解放了世界
释放出　佛心中寂灭的声音

我们在空气和水中相识
我们在上帝与永恒的自由中达成谅解
天使是火与水的完美宣言
火与水的相互关照
鸟　飞进天堂
成为天使

教你风和远山

上千个　日出与日落
绘制成　那山
那水
那　人
这世界
五彩缤纷
这花　这云　这流水
那墓地上空的光线
空气中的新思维
这痛苦　那呼吸
这眼光中日出和日落的景象
水淋淋的夏天
水做就的冬天
与冬天一样的女人
一千年的峰回路转

冬天来了
如果候鸟还没有学习飞翔
如果有　足够的夏日

教鸟阳光

河流　田野

教你风和远山

羽毛还不白

也是绝对之美

与冬天早上的太阳有关

与天空　云朵

彩霞有关

与爱情

和歌声有关

与死亡　和

上帝有关

绝望是一种心境

开始时
痛苦只是一种感觉
绝望是一种心境
开始时
死亡代表太阳在天上的生活
每一片云
都是曾经沧海的一滴水
每一朵花
都是上帝名字中的一个拼写字母
一朵花是未经佛阐释的
一部佛经
是如来在涅槃中的显像
一滴眼泪所包含的
比大地上文明的总和还要多
胜过　所有的水
所有的痛苦与悲伤

星星　没长嘴巴
也没有屁眼

出生前

你就带着深渊与飞越的渴望

你就带着　虚无和上帝

你尚未诞生

你就已经见到了　群山

大海和世界

有没有比大海与世界史壮丽的

所谓大地　最后的景象

你归于一切夜晚

死亡把你翻译成云的语言
豆科植物或鱼的心事
死亡归上帝
或化石一簇
你归于风
有时归于所有的世界
归于人类
归于一切夜晚
或仅仅是初升的朝霞

把你想成露珠之前
已经把你想成了半枝莲花
一只青鸟
或者　干脆就是
整个大地
想象或寂寞的姿态
消除时光
消除死亡
或者
空间的障碍

为一种假说或幻想
我走过天涯
眼望虚空中的云彩
或一切上升之物
如　羌笛
或者　灵魂

每只鸟
明天不再有飞翔的梦想或机会
每朵花都绽放
但并不预言
下一个春天
从你算起
或者从上帝算起
哪一个春天
是倒数　第五个春天

一只屎壳郎的梦
或许比人类
或恐龙的梦
更加惊心动魄
或许　也更接近永恒
或真理
灭亡　是注定了的
毁灭唯一的方式

未来充满了悬念

把握住死亡的路径

和速度

我们成为掌握命运的人

上帝就是　一切

毁灭的手段

未来充满了悬念

因诗歌而亡

或因梦想而死

死于爱

即死于绝望

绝望是对命运与真理的抗争

和控诉

你给了我一个爱的深渊

我带着绝望　去飞翔

我宁愿高谈蚂蚁的毁灭

或者

上帝的死亡

如果世间之外没有未知

那么
还有什么是神圣的
填满光阴和回忆的一具遗体
山谷中让风去悼念
大地不言语
让花开满
让河流形成自己

为歌唱或求爱
赋予喉咙完美的形式
给眼睛
一个神圣的远方
母亲的上帝
也是鲸鱼和情妇的上帝
在绝望中
过绝望的日子
过佛陀的日子
在爱中过爱的日子
过梁山伯与祝英台的日子
过白雪公主与七个小矮人的日子
过夏娃和亚当的日子
爱和死亡
就像阳光
轻柔得　没有骨头

从子宫中生长出头发和手
眼睛和心
在阳光下　拼写
比死亡或上帝
更远大的理想
我们得道与获救
因为未知和爱
墓地
到底容不下
人心的故事

以另一种幻美的形式

不是　风
或大海的意象
所能表达的
不是寂静或花朵
就能体现的
相比喉咙发出的哀鸣与歌声
相比乳房里丰沛的奶水
相比大腿拥有的深度
相比高潮后的端庄与安静
相比呼吸的千秋故事
都更像人类

阳光来自天上
经人心与墓地
以另一种幻美的形式
重返天空
彼岸的便捷与神的象征
用生命和死亡丈量大地的疆域
用灵魂丈量上天的辽阔

大地之狂野和繁殖力
月亮本能的赤裸
星星把死亡和光
呈现在　黑夜的面前
生命被太阳演绎成
千万种存在与悲剧的模式

过早地习惯了天空和大地
但我们永远　无法习惯死亡
甚至上帝
过早就皈依了生命
世界实质上成了没有灵魂的世界
与死亡与上帝的距离
决定着我们未来的人性和生活
从死亡而不是从上帝开始
一种永恒的思想即已诞生
生者将义无反顾
死亡用以赞美和引领
上帝是我们　灵魂的经历和存在
梦想和永久的创造

春天的　花
不仅属于　春天
每一次日出

都是一次震惊心灵的事件

墓地或太阳

开启我们　永远前行的远方

蝴蝶振动翅膀

闪电划破长空

星星从起源

走进了　我们的眼睛

时间与空间

存在与虚无

死亡与神灵

一览无余

在你之外　我不言上帝

乏味的说教　从太阳或坟墓开始
自由与爱的宗教　从死亡开始
灵魂超越了太阳
也超越了死亡
谁　超越了永恒

生命需要经历和解脱
如果手　眼睛　身体
还不够用来经历
那么　就用大地和天空
那么　就用上帝和死亡

彼岸的道德与天启
用未知与觉知
幻灭和信仰
表达存在
没有眼睛的介入
没有世界的介入
生命可能　更崇高

更真实

每一条河流
都是所有的河流
每一次日出
都是起源的时刻
都是终结的时刻
上帝不在过程和时间中
上帝不在存在内
我们活在过程之中
我们存在于　存在之外

河流和日出
流动
闪烁
而美丽
丰饶而悲壮
存在而幻灭

日出一瞬间
胜过上帝的千言万语
或沉默
每一个瞬间
都是整个世界

每条河流都是　最后一条河流

你也是河流的传说
思想和身体
你也是河流唯一的本质和梦
河流也来自你的内部

在你之外
我不言上帝
在死亡之　外
我不言生活

在风的两边

死亡无须问候
死亡到来
如与你同床的女人
上帝死亡般美丽地
停留在我的想象上
心绪比天国还遥远
心境地老天荒的苍凉
死亡　使我懂得了　远
懂得了　空
懂得了虚无的存在与浩淼
你有时候就叫死亡
有时候你就叫作上帝
但现在　你是我眼睛里的一朵云
是我怀思中
水和天空一样的女人
你是天上人间
任我随便想到的景物
比如　雪山
比如　鹰的眼睛

比如　地狱里的桃花源
比如不敢想象的风光
比如天上的女人火红的性器官

自杀可能是多余的
如果死了后就没有了广阔的大地
如果死了之后就不再有蔚蓝的天空
生命短暂
因一去不返而陷生命于绝望
因绝望而撞见深渊中的地狱
和深渊之上的上帝
绝望
神圣
渴望永恒

在墓地与上帝之间
生命的提问
没有对象
为短命而歌唱
绝望压缩成　千古一声叹息
拉长到　时间的终结
才是风雪弥漫阳光灿烂的日子
你就已经耗尽了夏天
耗尽了　整个世界

幻灭之美
幻想之美
就诞生于
深渊与死亡之间
高　相对于　远
与墓地相关联的
是冥冥中的天空
是云魄一类彼岸存在的事物
抹去了地狱和天堂的大地
死亡只是恐怖之物
坟墓不可以想象　是怎样的丑陋

神灵因永恒而失美
上帝不属于美的事物与景象
上帝大到　超越了眼睛
大到超出了看见
上帝对于男人和女人的性器
是无限欲望
对于　人心
是无限理想
对于人类的灵魂
上帝是　唯一的信靠
是永恒存在的真理和彼岸
上帝因此就在绝对的黑暗之中

上帝因此就在无限黑暗之终

我和你
隔着时间和深渊
我们之间
相隔着山川与大海
我们之间
相隔着坟墓与人性
我们之间
相隔着皮肤与呼吸
相隔着眼睛里的空山鸟语
我们被雨和阳光
阻隔在　风的两边
阻隔在季节
片状闪电与云的两边
我们被相思和死亡
阻挡在月色与世界的两边
阻挡在北斗星与银河
赤道与地球的两边

鸟　是开在天上的花
鱼是长在水中的果实
我们　相隔着未来和历史
我们相隔着　祖国和人类

相隔着人类的堕落与拯救

相隔着苦难重重的大地

命运与存在

死者与生者

没有死亡

就没有权力　热爱上帝

就没有权力言说

流过草原与田野的流水

开在雪线边缘和阳台上的花朵

你可以把月亮　想象成

表妹的灵魂或胸衣

把阳光想象成星星的手指

风是黑夜的呼吸与呻吟

天空是众神高潮时的景象

墓地是　墙

是门

上帝是飞碟的引航员

想象天使

时间与远方

想象回忆与毁灭你肉体的风景

墓地

即便是天上掉下的一根羽毛

地上长出的一根青草

死亡依然是死亡
天空依然是
你望见过的　那片天空

云带走一片天空
牧鹰与大天使飞来时
人间少了一个女子
多了一座坟
低处的是河流与村庄
高处的是　山
是人间与亡灵的疆界
白发千丈的天空
一身的大地荒凉
除时光和飞鸟之外
还有一些事物可以远去
比如一片魂魄状的云
比如你身体里上帝吹的　那一口灵气
你　远去的时候
一些风一样无状无质的东西
离我和世界更近了

心辽远成一片　海阔天空
生命美丽成一把尘土
死亡

是时间渐渐成熟的声音
墓地
是上帝举向天国的神圣的眼睛
不论肉体还是灵魂
你都不再盲目
和孤单

墓地是我开在春天和世界的窗口
是我通向风和他乡故地的门
墓地是　高山流水的身体
是被鸟和灵魂追逐的天涯
没有任何形体能确定你的广大
上帝不是　水
上帝不是火焰
风　不是你唯一的动
云的建筑
音乐的文字
树和石头的品格与心声
墓地等待着你
你最后的了结

花走到了水　最远的地方
去绽放
去结果

去引凤筑巢

去　落叶归根

所有的窗子都面朝你

打开或关上

所有的门不再等着你

走进或走出

所有的道路对于你

不再是道路

也无所谓路　无所谓天涯

大地与天空不堪回首

上帝在地狱与人间

没有留下足迹

你选择了更高的道

只要想起　云
只要想起了　水
便无愧于孤独
无愧于生命和死亡
对得起风和石头
对得起蝴蝶
对得起
苍天下
一把黄土

你的眼睛
是两座坟
一座埋葬你
一座埋葬着世界
你的身体
没有一处是地狱
没有一处是天国
你大腿间的万丈峡谷
你的睫毛与眼泪

你被撕毁的处女膜
你身心的每一处
都与我有关
与世界有关
与　上帝无关

你的生命与毁灭
是世界的道路
走不出　你
就注定走不出世界
你　花一样的年华
是风追赶的季节
冬天还来不及
在你的腰肢上
在你的死亡中开花
你就已经一步跨越了
所有的春天
一步就跨过了末日
你存在的幻影
是我走不出的魔法丛林
你身上的每一处存在印迹
都是人类的痛
都是　时间的绝笔与绝境

坟墓不指向　任何方向
不指向任何地方
月光之下
看上去　很美
很梦幻
虚静而空寂
比一朵实在的花
一个实体的女人
让人联想到的更多
更心猿意马
更　空洞辽远

我无意于对世界的冷漠
无意于对时间的淡忘
坟墓中有水
但没有足够生命的水
没有足够生命的阳光
足够的水导致了足够的火
坟墓从　一种美
一种思想
步入　另一种美
另一种思想
从一种存在
进入另一种存在

从具体跨入抽象

跨入　虚无或上帝

墓地不要求什么

不等待什么

像鱼或天使

无形中就改变了我们的人生

生命中承载着坟墓

你的死亡

更像　大地

墓地

是没有世界的世界

墓地

是没有终点的终点

墓地

是没有呼吸

没有欲念的生活

追随你

不走向天国

而是　　走向人类

还会有眼睛

在黑暗中等待光明

为光明与眼睛祈祷
也为风和寂静
墓地之上
是闪烁的星空

晾晒在墓地的一束阳光
云的影子投影在你的上面
四季美景
围绕在你的四周
夕阳下
有时是一轮明月
有时是阴云弥漫

你选择了
更高的　道
靠光指引

存在的符号

活在月光与事物的表面
一生的积累
就一把黄土
光阴的影像
存在的符号
光线　种子　尸体
一世的姻缘
化不成一只蝴蝶
墓土　之上
鸟和云　之上
只有天使才能安慰
你非凡的人生

迎接太阳和死亡的方式
划出崇高与卑微的界线
划出虚无与精神的界线
划出地狱与天国的界线
绝望对于你
是难以估量的

死亡
从深渊中
挽救了灵魂
永无止境的堕落

死亡不应该是
对生命的背叛
不应该是对大地和地狱的背叛
深渊
是对生命的注解
也是对死亡的注解
但我更相信
死亡对生命的注释

只身去世界赴难
墓地是你身躯的延续
是我生活的重建
生命是对深渊和死亡的渴望
是对远方和永恒之光的渴望
死亡是生命未完成的使命
是生命　永远无法完成的使命
上帝是我们　痛苦的根源
远方
托起天边的云彩

托起昨天的太阳

在大地之外

是道别

更是启程

我们只有一次生命

你比苍鹰
更接近
墓地上空的　云
你是我一生需要走完的
天和地的距离
你也像天空和黑夜
向末日和鬼魂敞开
你在天上发出　死亡的邀请

鲜花以芬芳的美
把大地的形象
展示在太阳的面前
大地之上的水
沿着一道道阳光爬上天空
你灵体中轻柔的物质上升
上升的像火焰
化为无形体的风和空气
下降的
化作尘土

凝结成石头

在生命之物的呼吸中
倾听神灵与死亡的声音
墓地
在灿烂的星空下
成为人类心灵挥之不去的
大地身上永远的痛
除　不灭的灵魂
除　墓地上开的花
再没有其他神灵

呼唤天上之水
成为　云朵的未来
一只鸟
一朵云
不贪恋天堂
石头和树
没有天国
一朵花
相信上帝的笑
也相信　上帝的眼泪
死亡
永远正在开始

贪恋永恒

领养石头造的神

我们为此错过了鸟的心灵和苍穹

一朵云不飘向天国

也不飘向地狱

水在天上成长为雪花

云是水飘扬在天上的心情

大地给了你一个坚实的墓地

却没有给你一个永久的家园

神灵引导你

走向地狱

黑暗中

星光是无法拒绝的召唤

我们降生大地

不是为了建造墓地和宫殿而来

在最深沉的黑暗中

死亡是为灵魂点亮的灯

我已错过了恋爱的季节

不能再错过墓地和天空

在大地上　我们只有一次生命

张开双手

让阳光进来

让死亡敞开

不是罪恶
而是绝对之美
毁了你
蓝天下最脆弱的　就是人心
敢死
敢爱
人因此超越了　神

雪花是水在天上完美的生活
做风的新娘
云的好兄弟
风中有人类遗失的辉煌的岁月
有人类遗忘了的天国的记忆
除了天国
人类　一无所有

云不占有天空
花朵与泥土的关系
正像灵魂与墓地的关系
只要大地上还有春天
墓地就会开满鲜花
鸟与天使　就不会停止歌唱

一粒种子

包含上帝
也包含死亡
墓地所拥有的
比死亡本身还要多

将大地命名为最后的家园
你就已经错过了大地
把天空命名为天空
你就已经错过了天空
以人类或大地的名义
为上帝命名
人类就已经　错过了天堂

你
不比一条　鱼
不比月光
更冷
更　无痕

在时光中重建你失落的信仰

在时光中
重建　你失落的信仰
去风和追忆中
找回你黑暗中的光明
死亡
究竟是不是必须的
地狱是不是必须
上帝　是不是必须
谁先于死神承认深渊
谁就有可能最终逃离深渊
神是不死和不朽的

种子与泥土相遇
可以是　花
也可以是死亡
你与上帝相遇
你就是我的天堂
种子的仪式
也是大地的仪式

也是爱的仪式
种子是肉身存在
种子是灵魂的证人和宣言
上帝既是光又是水
对于灵魂
黑夜就是光明

无形之美的真空地带
你与天使
都在其中
你是水
你就已经是云和雨了
你就已经是雪花
和大海了
火藏身在种子中
火的复活
不需要坟墓和十字架
上帝的形象
以光呈现

从阳光到达种子的旅程
从心灵到达上帝的旅程
谁站在天堂之河的高度
理解了水

谁就看到了火的本质
谁就拥有了水与火的人性
从　水开始
但不可以到水结束
从　上帝开始
到种子重新开始

水不能渗透的黑暗
光线不能到达的黑暗
种子的内心
是寂静
是火寂静地燃烧
种子在水与火的升华中才是世界
上帝就是　火不断升华的　永恒的过程
上升直到　降临
在其中去实现如天使的人生
我们走向上帝
同时　走向墓土

美永久的凝固便是地狱

性是最接近水与火的事物
性是种子
你就是天上的水
大地上的风
我生命中的阳光
在性的　高处
水上升
水下降
上帝在水深火热中闪耀
和召唤

美是眼睛之物
那一刻
美　成为一切
死亡是上帝的事
归根结底是人和天使的事
为上升的火焰
水干了
美就消失

死亡成为空洞之物

种子贮藏的水
是大海无法度量的
种子蕴含的火
超出太阳的想象
选择尘土
你就选择了　永远的死
选择了美
就必须选择死亡

永生是天使的人生
是上帝的事业
永生中唯有真理
没有美
美的凝固
就是深渊

美　永久的凝固
就是地狱

希望泯灭
死亡就呈现
希望彻底泯灭

灵魂从生命和死亡中呈现
有水有阳光　有神灵
生命呈现
上帝隐退

一朵花
与一座坟
对于上帝
是平等的
都是天上的一滴眼泪
一朵花并不比　一座坟
孕育更多的美
更多的思想
更多的欢乐和自由

与真理平行的道

心中燃烧过多少火焰

生命中就流淌过多少水

水干时

火也熄灭

去爱　是只有火没有水

被爱　是只有水没有火

天国是火与水的平衡和永恒

愈接近墓地

心　愈丰满

坟墓外

天空辽阔

夜色温柔

幻影消散

离死亡越近

越想唱歌

想宁静的时候

神灵就降临

灵魂　被光充满

白昼与黑夜的总和
夏天与冬天的总和
墓地和苍天
压在你
永恒的睡眠上

从坟墓中　长出的青草
从田野中　长出的青草
都是青的草
在生命中认不出的
就在死亡中去寻找
在大地上找不到的
就在天空中去寻找
或者　到地狱与天国中去寻找

用死亡滋养生命
用生命滋养　上帝和天堂
当死亡否定生命时
人间就是地狱
当生命否定了死亡
人间就是虚无

与真理平行的道

在光与心灵中倾听

祈祷和行进

在人间

也在天国

存在　即美丽地生活

美丽像　山川与日月

存在　如空行天使

把天堂留给最需要的人

大地开满鲜花和尸体
大海充满了盐和鱼
把天堂让给最需要的人
让给普天之下迷离的灵魂
我在地狱　等你

你能　对空气
或阳光
做些什么
花只是在阳光明媚
或阴云密布的天穹下
打开自己
花　在大地上凋谢
不带走一片天空和云彩

芬芳拂过地表
美融化时空
眼睛中　一片流动的色彩和光影
花与坟墓的姿态

1026

不仅仅是　沉默

死亡是流动的
上帝是圆满的
谁也不能　独占一片墓地
谁也不能　独占地狱
哪怕是撒旦

死亡不只属于　你一个人
死亡不仅属于人类
死亡不仅属于上帝
死亡也是风和天使的
也是树和石头的
死亡　是我们大家的

必须对死亡有所作为
死亡是深入地下
成为种子的过程
植物以自己的方式
在大地上旅行
河流以自己的行为
走过大地
走过海洋
走过　苍天

上帝的心愿超不出
一片云
超不出　飘落的一片树叶
远方将回归上帝
远方最终将回到你自己
你就是
天地间的最远

死亡背后的辽阔
面朝墓地
向天地学习生存与信仰
背负地狱和天堂
你就彻底放下了死亡

在墓园
我首先　看见的是
云和鸟的生活
其次
我看见了远方与山
我看见了　墓地上空的阳光

灵魂饥渴时才相信地狱
你已　错过了天堂

想象还是梦境

在　空墓的四周
我一草一木
一山一水
捡拾起你的过去
混合着远山的霞光
雪和背叛
在夜空中
我不能辨别
想象还是梦境
你长满眼睛和黑发千丈的脸
你思想里的表情
空气永远在重新组合成　新的一天
新的世界

闭上两眼
摊开双手
沐浴在历史和蓝天里
你的气息
你的面孔

你的背

你的痛苦

正在形成

你比破碎的河山

你比五千年中国　更不堪回首

阳光或云　形成的形象

万变千幻

但永远都不会消失

用风的语言

也用水或天空的语言

倾听你

倾听你　在天上

和时间一起流动的身体

倾听与诗歌和死亡有关的

彼岸的思想

你不能用空气或爱情

我不能用死亡或轮回

直接回答

我在寻找到达你的一种信仰的方式

一种对话死亡的语言

一条诗歌的路径

每片雪花都沾带着上帝的气息

往返于天和地
你可以是雨或千手观音的裸体
可以是梦的白眼睛或犬牙
可以是思念的手心和手背
太阳照耀在大地的每一个地方
就会有空气和阳光
就会有生命与死亡
就会有告别和怀念
在水和月亮中　辨别你的光影
在星空中辨认你的转世
一种由死亡与真理开创的永恒之美
已经诞生

你不在过去
你也不在未来
找寻和宇宙一起流动的存在方式
是另一种忘却与悼念的方式
是另一种　通往永恒的方式

蓝色融化在蓝天之中

死亡如此丰满
云和山谷
不能容纳你
坟墓与天空
不再为你提供
存在的依据
鹰
灵魂与天使
人间不可名状的神圣之物

鹰把死亡带向太阳的秘密
你虚无或存在的神性与神秘
死亡的创造
胜过了生命的创造
处女的眼睛
越过了天国

天使不占据时间和空间
死亡是风和黑夜的身体

风　没有眼睛和耳朵
黑夜没有女性生殖器
上帝不需要肚脐眼
我的灵魂　没有证据
除了爱
我们什么也不是
蓝色融化在　蓝天之中

阳光进入我的眼睛
空气进入我的身体
快感到达每一片云
到达每一滴水
我不能用生命说出死亡
我甚至不能
用历史与真相
证明你的存在
神　来到我的梦中
你就像是
没有证词的
我的灵魂

墓地拓展了大地的人性
因为死亡　生命是无限的
因为上帝

死亡是无限的

灵魂没有间隙

存在是一个整体

天空不可分割

佛绕过了时间

龙　一步跨越了　天空和水

我们相互阻隔

我们相互呼唤和遗忘

上帝就是永远的阻隔

上帝就是　我们永远的呼唤

就是我们永远的遗忘

我们以时间的形态归隐

从此　不再重现

我们不能同时跨过同一条生命的河流

我们不能同时跨越同一片未来的天空

地狱或天堂

没有男人

也没有女人

只有永远地到达

只有永远的在

亚当和夏娃

承受不起天堂

有身之躯

承受不了永恒

爱

就是放下天堂

化为虚无的存在和信仰

世界　是世界的墓志铭

上帝　是上帝最后的证词

世界是存在的一滴眼泪

上帝死了

人　才开始

人类灭绝了

诗歌　犹在

宇宙的预言

种子中隐藏着
神性的世界
种子被季节撑破
释放出空气中的精灵鬼怪
释放出　死亡
时间　被种子回收
生命的故事与传说
从春天或者冬天
重又开始

种子隐藏起宇宙的奥秘
种子用行动
告诉大地的
告诉未来的
就是上帝　无言的
关于上帝
种子无语
知而不答
种子就是渴望

就是信仰

和存在的使命

种子是　花和树

地久天长的梦想

季节是太阳到大地的距离

是雌和雄的距离

是生与死的距离

季节　是神灵的性情

是宇宙的预言

季节是种子与土地的媒娘

花　从不奉献

太阳也不是　爱

大地只是承受

大地打开自己

同时　打开世界

大地就像爱情

把阳光转化成美的万事万物

转化成美的天上人间

转化成　美的生活和心灵

大地从不拒绝死亡

大地接纳　所有的痛苦和堕落

悲剧的和谐

阳光与水的融化
大地先于天国而存在
是大地而不是上帝
赋予了宇宙　生命终极的意义

像种子一样　无为
像花一样　自由
像落叶一样随风飘零
像大地一样　坦荡和无憾
死亡意味着彻底远离水
彻底远离光
凡是种子给予的
都要归于上帝

在眼睛与耳朵　到达不了的地方
在梦和蚊子　到达不了的地方
在生命和死亡　到达不了的地方
上帝
是人类创造的最后的文明
上帝
是宇宙自在
终极唯一的文明

没有颜色的树是一棵悲伤的树

种子穿过泥土
种子穿越季节
种子　穿透了自己

花
是阳光最美的形式
上帝的理想
就是　成为生命

美
是上帝
最卓越的天赋

她停息
像　山峦
她行走
像　云朵

阳光与水的结合

来临　到达
完美地呈现

阳光和水
即身成佛
神圣的时刻

诗歌与呼吸的故土
眼睛或轻风的远方家园
行动和梦想
统一到你　存在的周围

光是你的门
是你的身体
黑暗　是你的道路
是你的心灵

开启　一片光明
亮出你的黑暗
关闭一片黑暗
亮出你的光明
时间
的正面
与　反面

我知道大海

大海在草原的　外面

那里　到处是水

牛生活在水里

羊生活在水里

马也生活在　水里

云　到达天空的季节

鸟到达天空的季节

死亡到达天空的季节

回荡在

风景上空

的挽歌

心

既是光

心

就是光明

没有颜色的树

是一棵

悲伤的树

蓝色
是天空说出的
一句谎言

人能死
敢死
而超越了神

知爱
能爱　敢爱
因为爱
人类超越了时间和永恒

上帝就是爱
爱　就是
最初和最后的真理

灵魂志

上帝死了

上帝必须死
上帝死了
人才开始

上帝之死就是上帝的预言
上帝之死就是上帝终将降临的寓示

为诗歌而生
为诗歌而永生

人类灭了
诗歌犹在

第三诗章　舞

四季

天底下先有蛋后有鸡。第一枚蛋，诞生在五月。
夸父从第一枚蛋中降生；那一天，是五月的第一天。
夏娃与亚当出走伊甸园的那天，是五月的最后一天。
据说，母亲生我的时候是五月的某一天……

——题记

五月

春天一出门就死去
五月在母亲的肚子里怀我
世界在母亲的子宫中受难

同我一道被怀的有石榴和燕子　树和石头
还有长空与风　火和黑夜
还有冬天和远方

五月　鱼一样产下我
我被河挤上岸

我被太阳带到天空
我是产在大地上的鱼
我是产在天空中的鸟

我是行走在天地间的一朵云

云　在春天化作了鸟
鸟飞过冬天
化成了鱼

鱼　将不再有机会看到
最后的一个春天

最后的春天　是没有燕子的春天
最后的春天
是没有河流没有冬天的春天

最后的　春天
将是没有黑夜和远方的春天

最后的春天
是没有墓碑　也不会有墓志铭的春天

如果还有最后的春天

将　不会有灵童转世
不会有马踏飞燕
不会有　月亮里的小屋

你生在冬天　葬在春天
你　在天上对我说
天国的春天
是有光　有天使的　春天

天国的春天　是抵达了远方的春天
黑夜　化作了冬天
冬天　　化作了河流
河流　　　化成了石头和树

天国的春天
就是河流化为树和石头的春天

六月

六月脱下长袍
露出窝了一年的白色
花看见白色就想跳舞
夜翻来覆去闹鬼

远方比我更先失眠

远方比我更长风浩荡

我比远方　走得更辽远

谁熬得过六月　谁

就有资格看见更多的白色

谁走过了六月　谁

将看到白色之后的黑色和更灿烂的红色

七月

夏天躲在屋檐下酝酿瞌睡

裙子溜出家门

同风比赛怀念

我被阳光追赶得放下眼皮下面有关白色或黑色的想法

泡在发芽的日子里

向往五月的绿叶

向往长在夏娃腿上的绿叶

向往记忆里的天堂草原

向往前世梦境中飘过的白帆

和绿色的大海

想象四季之外大渡河边的那一棵树
想象时间之外行走在云朵上的姐姐
想象赤道上追赶太阳的我的灵魂

七月　是一条我无处藏身的无水的河流

八月

八月把白色晒黑
黑色更加危险
黑色把男人的温度升高　黑色
是男人的祭坛
白色黑色最终都是死亡的颜色
红色蓝色是死亡的另一种颜色
绿色是死亡开始的颜色
黄色是到达死亡的颜色

天空黑色与白色的裸体
天空金色的裸体
天空的蓝色裸体

天　比天空更远
蓝色　总在更远更高处

世界之后　是一棵树　是一条星星的河流
宇宙背后　是无性别的神　是绝对的深渊

抚平裤裆里的风暴
擦干床单上五色的梦
黑色远去　黑色
应该远去
黑色　真的从此远去了吗

想　比想象更远
远　比远方更加遥远

九月

勉强走进秋天
把夏天葬在通往昆仑雪域的路上
把风留给山留给月亮
把路和白帐篷留给朝圣者

把水留给河流与大海
把黑色　带到比北方更远的地方

九月同青草一道成熟

1051

九月同秋天一道成熟

九月同石头和树一道成熟
九月　同我一道成熟

雨退过地平线
梦想跨过赤道
蓑羽鹤飞过喜马拉雅
山那边　就是太平洋和印度

恋爱不断搬家
虫变成了蝴蝶
女儿即将成为女人
男人是女人采集的秋天里的标本

十月

十月在窗外绘制壁画
女人只是其中的一种颜色
死亡是同一种颜色

风是一种颜色

相思是一种颜色
远方是另一种颜色

我努力想使自己也成为一幅壁画
我努力想使自己成为一幅山的壁画
我努力想成为一幅河流的壁画
我努力想成为一幅海的壁画

我知道我注定要成为一幅　天空与太阳的壁画

挂在星星上
挂在时间上
挂在随便哪个女人的窗前
只要背景是五月的那一棵树那一片树叶

秋天　我就喜欢远行
我就喜欢坐在荒无人家的村子前

秋天　我就喜欢坐在坟前
让山看我
让黑夜看我

让树看我

1053

十一月

山把太阳顶得高出了一些鸟的愿望
山把月亮拉回到超出了星星的愿望
山把大地举起来就是山的愿望

高原使我们离天更远
高原使我们离历史更远
高原　使我们离神灵和河流更近

我就喜欢远
我就喜欢远方之远
我就喜欢远山之远

我能离自己更远吗
我能离人类更远吗
我能离五月更远吗

我能离石头和树的河谷与你更远吗
我能离鸡或者蛋更远吗

十二月

季节卸下身上的果子
蛇告诉土地过冬的想法
雪一直没有机会见到彩虹

说实话其实我也没见过真正的彩虹
我见过八月和五月的雪
我见过从我皮肤上滑过的闪光的雷霆
但我没见过月亮里的女人

另一种白色迫在眉睫
比六月的白色更白
比天空的白色更白
天堂里的白色
你眼睛之中的白色

这个季节
谁敢肯定自己心中就有这样的白色
这个季节
我能背向苍天面朝黄土走向那棵云中之树吗

一月

燕子带领冬天朝南方迁徙
鱼带领河流穿越大地
山　领着山
船　领着船
黑夜领着黑夜

女人带领着男人
女人带领着满天星星和野花　走过月亮
走过十月和四月
走出伊甸园

走向山
也走向河流

走向树
也走向太阳

有人想学燕子
尽管用脚飞更艰难
尽管飞比怀孕和死亡更难

有人想学鱼

有人想学山
有人想学黑夜

有人想成为树
有人想成为太阳
有人想成为女人

是不是鸟儿都有自己心目中的南方
是不是植物一定得面朝大海坐北朝南
是不是所有古人都坐井观天

五月是我出生的南方
五月　就是我的葬身之地
让心中的愿望和记忆随风
随气候漂泊

二月

二月为不耐寒的植物送葬
也为不耐寒的鸟　不耐寒的婴儿

二月把阳光葬在天空上
把阳光葬在大地上

葬在山岗上

二月
把自己埋葬在季节中
埋葬在雪花中

二月　为季节送葬
二月就是四季的葬身之地
二月　就是二月自己的葬礼

我为谁送葬
谁为我送葬
二月过后将会是另一个春天　另一个二月

一只死蜻蜓停在我的想象上

三月

三月推开窗门
三月推开墓门
三月蹚过结冰的河流

三月腆着肚子爬上山头

怀春的思想蔓至阳台和旷野

三月在山上化作了山
三月在大地化作了风
三月在天空化作了阳光

为一种习惯
我们在不同的月份　在不同的地方
在不同的轮回中
相继产下孩子

为一种习惯
我们用伤痛滋养季节
我们用欢乐和血
我们用歌声和祈祷
滋养无辜的岁月

四月

每个人头上都顶着一个故事
每一个窗户都在朝河里倾倒一年的垃圾

每只死在天空的鸟都看见过星星或月亮

每一只死在河里的鱼都是幸运的
尽管并不一定就是吉祥的

朝圣者倒在了朝圣的路上
为大地而生的也为大地而死
为太阳而死的也必将为太阳而生

风透过四月传达一种信息
　　明年　夏天的情绪也许更加漫长
明年　也许再不会听到有关五月的传说

风吹过大地又回到大地
风吹过天空又回到天空
风吹着季节一直朝前走

风透过四月传达另一种信息
但是　树长过了山穿过了云
但是　石头沉入了黑夜沉入了地狱化成了一盏灯

青藏高原

——在死亡的背上行走。

——题记：致人类

山

大地把死亡举起
大地把死亡举到高处
大地把死亡举到天上

这就是山

从死亡出发
从追随死亡开始
走向光芒之上的山

死亡在远方
向远山走去
山在山的前面

山在山的远处
山在山的上方
山　在群山之中
山在群山之外

向远山走去
山　是空山
空山有鸟语
空山有道　有星星的残骸　有云的幻影

空山有神仙的传说
空山就是山
山是风和我们的家
山是你一生的远方

向远山走去
山是雪域化境里的山
山是千山万水的山
山是石头和树的山
山是飞马凤凰的山
山是苍山　昆仑　阿尼玛卿的山
山是玉龙　太子　乞力马扎罗的山
山是观音　文殊　金刚手的山

山就是海外仙山

山就是日出东方之山

山就是天苍苍野茫茫风吹草低见牛羊的祁连山

山就是海阔凭鱼跃天高任鸟飞的唐古拉山

山就是大雁飞断了肠的喜马拉雅山

山就是长亭内外烟波浩渺曾经沧海的胭脂山

山就是高山仰止的冈底斯山

山就是一览众山小的贡嘎山

山就是春风不度玉门关的日月山

山就是大漠孤烟直长河落日圆的天山

山就是黄河之水天上来的卡瓦格博

山就是山外青山

山就是奥林匹斯山

山就是灵鹫山

山就是西奈山

山就是泰山

山就是今生与来世的跑马山

山就是神山和雪山

山不是神圣者

山　　绝对不是神圣者

登山　　最终发生在登山者的心中
登山　　是朝向神圣者的道路
登山　　就是倾听神圣者的招魂
登山　　是迎请神圣者的出现
登山　　是必死者人类存在的使命

神圣者　　在山的绝对之上
神圣者在山的绝对　　上方

山　　在群山之上
山　　在神山和雪山之上

山　　在雪山和神山之巅

向远山走去
云化作了雪
雪化作了水
水化作了江河
江河化作大海
大海化作云和雨

向远山走去

我们　手指间
日月被走成了回忆
时间走成了岁月
岁月走成了历史和纪念碑
山就轻了
山
就只剩下路了
山　就只剩下山顶了

鸟儿昂头登上山顶
甩掉空气的负重
顿感缺氧
但　更接近云
更接近灵魂
更接近生命之上的飞翔
群山之中
群山之外
群山之上
顶峰恰恰也是最深的峡谷

沿途打捞意外的风景
沿途撕毁死亡的风景
一路与山交换表情
一路与山裸体而行

丛林里埋伏了多少危险
埋伏了多少死亡和苍茫
同时也埋伏了多少意想不到的美

山
比我重
比历史更沉重
比天空更沉重
山
比我成熟
比你的乳房更成熟
我心里潜伏着比山比世界更多的心事

朝远山走去
就是远离山走向大地
朝远山走去
就是远离大地走向山

朝远山走去
就是远离山　远离大地
走向远方的大地和山

走向大地和群山之上的　山

路

是鸟儿
就把思念写在蓝天上
是星星
就把死亡的光芒延伸到宇宙的未来
是鱼
就扛起日月江河

植物　是随时随地都可能站出来开花的

追随水的脚步
走遍人世间的风花雪月古往今来
追随月亮和云的翅膀
走向天边外的山
去寻访光的源头

寻访也就是做梦
或虚构
寻访也就是去死
和信仰

一种感觉就是一条叙事的河

让身躯躺成一条路
让身躯站成一座山
让身躯化作时间外的一片大海

把心事聚集成鹰背上的高原与文字
把生命凝结成死亡与众神
把爱情献给太阳与大地

高原　是我出发之地
高原　是我走不完的远方

拿来生的绝望和固执走完山走完自己

冰川

为了你　我只能以怀念挡住世界外的温柔
为了天国　我只有用血拒绝天空的沉默

高原从放牧蓝天的一只黑鸟开始
高原从雪线尽头的冬天和开在彼岸的半枝雪莲花开始

高原从仓央嘉措的那首死亡情歌开始
高原从我血源的深渊开始

高原　就从你梦里没有写完的诗开始

圣地

下一个世纪
下一次轮回的每一年春天
还想去看雪
还想去看山　去看远方
飘在远方四季之外的那场漫山的大雪

只想用曾经捡拾过鸟羽和你丢失的草帽的手
去抚摸死亡和空气蓝色的皮肤
只想在想象故事的晚上
徘徊在心境或梦境之外
听星星诉说亿万年前各自的童话和传说

青藏高原啊　怎样以悠远的山歌
唱和着月亮之外的问候
闪电就是从天上走向这片高原
最初的男人

托起三十年的往事
与你埋骨的有马的名字的山

云天之下
是那黑色的鸟
和鸟一样黑色的灵魂

在被海遗忘了的地方
在风信子与茉莉花想不到的地方
鹰捡起山谷里的尸骨和歌声
十九岁的阳光　十九年的云和雨
为我擦亮蓝天背后的蔚蓝

鸟

远山卸下我身上山的重量
卸下我身上你目光中的远山的重量

远山　卸下我身上天堂和地狱的重量

立即有鸟
在眼睛之内飞又一座大山

飞
是鸟儿散布在星空下的誓言

飞　是风刀刻在云上的象形文字

飞　是死亡天使写在天上的遗书

飞　是鱼在月亮上做的一个梦

飞　是星星的预言

是晚霞的儿歌

是太阳的童话

飞　是闪电的长发

飞　是黑夜没有鳞片的翅膀

飞　是冬天的信使

飞　是诸神的眼泪

飞

是上帝的眼睛

飞

是大山唱的歌

飞

是石头和树在天上的根和绿叶

飞是河流的未来　是花的新郎

飞就是光　飞就是火焰

飞　就是道路和墓碑

飞
是你在大地的绝望

飞是地狱的谎言
飞　是光明与雪花的信仰

飞
是鹰从大地上
一把撒在蓝天之上的魂

飞
就是心向太阳
与燃烧的云朵或牧鹰齐飞

飞　就是心往天国
与死亡和生命双飞

从远山飞回自己
从月球回到人类

飞向生命最初的想法
飞向天地最初的仪式
完成一次痛定思痛的怀孕

必须学会自己诞生自己
必须学会孕育世界

另一种轻松
在山脚下
在肺腑之下

鸟坐在岩石上笑谈蓝天和爱情
就会有的轻松
树把果子和绿叶交给大地时
从枝头流向根茎的轻松
河流从雪山流向大海时的轻松

水往高处流
人往天上走
女人是通往山顶的一条河
死亡是通往山顶的一条河
诗与远方是通往山顶的另一条河

三条河
在山水之间
在天地之间
一山一水写出一个我

一生一死　拼写成五彩的命运

好轻松啊
原来我要找的就是这种轻松

核桃树　石头和鸢尾花

人是一棵树。树被我们遗忘的最初的名字叫生命树。

——题记

怀念　与死亡和世界无关

你不能说核桃树是月光
你不能说冬天的河
流进了往事
沉寂的也许还不止是一段相视而过的目光
树　是最深的祝福

树　是最深的沉默

核桃树下跪拜天地的仪式
不仅仅是为了透过枝叶和乌云
看见月亮
血液在一瞬间走遍全身
骨头里有风有时光在燃烧
只要一次就够了

冬天总是会到来的
在心死而结冰的额下
我们注定还会怀念
怀念　与冬天和死亡无关
果子落地的时候
美与死亡就已经诞生
谎言如秋天的雪花和落叶纷纷飘落

你说　就让季节一次次滑过你的皮肤
你说　就让三月的星空永远高挂在我的头顶
就让石头　沿着世界弯曲又伸直的身影
缓缓流动

就让石头永远只是那个石头

那是在冬天

那是在冬天
被你形容成了
有太多的往事横卧在日月的高处
因此我怎么挤得进有你把守的死亡心境
那个冬天
我想说有太多的目光依然在雪地里挨冻

因此世界怎么挤得进你的眼帘

这个冬天
唯有死亡在用雪花召唤
召唤五月　就是为季节招魂
五月　再没有你同我同风一道守望星辰

你已从另一个世界的雪花中飘落得很远了
你已从月亮里上升得很轻很轻了
你的身躯已经不够用来支撑起
曾经歃血为盟的白日与黑夜

所有的冬天
欲说还休的故事随风雪飘向山谷
所有冬天
雪是死亡与记忆可以描绘的
唯一的景色

大渡河边一棵树

核桃树·若木

各自站在各自的年轮和世界上
想象山间那棵树

树影像天空像天上的一条河
从你头顶倾倒而下
我的目光追随着我的幻象　坠落在无尽的深渊
我被自己的手
囚禁在沾满鲜血的那一个夜
我被比想象更加残酷的真相
永远地断送了这个冬天

往后的阳光
你我都只好独自承担了
往后的日子
活着的人也只有独自一人面向墓土
在幻觉与想象中
收拾洒满记忆的核桃树的落叶

回望的风
与我一道登上一个固定的祭日
你剪断的头发
不会再度飘香怀念似风如月的季节

当我生前流过的日子褪尽了血色
这个冬天或那个冬天
将会成为与你与死亡有关的每一个冬天
这个冬天

将永远就是那一个冬天

核桃树·扶桑

那棵树长在大渡河边
一棵经历了河流和黑夜的核桃树
每年春天　树上都会开出满树的核桃花
并结出想象中的紫色的核桃

核桃树与怀念无关
与死亡和世界无关
核桃树与河流和天空有关
核桃树只与核桃树有关

核桃树
与你和我在核桃树下
最后的生命有关

核桃树是一个仪式
核桃树是石头上的一个仪式
一个关系到星空和山的仪式

仪式不在夜晚不在白天　而在黄昏
仪式如刀如火如死亡

仪式就是山
仪式就是想象
仪式就是天下

仪式已成石头和树

那棵生长在大渡河岸的核桃树
与所有生长在大渡河沿岸的核桃树
每到秋天
树上的叶子全都因为黄了而掉落
树叶落在树下
树叶掉在地上
树叶漂在河面上

被风吹到山上
吹到两岸的村子里
沿着河沿着路吹到很远的地方
出现在河的上游
出现在更遥远的下游
出现在开阔的大海上
更多地化作了树下的泥土

树和树叶
一年年一生生

就成了路

树或落叶
是通向河流的路
是通向山的路
树　是通向树的路

冬天
河岸的树
天上的树
梦中的树
叶子全都掉光了

树上　天上　梦中
只剩下风
只剩下白花花的阳光

树上　天上　梦中
只有想象中金色的核桃
蓝色或火红色的鸟

树　就剩下树

雪菊

雪菊是生长在雪域一种不起眼的小花。白色，白得像雪，白得像死亡；花蕊以太阳的形象支撑生命。

——题记

朝向远山

朝向远山
人在天地间
灵魂没有出路
生命沦丧为一种想象　一种回忆

那么就让回忆代替人代替世界
越过雪线　越过死亡之海

远山的远　想象的远　我心中的远
随鹰背苍茫远去

朝向远山

牛在路上
鸟或云在天上
朝圣者　在朝圣的路上

让雨季去追随雨季
让风去追随风
让往事从心中被爱情的种子拖出
被时光编织成死亡和回忆

朝向远山
黑夜突然就降临
接着　火出现在了旷野上
冬天　突然降临

雪在前方
夜在前方
死亡在前方

雪　在天上
雪　在山的四周

风在我身上为我引路
远山之远
飞翔是通向远方唯一的歌唱

朝向远山
朝向远山之远
朝向远山之远的山
朝向远山之远的远方

远离了最初的地平线
那里
一道道鸟的目光折断翅膀
那里
一道道死亡的背影　在悠远的歌声中远行

朝向远山　朝远山走去
鹰的背影
山的背影
天空的背影

残阳似血　正在熄灭的火

阳光也如风　如约而至

远山之　远

雪菊

对于我　你就是前定中索命的号角
你义无反顾死而后已
不期而至

我无法再跟随你
绿色戛然便止的高原
雪线一样蔓延的天堂的身影
循环于心和太阳灵魂与肉体的感受
死亡像怀念　从地平线上升起来
你是我遥远黑帐房下
高原最美最遥远的故事

让我的灵魂跟随你
避不开高原最初的血性
野性的思想星星一样伸手可及
远山的问候　流不尽的岁月
你的叶脉里
混含着死亡和天上的神性

那就让太阳跟随你
在鹰与羚羊呼吸风的地方
世界也需要溶于水

溶于比水更圣洁的你的白色

也如水一样流淌的你的声音
也如水一样透明的你的目光

那就让雪山和草原跟随你
就如同河流　追随你无形体的歌声
夜色下一往情深的远方
你的气息　你的白色
你根茎的泥土

黑暗中的日日与夜夜
黑暗中的你的身影
让我绝望的思想跟随你
跟随你的苍茫

你真实的人格
就是世界未亡的诗篇

在鹰和羚羊呼吸太阳的地方
冬天的河以春天的力量流进往事
在蓝天与人间
鸟语一样
你　的呼唤

以你灵魂的名义

从鹰到怀念
从太阳到你的睫毛
有广大的飞翔
绵延的白色

广大的飞翔
以生以死以鹰的姿势
站在众河之上
站在阳光之巅

那些日子
那个石头
那是　脊背上的白云

于是　举起双手
于是　举起目光
以一个死刑犯往生地狱的姿态
以你灵魂的名义从喉咙里喊出

埃
　　玛
　　　火

阳光的雕塑

深渊只存在于生命之中。在死神的肩膀上舞蹈。

——题记

门

光与暗构成有形的世界
门是存在的雕像和语言
门的形体是敞开
朝向永恒的光明敞开
朝向无限的黑暗敞开
朝向四方　朝向未来也朝向过去

黑暗是存在的根
在神跨越门的瞬间
世界诞生了
存在被时间照亮
彼岸与此岸的界线
消融在行动与幻象之中

时间从远古走来
以光明和黑暗的抒情方式
书写历史　人心　未来
书写阳光里的神性和梦想

朝黑暗走来
你从时间走向历史
你从存在走向诗
朝黑暗走来　就是走向光明　重返光明

朝向生也朝向死　开启即闭合
风吹进去
想象和爱情吹进去
流出思想与文字
流出信仰与歌声

朝黑暗走去　心跳是大地唯一的真实和事业

心向

阳光伸手可及
爱情一样辽远的世界
泥土一样芬芳的未来

向前　向前　再向前

那里昼与夜纠缠在一起
正午的阳光同死亡纠缠在一起
闪电在云层中酝酿
果核在果子里行动

草原背负冬天的想法
背负着残雪和牛羊
一路翻山越岭而去

那里
神性行云流水春花秋月地
飘落
降临

青草一样蔓延
呼吸一样散开

那里　目光延伸着地平线
延伸着死亡
延伸着肉体

时间的远方

心念一座灵肉纷飞的墓园

没有墓碑　只有少女一样曾经的河流

没有历史　只有铁打的江山流水的人性

只有纯净的死亡

如同死亡一样纯净的期待和回忆

只有坟头草年复一年为风盛开

神的家园

比相爱更加广大的远方

心渴望飞翔

渴望皈依

以鹰以天空为尺度

在神与魂魄的高度

在你空无肉体的居所

以日出的仪式

以阳光深处青山不改

绿水长流的庆典和葬礼

皈依那片光明正大的神性

皈依生命原始的愿望

蹈火者

似风如电
悄然降临
没有预言
没有启示
没有判定
没有方向

似风如电　是生命的一种心境
是死亡的一种立场

在失去平衡失去预感的天空上
写死亡的名字
云的名字
写你的名字

你　死亡
但比死亡更加追悔莫及
更具体
比死亡更坚贞
你以死断然终止了
我体内柔情似水但比仇恨
更加可怕的溃烂

你以死终结了日月
季节与人心的秩序

火是水的涅槃
阳光是绿叶的鲜血
烈火中有七彩的鸟
在向人间布道
仅此　已经足够了
足够我去感动
去活去挥手告别
足够我去实现
一只飞蛾或上帝未完成的遗志
天空足够我不止一次去名垂千古

生者继承着死者的绝望和深情
继承着大地与满天的星斗
继承着死亡
你山河破碎云开雾散的
死在我的血肉之中
五脏六腑之中
死在我不可救药的悲哀之中
情欲和希望之中
你以死提升了世界的美丽
最终铸就了我与世界的一往情深

铸就了生与死深情与绝望过去与未来
在我布满皱纹的眼皮下
你将与死亡和世界再次握手言和

在你的死亡里
我曾经为了一个虚设的天谴
虚构的天地良心
假装着独自承担起了一个冬天的破败
承担起一座坟

日行千里光芒万丈突然降临

我心似婴儿
从内部抵达你无骨之水
在我的死亡中
掀起的风暴和招魂
渐渐地　我开始接近
一个抹去了喧哗与虚荣的日子
开始接近　你坟上的苍天
泥土和野草

如同飞鸟　沉寂地飞过夜的天空

想象之远

其实
我早就已经一无所有了
枝繁叶茂的躯体只剩下对天空的想象
骨头变得比阳光还轻
比呼吸更自由
比心念更坚定

其实
在我睁开眼睛
说出谎言和虚词
草长莺飞不完全是虚构的人生
早已被改写成了历史
世界不可挽回地正在被改写成与你无关的历史

长空浩荡的想象之远
空气中弥漫着新的思想　欲望
和壮丽的灰飞烟灭

我头与天齐
四肢舒展
梦想着沿着神性迷茫的方向
和鸟儿们在风中的书写方式

伸入春天　泥土
草叶和花朵

想象着光阴在我心头聚合
风霜雪雨在我心头聚合
长夜难眠的往日在我心头聚合
凝结成文字
声音　凝结成声势浩大的一座
虚构的墓碑

为了远方
在阳光明媚的遮天蔽日
在梦境之中
我背向众神
经历着时间
经历着前生与来世
经历着扑面而来的转瞬即逝

远方——
远方空空荡荡
浩浩淼淼

世界空空荡荡的花枝招展
你　空空荡荡的心比天高

命比纸薄
空空荡荡的一身正气两袖清风

曾经的我们
空空荡荡浩浩淼淼的恩怨情仇
悲欢离合

远方——
好远的远方啊
我们的远方

我们的　死亡与生命的远方

风碑

不知死　焉知生

死亡是烈火中诞生的宗教
是爱心中爆发的思想
最初和唯一
死亡被阳光耕耘成了树
被风被流水
编织成绿叶

花朵与爱情
死亡首先是一粒种子
被鸟的翅膀
绿水青山一把山川一把蓝天地
带到比时间更迢遥
比想象更广阔
比文字更庄严　有空行飞舞的山峦及
视野之外

死亡是一盏灯
是火焰中飞出的凤凰
死亡对于你是一次光临
一次照悟
一次为了告别的聚会
死亡是星空下最生动的语言
是目光深处流动的风景
是风一页页翻动的日历
死亡是铭刻在风墙上辉煌的诗篇
是令人战栗使人憧憬的奥秘与召唤
死亡是雨的思维大地的心情
是上帝的体香云的柔情花的魂魄
死亡是你留在我身上和山野上的世界的伤痛

死亡是绿色的

静静地站在山冈上

为我身上满地的植物招蜂引蝶

为我手中的日月作证

死亡在我眼皮上跳舞

被目光吹落得

满世界火树银花

阳光灿烂

死亡触手可及

死亡空穴来风

死亡迫在眉睫

在苦难与阳光之间

手和上帝之间

在眼睛与眼睛之间

流淌成胸怀远大的岁月

谜一样圣洁的音符

流淌成必死者心中浓情似火的风暴

流淌成朝朝暮暮的人性

死亡在我皮肤上

同每一根毛发一同生长

生长成盛开鸢尾草的墓地

文字和故事

生长成山高水长花前月下具体的劳作

死亡有时只是每一天的日子
只是胸脯平和的起伏
死亡有时仅仅是一只蛾子飞过天空
仅仅是蜻蜓交欢时短暂的停息
仅仅是风吹草低见牛羊
死亡有时只是一座坟
埋葬着虚构的上帝
埋葬着　一颗心
埋葬着人心承载的全部重量
颜色　温度　气息
埋葬着一颗心所能达到的辽阔和怀念

死亡是如此灿烂
死亡是如此壮丽
死亡是如此神圣
死亡是如此圣洁

死亡是生命的远方
死亡在生命的高处

生命　是死亡开出的花
死亡召唤灵魂去向高处　去向远方

背负黑夜走遍大地

背负黑夜走向天空

走向死亡

走向地狱　走向你

如歌的思想

就这样

我站在了与神性普天同庆的阳光之中

黄河之水天上来

在睫毛和发间

凝结成水晶

死亡蒸蒸日上

空气中硝烟弥漫的生灵涂炭蒸蒸日上

往日的时光正在归来

一个梦念中一千种惊世骇俗的远大前程

正在归来

山谷里沸沸扬扬的精灵

迫切地需要皈依

阳光中壮志未酬的尘埃

皈依在我脚下

天空中芳香四溢的万千思绪

纷至沓来

生命中的电闪雷鸣已在路上
时间在我的前额
望风怀想成一粒晶亮的种子

就这样
我全身心在阳光雨露中
美不胜收地受孕于满目青山
接受四方光阴普照
接受随手一片云彩的普度众生
就这样
我完成了一个女人
或一只蝴蝶的全过程
心中充满了明月入怀落红无言的皇天后土
充满了山河壮丽虚怀若谷的万种风情
充满了天苍苍野茫茫的壮怀激烈
充满了一只圣甲虫的欲望
一只土拨鼠过眼烟云的伟大梦想
心中充满了拔地而起的植物
岩石和海水

日月到达的山岗
风吹的牧笛
为你招徕蜜蜂　狼群
引来朝如青丝暮成雪的往事如烟

引来山花烂漫的莽莽原野

在呼吸与墓地之间

目光与云露之间

爱情有时是唯一的

相爱就是所有

就是世界和行动

就是歌唱与鲜血

就是赞美和死亡

哪怕仅仅因为风吹草动

哪怕仅仅因为眉目间

一次山长水远含笑入地的传情

我身上满山遍野春去秋来鸟儿们的飞鸣

我身上满山遍野阳光植物的生长

我身上满山遍野伤痕累累的风光无限

我身上满山遍野你的气息

都因此而

紫气东来

朝闻夕死

献给海和天空的情歌

把黑夜延伸到草原和大海。

——题记

1月1日

你怎么想得出托梦予我
邀我去大海深处的天空之城
你拿画纸亲手为我叠一颗心
上面写满了天书一样星星婉约的文字
海风把它吹过来
日月把它照在我身上
近看是一朵花
远看像一轮明月
一个眼睛和手的村庄

我把它打开
用心和想象
折成一条船

一头系在大海一头牵在雪原

我把它折成一座跑马溜溜的山
一朵康定溜溜的云

我把它折成一座坟
一个名字叫作昆仑原上的亦幻亦真的人间

一张身体精心叠成的书签
一颗心芳香四溢跳出的图画
一只在天愿作孔雀东南西北飞的纸鸢

2月2日

一颗血与肉叠成的心
一枚满怀日月山川的种子
种在海滩长在天涯
一条被海水拉长的地平线
一道烈火鲜花
一笔一画从海岸写向未来的你的也是我的人生

一张纸
一颗心

一座坟
一弯悬挂在天边
娓娓动听的月色
一个向远山述说的
水石清华的海的身影

3月3日

你是名叫南中国的一棵水吗
你是名叫东海蓬莱的一枚山吗
你是我来世与前生的姐姐吗
你是我今生今世的佛报和轮回吗
你是百草千华所谓伊人在水一方
在我冰壶秋月的梦中赶海的女人吗

你是千里之外
我山高路远的新娘吗
你是我千呼万唤始出来
字字句句都是
开云见日我的水
与声音的家园吗

清风迢迢满身香雾的我的远方

我黑头发小眼睛的南中国
我滔滔春秋莽莽冬夏的山山水水
我南船北马东飞伯劳西飞燕的祖国
我单眼皮三寸金莲的天涯海角

4月4日

我　不经意地就来了
带着青藏高原与沧桑
裤兜里揣着
四十个鲜美如舍利的日
和月

我们在海水的皮肤上穿过时光
我们在大海碧波荡漾的心情上跳舞
遭遇了比阳光直接
比风暴更难以预测
一只海鸥眼睛里的明天

你以一刹那间的战栗
把海高举在我身体的上面
正午的阳光
半闭着眼睛

从苍天之上
把光芒伸进水里
伸进世界的深处

在天与地之间
我们手牵着手
唱和着风啸啸兮易水寒
一直把海与白日
追赶到往日不堪回首
我们美不胜收的心境以外

海啸和浪花
流淌在你芬芳的子宫
你的眼角
你身上每一处沾满风和海水的地方
散发出草山的气息
海的滋味

5月5日

你一眨眼一抬腿就完成了自己
你甚至还没有说出
就已经圆满了我的心仪

在一块贝壳般幽远广大的胸怀里
在海的脊梁上
你将与清风　波涛
山歌一同荡漾
一同漂泊

当我背对你面向雪山的时候
我心若红尘
泪流满面

6月6日

告诉我
在你百媚千娇峰回路转的肌肤上
哪儿是海
哪儿是高原
哪儿是历史
哪儿是明天

哪儿是来生
哪儿是前世

告诉我

在你目光与身体之内
哪一个地方是你
哪一个地方是我
哪一处是我末世或今生流浪的远方
哪一处是我梦想成真的墓园

7月7日

你这天底下一棵完美之水
汇聚的地方

你这千世万世鹰和光芒
追赶不上的灵魂

你这盛开在我生命上
完全的死亡
完全的景象

完整的预言
完整的复活

完美的女人

8月8日

许多年以前
一个来自未来的女巫对我说
我的命运在遥远处
我应该去非洲
寻找一张写着神秘符号的纸

一张纸
在南半球的热带丛林或旷野上
与我脸上的水土
相隔着无边的海水
无数的山
无尽的岁月

一张纸
一张比世界苍白的纸
一张比死亡遥远的纸
一张像我破碎的生活一样没有未来的纸
对她我知道得并不比上帝多

我说不出她的质地
颜色　体态　味道
我不知道她的名字

1111

她的出生地
品格甚或性别

她用眼睛和远方引诱我
她用歌声和飞翔引导我
我带着大地上的山与河流进入她的身体

我进入了女巫未来的梦境
我化成过一条海之鱼
当我游向大海的时候
天空在海的黑暗深处吞噬了我

我化成过一只天空之鸟
当我飞往天空的时候
大海在天空黑暗的深处淹没了世界

我随后永远地在梦境中迷失了方向
永远地失去了生命
最终　我只留下一个叫红孩儿的闪闪发光的名字

9月9日

历史正在被改写

何况是一个来自未来的女巫
布谷鸟也有混乱了节气
记错了天上的路和出生地的时候
花也有错开的时候

谁说得清楚
人这一辈子有多少做错了梦的地方
吃错了空气
喝错了的酒
错过的生命与河流

谁知道一只蜜蜂错过的红肥绿瘦的日子
错过的春天　雪花　星星
以及爱错的人和事

10月10日

原来你就是许多年
甚至许多世纪以前
流落到非洲
写下满身神秘与芬芳
我一生一世都在寻找的
那张名叫命运或女人的纸

1113

原来你就是那个女巫
在时空倒错的景象里
看到的空中花园

你　就叫天空之城

你　就叫歌声与飞翔
你　就叫眼睛和远方

你的墓地是人类的未来
你的梦境
将成为红孩儿诞生的摇篮

天空之城
一个比鱼美人的大腿和眼泪
更令我撕心裂肺的新大陆
永远地等待一个叫树的中国诗人

天空之城
一个曾经埋葬过星星　大象
和我祖先的尸骨的
孤独的大陆

像仙女的蓝头巾

漂洋过海

一个用水和骨头

鲜血与香味

幻想出的大陆

一个用死亡幻想出的水深火热的

黑漆漆白生生的大陆

一条永远的轮回之路

11月11日

我可以把你献给我的即来世的喜马拉雅吗

馈赠给香巴拉所谓圣洁的水　空气

盛开雪莲花和白尾牦牛的天堂草原吗

我可以把群山之外

你单薄的青春与爱情

引荐给鹰和太阳吗

我可以把你

显山露水蒸云煮月地带到

劳燕分飞肝胆皆冰雪

神的或哪怕仅仅是星星的未来吗

12 月 12 日

怀远与回望
梦境与飞翔
墓地与轮回
在雪域之外另一种高
另一种远
另一种时空　方言　语景
写成的山和水
我盘马弯弓
载歌载舞地拥进你
拥进你呼吸之内的村村寨寨山山水水
拥进你海藻　宝石
和水建造的城市

世界就这样
在我的和你的手上
在一朵浪花上诞生了

我听见一个老人对孩子说：
　　　山的那一边是海
　　　海的那一边是山
我听见孩子对老人说：
　　　大海的上面是天空

天空的上面是大海

我听见一个诗人曾经对我说：
　　仰天啸
　　弹指一挥间

　　地老天荒

鹰笛与雪域

在蓝天中看见了血花。光阴被染上了死亡的颜色。

——题记

止于怀想

观想四季之远的远方
白羽的歌声　从无限苍茫之上　踏日月而至
白莲花映照的云和雨的远景
以光线以候鸟的姿势
飞跃重重云天
手和鲜花的形体
在白云之巅
幻化成日月同辉
　　　　一尊
　　　　女神的墓碑

天空中飘满了
　　　　你香味四溢的白色

我看见　你隐身在雪花中的

眼睛

和你雪花一样飞飞扬扬的身影

朝远山弥

漫

而去

你晶莹的气息

睫毛下的心跳

皮肤上光与水的　舞蹈

你眼睛之内无边无际　蓝色的风

和你身体之中

　　　　　无尽深处

　　　　如梦似幻如风似电

　　　　灵魂诵经的声音

回荡在鹰　空行

飞天聚集的

雪域高原

每一道山谷　每一座山岗　每一棵树

每一根草的根茎

以及

草尖和阳光上　一片

　　　　　高山仰止鸾凤和鸣的天空

沿着我朝往死亡的身体
和眼睛的方向
沿着风马与河流的方向
沿着经幡　风铃声
六字真言的　方向　沿着
日出而生日落而亡
　　　　　桑烟与牧歌
　　　　　的方向

逐日而灭　逐日而生
逐日而化　逐日而远
逐日　蜕变成香气
灵音
　　　　　随后就化着　白茫茫
　　　　　一片鸟语
　　　　　一片光影
　　　　　一片空灵
　　　　　一片光阴
　　　　　一片沉寂

坛城心镜

大手印

紫色鸢尾花

点亮在佛龛里的酥油灯

洒满金刚铃音与莽号之声

　　　　挂在半空中的祭坛

鹰笛与雪域

胡琴琵琶与羌笛

石头　核桃树和远方

观想　命运在月亮即你的视线外赤裸

以光

以天上的水

以你灵魂的深度

打探彼岸

扑朔迷离飞短流长的消息

打探

也就是坐地日行八万里

遥看银河落九天

就是去死

去毁灭

化为无极　无终　无始

翻云覆雨

临了
山穷水尽了　山高水远了
然后就复活
彩云追月而来
回归大地

回归一只罗刹或
蛇
高瞻远瞩万劫不复
的梦想
回归季节或身体
玉树临风天高地厚的仪式和等待

灵魂中的大火
燃烧成骨头的海螺
水的念珠

水的蔚蓝色的耳环
光线缠绕的戒指

水锻打的江山
在高山与平地画出的秋去春来的地图

还有满世界的风
以及随风而绿随风而舞的青草

水行在天空和大地　人心和世界
把手与手
身体与身体
今生与来世
走成
水一样的

循环往复永无止境的轮回

与你空行

云的气息就是你的身影
在天上与阳光一同舞蹈

同你一道跳舞的
当然还有坟上的青草　花　以及满山的那风和绿叶
你用一墓白骨两袖清风明月怀想

也为我点亮一颗星吧
看皓月千山你冰肌玉骨的笑

鸟儿一样
在云天之上穿越一道道光线

鸟儿们
把种子　把山雨欲来满树落红你的冤魂
葬在了青山上
风为你守望

四季之外　是一片群鹰揽日的天空

云水谣

一

我在山的上面
云在我的上面
你在云的上面

银河倒挂
红了樱桃绿了芭蕉

红的是云　是花　是你　是太阳
绿的是雨　是树　是我　是月亮

月亮走进了太阳
鸟儿飞回了山谷
云化成了雨

化为风暴
化为雷霆
化为霓虹　化为凤凰　化为鲲鹏
化为天地
化为一方水土

二

云在天上
雨在地上
云是天上的雨
雨是地上的云

你行在天上走在云中
我走在地上行在雨中
云走成了雨　雨走成了云

我走向你
你走向风走向水走向远景
我们一同走向

八千里路　云和月

化作光和影
化作雾与电
化作风和鸟

化作手
你的我的天上的地上的
即我们的手
在云层里相握

三

墓在山中
你在墓中
我在梦中
梦在心中

我们同在烟水茫茫沧海一粟中
我们同在天地之中

无性别的词

雪域是我们的

也是鬼魂和虎豹豺狼的
但最终属于阳光和云朵
风和星星
最终　归于雪域

这雪域
是你不曾对我许诺过的　最后的誓言
最后的天道
最后的命定和风景

最后的死亡的方式
　　　　　以及　最后的也是最初的

　　　　灵魂即怀念语言及文字

冬祭

下雪的时候
我梦见一只猫幽远的呼吸很消瘦
洁白的仙鹤是你幻象中被我遗弃在冬天里的雪花的身体
雪域就是随你卸下生命与爱
那个刀光剑影杀人不见血的世界

好多的风在远道上等待
好多的尸骨遍野的相思
在石头里
在被风咬碎了的雪豹与天空的背影里等你

下雪的时候
是风最先为我带来
你在天上殉情的消息
下雪的时候
一只蜜蜂就躲在冬天的背上聆听
你掠过风中的声音

雁过时　冬天踩着雪花朝你走来
听你的时候
风在天上为亡灵引路
听你的时候
你就是风

你就是我生长在雪花与苍茫中
一天天壮大的高原
祭祀与怀远的山

白色与黑色的山
黑色与白色的鸟

始于怀想

该不该　从秋风原上夕阳山外的往日中
清洗冬天的伤口
决心复仇的时候到了

该不该　挤尽死亡中的水分和黑暗
从风的脊背上卷起世界的苍茫
告别的时候到了

没有酒　没有死亡　也能怀念女人和阳光
不会有前定中的风帆
从被遗忘的记忆里
继往开来

但只要山　还是那座山
水　还是那道水
石头　还是那块石头

把墓碑收起来
把天道上飞扬的悔恨的思想和耻辱
全都放下

是怀念　就把怀念改写在风上

是死亡　就把死亡铭刻在阳光上

为了你曾经的头发和天空
为了翠影红霞明月出天山全天下的少女的头发和天空
也为了鸟儿梦中的远方和树

　　　　必须重建人性与怀念的方式
　　　　必须重建身体直立于大地　或
　　　　面朝天空的方式

天上的葬礼

我即将在大地上熄灭。我将在天上重生。

　　　　　　　　　　　——题记

1

你　将死亡
带到了天上
存在被天空召回
爱在天上
被死亡拯救
时光复归于
你在天上的存在

黑暗　是天空和上帝存在的空间
死亡是爱
存在的深度和无限空间
爱是大地的告别
怀念和祝福
爱
是天上　永恒的生活

2

爱者
就是献身于天空的存在者
爱者
就是献身于黑夜的伟大灵魂
爱者
就是献身于死亡的永恒者

在绝对者心中
天空是你的身体
世界因你被简化成　永恒的白天
永恒的黑夜
夜是你的内在
白昼在你存在之外存在
日月星辰

风雨雷霆
因你才通人性
因你而　成为
我在天上的山河与大地

3

死亡在天上延伸
延展到一切天空
延展到万物和神灵的存在之中
死亡　延展为地狱和天堂
爱是死亡的终极
爱是死亡的结束　和开启

我们分处在两个绝对的世界上
我在天上
你在大地上
我在大地上
你在天上
爱在天上
爱
也在大地上

4

灵魂不能直接进入天空
灵魂通过死亡
通过　爱
上达天堂
灵魂通过死亡和深渊
到达地狱
死亡　是一种生存方式
爱是自由
是至高无上的生存方式

没有最后的黎明
只有永恒的黎明
对天空的信仰
就是对世界和爱的信仰
我　终将死于大地
我　必将死于天空
我的心
永远忠于　天空和人类

5

太阳
是你在天上的葬礼

光芒灿烂的永恒一刻
我通过你　进入了夜
通过你　我进入了死亡
进入了天空
进入了　你在天上的爱
永恒的夜和天空
就是上帝在一切世界上
永恒的葬礼

我在天上受洗于你的爱
灵魂皈依天空
皈依永恒的死亡
你以光
你以燃烧的云和彩虹
你以风与电
为天空为我生命中的大地洗礼
我将在天上三次死亡
而后诞生
我在你的死亡中死亡
我在你的诞生中　诞生

6

世界
凭借存在之光和爱　上升

你在天上接引

大地上的必死者

我的生命

被你的死亡和天空更新

人类在天上

接受上帝的审判

存在被灵魂重新命名

死亡在天上　化作天上之水

化作一轮　天上的明月

化作时间的上方和存在的高处

你在天上　化作天上的点点白云

化作白鸟和黑鸟

化作漫天飞舞的纸蝴蝶

化作大地　在天上的葬礼

7

神灵的尸体布满天空

精致到美轮美奂

如风如月光的雕像

你在天上的灵魂

是我在人间永远的　梦

天堂就在

时间绝对之远的上方

天堂是　上帝和我前世的愿景

诞生日就是审判日
爱　是灵魂在大地的　墓志铭
死亡是存在地久天长的启示
天上的花
和大地上的花
在你的灵魂中　一齐绽放

皈依　　你天上的存在
是我在大地上新的人生
天空中
有我们的未来
天空
有天使和人类的未来

8

天　在升高
光　在增加
你空行绝尘的诗性之美
你在天上的岁月
引领死亡和生命　上升
光是我在人世上
凭靠的你的形体

光　是灵魂上升的天道

唯有　永恒的爱
可以上达天堂
爱
是光的极致
天堂
即　爱的终极圆满

9

在天上
一次死亡
是一次灵魂的升华
死亡　在天上
还原为天空之物
存在一望无际的远方和高处
天空将我从大地和梦中唤醒
你在天上
把我从死亡和虚无中　赎回
天空　是你的灵魂
在我绝望的生命中　开的花
一朵蓝色的天空之花
天空　从你眼睛里
飞出蓝色的　鸟

天空
是你在天上
蓝色无边界的思想

10

蓝色的一道　　天空的裂缝
蓝色天空的峡谷与地平线
蓝色的相思和存在的深渊
在大地
我离不开时间
在大地
我离不开天空
离不开你　在天上的想象和生活

你是光　在天上的寓言
死亡即永恒
黑夜所拥有的
是光明所没有的
你在天上拥有的
是人类　　在大地所信仰的
在天上
你的故事没有人证
在人世上

你的故事　　无须人证
天空　是大地终将抵达的存在
天使
引导爱　进入天空
天使　灵魂和爱　　永恒的使者

附　录　一

杨小伦诗文

杨小伦

1973年冬天生。女。回族。出生地，四川省甘孜藏族自治州白玉县。1992年，毕业于甘孜州卫校。

诗歌与生命，终止于19岁如月当上弦的年华。不为诗歌生，但为诗歌而死。

诗有：诗19首；杨小伦诗歌短语13首；杨小伦诗歌残笺20首。文《写给真主》《写给母亲》《写给最后的女友》三篇。代表作：长诗《红孩儿》以及《爱的抒情方式》《风的诱惑》《最初的微笑》《多年以后》《杨小伦诗歌残笺》等。

生于冬天，死于春天。
葬于跑马山。

爱的抒情方式

寂寞的日子无泪无歌
最纯净的天空无水
律动是情感的抒写方式

我理解着痛苦
理解着甜蜜的痛苦
我不在来时向你问候了
我会在去时向你祝福

目光的伤口里流淌着生命的颜色
在茫茫天地之间
疲惫的夜依着我们的肩膀

一些人睡去　一些人醒来

（一九九二年·冬天）

风的诱惑

把最初的泪
最后的欢笑都给你
铭刻于风墙的承诺
从春至冬　从冬至春

时光厚如山壁
足迹困住了梦境
长夜无助
给自己点一盏长明灯吧

雨已滴落
你困乏于太多的眼睛
我却没有理由疲惫

风啊　我最忠实的情人
如果你也背信弃义
我将永不言语

（一九九二年·冬天）

最初的微笑

蝉翼般单薄的日子
往事如花絮飘落
想你在遥远的暮色中
摇曳笑容满枝的秋天

夜色漫至眉头
所有思念困乏成水
灯蛾突不破的黎明啊
禁锢了多少无言的双臂
以最沉的沉默
释然折断岁月
还原你我最初的微笑

（一九九二年·冬天）

雕像

踩着岁月的发梢走向你
一次次我用滴血的目光
唤你的名字
拧不干的记忆啊
湿淋淋地站在窗前
向我诉说一个晶莹的童话

你极远又极近的身影
略过任何飘香的季节不留痕迹

走进你
却是一尊透明的雕像

（一九九二年·冬天）

为一种习惯

独处一室
可以尽情感动
为有关无关的人和事
今夜　灯光柔和真实

窗外风刮得很遥远
想起你纯属偶然
如想起冬天的一片雪花
忆不起你真实的面孔

想你　只是一种习惯

（一九九二年·冬天）

无轨的爱

血尽泪干
没有誓言
无须还是无力承诺
告别的日子总会到来

上天　那就骗我一次吧
假如那一天真的来临
你也别说

把最苦涩的思念托付给了夏天
以我美丽的心境
为季节守候

为你守候

（一九九二年·冬天）

冬季

冬季　一个人该怎么过？
冬季　该向何处去？
冬季来临　明天是否依然一个人生活
冬季来临　一个人在心中生一把火

想接受紫荆花冠
但又不愿失去自由

冬季
年年困扰我

冬季　是一个选择
年年都在选择

朋友的孩子在叫我了
现在　必须去选择

我从来没有
像今天
这样选择

（一九九二年·冬天）

镜

谁家的果子垂挂在　我的窗前
伸手可摘的诱惑
镜子里的诱惑

逃避诱惑是一种懦弱
但　也是一种勇气
美丽
是一个阴谋

我没有水的弹性
我不明白什么是海水
我不是海藻女人

绝然的美丽
花瓣从枝头飘落

你　是谁家的果实
风日夜把你守望

（一九九二年·冬天）

梦乡

梦乡里
你站在阳台前
挡住了风的视线

梦乡里
我　不迷惘
我　也不彷徨
我只是独自流泪

我　走进　我的梦乡
你总是站在我的身旁

当我走出梦乡
你就不知去向

（一九九二年·冬天）

生命

生命是床柱与床柱之间的孩子
生命　是一枚果实

生命是蝴蝶飞舞
生命是无风的夜空

生命是我灿然的年纪
生命是秋天无声地来临

生命　是夏天的花裙子
生命　是在我窗外破土的
一棵树

（一九九二年·冬天）

父亲

父亲的手指很短
父亲的话语很短

父亲
我怎能向你说起那个长长的冬日
还有那个早晨

我站在雨里
泪水在我眼睛里

父亲
我是不是该安静地走开
还是该
在那里　等待

父亲
我真的想用心为你守护
我的青春
我的年少

父亲
父亲
我的心
已碎了

月亮就是
月亮就是　我为你的守护

（一九九二年·冬天）

想

为什么
想起你
我就想流泪

没有歌
没有远方

我从摇篮中站起来
就是为了
走向你

你的手
缥缈在风中

你有遗失的诗稿
散落于我的梦中

（一九九二年·冬天）

路

海藻女人
幽居在海底

冬日
我总是不敢出门

我就怕永远消失在
风雪的夜里

我　找不到回家的路
我该怎样
回家

（一九九二年·冬天）

远

生命来自远
归于远

我不要
千篇一律的誓言

让风撕裂我
让鹰啄食我的躯体

双唇紧闭
我想静静地睡
抛开所有的美丽
在无声无息中消失
在一点一滴中遗弃

（一九九二年·冬天）

天上的手

盼望你的手
等候
是我唯一的借口

痛苦的跋涉
只为我们之间生命的距离

远方　是渴望
你是我
永远不能愈合的伤口

暮色中
想你
没有任何理由

（一九九二年·冬天）

如梦令

窗外雨声急骤
灯前的影消瘦
抬眼望雨幕
烦恼陌然依旧
为你？为你！
平添如此离愁

（一九九二年·冬天）

信

一笺最好的字句
捏在手中
全部都捏成了泪水

感谢你为我寄来
芯海的思

活在你的问候中
活在想你的梦里
字字都是美丽的花瓣

照我灿然的年纪
我的话如海涨潮
只说：
到来世我还与你

（一九九二年·冬天）

多年以后

多年以后想起你　才知
岁月不是你慵倦的理由
谁来计算青春飘逝的距离
清晨被莫名的缘由所骗
无路的雨后黄昏啊
模糊了从前
从前的日子无泪

多年以后想起
想起燃烧的记忆　才知
你应是遥不可及的星辰
许多门依旧敞开
我们反复进门与出门
可曾凄清

冬季已不可更改地来临
多年以后
冰雪可会存封天地
跳跃式变幻的风景

横掠时空断层
似是无法忘记
试问岁月
这算不算绝然的美丽

多年以后
是否能淡漠了远山的问候
有富足而宁祥的心境
为刺破天梦的远方喝彩

远方是父亲和孩子的背影
梦滑过银河是否还有星辰

多年以后
也许会模糊了无歌的四季
不再寻觅　　不再等待
养成另一种习惯

（一九九二年·冬天）

红孩儿

红孩儿是梦中的一首诗
红孩儿是命运的宣告

红孩儿
是冬天飘到我梦里来的
最后的一朵云
（冬天到了春天也就该不远了）
最后的风
最后的雨
最后的雪花

红孩儿
你是燃烧在我梦里
最后的一场大火
是漫过了我的身体和天涯
最后的一场大雾

你是最后的山
最后的　家

最后的河流
最后的远方

你是这个世界
最后的季节
最后的一个冬天

你是我
最后的
在天上的孩子
你是我梦里
最后的希望

黑夜冲刷我的骨头
黑夜洗净我的身体
黑夜清空了我的梦
我的村庄
我的天空
我的河流
我的远方

倚风雨最浓处
我怀念月亮上的阳光
往事是没有余地的歌

上帝

是不是永恒都没有生命

是不是只有灵魂脱离躯体

才是永恒生命的开始

一个愿望就是一种美

美与美　相隔千年　相隔万里

上帝　这就是你的过错了

写给远方的树

找一个理由流泪

莫名的思念

毫无理由的牵挂

思念必须有一个理由

花　不仅属于春天

四季之外　还有什么

凡是美丽的

都必孤独而沧桑

想说的该说的

却在不经意中

说出了不该说的

不想说的

最纯净的水
最纯净的天堂
世界的每一个角落
都应有月亮
都应有温暖的阳光
美　就这样诞生了
美　就这样诞生吧

我们很近
因此我们很远
我们很远
因此　我们很近
黑夜中的树
依然是那棵核桃树
黑夜里的石头
依然还是那个石头

最后的河就叫大渡河
梦里最后的那朵云
就是最后的云

最后的风
是没有名字的风
最后的雨

是名字叫着雨的雨
最后的雪花
是冬天的雪花
也是夏季的雪花

最后的山
是大渡河彼岸的青山
最后的家
是星星的家
是彩虹的家
是　你的家

最后的远方
是最远的远方
最后的季节
最后的冬天
也是最初的季节
最初的冬天
最后的希望
是我的希望
是孩子的希望

最后的雾就是雾
最后的火就是火

最后的孩子
是未来的孩子
是月亮的孩子
是海和星星的孩子

最后的孩子
是风的孩子
是雨的孩子
是雪花的孩子

最后的孩子
是季节的孩子
是冬天的孩子
是云的孩子

最后的孩子
是山的孩子
是河流的孩子
是远方的孩子

最后的孩子
是雾的孩子
是火的孩子
最后的孩子

是石头和树的孩子

最后的孩子
是诗歌的孩子
是草原的孩子
是鸟儿和鱼的孩子

最后的孩子
是彩虹的孩子
是天堂的孩子
最后的孩子是太阳的孩子

最后的孩子
是夜的孩子
是梦的孩子
是眼睛的孩子

最后的孩子
是　真主的孩子

上帝
其实我曾向你祈祷过
我愿永远做一缕孤魂
飘然于人世之外

你说　因为我的罪过
（相爱就是一种罪过）
我必须做一个人
必须做一个苦难的女人

上帝
我已经学会了从前我不知道的罪过
我已经学会了哭泣
我已经承受了
比你加在我身上的
更重的罪恶

孩子
我就是你梦中的母亲
我就是你　唯一的母亲

孩子
你是来我梦里
迎接我回家的精灵
你就是闪电的精灵
你就是上帝也不知道的预言

孩子
你是你看不见的石头的笑

你是你不存在的你的父亲和树的大天使
你是夕阳退下后我的孤单
岁月的风
终将把你吹得很远　很远

孩子
你今生注定不能屈服
注定不能向神灵屈服
你是一首不该再重复的歌
为了　我
为了　明天
你要成为河流不可触及的远方
要比死亡还要远
要比梦还要远

孩子
你是我今生不会愈合的伤口
你是我来世无法填补的空白

孩子
你是我一生的难题
你是我终生都解不开的一道难题

孩子

你是我的哭泣　我的歌
你是我灵魂的不可选择

你不歌唱
太阳就不出来
你不歌唱
冬天就不会到来
你不歌唱
夜　就不会变成白天
就不会变成月亮之夜

异样的风景
舞　在窗前
舞　在黑夜

我为恶魔祷告上苍
我为孩子祈祷
我为太阳　祈祷

生在冬天
我将葬身于春天
不为诗歌生
但为诗歌而死

（一九九二年·冬天）

杨小伦诗歌短语

1

只因桐花太美丽
你说过　你说你会来
我真的不在乎你在何方
你总是离我的心很近

每一个童话
都让我想起你深深的笑

2

思念如藤
缠绕着所有的白天与黑夜
那一夜星空　头发上便青苔如丝

雁掠过时
有许多生命便流失于唇齿之间
于时空之外

3

无数灵魂飞舞在天际
雪花飘落在窗前

短笛悠远　在深夜的风俗画中

4

雨淋湿所有的思绪
背影远去

5

拧不干的记忆
站在窗前

你紧闭的双唇是启不开的门

6

风拉起琴弦
枝头的红　道出了季节的真相

一杯茶的等待
被星星遗忘

7

听关于阳光的故事
我们就老去

8

失约了仲夏的风
从此我必独自远行

有雨的季节
我没有带伞

9

回忆不是季节的全部
我要重新接受阳光

晨光之中
你的眼神

10

没有梦的夏日
雾一般的蒲公英
云一样的你

光的回忆

11

冬天才是你生命的真实

冬天才是季节的本质

12

无法重读往昔
梦　碎落在枕边
门外面的风光
在色彩中迷失了自己

你　不会从晚霞中归来了

死鱼跃出了水面

13

四堵墙围着的梦
打不开窗户
挂在墙上的照片
陌生地看着我

欢乐就来自最深的痛苦

夜　是一幅生动的风景

（一九九二年·冬天）

杨小伦诗歌残笺

0

我已厌倦阳光的故事
远方不再是诱惑
路　让风儿去走
歌　随风儿去唱

1

我没有背叛过梦
我　乐于月圆
我　乐于花开

2

永远学不会的遗忘
我就与你相依为命

3

生我之前　谁是我

生我之时　我是谁

4

苍天
你要把我托付给谁?

5

梦境啊
是我情人的住所

6

上帝
我不要你来管

7

你　才是我唯一的依靠
许多话
只有你能懂

在你意想不到的地方
留下我的名字

8

拒绝所有生命的是山
四季之外的空间

冬日
我不出门

思念　是一张镂空的卡片

9

风雪掩埋了回家的路
淹没了许多面孔

母亲的呼唤　垂挂在半空

阳光　为你流泪

10

冬季
我可曾是你的女儿

11

谎言

是现实与梦的距离

春天没有过错
夏天有我们不知道的理由

我　走了很远

12

每个人的肩上
都撑着一个头颅

一只百灵鸟站在河岸边
阳光厚重如山

时光之外的变心
与星星无关

13

上帝
到底有没有你？

上帝
是不是有你才有我

还是　有我才有你

为一种良心
为一种谴责
为一种思念
为一种背叛
我必须离开你
我必须远走

14

找另一个理由忘记
冬季来临
我开始怀念春天的　雨

最浓的夜
寻找你背叛的
另一个理由

15

蓝色上升
红色下沉

我曾在白天和黑夜

等待你的敲门声

惊悸于每一滴雨
打在树叶上的声音

等你在雨季
在　是与不是之间

16

许多话　不能说
许多歌　不能唱

许多泪　不能流

17

思念是一种报应
我别无选择

阳光就是那样流淌

是谁赋予了河流遥远的背景
是谁给了你
永不封冻的眼神

太阳
赋予月圆以意义

18

相信吗
众神死去后
我的灵魂飘荡
想你依然

风　从门缝挤进来
你的手绢
飘在空中

19

风拽起季节的衣角
飘得好远啊

风　就是成熟的风景
冰雪是情绪的渲染

冬季　是被抛弃的情人

（一九九二年·冬天）

写给真主

真主啊！怎样的生活才是我的生活？怎样的人生才是我的人生？为什么，我总挣扎在生与死的边缘；求生不得求死又不能？

告诉我，什么是爱情？尘缘何时能了？我还需几番挣扎与苦痛？

真主啊！不是我的叛迷，而是这世道叛迷了我。我是被您抛弃的女儿。我所有的怨恨，都毫无根源。

我无处倾诉。我也无所倾诉。我心中最深处，就是我最涩的苦。我最美丽的笑容，也就是我最虚无的表情。

了却前生，再续来世。

（一九九二年·冬天）

写给母亲

是的，既然目前的一切尚无法改变。微笑着是生活，哭丧着脸也是生活，那还不如微笑着生活。

我是一叶扁舟，渴望母亲怀抱般温暖的港湾，却又不愿停泊。

远方是否有我的彼岸？我奋力向前。我疲惫不堪。我笑容满面。

我知道，我仍在父亲慈祥的眼波里。

多年以后，当远方已不再是诱惑；再回首，昨夜的风雨是否湿润了母亲的眼眶？

母亲啊！别为了我，您心碎神伤。

（一九九二年·冬天）

写给最后的女友

十二月七日深夜

你是否真的要与他一道远行？是在什么时候？为你祝福一个美丽的旅程。

孔玉的时光很厚。道不出是好是坏。只想远走，越远越好。也许是因为，天性中永不能安宁，永不满足。人似乎总得靠一个永远也走不进、永远也走不出的梦境，支撑着活似的。

三月十日深夜

相信吗？我好想你。今天已是 10 号了。再难过的日子，也还得这样过。

我们偶然的结识。算得上是偶然结识吧？在偶然中成为朋友，而且是一种很特别的朋友。我对你说过，你是我所有朋友中最美丽、最善良的一个。我不在乎你和他是什么关系，我和他又是什么关系。重要的是我们之间是朋友，而且是我们这个时代所剩无几的朋友。我会珍惜这份不含杂质的情感，不需要任何人为我们联结的情感。

和你在一起，总是很开心。流泪也是一种开心。我只希望你好。什么都好。那样，我比什么都高兴。你能理解吗？

我们先后爱上同一个人，爱上一个不该爱的人（仅仅对我而言）。但愿以后我们别同时爱上一个人。不管他该不该爱。如果真有那么一天，相信我会为你忍痛割爱的。这是一种不幸。相信也祈祷，没有那一天。

人生中的不幸，就让我们把他当成一种故事来对待吧。快乐应是人生之本，也是人一辈子最重要的。希望你天天快乐！年年幸福！相信，有我的祝福伴你左右到永远。

四月四日深夜

焦急地等待你的来信。

也不知你什么时候能到孔玉来？真的好盼望你。我已经告诉我这里的朋友了，说你会来。下来，别忘了带两盒七色香。

关于我们的猫咪，我再也不想也无心谈到他了。真的，我觉得自己还年轻，还有许多路要走。

我们是最奇怪的朋友。也是最是朋友的朋友。

一切都在意料之外。但似乎都带有一种必然性，是吗？

今生绝对不同时爱上一个人。哪怕他是"潘安"，好吗？万事得有个商量。对于我们来说，对不对？

我现在很清闲，很无聊，很无奈。无情无感地度光阴。但绝不颓废。

怀念一起共度的短短的几天时光。且终生不能忘记。我亲爱的，抽烟最不温柔的你。

你脸上的青春"骚籽籽"好了吗？好盼望一张光洁的脸啊。相信你也如此吧。

别玩得太疯狂，收敛一点。你还年轻，路还长。别的我不想多说。我想你应该明白我说的什么？

附 录 二

时间的巫者
不为诗歌生，但为诗歌死

时间的巫者

大豆

《时间的舞者》即时间的巫者的招魂之书
《时间的舞者》即召唤人心诞生的一部"度亡经"

时间的巫者 · 0 · 诗是什么？

……

诗是什么？

省略号表明：对这一提问，尚未得到回应。

省略号表明：对这一提问之应有应答被拖延。

这一追问被隐藏，至时间的舞者（巫者）到来，发《时间的舞者》之"诗"，方显现。抒情史诗《时间的舞者》对于欲进入此一"追问"者，即为一"问"。

"抒情史诗"将"诗是什么"这一追问，彻底打开，置于眼前。至此，此一追问，才显现为追问。

要抵达这一追问，并意识到这是一个无法回避的问题，我首先遭遇了自己内心的种种障碍。

最初，我阅读抒情史诗《时间的舞者》的时候，几乎不能进入。我倒在了第一诗章《诗》中那些我知道、我不知道、我读过、我没有读过其作品的作家的名字中，我无法进入老师致以他们的一首首诗。

我开始习惯性地翻阅这些作家的简介、了解他(她)们的重要作品,以期进入老师的诗歌。然而,这样的方式却无助于我真正走进抒情史诗《时间的舞者》。我几乎就要放弃阅读了,可诗行中传递出的如水如光般的生命感触,却让我难以放下。

我发现我无法抓住第一诗章《诗》中,诗句的跳跃,上下句之间的联系,任何一首诗的内在逻辑。诗中每一个句子单独列出来,都是闪亮的、击中人心的。然而,它们以一首诗的整体出现的时候,却让我有些不知所措。

我发现,随着阅读的进行,我忽略了《时间的舞者》第一诗章《诗》、第二诗章《乐》、第三诗章《舞》作为一个整体的存在。我已经不知不觉间陷入了"碎片化"阅读的陷阱,我局限在具体的一首首诗中,看不到整体。

为什么会这样?是什么在阻止我"一叶障目不见泰山"?我不得不停下来,重新思考,我之前进入《时间的舞者》的方式。

我意识到,面对抒情史诗《时间的舞者》,我还局限在固有的对"诗"的理解,并试图以此来进入和把握。在固有的概念中：史诗是叙事的，其磅礴的力量有着历史事件的支撑，顺着历史和事件，可以"顺藤摸瓜"；阅读抒情诗，只要进入作者营造的独特的意象空间，或者反复咀嚼背后的言外之意，终能进入诗歌。

当曾经的阅读经验在面对抒情史诗《时间的舞者》失去效力后，在反思中，我意识到：我或者是以史诗的视角，或者是以抒情诗的视角在看待《时间的舞者》。我几乎没有认真思索过"抒情史诗"四个字。在固有的观念中，诗要么是抒情的，要么是叙事的。在固有的观念中，抒情诗排斥叙事；叙事诗即使抒情，也是以反抒情的方式完成。

我意识到，在此，"无法进入"意味着：固有的对"诗"的理解已经失去其效力，对欲进入"诗"的心灵构成了一种阻碍，它无法帮助心灵进一步触摸抒情史诗《时间的舞者》中，那如水如光般的生命感触，我意识到：固有的对"诗"的理解，对我形成了一种遮蔽。这种遮蔽让我在毫无警觉的情况下，"理所当然"地对抒情史诗《时间的舞者》进行阅读，并导致了"无法进入"的困境。在此，"无法进入"更意味着：诗是什么？已经成为属于我的一个问题，必须予以回答。

诗是什么？当这一"追问"显现，"诗"不

仅仅是一个字。

在《时间的舞者》第二诗章《乐》的开篇处，我读到了这样的诗句："开放地狱／是为了开启未来／开启我们走到了世界尽头的心／是为了——重建地狱／重建天国／重建未来／重建过去／重建人性／重建生活"。(《时间的舞者》第二章《乐》《方舟　驶向彼岸》)

不知为何，当我反复阅读这段诗句，"开启我们走到了世界尽头的心"一句，始终一次一次将我"击中"。每每读到此处，我总是不由自主地停下来，仿佛感受到了一篇乐章中的重音。正是在顺着这种感受，反复领会，我渐渐打开了自己的"困惑"。

我意识到，抒情史诗《时间的舞者》所呈现的"诗"旨在呼唤人心灵魂重新立法！"重建""重建""重建"……这一声声呼唤，仿佛一浪高于一浪的音乐，托举着一颗心向上，向上，一直向上。

循着此一召唤，我看到：无论是"诗言志"的阐释，还是把从功能意义上将"诗"进行"兴、观、群、怨"的解释，又或者仅仅把"诗"视为一种文学体裁，不断寻求形式变化的做法，都把"诗"视为工具。上述对"诗"的理解无法呼应抒情史诗《时间的舞者》对人心灵魂重新立法的呼唤。

在此，凝视"诗"这个字，于我而言，"寺"

不再仅仅是个"声"旁。汉字对形声字的传统定义：声旁无实义——已经无法回应抒情史诗《时间的舞者》中言说的"重建"——对人心灵魂重新立法的呼唤。

联系到抒情史诗《时间的舞者》将第二诗章《乐》定义为"人的创世纪"这几个字，我意识到法度意味着：是谁第一个说出了"诗"？从而开启了时间？从而立法？从而天地人就此诞生？

这意味着，需要再度回到起始之点，继续追问：

诗是什么？

……

省略号表明：拖延源于起始于原点的言说，最初的"诗"未被言说，已被遮蔽，需要得到澄清。

抒情史诗《时间的舞者》把此一省略号置于上帝发声之处。该诗集第一诗章《诗》开篇《致上帝》中《新约·创世纪》一诗的结尾："上帝说……"

此省略号出现之前，"上帝说，要有光就有了光"一句，被不断断裂式地言说。对上帝这句话断裂式言说反复出现，表明言说者已不能言说。

在《致上帝》一诗中，无论是致《旧约·创世纪》中的上帝，还是致《新约·创世纪》的上帝，断裂式的言说分别都是8节，每节用0，1，2，3，4，5，6，0依次标记。从0到0，在不断的断裂式召唤中，"光"没有出现，出现的是省略号。

省略号是无言，是黑色，是断裂式言说的反复循环轮回的深渊，是言说的失语，是遮蔽。这意味着，无论是《新约·创世纪》言说的上帝，还是《旧约·创世纪》言说的上帝，已经在言说的失语和遮蔽中死去。为召唤"光"到来的言说："上帝说，要有光就有了光"，已不具备"招魂"之力。

不具备"招魂"之力，即为堕落，此堕落即为末日。但这也预示着新的开始。新的开始，需要末日审判。开篇《致上帝》组诗最后一首诗是《末日审判》："你们／要圣洁／你们可以堕落成为野兽／也可以再生如神明"。

这一"审判"宣告：伴随堕落，"再生"之光将照耀。

这一"审判"宣告：言说的失语状态将结束，新的言说将就此开启。

这一"审判"宣告：失语般言说中的伪上帝之音就此退去，真性的上帝之声就此显现，上帝在此"招魂"的语气中，得到"拯救"。

在《致上帝》中，诗人以诗召唤出真性的上帝之声。在此，"诗"即为"招魂"。"诗"已经恢复其招魂之力，

追问不能停止："时间的舞者"何以具备如此招魂之力？

"招魂"非"巫者"不能。巫，"祝也。女能事无形，以舞降神者也"（《说文解字》）。时间的舞者即为时间的巫者。

　　巫，从"工"从"人"，"工"的上下两横分别代表天和地，中间的"丨"，表示能上通天意，下达地旨；加上"人"，就是通达天地，中合人意的意思。

　　巫以舞降神，于大时空中，穿梭往来，为天地人"招魂"。魂之"唤醒"即为时间之起点，此为时间的舞者（巫者）之天命。此天命即为拯救，即为救赎。

　　《时间的舞者》之《致上帝》，即为时间的舞者（巫者）为上帝招魂。魂归之际，上帝亦是一大巫，一发而为"新声"（心声），此声达及之处，必有回应。

　　回应者即为魂归者，回应者即为巫者，回应者当心生"招魂"之天命，回应者必发"招魂"之声。此"声"即为抒情史诗《时间的舞者》第一诗章《诗》（"诗"）。

　　在这一诗章中，古往今来与时间的舞者（巫者）相遇的巫者，在时间的舞者（巫者）的招魂中，发出巫之合唱。在第一诗章《诗》中，"致"即是时间的舞者（巫者）的招魂方式，也是被唤醒之巫者向更多可能回应者招魂的方式。在这一"招魂"方式中，致上帝、致安徒生、致荷马、致但丁、致（……）即是致"我"、致"你"、致"他"、致"她"。

读一读第一诗章《诗》中，致"我"、致"你"、致"他"、致"她"的文字：

"太阳照在一片荡漾着的植物世界上 / 你把沼泽里的一滴水举向太阳 / 眼睛变成了燃烧的空气 / 思想变成了文字"（《致安徒生》）。

"一身洁净 / 准备就绪 / 就飞往星辰 / 用你的光把我们提升到你那里 / 要倾听 / 要相信 / 天上到处是乐园"（《致但丁》）。

"我的甜蜜的光明 / 只要你活着 / 看到世上的阳光 / 用咒语止住黑色的血 / 今天 / 是万众欢腾的节日"（《致荷马》）。

"太大的光亮 / 把诗人置于黑暗中 / 神灵的传达者早已离去 / 我要亲身去存在 / 诗意地栖居在大地上"（《致荷尔德林》）。

……

从这些"诗"再度出发，继续追问——

诗是什么？

……

回应者应看到，时间的舞者（巫者）将曾经断裂的言说，那些发光却在曾经的言说中被遮蔽的词，从黑暗处召回，重新孕育，重新招魂为"诗"，再度释放其"招魂"之光，启示之光。（参看《致荷尔德林》的诗句）。至此，省略号已不是无言和失语。曾经被断裂的言说遮蔽，而未能到来之"光"，未开启之启示开始照耀。

"诗"就此发声。

然而不能停下，继续追问：

诗是什么？

……

"诗"是招魂，召唤"光"之照耀，"诗"是"招魂"之回应，"诗"是回应达及回应，再生"招魂"之回应，绵绵不绝，如溪流汇集江河，如江河之赴海，如海蒸为万里之云，如云生绵绵之雨露，如雨露滋生大地万物，此也即"抒情史诗"之根性所在。

在此，省略号是绵绵不绝的招魂之声、回应者的回应之声。唯有"情"可传递此招魂、招魂之回应以及回应达及回应之回应。回应之绵绵不绝，如"道"生一，一生二，二生三，三生万物。此一而再、再而三之诞生即为精神诞生之史诗。

从招魂到回应，从回应再到回应，抒情史诗《时间的舞者》三大诗章《诗》《乐》《舞》，在招魂和回应中构成三个独立又彼此呼应的组成部分和乐章，讲述人的精神的三次诞生。

第一诗章《诗》：以巫者的招魂之力，唤起

更多的巫者的回应，以合声之力，让"诗"打开被遮蔽的"光"，让"光"进入并照耀，人心和灵魂就此处于敞开状态，重新打开双眼并追问：什么是地狱、什么是天堂、什么是上帝、什么是信仰。这即为一次诞生。

第一诗章《诗》以《致人类》结束：

致人类

天·地·人

0

地狱在上
天堂在下

1

我要对孩子们讲关于上帝
关于精神的真话

2

我们品尝过汗水和精液
我们的心已被文身

3

我们从来不同鬼魂性交

4

我们拥有雷霆和海洋

5

没有耳朵的甲虫
许多鲜花
盛开在无人见到的地方

6

痛苦是遥远的
我们是我们父亲和母亲的墓志铭

0

让我们
在中国和大地上信仰

第二诗章《乐》：秉承第一诗章结尾处《致人类》的追问，在第二诗章《乐》中，时间的舞者（巫者）以觉知者的大悲情，以放不下招魂使命的大慈悲，一边召唤"诗魂"，同时又在"诗魂"

的引领下，在感召中行走地狱。

需要说明的是："诗魂"并不是外在于时间的舞者（巫者）的一种存在，她就在时间的舞者（巫者）的灵魂深处，是时间的舞者（巫者）的一体两面的存在。

回到第二诗章《乐》开篇中的这一句："在想象中／在噩梦中／在愿念中／纵身踏入地狱／寻找死亡存在的真相／探寻你自杀背后／魔鬼或上帝／神秘的意志"。

"在想象中"意味着："你"一直在我灵魂深处，在黑暗中（墓地）活着。

"在想象中"也意味着：只要我在，时间便无法消解一个人的"死"。"死"是我活着无法放下的追问。如不追问，即为"噩梦"。

"寻找死亡存在的真相／探寻你自杀背后／魔鬼或上帝／神秘的意志"意味着："死"是精神存在，追问"你"之死，方为活着。

在地狱中，正是在此"招魂"的不断回应和呼唤中，时间的舞者（巫者）从墓地到黎明，从黎明而情歌，以自己泣血如歌般的生死历程，走出一条人的创世纪的精神诞生之路。

在此，心的种子在地狱中发声，进而发芽。

在此，"招魂"即给心招来阳光、招来雨露，召唤其发芽诞生。甚至，那引领时间的舞者（巫者）

的"诗魂"，也在此召唤中，于地狱中一次次清晰，直至和时间的舞者（巫者）一道站在阳光下。这即为第二次诞生。

在第二诗章《乐》的结尾，时间的舞者（巫者）如此说：

灵魂志

上帝死了

上帝必须死
上帝死了
人才开始

上帝之死就是上帝的预言
上帝之死就是上帝终将降临的寓示

为诗歌而生
为诗歌而永生

人类灭了
诗歌犹在

第三诗章《舞》：随着"人的创世纪"的诞

生，"诗"已在人心中炼出一颗不死的"诗"心。时间的舞者（巫者）和"诗魂"继续在回应般的招魂中，走在《四季》，走在《青藏高原》的高和远，走向《天上的葬礼》。在天空、大地、人间，翩翩起舞。于巫者而言，此"舞"是声美、行美，是天地人合一的一颗"诗"心发光朗照之大美。此一诗章《舞》，以天地之至柔之情宣告"美"的诞生。

在第三诗章《舞》的结尾，时间的舞者（巫者）说：

天空　是大地终将抵达的存在

天使

引导爱　进入天空

天使　灵魂和爱　　永恒的使者

从《诗》走到《乐》，从《乐》走到《舞》，时间的舞者（巫者），在招魂中，召唤、亲历并见证了人心的诞生、"诗心"的诞生、美的诞生。但三次诞生，并不是终结和停止。"天使　灵魂和爱　　永恒的使者"表明：追问将继续，招魂将继续，引领将继续，人的精神信仰及追问之路，永无止境⋯⋯

面对抒情史诗《时间的舞者》，我第一次开

始面对真实的自己，面对自己对"诗"的无知，对精神信仰的不觉。在追问"诗"是什么的过程中，我逐渐明白，唯有放下所谓的"自己"，才能用心去听来自生命的心跳。

在追问"诗"是什么的过程中，当我试着放下，我渐渐感受到《时间的舞者》中写下的每一句话，都是为我而写。对我而言，对诗集《时间的舞者》的进入，必须建立在不断审视自我的基点之上，进而领悟它对我的启示，聆听它对我发出的招魂之声，才是打开，才是"阅读"。《时间的舞者》中的三次诞生，是属于我的精神天路的预言。

在这一过程中，我认识到："诗"不是句子，不是外在的表达方式，"诗"只有与个体生命的觉知产生回应，"诗"的诞生，才是"我"的诞生。

阅读《时间的舞者》就是去走一条属于自己的天路。

时间的巫者·1·"诗"之魂

就在我认为，我已经做好了准备，可以真正进入诗集《时间的舞者》的时候，第一次阅读时，那种断裂感再一次开始困扰着我。尤其是在阅读第二诗章《乐》的时候，我几乎不能承受这种断裂：

一个句子似乎刚刚打开一扇窗，却又在下一个诗句到来之际，把我推回了原点。诗句仿佛是一面施加了"结界"的铜墙铁壁，一次次将我挡回。

我发现，先前阅读中从整体角度直觉到的那些理解，在面对具体的诗句时，突然被稀释掉了。就像一个人意识到了魂的存在，却无法找到属于这个"魂"的肉身。我意识到，我对《时间的舞者》的理解实际上还悬在半空中，无法落地。

过去，老师杨单树曾告诉我，我的这种"悬空"般的存在状态：对我之所以成为我的人类世界、中国历史的茫然，对当下现实的陌生和漠然，不具备对未来思索和担当。老师不止一次提醒我，他从我及更多与我同龄人身上看到了，几乎是80后一代人的这种存在状态。

一直以来，我仅仅把老师对我的提醒，看作是一种现实层面的生活状态，并未从精神层面进入并理解。面对抒情史诗《时间的舞者》，面对阅读中出现的"断裂"，联想到老师多年前的话语，我意识到：这种断裂其实是，对精神存在、对信仰已经麻木的个体，面对精神觉知者的表达的先天失聪。不能谛听，何能动心动情，何能打开一扇心门？

我感到绝望和无助，放弃的念头再一次抓住了我。这种经历和感受，在罗柯玛草原，我曾切身感受过。深夜，面对帐篷外，高天上那一轮硕大的圆月，我本能地选择了逃避。我无法面对，一个人在草原上，天空和大地衬托之下，我的渺小和虚无。

当初，面对罗柯玛草原的月夜，和夜色下的茫茫无边的空，我还可以选择离开，假装什么也没有发生，继续内心中的麻木。可如今，我却逃无可逃，老师写下的文字就在那里，老师三十年来走过的生死经历就在我的心里。如果选择逃避，掩耳盗铃，放弃老师一直以来对我的指引，我面对的"虚无"将彻底吞噬我，我的存在将是不存在。这种恐惧远胜于，阅读中的"断裂"感对我的折磨。

我该何去何从？

在复杂和绝望的心境中，诗句"在想象中／在噩梦中／在愿念中／纵身踏入地狱"（《时间的舞者》第二诗章《乐》之《方舟　驶向彼岸》）犹如当头棒喝，向我袭来：我既然已经面对我内心中的"地狱"，为什么还在徘徊，入地狱难道真的是彻底的虚无和不存在吗？

脑海中电光火石闪过的疑问，让我意识到：或许，顺着这一疑惑，我能在第二诗章《乐》中，找到答案，解开我的心结。

我静下心来，再次梳理了先前阅读中的感悟，跟随诗是招魂之回答的启示，我心中的追问继续到来：在抒情史诗《时间的舞者》中，时间的舞者（巫者）"招魂"之愿力，何以如此热烈，沸腾澎湃悲壮如海之声？

一如时间的舞者（巫者）的表达："在想象中／在噩梦中／在愿念中／纵身踏入地狱／寻找死亡存在的真相／探寻你自杀背后／魔鬼或上帝／神秘的意志"（《时间的舞者》第二诗章《乐》之《方舟　驶向彼岸》）。

既然，我对我之所以成为我的人类世界、中国历史的茫然，对当下现实的陌生和漠然，我不具备对未来思索和担当。那么我为什么不从我的真实的存在出发，在过去和现在以及未来的历史大时空中，在对比中，再次进入抒情史诗《时间的舞者》，打开我昏蒙无知的心境？

顺着这一思考，联系到第一诗章结尾处，《时间的舞者》说出了："让我们／在中国和大地上信仰"。我看到这暗示着："招魂"之愿力和天命自华夏大地远古而来。

对比夸父逐日的传说，或许我们可以揭开这一暗示。

古有大巫夸父，逐日而死而亡。却非真"死"真"亡"。

《山海经·海外北经》记载了夸父之"死"："渴，欲得饮，饮于河、渭；河，渭不足，北饮大泽。

未至，道渴而死。"

夸父并非死于对水的饥渴，而是大地之水已不能慰藉其逐日之"渴"。夸父之"渴"，即宣告夸父所需之"水"非大地之"水"，大地之水不能灌溉其精神之渴。在此，"渴"即为对"日"，对光之渴望，对生命如日燃烧之精神图腾之信仰。"渴"即为不死。

至今，夸父之死，其悲壮，其死之痛未被言说，犹"巫"之天命未被言说，犹上帝之"光"被遮蔽。

被遮蔽的问题如下：

夸父可觉知其死为精神饥渴之死？

死，于夸父可是一惊天动地之问？

观《山海经·海外北经》之记载，未述及此两问。记载的缺失是否意味着：此两问是华夏大地被悬置之千古问题？被遗忘遮蔽之千古追问？

这意味着，今日之"巫"者招魂，不能越过此问题。不问，即为不觉，不觉即无招魂之力。若觉知此问，而不行招魂之举，巫还在"无"，在空虚中，在堕落中，注定一刹那即被时间之汪洋吞噬。时间的舞者（巫者）的"时间"即为此意。直面时间之痛而觉知，直面"死"之问而爱而生，方为时间的舞者（巫者），方能发"诗"之声，此为"诗"之魂。

时间的舞者（巫者）招魂之愿力，皆因追问

被遮蔽拖延，而自感，夸父之"渴"不可当，夸父之死痛不可当，夸父之死之追问已不能再拖延。正如时间的舞者（巫者）眼见上帝言说之光被遮蔽，不能不重启言说之力，为其招魂，此也为巫之天命，为"诗"之魂。（参见前文《致上帝》的分析。）

在此，"诗"之魂即为：死不能放下，追问不能放下，痛不能放下，招魂不能放下。

因不能放下，时间的舞者（巫者）"在想象中／在噩梦中／在愿念中／纵身踏入地狱"有夸父逐日之血气和壮丽，其愿念中之纵身一跃，已表明"死"于时间的舞者（巫者）已是一觉知之问和动力。

唯此觉知，方知："重返东方／重返日出／和死亡之地／回到你和时间的起点"（《时间的舞者》第二诗章《乐》之《你居留的高度接近神灵》）乃秉承远古而来的"巫者"的天命，乃诞生之起点。夸父之"渴"必须得到回应，唯此回应才能于夸父逐日而亡的时刻，从心空处站立，开启人的创世纪。夸父之死即为时间的起点，时间的起点即为夸父之死。

与"时间的起点"并列的是"你"。

可知："你"也是人的创世纪的起点。"你"是谁？在《时间的舞者》中，时间的舞者（巫者）这样说："放弃天使歌咏的世界／用骨头与情歌／

用死亡的光芒为你招魂"。"你"即为失魂之亡者。

"为你招魂"意味着：时间的舞者（巫者）与"你"之间是回应达及回应、再生回应的关系。在第二诗章《乐》中，时间的舞者（巫者）即在招魂的不断回应中，从墓地走到黎明，从黎明而情歌。

从诗句"天上／你的孤独／神圣不可侵犯""你居留的高度／接近神灵"中可以进一步认证："你"也是一巫者，和时间的舞者（巫者）是彼此引领和呼应的关系。并且，"你"距离神灵比时间的舞者（巫者）更近。

但"你"是谁？上述回答仍不清晰。

为何用"情歌"还不能为你招魂，还要用"骨头"才能完成招魂？或许，我们回到《旧约圣经》的文字中能找到答案。尽管，《时间的舞者》从第一诗章《诗》开始，已经把招魂追溯到旧约之前。但是否通过对《旧约圣经》的重读，与《时间的舞者》第二诗章《乐》进行对比，我们能进而把握"你"的确切含义，并以此把握第二诗章《乐》一开始标明"人的创世纪"的内涵，从而更进一步觉知什么是"诗魂"。

需要说明的是，这一对比纯粹是从文学作品的视野来进行的。

在《旧约圣经》中，上帝用亚当的一根肋骨

创造了夏娃。在这一过程中,亚当是被动的,对于"夏娃",亚当并非主动渴求,而是上帝的行为。即使,夏娃诞生后,进而两人偷吃禁果,也不是亚当主动的行为,是在夏娃的引导下完成的。即便最终和夏娃一起走出伊甸园,亚当也是完全遵从上帝的旨意。在《旧约圣经》中,由于这种"被动",亚当和夏娃之间没有"爱",亚当不是独立的觉知的精神个体。

当然,《旧约圣经》的如此设计,意在表明没有上帝,便没有人类。人类缺失了上帝,不可能认知自己。但这一言说,由于其天生缺失"爱",已无法真正开启人的觉知,开启对上帝的信仰。

与亚当相比,在抒情史诗《时间的舞者》中,时间的舞者(巫者)"用骨头与情歌 / 用死亡的光芒为你招魂"是觉知者的行为,是主动的,是从内心爆发的爱的心声和愿力。

结合第二诗章《乐》之《你居留的高度接近神灵》的诗句:"面对天空我感到羞耻 / 重新认识石头 / 大地和花朵 / 你为何要去死 / 用拒绝世界的方式 / 用拒绝天堂的沉默"表明正是"你"的死引导时间的舞者(巫者)重新认识世界和心,并开启了觉知,产生了此强大的招魂愿力。此一诗句中的"拒绝"一词也表明:"你"的死也是主动的。

在此处，做一不太贴切的比喻：时间的舞者（巫者）因"用骨头"为"你"招魂可视为亚当，而"你"可视为夏娃。和《旧约圣经》中的亚当与夏娃相比，时间的舞者（巫者）和"你"，经由"死"开启的相互引领、相互觉知的心乃至灵魂的诞生，是对人的存在的新的赋义：即人的诞生是由爱在精神和灵魂中的诞生。而《旧约圣经》中亚当和夏娃所揭示的诞生，还包含有人的"繁衍"的形而下的内容，并不是纯粹的精神和灵魂的诞生。在《旧约圣经》中，亚当对爱的不觉是贯彻始终的。

由此，我们可理解第二诗章《乐》之《为死亡之物重新命名》开头的诗句："诗人面对永恒者／述说爱"的含义。正因为人的创世纪是精神和灵魂的诞生，所以才有永恒者，才有面对永恒者的诗人，而"诗"的根性是言说"爱"，这也是诗魂之根。在此，巫者即爱者，招魂即是大爱者怀大爱之心对爱尚不觉者的召唤。

在第二诗章《爱情是上帝唯一没有预言的》中，时间的舞者（巫者）召唤道："爱情是上帝／唯一没有预言的／宇宙大事件／爱情是上帝存在／最后的理由／是上帝／永远无法完成的工作"。

至此，第一诗章《诗》中《致上帝》的诗句："你们可以堕落成为野兽／也可以再生如神明"暗含的问题：如何再生？魂如何归来？已经得到了回答和呼应。

如果将《时间的舞者》与华夏大地上的"创世纪"相比较。我们是否会得到另外的启示?

盘古开天辟地,女娲造人,燧人氏钻木取火,伏羲创八卦……华夏大地上的"创世纪"非一神的创世纪,而是多神的创世纪,是集体主义的创世纪。由于华夏大地创世纪的源头上的集体属性,以及对这种集体属性的一代一代言说,世界的诞生、人的诞生,是被割裂的,不具备唯一性、绝对性和终极性,从而无法抵达精神的绝对存在。

天地人始终在一种混沌状态中,不分你我他。

由于这种缺失,尽管我们有伟大的"巫"的传统,有盘古开天辟地的悲壮、女娲补天的悲悯、夸父追日的悲剧精神,但这些统统在集体性的表达中被慢慢遮蔽、慢慢稀释。灵光一现般的"伟大"难以成为长河般源源不断的开启和觉知。

在此对比下,抒情史诗《时间的舞者》第一诗章《诗》从《旧约·创世纪》的遮蔽言语中开端,在上帝的言说被终结处开始,一次次以招魂的方式,言说被遮蔽的上帝所代表的爱的唯一性、绝对性、终极性,并在结尾处直言"让我们 / 在中国和大地上信仰",就有了真正开天辟地般的发声的意义:今天,只有从上帝言说的遮蔽中走出来,(即《旧约圣经》中亚当和夏娃之间对缺失的"爱"

的言说）进而觉知到精神存在的唯一性、绝对性、终极性，确立自我精神和灵魂的觉知，爱的终极信仰，被遮蔽的灿烂的巫的传统，天地人的"合一"才能真正发光，华夏文明才能开创属于人类的创世纪。

于此，我们理解了为何《时间的舞者》在第一诗章《诗》中，为何要为古今中外的巫者招魂，一次次以去除遮蔽的方式，言说灵魂觉知和精神存在的终极性；在第二诗章《乐》中，为何诗人要以个人入地狱的方式，在招魂中开启人的创世纪；在第三诗章《舞》中，为何要以《天上的葬礼》揭示"天使 灵魂和爱 永恒的使者"所代表的"美"的诞生。

正如抒情史诗《时间的舞者》中时间的舞者（巫者）的召唤："人类灭了 / 诗歌犹在"。是的，人类灭了，爱的诗魂永在。

时间的巫者·2·此地狱非彼地狱

随着对《时间的舞者》的第二诗章《乐》的继续阅读，地狱中的景象一次次抓住了我。

诗章中那匹月光下孤独的，永不停止奔跑的狼的形象，诗章中"地狱王子"痛与爱的呼喊，一次次撞击着我的心。在想象中，我仿佛再次站在了我逃离的罗柯玛草原的月光下，第一次感到月光正在慢慢降临到我的心里。现实中，我曾感到草原的荒寒被一阵阵温暖融化。我感应到，一份永不放弃的信念正在我心中升起，就像我见过的那硕大的月亮。此时，我无比渴望成为一匹"狼"去追逐我心中的日月。

在这样的心境中，一个问题就此到来："爱"如何才能被开启？该如何认识时间的舞者（巫者）跃入的"地狱"？

联想到我所知道的人类现有的对"地狱"的认知，我发现地狱已堕落为"不得超生"之存在，甚至堕落为道德评判之存在。生者怕之，惧之，恐之，躲之。至此，地狱之真相远离，地狱之念将人心杀之、毁之。

在宗教观念中，地狱实为引出天堂的"工具"，引出"信仰"的工具。无非以地狱之惨烈，衬托天堂之美。当地狱的存在被工具化，被现实化，地狱不再是精神存在，而是载道之工具。

今天，电把精神的黑夜遮蔽，面对黑夜如白昼的现实感官世界，地狱已"消失"。存在陷入深渊状态。此消失即对地狱之不觉，即精神之深渊状态。地狱的"堕落"即为人心之"死"。

时间的舞者（巫者）开启地狱之行，即为开

启地狱之认知，结束人存在的这一"深渊"状态。在《时间的舞者》第二诗章《乐》中,时间的舞者(巫者)这样说："在人间 / 天国是假的 / 唯有在地狱 / 你才能理解地狱 / 上帝创造地狱 / 是为了人类在地狱中寻找天国"。

在《时间的舞者》中，对于地狱，时间的舞者(巫者)进一步说：

死亡先于爱

降临我们头上

地狱先于天堂

世界是过去与未来

天国是我们最后的精神家园

上帝是我们最初

和最后的生活

灵魂的无知就是地狱

一切地狱所见所闻

与人类无关

与上帝无关

均属个人生命的历程

均属个人灵魂的立场和虚构

"灵魂的无知"是时间的舞者(巫者)对人

的存在的"地狱"境况的描述。这一描述表示：只有觉知到"灵魂的无知"状态，人才可能认知什么是地狱。对"灵魂的无知"状态一无所知，意味着人还没有进入地狱，还深陷在存在的深渊中。

"死亡先于爱"意味着：不直面死亡，无法觉知什么是爱，要觉知爱必先觉知死亡。而灵魂的无知即没有直面死亡。于此，直面死亡，方能进入地狱，进而在觉知死亡，觉知爱的心路历程中，摆脱存在的"深渊"状态。

"一切地狱所见所闻／与人类无关／与上帝无关／均属个人生命的历程／均属个人灵魂的立场和虚构"则表明：在《时间的舞者》中，"地狱"的存在是精神和灵魂意义上的存在及追问，而非"功利"和"载道"工具般的现实存在，时间的舞者（巫者）走进地狱，即直面死亡，在爱的指引下招魂的心路历程。

在地狱中，抒情史诗《时间的舞者》第一诗章《诗》中，时间的舞者（巫者）不断为其招魂，并召唤其从遮蔽中显现的"光"，因为直面死亡，觉知死亡，因为地狱的精神存在的打开，显现为"月光"。

联系到自己的经历，我意识到月亮和月光在抒情史诗《时间的舞者》中具有启示的意义："诗人通过月亮言说太阳／通过太阳言说天空／通过天空言说上帝／通过上帝言说大地与生命"。因为："月光无骨／月亮无心／神放下了光明／永恒之爱呈现／月光在大地聚成一颗／诗人之心"。

在"月光"的照耀下，在这一历程中，在心的地狱中，时间的舞者（巫者）觉知到了："月光是行走在大地上／最后一个诗人／我们都将成为月亮的心灵／在月光中写诗／成为人子"。在这一历程中，时间的舞者（巫者）要做的即："诗人在语词的摇篮和坟墓中／为死亡之物重新命名"。

事实上，在时间的舞者（巫者）的这一言说下，月光已经被重新命名。

显然，面对尚未被觉知的地狱，太阳已不具备启示般的照耀之力，它的光已无法开启对直面死亡者的照耀，无法凝聚一颗诗心。因为："在太阳朗照大地之后／诗人在上帝的沉默中沉默"。在此，"在太阳朗照大地之后"意味着：太阳的朗照需要被重新觉知，否则诗人只能沉默。而时间的舞者（巫者）面对的正是"在太阳朗照大地之后"无光的现实，太阳无法朗照的现实。

觉知这一朗照，只能通过月光。

因为："太阳是诗人心中／最明亮的黑暗／星星已在神灵之前／道出了世界的真相／月光中

写尽了／诗人的怀念与诗行"。太阳曾经的朗照已经形成了遮蔽，唯有走出这一遮蔽，在"怀念"中来到月光下，才能看到真相，才能在诗行中重新召唤这一朗照，觉知爱才成为可能。

为什么"月光在大地聚成一颗／诗人之心"，于此已经得到解答：因为月光中有怀念，因为怀念，在地狱中，在灵魂的无知状态中诗人之心才开始有了心跳，而太阳的朗照则遮蔽了这一怀念。这也是我为什么无法直面罗柯玛的月亮及月光的原因，因为天然地认为，月光是没有体温的。在这一认知的背后，是我并不懂得爱，并不知道什么是怀念。更为重要的是，在我成长及生存的世界，由于缺失了"月光"的这一照耀，心中不再有恐惧中的对救赎的渴望。

在人类能自己取火之前，太阳的朗照需要人类经历黑夜，并伴随死亡的恐惧和焦灼中的等待才能在此朗照中，于精神上获得重生般的拯救。随着人类自己具备取火之力，进而拥有了制造电的能力，黑夜和白昼的界限被取消，随之被取消的是人类精神上曾经在黑夜中对死亡的恐慌和等待太阳朗照的焦灼，同时被取消的是对死亡的提问：我们是否还能活着见到明天的太阳？已经不是一个和人精神存在有关的问题。

在此前提下，太阳远离了我们的追问，不再

是一个必须等待的照耀和重生般的拯救。太阳的朗照不再是一个精神存在，只是一个生活中的现象。只有直面死亡，重新认识黑夜、墓地，觉知月光下的怀念，进而对太阳的朗照觉知，进而对太阳背后的上帝觉知，太阳的朗照才能成为精神意义上的到来和开启，才能成为爱的朗照。这也是时间的舞者（巫者）为什么跃入地狱，为什么在怀念中，在月光下，不停为亡者招魂的原因。在"直面太阳的朗照，并获得重生般的拯救"已经是一个假命题、假精神存在的情况下，唯有通过月光抵达新的照耀和启示。

　　在华夏大地的传说中，天上的太阳曾有十个，大地和大地上的人类苦不堪言，天地人处于不和谐的状态。后羿射落九个太阳后，仅仅留下一个太阳在天上。从此，太阳朗照大地，天地人获得和谐，但这一言说却就此而止。

　　如果把这一言说，视为对太阳朗照的言说。这一言说对太阳朗照停留于生存层面，太阳的朗照尚未达及大地上人类的精神存在，它的朗照还是工具性的。换言之，华夏大地的太阳的言说，尚未在精神和灵魂存在和启示的意义上开启，这一言说便在后羿射日的传说中戛然而止。我们还没有提出问题。尽管后羿射日的背后蕴含了伟大的爱的心灵和行为，但后羿射日还不是一个精神追问，"后羿射日"还没有完成。

与此相比，西方的太阳神阿波罗和人的精神存在有关。阿波罗是太阳神，也是音乐神和诗神，同时阿波罗又是美的化身。但阿波罗不具备"爱"的心灵。一切施与帮助、惩罚取决于阿波罗的情绪，阿波罗爱的只是自己。

在《旧约圣经》中，太阳朗照的重生般的拯救在对上帝的言说中，成为精神信仰之光。但《旧约圣经》中的表述，比如《出埃及记》中，上帝对埃及人的惩罚，对不信仰上帝的族群的惩罚，无法让人联想到"爱"。如果继续追问人类从古至今对太阳朗照的转述和言说，可以看到这些言说都有着"爱"的欠与失。

在此前提下，当太阳的朗照，那重生般的拯救已经在时间的长河中被稀释得无声无息之际，时间的舞者（巫者）从直面死亡觉知地狱开始，进而觉知爱，在月光下为人类招魂，迎请太阳背后那真性的上帝临世，就成为一个新的纪元。

在《时间的舞者》中，月光下的怀念即去觉知爱的不朽、爱的拯救。地狱中，月光下诞生的诗行即在招魂中，获得爱的拯救、获得重生的心路历程。地狱即在无效的对太阳之朗照的言说中，重新开启光的精神历程。

在此意义上，在《时间的舞者》中，地狱是

起点，是时间意义上的灵魂的诞生，随着时间的舞者（巫者）走向《黎明》进而《情歌》，时间意义上的诞生成为空间意义上的灵魂的诞生。

在《时间的舞者》中，时间的舞者（巫者）说出的这句话：

> 隐身于太阳身后的赤子
> 太阳用光芒与黑暗
> 也用童心照亮世界
> 我用太阳召唤你
> 用太阳的死亡呼唤神灵
> 沿着太阳的道一直走向死亡
> 一直走向上帝
> 或地狱

就不仅仅是一句誓言或者宣言，而是觉知者的爱的表达。正是在地狱对死亡的觉知中，在爱中，太阳的朗照和上帝在被遮蔽的言说中显现：

> 在太阳下面只有祈祷
> 没有救赎
> 在太阳下面只有痛苦和不幸
> 但没有　罪恶和审判
> 天使的欢笑与眼泪就是审判

上帝的爱

　　就是上帝最后的审判

　　时间的舞者（巫者）就此发出自己的预言和召唤：

太阳的源头

不在大地

也不在天空

众神在天空等待

一种新的文明

巫待诞生

　　因为："人类正在经历／对存在和／痛苦的遗忘人类将最终遗忘的是／对／拯救的遗忘／为挽救神永恒的怜悯／天堂／必须重建／一个没有天堂／和神灵的世界／宇宙终极的毁灭／是注定的"。

　　在《时间的舞者》第二诗章《乐》上篇结尾《只有人需要人类和世界》中，时间的舞者（巫者）说出了天堂的所在，即爱的照耀：

爱　即爱之大道　大光明

爱　即爱之大道自然

爱　即爱之大到真理

爱　即存在与虚无之自在　和自由

爱

即爱之大爱本体

在爱的召唤中："上帝放弃使用人的语言召唤灵魂／梦见星光／引领着狼和基督的灵魂／重返荒野／天使走出人类的行列／世界因此将被永远改变"。

于此，必须对"太阳的朗照"予以说明。"太阳的朗照"其本身是一个启示，是对真性的上帝信仰的一种显明。"太阳的朗照"不是存在的终极，而是又一次引领和启示，呼唤人们走向绝对存在者，进入"爱与诗性的宗教"。

时间的巫者·3·燃不尽的爱

"世界因此将被永远改变，但不变的是爱的呼唤和招魂。"在继续阅读《时间的舞者》之前，我在专门用来摘录的笔记本中写下了这句话。"燃不尽的爱"几个字也就此浮现在我的脑海。

正是燃不尽的爱和怀念引领着时间的舞者（巫者）重新认知地狱。

正是燃不尽的爱和怀念把罪的遮蔽融化打开。

让心
在火焰上
跳跃起来

依靠太阳
依靠　整个地狱
帮助人类
再次重塑心灵

天空中不再有罪
天空中
　　没有邪恶

此一融化首先是燃烧，是发光，是地狱之
"火"。

"心"意味着此火是心火，也是新火。

在西方，在基督教的言说中，因为亚当、夏
娃偷食禁果，人类的诞生被原罪永远地囚禁在大
地上。对上帝的"背叛"，这一魔咒让人心在地
狱、炼狱的烈火中没有得到净化，反而化为灰烬。
因为此时，地狱中的火还不是内心燃烧的火，还
外在于人心。

如果说，从亚当、夏娃偷食禁果开始，人类真的有原罪，这原罪不是《旧约圣经》中所描述的人类对上帝的背叛，这"原罪"是：人类从亚当开始，从未觉知爱。

正是因为此，时间的舞者（巫者）才呼唤并招魂："依靠／整个地狱／帮助人类／再次重塑心灵／天空中不再有罪／天空中／没有邪恶"。在《时间的舞者》第二诗章《乐》之《你居留的高度接近神灵》中，时间的舞者（巫者）进一步揭示："开启就是拒绝／世界／因拒绝而辽阔"。

拒绝什么？拒绝对爱的无知，拒绝这种无知导致的对地狱、对上帝、对信仰的虚无化以及遮蔽。在时间的舞者（巫者）看来，只有进入地狱，人类的灵魂才能走向黎明，才能再一次站在太阳下，唱出精神信仰的情歌。爱的火焰才点燃了生命。

于此，《时间的舞者》第二诗章三个组成部分：《墓中船·时间·墓地》《墓中船·时间·黎明》《墓中船·时间·情歌》共同构成了时间意义上的内在的精神生命的逻辑，即：爱的逻辑。如果没有对爱的觉知，没有燃不尽的爱，第二诗章中，时间的舞者（巫者）的招魂便失去了力量。第二诗章《乐》中，三个章节的诗篇，是爱的澎湃之声，它一浪高过一浪。

通过前文的叙述，我们已经看到，时间的舞

者（巫者）的招魂是站在东西方文明言说的废墟上开始的。因此有必要对比华夏大地的钻木取火的传说，或许，我们能对《时间的舞者》中时间的舞者（巫者）心中燃不尽的爱，有更多的认知。

在东方，燧人氏钻木取火的传说，提到了万古黑夜，提到了燧人氏从鸟啄木生光中获得启发，从而发明了火。在此传说中，万古黑夜中的人心的恐惧和渴望没有被记录，万古黑夜没有成为一个问题，还不是精神的黑夜和地狱。在此，钻木取火的传说，并不具备精神创世纪的诞生的原初意义。

这种缺失如果没有得到重新审视，华夏大地精神觉知的万古黑夜将无法开启。正因为如此，在第二诗章《乐》之《墓中船·时间·情歌》中，时间的舞者（巫者）才对开天辟地的大巫盘古招魂："盘古已经死了／盘古必须／死／盘古除了为人类的存在和绝望而死／灵魂再没有其他出路／盘古死了／化作了神／化作风和云／化作树木和道路／化作太阳／化作月亮和星星"在这里，盘古在时间的舞者（巫者）的招魂中，重新复活并认识自己的使命：为人类的精神存在开天辟地。

在此，盘古已经不是我们熟知的那个盘古，而是应召唤而来具有大使命的人类的巫者和先知。在此，可以借用《时间的舞者》第二诗章《乐》

中的一句诗来说明什么是燃不尽的爱：

> 人类
> 不应该是
> 存在的旁观者

时间的巫者·4·爱者

在今天，人类如何才不是"旁观者"？才不会堕入虚无的深渊，无法自拔，失去存在的根基？答案是：要觉知"人"是爱者，并发出爱的行动，在此行动中，领悟爱的终极信仰。

"知爱／能爱／敢爱／因为爱／人类超越了时间和永恒／上帝就是爱／爱／就是真理"（《蓝色融化在 蓝天之中》）

在此，爱的行为不仅仅是知爱（觉知），还必须能爱和敢爱（爱的行动），否则爱的终极信仰只停留于一种表达，终将无法在人心中发芽。此时，人还不是一个爱者。

抒情史诗《时间的舞者》正是一个觉知了爱的人，发出的爱的"行动"：为还没有觉知爱的世界和人心招魂。在此，诗已不仅仅是语言，不仅仅是词，而是爱的"行动"。

在抒情史诗《时间的舞者》中,爱的"行动"(招魂),具体来说就是"想",就是"怀念",就是去"梦"。

想——正如时间的舞者(巫者)在诗中的呼唤:"想/辽远的想/圣洁的想/想到无限/想到最后/想就成了真"(《带着各自的绝路旅行》)"想你是水的时候/我就变鱼/想你是火焰的时候/我就是从死亡中/飞出的凤凰"(《想即远》)。

想是人心在爱中的净化,灵魂的涅槃。

梦——时间的舞者(巫者)如此说:"梦/表达并实现了/灵魂的某些想法/从诸神的思想中醒来/你/从空间/又回到了时间/从无限回归存在/和本质/从蝴蝶还原成为人"

梦是穿越迷雾,是爱的灵魂的归来。

在一次次"想"和"梦"的涅槃中,时间的舞者(巫者),以史诗般壮丽的真情真爱宣告:人的存在如果缺失了爱的记忆,灵魂便失去了觉知爱的可能,便在不觉的深渊中一次次轮回,无法涅槃。

招魂正是爱者一次次在爱的回忆中,无限打开爱的天空、大地、河流,敞开爱的终极阳光般的朗照。在此朗照中,人心得以还魂。

在此需要追问:什么是"从空间/又回到了时间/从无限回归存在/和本质/从蝴蝶还原成为人"?这一问题关系到如何理解"想"和"梦"

这一爱的行动。

今天，人们言说的时间，是物理意义上的时间概念。这一时间概念有始无终，具有现实的无限性，而人的存在是有限的。当人的存在被置于此观念中，人便被抛到了虚无化的恐惧之中。多少世纪，人错把物理意义上的时间作为衡量自身及存在的标尺，把人的存在单纯地视为物理时间意义上的生和死。在此前提下，人的生和死都是假生假死。

时间的舞者（巫者）在一次次的"想"和"梦"的招魂历程中，启示人类：人的存在不仅仅是物理时间上的生和死，更绝对的是灵魂的诞生和无限，爱的觉知和无限，是神性和精神的存在。

只有在一次次的充满爱的"想"和"梦"中，人心在爱的回忆中一次次觉知爱的终极信仰，人才诞生。同时，因为爱的不可磨灭及无限可能的根性，人的存在是在生与死的火焰中不断浴火重生，凤凰涅槃。在此意义上，人的存在是灵魂的觉知和无限可能性。

对此，在《时间的舞者》第二诗章《乐》之《想你的时候　十字架是蓝色的》一诗中，时间的舞者（巫者）这样说："岁月应该是／生命／从时间中获得解放／历史应该是／神性的普天同庆／凡／走过大地的／必将／与你同在"。

只有在觉知爱，并"想"与"梦"的那一天，人才从时间的牢笼中挣脱诞生，才站在精神存在的起点。对于今天的人类而言，时间就是黑夜，是无声无息的笼罩，如果人类手中没有举着爱的火把，如果人类不再因为爱而重生。

正如《在你之前时间没有意义》一诗中所说："从／你开始／土地有了／我个人的历史／起点／和家园／在／你之前／面对星空／我无话可说……在／你之后／时钟开始失去意义／从你开始／死亡／成为一种语言／成为聆听上帝的声音"。

时间的舞者（巫者）正是因为"你"的死，并在满怀对"你"的爱的怀念、想和梦中，跃入地狱，开始了自己的精神诞生的心路历程，一个爱者述说着爱的终极信仰和关怀。唯有如此，人类才能"在阳光中做梦／在阳光中手淫／在阳光中思考上帝／在阳光中死亡"。

至此，人的生与死才是真生真死，在此生死中，爱者诞生，人的存在是精神存在。"爱者"是人类的姓氏，是人类共同的名字。

时间的巫者·5·天上的葬礼

《天上的葬礼》是抒情史诗《时间的舞者》

第三诗章《舞》的最后一首诗《鹰笛与雪域》的最后一组诗，也是整部诗集的最后一首组诗。

在《天上的葬礼》中，时间的舞者（巫者）直接说明了"爱者"："爱者／就是献身于天空的存在者"。时间的舞者（巫者）接着说："爱者／就是献身于黑夜的伟大灵魂／爱者／就是献身于死亡的永恒者"。这三句召唤，以并列的句式出现在组诗《天上的葬礼》的第2节开头处。

在此，时间的舞者（巫者）虽以"并列"的方式召唤，但其内在逻辑却是逐渐"递进"的：从存在者至伟大灵魂，并最终是一个永恒者。这种"递进"表明，经历"天空""黑夜""死亡"，一个爱者才是完整的，没有缺失的。而在《天上的葬礼》第9节中，我们进一步看到"天空""黑夜""死亡"的缺一不可的完整性："你在天上／把我从死亡／和虚无中／赎回"。

这种完整性必然要求，时间的舞者（巫者）将这一"递进"以"并列"的方式发出。此"并列"是一个同心圆，是由"天空"达及"黑夜""死亡"，由"死亡""黑夜"复归"天空"的历程，这才是灵魂的生生不息的轮回，并在轮回中一步步领悟爱的终极信仰。这正是时间的舞者（巫者）经历的心路历程。

"爱者／就是献身于死亡的永恒者"表明，

献身于死亡即永恒的"活着"。所以，在时间的舞者（巫者）眼中："十字架／是绿色的／或者蓝色的"（《一部色彩的法典》）。

迄今为止，在人类建立的法度中，关于精神存在的言说中，死亡是"向下"的，它和"地狱"联系在一起，甚至被画上了等号。死亡并不和天国、天堂发生必然的联系。由于这种缺失，天、地、人的存在，被割裂，没有发生联系，灵魂的觉知和救赎，是不可能的。

回避死亡，人的存在失去了站在大地，仰望天空的可能，对死亡的重大"发现"，重新认识，人才牢牢地站在大地上，并重新认识天空的意义。事实上，抒情史诗《时间的舞者》就是一部关于人的存在和救赎的《度亡经》。

在此，"天上的葬礼"，即："天""地""人"在死亡的新的赋义中，获得完整性，互为一体。唯有这种完整性的确立，救赎才到来，才能明白并回应时间的舞者（巫者）的以下召唤："你／将死亡／带到了天上／存在被天空召回／爱在天上／被死亡拯救""黑暗／是天空和上帝存在的空间／死亡是爱／存在的深度和无限空间"。

"天上的葬礼"是爱的救赎，是人的精神的救赎。在此，时间的舞者（巫者）宣告了这种救赎："我将在天上三次死亡／而后诞生／我在你的死亡中死亡／我在你的诞生中／诞生"。

在此宣告中，抒情史诗《时间的舞者》三个诗章《诗》《乐》《舞》，获得了完整性。三个诗章即是三次死亡，三次重生。唯有这三次死亡，三次重生,诞生才是完整的,是彻底的救赎和预言。

在此诞生中,时间的舞者(巫者)以一颗诗心,走向地狱,走向草原,走向海洋,走向天上的葬礼。在此，"走"即"诗"的立法,人心和灵魂的立法:走向地狱即面向黑夜,在爱和怀念中,一次次背负大地的历史、现实、未来以及深达灵魂的痛,无限打开阳光和生命;走向草原、走向海洋即把地狱中的悟道和情歌,向着无限广阔的人心和灵魂呼唤和歌唱,让阳光水一般浸润信仰之心,让生命发芽为爱的诗性般的存在;走向天上的葬礼,即在此爱的诗性般的存在中,灵魂燃烧为美,发出生命之光。

正如时间的舞者（巫者）在《天上的葬礼》中所呼唤的：“你的故事没有人证／在人世上／你的故事／无须人证／天空／是大地终将抵达的存在"。

在此,在第一诗章《诗》中被断裂言说,无法照耀的上帝之光开始朗照："爱／是光的极致／天堂／即／爱的终极圆满"(《天上的葬礼》)。在此光的朗照中,"你"是"天使"及"永恒使者"的真相最终显现。"你"自杀背后"神秘的意志",

死亡背后的真相得到揭示。

时间的巫者·0·0

我是谁？我为什么而活着？这是人在大地上，仰望天空的必然之问，也是人类的千古之问。

五年前，老师杨单树的新闻作品集《我们这一代》让我触摸到了上述问题。当时，我完成了一篇题为《与大地相遇，寻找生命的信仰》的评论文章。

文章写完，反复对比老师杨单树寻找人为什么活着的人生经历，反复阅读新闻作品集中为数不多的涉及老师精神历程的文字，让我一次次面对更多的问题、困惑。

"大地"是什么？什么才是大地上的相遇？生命是什么？我有信仰吗？信仰在今天，对一个鲜活的生命意味着什么？我是否具备一种力量，理解、进入并回答老师种在我心上的问题？

失落、失语以及徘徊，一次次让我带着困惑，在康巴高原上，在老师身体和心灵走过的地方寻觅。然而，在困惑中，我始终无法打开耳朵聆听，睁开心之眼观想，走上精神之路。

在这条属于我的"天路"上，我的精神生命

尚没有一个起点。五年来，面对我的不觉、堕落甚至精神上的背叛，老师始终以一颗关爱之心、关切之情，不断以他的人生经历和精神觉知，开启我的精神存在。

面对我，老师一直没有放弃。老师为我取了一个名字：大豆。取名来自陶渊明的诗句"种豆南山下"，其寓意为：种豆得豆。从老师的身上，我深深感知到什么是爱。正是这份关爱，让我始终在内心中没有放下属于我的生命之问。

五年后的今天，当老师杨单树完成抒情史诗《时间的舞者》，我带着上述困惑、迷茫以及渴望，走进这部用三十年的时间凝结成的诗集。追述这段经历，于我是重要的。或许，于更多的读者阅读抒情史诗《时间的舞者》也是重要的。

随着一次次的阅读，我发现：对于我，一个失去了个体精神生命启蒙的 80 后而言，在"前不见古人，后不见来者"一刀被斩断的历史真空状态中，在不知精神存在和灵魂觉知为何物的浑浑噩噩的状态中，被唤醒，从而开启精神生命的觉知，完成作为人和生命的第二次诞生，是不能拖延，也无法拖延的事实。

在此意义上，老师杨单树的抒情史诗《时间的舞者》是唤醒我心灵的一部"度亡经"。在此，我之所以没有将"度亡经"三个字打上书名号，写作《度亡经》，有着以下原因：藏传佛教的《度亡经》描述了人离世后处于中阴阶段的演变情形。该阶段最长 49 天，然后开始下一期生命。如果有正确方法的引导，灵魂在此期间可以得到解脱、出离轮回。

我个人认为，"解脱、出离轮回"意味着生命是灵魂的存在而不仅仅是肉体的存在，这是藏传佛教《度亡经》的重要启示。同时，藏传佛教《度亡经》宣告，离世后处于中阴阶段的灵魂可以由特殊的方式得到引领，并可能得到"解脱"。这预示着：死并不是终点，而是一次新的开始。这也是一重要启示。

然而，藏传佛教的《度亡经》其重点在描绘人离世后中阴阶段的不同过程，重点在介绍特有的"引导"方式。它不关心灵魂的困惑和迷茫，它不回应生命存在意义的呼唤。甚至，在某种程度上，它将此迷茫和呼唤视为"幻想"和"执着"，要予以破除，以实现"解脱"，从而帮助生命不再经受"轮回之苦"。

于此，在我看来，《度亡经》不具有"救赎"意义上的关怀心灵的终极信仰意义。故此，我以引号予以强调，仅仅从比喻意义上，对抒情史诗《时间的舞者》对我的启示和救赎加以描述。

通过这一类比，我日益意识到：站在"我"

的角度，于今天，于此时此刻，如果继续"等待戈多"是真正的荒诞，是对自己个体生命不负责任的无知。

随着一次次的阅读，我也意识到：我的经历和我的困惑，以及我和老师之间精神上的师承关系，注定了，传统意义上的评论，无法表达我在阅读《时间的舞者》时的种种体验。这种体验带上了我心灵的困惑和寻找，评论家熟知的术语和行话，于我已是一种完全陌生的语言，我直觉到，它们无法带上我个人的体温。

在我个人看来，人们熟知的评论，把评论者推到了对话和"寻找并赋予作品意义"的角色，评论者和读者都倾向于相信作家用一些手段掩盖了自己的意图，所以把大部分的力气用于解读作品中的"言外之意"，以此不断丰富作品的内涵。

随着现代文学以及后现代文学的推波助澜，随着"诗歌到语言为止"被奉为时尚，随着作者在所谓"形式"的创新和焦虑中，彻底在文字中把自己的"声音"废除，作者退去了，写作变成了在没有精神和灵魂的参与和构建下也可以完成的游戏。

在此前提下，评论者"寻找并赋予作品意义"的角色，暗含着由严肃转变为随意言说的困境。一部作品，可能什么也没有言说，一个作者可能根本就无法言说什么，却被评论者言说出了所谓的意义和价值。

就抒情史诗《时间的舞者》而言，作者已经通过文字，真实敞开式地言说着个体生命的精神历程。作者个人的情与爱、痛与悟、思想和信仰已经在诗行中充分表达。面对这样一部作品，追寻"言外之意"，追求"赋予意义"的评论，还有多少意义？至少在我看来，我确实无法以类似的方式来表达。

同时就我个人而言，我不是从事文学理论、美学理论的专家学者，这也在客观上局限着我以理论体系的方式，对《时间的舞者》进行建构和言说。我所能表达的，只是一个精神上产生了生命之问、存在之惑的个体，在一部作品中觉知到的与个人内心有关的一切。

因上述诸多缘起，当我面对抒情史诗《时间的舞者》的时候，"我"是谁？我言说什么？成为必须首先得到回答的问题。这两个问题，不仅仅关系到我如何进入老师的作品，更关系到我是否能进入老师的精神世界，从而找到自己。

如果这一问题被搁置，我又将错过一次开启自己的机缘。如果真是如此，阅读和心无关，和精神的开启无关。心若不能开花绽放，任何的文字终将成为手中的流沙。

我坚信，还会有更多的迷茫者、问道者将在抒情史诗《时间的舞者》的阅读中，听到一个悟道者、一个前行者发出的呼唤。

不为诗歌生　但为诗歌死

——诗人杨小伦记

大豆

引子

我是通过诗人杨小伦诗文和我的老师杨单树的讲述而进入杨小伦内心世界的。一个隐藏了三十余年的事实，逐步在我心中清晰：正是诗人杨小伦的死，"唤醒"了老师杨单树。老师杨单树在三十年如一日的怀念中，在难以放下的深爱中，在自我灵魂的审判中，让诗人杨小伦愿念中"怀"上的"红孩儿"与他的精神一起成长；从一种天启的意义上讲，"红孩儿"催生了抒情史诗《时间的舞者》的诞生。

在阅读抒情史诗《时间的舞者》，并在写作诗评《时间的巫者》的那些日子里，我日益进入一种状态：现实物质世界日益变得"虚幻"和"不真实"，没有什么可以支撑自己站稳，为自我的存在提供一个仰望高处的支点；而抒情史诗《时间的舞者》中呈现的爱的世界和一次次召唤，日益真实可见可闻可听，日益在我心中呈现为"真"。我听到了结束漂泊、回归家园的召唤，感到从未有过的喜悦和沉静。这是我过去读任何诗歌和作品都从未有过的体验。置身于这种"状态"，我不再对虚无感到恐惧，我日益渴望生长，像一粒种子那样，接纳阳光和雨露。

在完成诗评《时间的巫者》后，准备再次进入诗人杨小伦的遗诗之际，我和师姐（亦是师娘）王小瓜就上述体验通过一次电话。师姐王小瓜告诉我，我已经体验到了什么是形而上的真。师姐王小瓜的这一席话，让我进一步追问：如果一个生命，他天生具有的敏感，感知到了现实世界的"虚幻"和"不真实"，无可凭靠，无法再为自己的存在提供依据和理由；他先天的觉知让他对形而上的"真"心生向往，却不知该何往。此时此际，人活着的意义成为一个巨大的困惑，他该做何选择？

念及此，我顿悟了抒情史诗《时间的舞者》中的一句诗："悟道是危险的／痛苦而绝望／人心没有回路"，其所包含的深刻揭示。

悟道的"危险"在于：一旦进入这一状态，对于存在之意义问题已避无可避。此时，虽然个人生命开启信仰的契机已经到来，但若其身处的文化历史及现实环境，先天缺失了形而上的基因，又无精神导师予以引领，处于此状态中的个体生命将在痛苦而绝望中，走向何方？

悟道的"绝对性""唯一性"在于："人心没有回路"。形而上的追问一旦被开启，生命的本能必然要为自己的存在寻求一个答案。在这一问题的对照下，我意识到：自己觉知的本能，对存在意义的追问才刚刚开始。如果没有老师杨单树五年来的引领，并在此引领下进入老师杨单树孕育三十年完成的抒情史诗《时间的舞者》，我几无此开启的可能性。

"人心没有回路"——反复聆听这句诗，我感受到的是老师杨单树对我的又一次加持和灌顶。我听见老师杨单树在对我说：去追问，去登山，去过河，在"爱"的引领下叩问我是谁？为什么活着？并在此叩问中获得救赎。聆听此呼唤，经由老师杨单树的讲述，诗人杨小伦她的死、她的诗、她的精神世界，渐渐呈现。

"你"的呼唤

我对诗人杨小伦的理解，从她遗留下来的诗开始。

诗人杨小伦的诗句，清水一般，明静透亮。

透过诗句，她本人的一颗真心在其间闪烁，那光芒微弱，时而几近熄灭，却又在最紧要关头，被风一般缥缈的希望，再度轻轻吹起一点温暖的火星，使得游丝般弱小的火焰得以延续。

我能感到诗人杨小伦一直在努力伸出双手，在虚空般的存在中，在没有立锥之地的状态中，用心之手掌护住一份天远地远的希望。让我落泪的地方在于，无论心中多么痛，无论心中的挣扎是否得到回应，诗人杨小伦始终没有"恨"，她小心珍藏的是希望，她一次一次通过诗句和文字发出的是祝福。

反复聆听诗人杨小伦通过诗歌写下的痛苦挣扎以及祝福，我第一次如此清晰地明白了什么是诗人，什么是干净的灵魂，什么是爱。我意识到：如果自己的内心无法这般清洁，如果心中没有爱，我不可能成为一个诗人。至此，我也明白了，为什么在我完成诗评《时间的巫者》之后，老师杨单树才向我讲述杨小伦的死，让我阅读诗人杨小伦的诗。

我意识到，如果缺失了对诗人杨小伦的死和诗的进入与理解，我对抒情史诗《时间的舞者》的言说，将是不完整的。遵循这一启示，我看到，诗人杨小伦在写"信"，写发往人间的"信"，写送往天国的"信"。

而这些"信"，都一一"石沉大海"。

以父亲和母亲代表的人间的"家"，诗人杨小伦已无法返回。在《父亲》一诗中，诗人杨小伦写道："父亲／我真的想用心为你守护／我的青春／我的年少／父亲／父亲／我的心／已碎了／月亮就是／月亮就是／我为你的守护"。由于"青春"和"年少"代表的纯洁，已然失去，即使返回以父亲和母亲代表的"家"，已无法回到最初的纯洁。

在《写给真主》一文中，诗人杨小伦痛苦地问道："真主啊！怎样的生活才是我的生活？怎样的人生才是我的人生？为什么，我总挣扎在生与死的边缘：求生不得求死不能？""真主啊！不是我的叛迷，而是这世道叛迷了我。我是被你抛弃的女儿。我所有的怨恨，都毫无根源。"

"被你抛弃"表明：诗人杨小伦对真主的告白，没有得到回应。或者说：诗人杨小伦与生俱来的信仰，已无法回答她关于存在意义的提问。在"被你抛弃"的背后，是诗人杨小伦痛苦地和与生俱来的信仰活生生剥离。在质朴、清洁的文字背后，我看到了血。

关于上帝，在《杨小伦诗歌残笺》中，我读到了这样的句子："上帝／到底有没有你？／上帝／是不是有你才有我／还是／有我才有你／为一种良心／为一种谴责／为一种思念／为一种背

叛 / 我必须离开你 / 我必须远走"。对于上帝，在困惑中，诗人杨小伦选择了拒绝。

除上述提及的"信"，诗人杨小伦发出的绝大多数"信"，都明确地指向"你"。在去无可去，归无可归的存在状态中，"我"（诗人杨小伦）遇见了"你"。在《杨小伦诗歌残笺》中，诗人杨小伦说道："你 / 才是我唯一的依靠 / 许多话 / 只有你能懂"。

在《想》这一首诗中，诗人杨小伦说道："为什么 / 想起你 / 我就想流泪 / 没有歌 / 没有远方 / 我从摇篮中站起来 / 就是为了走向你 / 你的手 / 缥缈在风中 / 你有遗失的诗稿 / 散落于我的梦中"。

"我从摇篮中站起来 / 就是为了走向你"表明，"你"具有一种力量，让"我"（诗人杨小伦）在迷失中、在叩问中，找到方向。同时，我注意到这一诗句："你有遗失的诗稿 / 散落于我的梦中"。提及的"你"，不同于诗人杨小伦在其他诗中出现的"你"（《红孩儿》除外）。在其他的诗中，"你"虽在心中，支撑"我"苦度四季，却缥缈遥远不可企及，并没有明确的回应"我"（诗人杨小伦）的呼唤。

在《为一种习惯》这首诗中，诗人杨小伦明确地说道："窗外风刮得很遥远 / 想起你纯属偶然 / 如想起冬天的一片雪花 / 忆不起你真实的面

孔 / 想你 / 只是一种习惯"。面对"你"的"模糊不清","我"（诗人杨小伦）只能以一种习惯实现这种"回应"，并经由这种习惯，支撑自己"活着"。

随着"你有遗失的诗稿 / 散落于我的梦中"，"你"有了回应。当"你"以遗失的诗稿于梦中回应"我"的时候，"我"（诗人杨小伦）作为诗人的身份和存在得到确认，但由于诗稿的"遗失"，暗示着"我"作为诗人，其使命是：呈现这种"遗失"，方能最终达及你，如此，"我"（诗人杨小伦）的存在才真正有了皈依之处。

即使如此，即使得到了"你"的回应，确认了"我"，作为一个诗人的身份和存在，我却由于"诗稿"的"遗失"，陷入另一种恐惧中。在诗《路》中，诗人杨小伦写道："冬日 / 我总是不敢出门 / 我就怕永远消失在 / 风雪的夜里 / 我 找不到"。

与"回家"并找到皈依之所，相伴随的是"怕"，是恐惧自己的存在被"风雪"和"夜"所代表的未知的事件和存在吞噬，成为永远的虚无，灵魂在漂泊中永远得不到皈依。我意识到，在一次次"呼唤"的背后，诗人杨小伦放不下"你"，不能终止向你呼唤的原因在于："若没有'你'，'我'的存在将是空和无。"

真主、上帝以及人间的"家"，已无法回答

诗人杨小伦对于生之意义的追问。诗人杨小伦天启般地站在了"十字路口"。

伴随着这一思考，联系到人类今天的处境，我倒吸一口凉气。东方文化从源头处便失去了绝对信仰之问，西方文明自宣告"上帝之死"后，面对生命存在的意义之问，再无力给予回答。何去何从？正是诗人杨小伦当年身处悟道的"危险"中，面对"死"时的追问和困惑，是她诗的来源。

事实上，这一追问和困惑，不仅仅属于诗人杨小伦。

今天，在天空下，在大地上，以个体的形而下的欲望为指向，人类极尽所能通过技术手段制造诸多"产品"，填充人为摘除存在意义之问后的巨大虚无，但却一天天被虚无反噬。人类渴求得到"解放"，找到方向，却仍在枷锁之中。

谁还在痛苦绝望中，渴求灵魂得到救赎？谁还在痛苦绝望中，一次次发出呼唤？谁还能聆听这样的渴望和呼唤？若无法聆听，生命与生命之间的断裂和漠然，将是另一种虚无。无法聆听，擦肩而过，没有怀念的世界，是真正的地狱。事实上，无论回避还是直面，"死"已来临，谁又能逃脱这一追问的审判？

在这样的"呼唤"中，我开始阅读那首命定般的《红孩儿》。

命定般的《红孩儿》

对于诗《红孩儿》的出现，在诗《红孩儿》开篇处，诗人杨小伦这样说："红孩儿是我梦中的一首诗／红孩儿是命运的宣告。"

"我"——诗人杨小伦经由"你"，确认了自己的诗人身份和存在。随着诗《红孩儿》在诗人杨小伦梦中出现，"遗失的诗稿"终于显明。随之而来的问题就是：怎样才能诞下这个来自精神世界的"孩子"？

对一个诗人而言，这是"命定"，也是命运。

更为重要的是，对于这个精神世界的"孩子"的"诞生"，诗人杨小伦将其视为自己的一次新生。在诗《红孩儿》中，诗人杨小伦这样呼唤："孩子／你是来我梦里／迎接我回家的精灵""你不歌唱／太阳就不出来／你不歌唱／冬天就不会到来／你不歌唱／夜／就不会变成白天／就不会变成月亮之夜"。

诗人杨小伦出生于冬天，"你不歌唱／冬天就不会到来"明确表明："红孩儿"的诞生，和"我"（诗人杨小伦）的新生是一体的。在此，如果"红孩儿"不能诞生，诗人杨小伦的存在将是"空"和"无"，将毫无意义。

在此，诗人杨小伦置身于生死叩问中，已经

天启般的触及一个预言："诗"的诞生，将是"人"的新生！在这一意义上，诗人杨小伦的存在是先知般的存在。在这一天启般的触及预言的背后，"诗"和"人"的存在血肉相连，"诗"是对"人"的救赎和拯救的预言即将呼之欲出，但这一"呼唤"只是蕴藏在诗人杨小伦的诗中，它还无法以问题的形式脱胎而出，成为一个追问。

通过老师杨单树的讲解，通过阅读抒情史诗《时间的舞者》，我逐渐明白：如果缺失了上帝的绝对精神的参照及引领，没有科学理性的洗礼，在天、地、人不分的状况下，我们的提问与人的存在和灵魂无关。

例如屈原。他在问，但他的问与人的灵魂无关；他的问，只能变成对自然意义上的天地的发问。这样的天和地，肯定无法对精神存在的困惑予以回应。唐代诗人张若虚在问："江畔何人初见月？江月何年初照人？"这样的发问，同样与人的精神存在之困惑及灵魂无关。

在阅读了师姐王小瓜的《大巫，永远在天地间吟唱》一文后，我记下了这段文字："对以游牧为基础的欧洲文明来说，尽管突破了天，创造了绝对的存在——上帝，然而，基督教却僭越上帝，用绝对权力把上帝专制化。专制化的后果，是人对上帝的反叛。当尼采宣布'上帝死了'后，欧洲陷入绝对价值的真空中，人找不到在宇宙间存在的价值尺度。在绝对价值观的缺失下，欧洲以真理、以各种人造的准宗教替代上帝。然而真理以及各种准宗教都不可能成为人存在的充分理由，欧洲必然地走向上帝缺位后人性迷茫的后现代和后后现代。"

在诗人杨小伦的诗歌残笺中，我读到了这样的诗句："生我之前／谁是我／生我之时／我是谁""苍天／你要把我托付给谁？""冬季／我可曾是你的女儿"。诗人杨小伦在绝望中的追问，回响着多少生命的痛和挣扎。除了问那个不言不语的"天"，她还能问谁？

在缺失了诸多前提条件，在文化的天生基因的残缺下，在东西方都陷入绝对价值的真空中，最终在无法追问的历史背景下，诗人杨小伦的绝望，是精神受难者的呼喊，是得不到救赎和解脱的灵魂写下的血书。

于此，诗人杨小伦写下的诗《红孩儿》，更多是她在呼唤精神世界的"红孩儿"诞生。诗人杨小伦被这种"痛苦"折磨着，在诗《红孩儿》中，她这样诉说着："孩子／你是我一生的难题／你是我终生都解不开的一道难题／孩子／你是我的哭泣／我的歌／你是我灵魂的不可选择"。

在痛苦和折磨中，对"红孩儿"，诗人杨小

伦又怀着深深的期望和祝福："为了我 / 为了明天 / 你要成为河流不可触及的远方 / 要比死亡还要远 / 要比梦还要远"。纵使无法看到这个"红孩儿"诞生，也要以祝福的方式，在时间的虚无中把这粒种子存留下来，并坚信其终能诞生，这就是诗人杨小伦，一个天使，一个爱者。

当诗人杨小伦在诗《红孩儿》结尾处写下："生于冬天 / 我将葬身于春天 / 不为诗歌生 / 但为诗歌死"的时候，她的死已经注定。在1992年，诗人杨小伦自杀。

在此意义上，只要开启了生命意义追问的心灵，无法绕过诗人杨小伦的"死"，她的"死"，她在绝望中的"呼唤"，等待着"你"来回应。如果没有得到诗人杨小伦一直呼唤的"你"的回应，诗人杨小伦的灵魂得不到救赎，许多和诗人杨小伦同命运的灵魂得不到救赎。

在此，"诗"的诞生就是"人"的新生的呼唤，那样凄厉，如此紧迫。

不"死"的《红孩儿》

老师杨单树和诗人杨小伦是一对恋人。杨小伦的死是老师杨单树一生难以释怀的事，和深入灵魂的痛。经由老师杨单树隐痛的回忆，我进一步了解到，诗人杨小伦既不想皈依伊斯兰，也想逃离藏地，更不想去汉地。她对三种文明的拒绝，让她在精神上"无处可去"。

同时，身处被分配工作的时代，个人没有选择的自由，行走世界。诗人杨小伦从甘孜州卫校毕业后，被分配在孔玉乡卫生院。那是一个被河对岸巨大的山的阴影压迫着的地方，河对岸巨大的岩石压迫着人的视线，让人看不到天，就连空气中也透着停尸所的味道。远方成为诗人杨小伦渴望却无法达及的存在。

与老师杨单树相遇相爱，诗人杨小伦一直渴望一个集"诗""家庭""精神世界"为一体的伊甸园般的存在，为自己的灵魂和肉体找到皈依之所。但当时，老师杨单树还处于行走并寻找天涯的状态中，尚未确立自己的精神存在。对于老师杨单树而言，尽管当时他已经结婚，但"家庭"是他一直要离开的地方。老师杨单树明确地将自己的想法告知诗人杨小伦，诗人杨小伦陷入极端的痛苦和绝望中。

在这样的状态中，诗人杨小伦梦见了那首《红孩儿》。她将其视为自己和老师杨单树共同孕育的精神的孩子。然而，诗人杨小伦想写，却无法写出来。绝望中，她在笔记本上写下残缺的诗篇，一次次给自己打卦，占卜命运之神将把自己的命运指向何方。此时，诗人杨小伦已预感到，她在大地上没有活路。她不想死。然而，在无法脱离现实生存的桎梏下，在精神的无出路下，在灵魂找不到皈依的情况下，诗人杨小伦最终决绝地终止了自己的生命。

"人心没有回路"——诗人杨小伦在生命的最后时光，被红孩儿和死亡的意念紧紧抓住。在预感到了死亡的时候，她曾想象像风、像阳光一样干干净净地从这个世界上消失。在死亡成为不可回避的现实时，她唯一能想得出的是在雪山之巅纵身一跃，融入云海和茫茫白雪之中。当在人世间只有一死时，她唯一的选择是，借助一个医生行医带来的方便，用一瓶安眠药结束了自己；她的身体，没有化成风和阳光，只能留在人间，任人处置；她在现实处境里维持生命和死亡尊严的唯一方式，就是像一个睡美人一样身怀着她无法完成的"红孩儿"死去。杨小伦死后，老师杨单树看见尚美的她于一夜之间，脸、手和整个身体塌陷，"美"荡然无存。她的家人遵照伊斯兰的葬礼仪式将她葬在康定跑马山上穆斯林的陵园里。诗人杨小伦对她的生和死都无法主宰。她一生唯一能做的是，不为诗歌生，但为诗歌死。

面对诗人杨小伦的"死"，老师杨单树经历

了从最初的想杀人，想毁灭，到自己自杀未死，再到独自承担并追问"死"的生命历程。经历了由死到生的涅槃之后，老师杨单树领悟到：死是肉体的；死而不亡，则是把爱和灵魂留下。1999年，老师杨单树曾到白玉县诗人杨小伦的出生地，想拍下一些与她生活场景有关的照片，用完一卷胶卷却未得到一张能够成像的照片。冥冥之中，天意似乎启示老师杨单树，诗人杨小伦只有在精神世界里才能清晰呈现。三十年来，老师杨单树在精神世界里怀想诗人杨小伦、拷问自己的灵魂，最终完成抒情史诗《时间的舞者》，回应了三十年前，诗人杨小伦的"死"和"呼唤"，一起为人类迷茫而痛苦的灵魂招魂。

我一度将诗人杨小伦诗中的"你"，狭隘地理解为老师杨单树。但在反复阅读诗人杨小伦的诗之后，我发现，至诗《红孩儿》出现，诗人杨小伦笔下的"你"经历了从一个具体的遥远的"你"，慢慢呈现为"诗"的充分指向和完整精神内涵且具有引领角色的"你"。

在抒情史诗《时间的舞者》中，"你"也从具体的自杀的诗人杨小伦，渐渐呈现为一个和"我"一起发出招魂之声的引领者的变化。参看本文第二部分，可以看到正是由于"你"以及对"你"的一次次呼唤，诗人杨小伦确立"我"作为诗人的命运和身份；在抒情史诗《时间的舞者》中，正是由于"你"以及对"你"的自杀和死的不断追问，"我"——时间的舞者（巫者）才在"你"的引领下，经历地狱，并一起为人类招魂。"你"与"我"互为引领者，互为灵魂救赎的精神使者。

从《红孩儿》到抒情史诗《时间的舞者》，"你"一脉相承，却又不断被赋予新的精神内涵。从中，我看到："诗"不是一次性的，而是在追问中不断孕育，不断涅槃。从中，我还看到：没有"你"，那个引领"我"不断靠近，不断追问的存在和使者，不会出现《红孩儿》；没有《红孩儿》，也就也就没有抒情史诗《时间的舞者》。

《时间的舞者》第三诗章《舞》最后一首诗《天上的葬礼》结尾处，时间的舞者（巫者）这样道："天使／引导爱／进入天空／天使／灵魂和爱／永恒的使者"。

"你"，就是天使。没有"你"，"诗"无法诞生；没有"你"，"我"无法诞生。

代 后 记

大巫，永远在天地间吟唱

王小瓜

上 篇

一

　　烈日下，夸父奔跑着，一刻不停。他想追上太阳的脚步；他想抓住太阳；他想阻止太阳的下落。太阳落下，生命凋零。

　　烈日下，后羿抽出羽箭，射向十个太阳。十个太阳快要把大地烤焦了。

　　夸父倒在了阻挡死神的路上，倒在了通往永生的路上。他的精魂化着了一棵桃树，为后来的巫者指引方向。后羿成功地阻止了大地的毁灭。从此，他背负着神的惩罚，流放在人间。

　　夸父、后羿，完成了远古大巫的使命。夸父、后羿，为世人昭示了大巫的使命。大巫降世，就是来阻止天地的毁灭的，就是来带领人类走出存在的迷雾。

巫，在时代的进程中扮演着不同的角色。古代，他们是祭司、是巫师、是先知。现代，巫的身份是诗人。

二

老师杨单树，是上天选定的一个巫者。老师出生的时间、地点，注定了他人生的轨迹不会是按部就班的，不会是文明既定的。

1961年的5月，雪域高原，春回大地。洁白的俄色花开遍了炉霍县的山山水水。白云般的花朵像大自然捧出的一根根哈达，缠绕在山间，缠绕在河边。大自然仿佛在用这样的宗教仪式，隆重地迎接一个自然之子的降生。当燕子又飞回村寨时，老师在炉霍县医院出生了。燕子用它们蹁跹的身影，提示着人们春播可以开始了。1961年，是"三年自然灾害"的尾期。粮食匮乏的日子终于要过去了。这让老师的成长，有了基本的物质保障。

从出生的那天起，老师就很少见到父亲。老师父亲，渴望妻子生产的这一胎是个女儿。他已经有了两个儿子。当他急匆匆从乡下赶回县城时，妻子已经生下了孩子。他没有进产房。他问护士，男孩还是女孩？护士知道严肃的杨部长，希望有个女儿，于是回答说，女孩。当时，老师父亲，一个川大法学系毕业的高才生，任炉霍县宣传部部长，以严肃认真的工作作风而出名。听了护士的话，老师父亲并没有流露出喜悦的神情。他板着脸，再次问护士，男孩还是女孩？看着杨部长的脸色，护士不敢撒谎了。她说，男孩。又是一个男的。扔下这句话，杨部长转身就走了。这件事，被老师母亲经常提及。

老师母亲不记得，多久后，杨部长才又从乡下回到家，才看到了襁褓中的小儿子。老师父亲，是一个工作狂人。他常年提着一个糌粑口袋，在乡下做中心工作。老师母亲，尽管在县上银行上班，但也没有时间管孩子。学习学习再学习，这是当时人们的政治环境。老师母亲除了上班，就是参加单位组织的各项政治学习。老师的童年，几乎可以用无父无母无师这样极端的词语来形容。

1966年，老师五岁，正是进入启蒙教育的年龄。此时，砸烂旧世界的"文革"爆发了。"文革"的巨力摧毁了文明及教育。"文革"中，高原上俱在的佛教文明及儒家文明被打倒在地，基督教文明则在遥远的彼岸，老师面对文明的一片空白，没有一种人类文明可以作为他学习的指南。"文革"中，学校的正常教学被中断，教师无力教导学生。

老师的启蒙教育，无一人承担。"文革"爆发后，老师父亲因公然反对林彪的"顶峰"问题（毛主席的话句句是真理，一句顶一万句）而被打成"现行反革命"，被关进牛棚；母亲则受牵连被发配乡下，他们对老师的成长彻底失效。没有文明指引，没有教师教育，没有父母引导，老师的心灵回到了人类文明诞生之初，回到了人类文明的混沌状态。

在混沌的天地里，老师同大巫后羿一样，以自然为师，以自然为父，以自然为母。老师不依恋父母。从一岁会走路起，他就不再依恋母亲的怀抱。他想到母亲的时候，仅在饿了时。当老师饿了，他会找到母亲，撩起母亲的衣襟，吃奶。饱了，就又跑去玩了。两岁时，他被母亲送到雅安市芦山县外婆家，断奶。三岁，回到炉霍县。此时，老师已经有了奔跑的能力。有了自己找食物吃的能力。家，仅是他困了时休憩的地方。

老师在具有神性的高原，疯长。他不和两个兄长玩。他一个人耍。饿了，就跑到县委大院的食堂里，捞一把煮熟的喂猪的洋芋吃，或摘农民地里的豌豆吃。有一次，老师甚至抱着一头母猪，钻到母猪肚皮下，吸它的奶。老师和玩伴杨剑一道，爬上高高的俄色树，摘俄色果。老师能摘到最大最红的果子。他敢爬上悬崖边最高悬的树。老师在炉霍县鲜水河畔，捉蜜蜂，喂养蜜蜂。老师坐着撮箕，从长度近千米的冰瀑布上滑下。旷野里，老师向动物、向植物学习生命的知识。

三

在老师接受启蒙教育的年龄段，大自然适时地对老师进行了心灵的启蒙。

启蒙之一，死亡。通奸，在老师的童年和青年时期，是一项大罪，是要判死刑的。1966年，冬天，老师五岁，老师母亲单位，一个已婚男人，爱上了一个未婚女子。两人有了性关系。未婚女子坚决要嫁给男人，且有了身孕。男人不敢告诉妻子自己的外遇，更不敢提出离婚。在当时的法律制度下，男人无法找到出路，唯有一死。老师听母亲讲述，那个男人是割腕自杀的，鲜血流了一地板。自杀现场，不准孩子接近。老师讲述，他在远处瞥见，那个男人死亡的姿势在他成年以后呈现为马拉之死的姿态。男人死亡的姿势深深地印在了老师的脑海里。尽管，老师的所见和现实可能有出入。但，那不是重要的。重要的是，那个男人第一次告诉了他，什么是死亡。五十一年后，老师向我讲述的时候，依然清晰地记得，当年埋葬那个男人时的场景。老师说，当年，没人敢为男人送葬。因为，他犯下的是"反革命通奸罪"。男人的尸体被放在简易木板上，盖了白布，由几个当地农民抬去埋了。那一天，老师一直跟在埋葬的队伍后面。那一天，太阳白花花的。埋葬的队伍从县城出发，往郊外走去。他们要将男人葬在鲜水河畔。队伍向前，渐渐没有了人户。冬天的鲜水河畔，只有枯草、白沙和鹅卵石。埋葬的队伍，行进在河边，他们在找一个合适的位置。老师跟着他们走了很久很久。最后，队伍在一处乱石林立的河滩边，停了下来，挖了一个深坑，将男人就地埋了。没有墓碑，没有任何一个标记，男人就此消失在了人世间。老师远远地看着。他无法言语，也无法流泪。生命的幻象，如雷电一般，轰然劈中了老师。死亡的种子就此种进了老师的心中。老师第一次知道了，死亡是人所无法迈过的。人活着，必须直面死亡。

死亡，在老师的生命里反复出现。高原，是离死亡最近的地方。从小，老师就听说了天葬，听说了神雕将人的肉体与灵魂带向天国的故事。在高原，死亡是清晰而又具体的存在，它一直伴随着老师成长。最终，死亡，在老师的生命里流淌成一条河。

启蒙之二，性。那个时代，性是禁忌。那个要求大家，做一个纯粹的人。性，被绝对专制的力量要求彻底地无视。性，是罪恶的。这是老师从小被灌输的观念。与绝对专制相对的是，民间丰富的性。高原上，民间传说《阿扣登巴》里，有大量黄色故事。这些故事，不用大人教，孩子们都会讲。老师和比他年长的孩子在一起玩，那些孩子就会讲黄色故事。这些故事，老师想听，但又恐惧听。老师说，那些大孩子将小孩子集中起来，让他们脱掉裤子，一边讲黄色故事，一边看谁的小鸡鸡硬了。如果谁一不小心勃起了，他就会受到大孩子的辱骂和嘲笑。那样的辱骂和嘲笑，是一个孩子绝对承受不起的，他的一生就此毁了。在大孩子恶毒的审判下，性，在老师的心里种下的是罪恶的种子。1967年，老师六岁，有一晚，老师的父母在做爱。睡意蒙眬中，老师知道了父母"罪恶的行为"。第二天，老师一天没和人说话。他一个人沿县政府大院的墙来回走着，边走边用手指在墙上划着一字。老师内心痛恨到了极致。父母居然做爱了，居然做了如此罪恶的事情。老师没有地方发泄内心的痛，唯有用手指在墙上划一字。

极端年代，性，被打入了地狱，被赋予了宗教的意义。性，就是原罪。然而，性，又是生命的本能。那些大孩子所讲的黄色故事刺激着老师和他的玩伴。有一年冬天，老师和一群孩子，在炉霍县政府大院的地窖里，发起过对禁忌与图腾的挑战，老师体内原始勃发的生命力在挑战中被点燃。

老师是幸运的。老师生命本能的一体两面即性欲与爱是同时被唤醒的，这让老师没有走向单纯的性欲。

六岁，老师成为炉霍县幼儿园的一名学生。一天，老师和几个孩子在幼儿园里玩梭梭板。老师在地面上。这时，一个小女孩头下脚上地从梭梭板上快速冲了下来。女孩被吓住了，尖叫。她那样滑下来，一定会出事的。危急中，老师想也没想，用胸膛接住了女孩。女孩一头撞在老师胸上。老师的胸部让女孩避免了头破血流，然而，他却当场被撞晕了。凭着本能反应，老师救了小女孩。这注定了，老师与女人的关系，绝不会是简单的生物关系；这注定了，女人在老师生命中将流淌成一条河流。

启蒙之三，远方和自由。在自然的怀抱里，老师得到了自由。与自然相较，家，没有那么多的自由。当在家里感到一点不舒服时，老师就会想离家出走。小时，老师常挂在嘴边的话是，"我不在你们家了"。老师的潜意识里，父母的家，不属于他。老师的潜意识里，家不是他所需要的，他需要的是自由。自由在哪里，老师并不知道。

他只知道，在远方。

三岁，老师即开始寻找远方和自由。他常离家远行。那时，老师年幼，走不了多远，就会被找回。多次离家，有一次，老师差点真的成行。那天，炉霍县委大院里停了一辆大车，老师爬上大车，钻进篷布，睡着了。夜晚，老师母亲没见到孩子，四处寻找。最后，在大车车厢篷布里找到了熟睡的老师。老师母亲常后怕地说，幸好那个师傅没急着把车开走，要不然，不知道，老师会被带去哪里。

老师有一次成功地远行。1968年，老师七岁，全国开始"割资本主义尾巴"。老师记得，当时炉霍县要求，每户人家必须将家里养的鸡、鸭、狗等家禽及家畜一律处死。为了帮助人们处死狗，炉霍县武装部出动了军人，用枪打死了不少家养大狗。为何，将狗与鸡鸭并列处死，也许，是因为狗肉可以私下炖了吃的缘故。当时，老师二哥养了两只小鸭子，一只黄色的，一只黑白色的。老师二哥害怕鸭子被处死。他将鸭子放在一个盒子里，让老师抱着，送去乡下母亲那里。那时，老师母亲在炉霍县雅德乡工作。雅德乡距离县城有十五公里。十五公里，对一个一小时走五公里的成年人来说，需要三个小时，才能到达；对一个孩子来说，需要走多少小时呢？老师不知道。

他只知道，走完这十五公里的路途，必须经过一个兵站。兵站有一条大狼狗，狼狗生性凶猛。白天，胆小的大人不敢从兵站经过，怕被狗咬。当时，老师和他的二哥，都是孩子，没有任何危险意识。老师二哥只比老师年长四岁，当年也仅十岁，还不会考虑生命安全的大事，他只知道，鸭子不能被处死了，必须送去乡下。为何老师二哥让老师去送鸭子，而不自己去送？也许，是因为，老师二哥认为老师比他更勇敢吧。老师二哥性格温和，是三兄弟中最听话的。那一天，带着二哥的嘱托，老师抱着两只鸭子，于中午时分出发，不知走了多长时间，才到达了雅德乡。那时，天已黑了。当他终于站在母亲面前时，母亲根本认不出他来。老师的脸上、头上、身上，全是尘土。只剩下两只眼睛，是干净的。将鸭子送到目的地，老师准备连夜返回。母亲让他留下，洗了脸，睡一觉，再回去。

第二天，老师从乡下回到了县城。他完成了一次史诗般的旅程。年幼的老师，带着两个无助的小生命，独自一人面对黑夜、面对恐惧、面对危险，最终胜利到达了目的地。这标志着，老师已经有了远行的行动能力。从那之后，自由和远方成为老师生活的重要内容，成为老师生命的另一条河流。

炉霍县，老师的远方在东方。炉霍县城的东面，有一座当地人称为尖尖山的雪山。从县城远眺，这是唯一可见的一座终年积雪的雪山。老师听人讲述，雪山上，有美丽的黄鸭。据说，这种黄鸭，可以在家养鸭子的带领下，走出雪山。有人进行试验，结果，黄鸭没见到，家养鸭子也失踪了。黄鸭，在老师心里，是人所不可见的神秘之物。雪山上，还有一个高原湖泊。湖泊里，有娃娃鱼。娃娃鱼，是高原上一种不可多见的生物。湖泊周围，则长着一种茎干带甜味的植物。这种植物的茎干，在当年的炉霍市场上，要花一分钱才能买到一根，稀少而又珍贵。尖尖山上的神秘之物与稀奇之物，吸引着大人和孩子。然而，尖尖山，路途遥远。一个大人，要走整整一天才能到达。尖尖山，是年幼的老师绝对无法到达的远方。不过，尖尖山没有拒绝老师，它在日光下召唤着老师。

　　每当阳光普照，尖尖山上的白雪就闪耀着圣洁的光芒。蓝天下，尖尖山无关尘世，其山峰如同一架通往天堂的天梯矗立在天地间。年幼的老师想象，从尖尖山上往上爬就可以到达天国。老师想走近尖尖山，却无能为力。尖尖山绝对的高和远，像一块巨大的磁铁，激发着老师原始的生命力，激发着老师以饱满的生命热情去寻找远方和自由。

四

　　2004 年 5 月，我从康巴高原的一个中学考调到甘孜日报社，成为报社的一名记者。未到报社报到前，我就知晓了老师杨单树。老师杨单树作为甘孜日报社的记者、编辑，他和女人的故事以及他的才华，在康巴高原广为传颂。我对老师的人生好奇，也对老师的才华钦佩。当我成为报社的记者后，最想见的人，就是老师。5 月的一天，老师来到办公室，我从座位上站起来，和他打招呼。四目相对的那一刻，我就被老师身上散发出的浓重的巫性所牢牢吸住。在他的身上，我嗅到了一种特别的味道。那样的味道不是男人的荷尔蒙的味道，而是沉睡的盘古的味道。那样的味道，我无法抗拒。我感觉老师身上的气息，就如一炷引魂香牵引着我的灵魂，让我不由自主地靠近他。

　　2004 年 6 月，和我一同走进报社的那批记者纷纷找老记者拜师学艺，老师下属的记者选择了以老师杨单树为师，我跟随他们拜了师。尽管，我并不是老师的属下。

　　建立了师生关系后，我经常向老师请教新闻及文学。我也对老师的出生有了了解。老师的童年，揭示了他身上浓厚巫性的来由。"文革"带来的文明的空白以及青藏高原，让老师脱离了人类文明的设计，让老师的心灵直接与神灵交流。老师的讲述，让我明白了为何我会不由自主地接近老师。原来，出生于青藏高原的我，灵魂深处有着对原始野性的本能嗅觉。当强大巫性的老师出现时，我会顺着本能的指引去接近他。

当我拜老师为师时，老师已经每天半卧在床上阅读、写作了。床是他读书、写字、睡觉的地方。他没有再往牧场上跑了。他已经从康巴高原最美丽的草原回来了。他已经结束了他的自我"发配"。

在康巴高原，人们交口相谈的老师的故事中，就有他自发"上山下乡"的传奇。1979年，老师从康定中学毕业，考入成都科技大学。1983年，老师分配在成都某大学任教。此时，老师已经走出了大山，进入了大城市。那时，成都，对康巴高原的人来说，简直就是天堂。据传，当年，康巴高原的乡下，来自内地的乡干部，夜晚，在灯下聊天打发漫长的无聊时光提及成都时，不少人的嘴里会流下长长的口水。然而，1988年，老师却抛下了天堂般的成都，返回高原，并且将自己下放到炉霍县罗柯玛草原。

老师的行为，在人们的眼里看来，简直就是疯了。就连老师的父亲都无法理解他。老师考入科技大学，老师父亲极为高兴。老师三兄弟，大哥、二哥都因"文革"的特殊年代而无缘于大学。

尽管他们的智商都不低，尤其老师大哥可谓天资聪颖。老师的两个哥哥不能进大学，这对老师父亲来说，是一个遗憾。如今，老师考入了重点大学，老师父亲对他寄予的重望可想而知。老师父亲让老师在大学期间过着贵族的生活，他一个月的生活费相当于别的同学半年的费用。当时，一个大学生一个月只需要八元钱就够生活支出，而老师一个月可支配五十元。老师大学毕业了，在老师父亲的设想中，他应该积极投身于国家建设，为国家的强盛做出重大贡献。然而，老师却走了一条他的父亲无法想象的道路。他不仅从成都回到高原，还彻底放弃了科学，转向文学。文学，之于社会，之于国家，之于个人，有什么意义，这是老师父亲所不能理解的。

老师父亲对老师的选择，以沉默对待。他将自己对老师的失望压在心底。他不理解老师为何这样做，但他相信，老师一定有自己的理由。那时，老师没给父亲做过解释。那时，老师还在发现自己的阶段，还没到理清自己。老师父亲去世多年后，老师偶然在家中看到了父亲在他前往高原后写给他的没有发出的信，方才知晓了，父亲对他深沉的爱。这时，老师已能清晰地看见自己走过的道路，老师对我说，如果，他的父亲还在世，他一定会明白地告诉父亲，自己因何而走上文学的道路。

老师说，从小，他追寻远方和自由，其背后，是对我是谁的追问。老师一生有三个与远方有关的梦想，有三次对自我的确定。十二岁时，老师曾梦想当海盗。那一年，老师看了欧洲一部与大海、海盗有关的电影。电影里，大海的波澜壮阔闪电般进入了老师的内心。受电影的激发，老师要寻找的远方，第一次有了明确的雏形。当一名海盗在大海里自由地驰骋，这是老师第一个明确的人生目标。这个目标，持续到十七岁。

　　十七岁，老师读高中，此时，他已经在关爱他的老师的教育下，从一个野孩子回归了人类文明，并显示出了优秀的理性思维能力。十二岁，老师随父母从炉霍迁居康定。康定，是甘孜藏族自治州的州府所在地，集中了全州各行业的拔尖人才，尤以教师队伍为最，这对老师的成长起了决定性作用。从小学到初中二年级，老师完全处于放养中，没有一天时间用于学习。初二，一个叫胡老师的体育老师不仅规范了老师混乱的野性，还间接地激发了老师的上进心。从初二起，老师决心好好学习，由班上的中等生一跃为全班第一名。上了高中，老师更是成为康定中学有名的"数学王子"。老师读高中时，陈景润的事迹在全国传播，与陈景润的一生相关联的哥德巴赫猜想进入老师的世界。老师因哥德巴赫猜想蕴含着宇宙的真理而对它产生了浓厚兴趣，立志成为一名数学家，有朝一日解开哥德巴赫猜想。数学家，是老师人生的第二个梦想。

老师的第一个和第二个梦想，都不是生命自觉的，都是青春少年漫无边际的幻想。这样的梦想必然会破灭。

十八岁，老师参加了一次全国数学竞赛。那次竞赛，一共有五道正题和两道附加题。老师附加题一道做不起，另一道完全不知道在说什么。那次竞赛，让老师看清了一个事实，他没有成为天才数学家的足够天赋。那次竞赛，让老师第一次对自己为何活着而困惑。当时社会流行的职业，如当兵、当驾驶员都不是老师所喜欢的，而做一名数学家又没有天赋，老师第一次不知道自己活着的意义，第一次面对着我是谁的问题。

对老师来说，我是谁必须得到确定，因为，死亡追迫着他。十九岁的一个夜晚，老师再次清晰地感受到死亡的力量。那是一个满月之夜，老师和好友在四川大学的水塔下望着天上的星斗畅谈，倏忽间，老师意识到：这些人眼可见的星星，有的，其实早已死去了不知多少年；它们熄灭之前的光芒，不知经过了几多光年，如今才到达地球；人们看到的星空，有些，不过是星星毁灭之前的幻影罢了。倏忽间，老师洞察了星光的幻相，从此，无法心安理得地活着。他深深地觉知到，必须回答我是谁、我要往哪里去、我又从哪里来，否则，死亡一定会将他抹掉的。老师无法承受，一个生命无声无息地在天地间灰飞烟灭。

我是谁，老师暂时找不到答案。尽管，老师大学的专业是物理，但老师并没有班上同学挑战爱因斯坦的雄心。老师陷入为何而活的困境中。每天，看着太阳升起又落下，老师为生命的流逝而绝望。绝望中，老师甚至想结束自己的生命。老师不愿意无意义地活着，如果那样，他宁愿去死。也许是因为心中的绝望太深，也许是因为死亡融进了老师的血液里，二十岁后，老师的生命即处于死亡的周期中。二十岁后，每个月中，老师总有那么几天深深地厌生。当死亡的周期来临时，老师想死。但是，他不愿意就这样死去。他知道，那是死神对他的邀请，如果轻易赴约，他就永远地消失在了天地间。他明白，他不仅应拒绝死神的邀请，还应战胜并超越死亡；如此，他必须追赶上时间的脚步，必须在死亡到来之前确定我是谁。

当死亡向老师发出邀请时，幸运的是，老师找到了与死神展开战争的途径，那就是写作，这让老师在一次次死亡周期来临时，避免了自杀。二十一岁，老师翻开他人生中阅读的第一部小说

《基督山伯爵》，看到一个比现实世界更为真实的世界，当下恍然大悟。原来，老师是一个作家、诗人；老师还明白了，原来，那个比现实世界还要真实的世界，就是他要寻找的远方。老师当即产生了他人生中的第三个梦想即文学的梦想。

当老师明确了自我、明确了远方的方向、明确了自己要做什么之后，老师就同远古大巫夸父一样，背负着命运，追赶着时间，并最终将追问转化成文字。那之后，老师人生的三条河流就相互交织，共同朝着精神的高处和远处前行。

五

成为老师的学生后，他给了我一本他早年写的抒情诗集。这本诗集是打印稿。老师早年写的诗歌的数量，尚不足以出版。在这本打印稿里，一首《阳光的雕塑》吸引住了我，那是我看到的关于死亡、关于时间的最诗性最深刻的表达。那首诗歌，让我看到了老师的思考足以回答我心中有关存在的问题。那首诗歌，让我知晓，如果有一天，我需要一个灵魂的导师，那么，这个人，只能是老师。

我希望老师能成为我灵魂的导师，不过，我需要确认一件事，那就是老师对待女人的态度。

作为一个成年女人，我看到太多男人无视女人的灵魂，仅仅将女人当作泄欲的工具。我想知道，女人在老师的眼里是怎样的。我向老师抛出了问题，等着老师回答。2007年的清明节，老师将我带到了康定跑马山上的一处坟冢前。那是老师深深爱过的一个叫杨小伦的女诗人的坟墓。那一天，老师带着我给她扫了墓，之后，老师向我讲述了他的那段爱情故事。老师告诉我，他和诗人杨小伦的相遇注定是一场悲剧。老师告诉我，杨小伦的死让他从此不能堕落，让他彻底转变了对女人的看法。老师说，之前，女人在他眼里仅仅是肉体的存在，他和女人的相遇仅仅是肉体的相遇，然而，诗人杨小伦却以最决绝的方式告诉了他，女人是有灵魂的，女人是对存在有觉知的。老师说，杨小伦的死是他心中一直无法迈过的痛，时隔多年，他终于能够平静地面对，终于能够对我讲述了。老师告诉我，他曾想用诗歌表达对杨小伦的爱，但却无法表达。

那一天，老师给我解开了一个谜题。在康巴高原，老师与女诗人杨小伦的爱情及女诗人的死有多个版本的传说。我一直很想知道事情的真相。那一天，老师告诉我，杨小伦的死是因灵魂与肉体被逼到了绝路；灵魂上，杨小伦在临死前一段时间，梦魇似的梦见一首叫《红孩儿》的长诗但却无法写出来；肉体上，杨小伦的爱无出路且工作、生活在一个极度压抑而无法离开的地方。老师告诉我，杨小伦死后，他就背负起了杨小伦留下的沉甸甸的爱及未写出的诗歌，没有一天放下。

那一天，我看到了老师对待女性即生命的基督之心，我知道了老师对待女人的态度，我还知道了老师想将女诗人杨小伦化在诗歌里。那一天，我确定了，老师就是那个指引我的灵魂的人。

我观察着老师，老师也在观察着我。那天之后，老师还是和往常一样对我，并没有将我作为核心弟子。因为，老师认为，时机还未到，我还没有陷入深渊中。

六

2011年，我三十四岁了。此时，我的人生走到了退无可退的地步。此时，我经历了肉体的彻底沉沦、灵魂的绝对堕落后，知道了，人必须是有灵魂的，人必须是有信仰的。否则，人无法在大地上安身立命。然而，信仰什么？我不知道。儒家文明倡导的道德，在物质在现代文明的冲击下，土崩瓦解；佛教文明倡导的轮回，已被科学推翻；基督教文明宣扬的上帝，已被尼采宣布死了。三大文明中，找不到可以支撑活下去的理由。我必须找到自己的信仰,必须拯救自己的灵魂,否则,只有绝路一条。我抱着最后的希望,向老师请求明示。老师看到,时机终于到了,于是,向我传道。从此,我和老师之间建立了灵魂的传承关系。

老师向我打开了他的精神世界。在近一个月时间里,老师将我所有的困惑一一解答。老师的讲解,给我拨开了层层文明的迷雾,让我找到了安身立命的根本。老师浩瀚的精神世界让我吃惊。我向老师请教,为何他能跳出三大文明并能重建人类文明。

我的问题触及老师一生最难忘怀的往事。

时间回到1996年的冬天。1996年冬,老师在炉霍县罗柯玛草原。罗柯玛,是老师几经周折后选定的安放肉体和灵魂的远方。大学毕业时,老师面对何去何从的问题。受高更的影响,加之曾种下的海盗的梦想,老师渴望去西沙群岛。西沙群岛,是老师在中国的版图上能到达的最远的地方。在老师的想象中,西沙群岛就是高更的塔西提,那里有原始的自然,原始的女人。老师给西沙群岛的相关部门写了信,希望能去那里工作。老师收到了回信。回信说,西沙群岛除了守岛的官兵外,没有居民。老师无法变成一名士兵,他去不了西沙群岛。不能去西沙群岛,老师一时没有想好去哪里。他顺从分配,在成都当了一名大学教师。然而,成都并不能安放老师的灵魂和肉体。成都平原洋溢着浓厚的农耕文明气息,这让老师感到压抑。老师的灵魂在成都找不到一丝出处。老师要被逼疯了。他必须前往远方,必须前往一个远离农耕文明的地方。去哪里?老师想到了西藏。他先后给西藏文学杂志社及西藏大学写了信,希望能去那里工作。西藏文学杂志社及西藏大学都拒绝了老师。因为,上世纪八十年代,西藏是年轻人追梦的地方,太多优秀人才想去西藏,进藏是件不容易的事。老师因错过了大学分配的最佳时机而无法进藏。之后,老师又想去新疆。老师给新疆日报社写了信,但也被拒绝了。一时之间,老师没有想好去哪里。这时,也在寻找远方的老师的画家朋友刘洵向老师提议,去康巴藏区。刘洵的提议,得到了老师的认可。于是,冥冥之中,老师又回到了他的出生地,回到了现今人类唯一的神灵未死的地方。

老师以工作调动的方式,回到康巴。老师将自己调回了甘孜日报社。在报社工作五年后,老师又将自己调到了炉霍县罗宗工委任秘书。罗宗工委,正是罗柯玛草原所在地。在罗柯玛草原,老师的身心获得了自由。老师身处海拔3700米以上充满野性的地方,就会热血沸腾。老师准备在罗柯玛草原生活五年,之后,再去西藏。西藏拉萨，是老师心中的圣地。然而，1994年，老师参加了一次在拉萨举行的全国小说笔会后，颠覆了对拉萨的想象。那次笔会，老师目睹到拉萨已不再是上世纪八十年代初全国诗人的向往之所。拉萨的神圣形象在老师心里轰然倒塌。老师意识到，拉萨不是他想要寻找的远方。

老师在罗柯玛草原断断续续生活了三年了。三年后，老师的身体发生了变化，他无法适应高原气候。1996年冬天，罗柯玛草原用寒冷驱逐了老师。那个冬天，寒冷中，老师的思维麻木、语言停顿、生命力流逝。老师明白，他必须离开罗柯玛草原了。然而，老师却没有一个去处。欧洲，老师不会去，老师对欧洲文明并不向往；汉地，老师也不会去，老师在汉地的农耕文明中感受到的是生命的窒息；高原，有老师喜欢的游牧文明，却无法生活下去。老师第一次感觉到，大地如此之大，竟无一处可以容身的地方。老师回到康定，在一个叫志玛的已成为他妻子的女人那里，暂住。志玛和康定这座城收留了老师。老师被逼到了生命的尽头。恍然之间，老师发现自己在寻找远方的这条道路上，不知不觉中已走出了历史、走出了世界、走出了人类，走到了月球上，已与整个人类没有关系了。老师陷入了深深的绝望之中，无法活下去。

一天，老师一个人在家喝下了五斤白酒。此时，志玛出差在外。老师将寝室的窗帘拉上，躺在床上，静静地等着死神降临。浓烈的醉意向老师袭来，但是，老师不愿睡。老师知道，一旦他睡着了，就再也醒不过来了。老师盯着屋子里发光的白炽灯，不知时间流逝。躺在床上的老师，没有任何思维能力，只能清晰地感到，自己的生命力就如气流一般一丝一丝地从脚板心处流走；心脏也离开了自己的身体，犹如一摊血一样摊在地上。此时，老师的身体完全处于空灵之中，没有任何杂质，宛如一座坛城。这时，老师感到大巫后羿的灵魂降临到了他身上。老师活了下来，浴火重生。老师从小我走向大我。老师背负起了人类何去何从的命运，肩负起了一个巫者的使命。

多年以后，老师回忆这段他离死亡最近的经历时，一切犹历历在目。老师告诉我，那次他走到了月球上后，体悟到，如果人类灭了，而我活着，那么，这对我才是真正的绝望。他还体悟到，人必须以人类而存在。所以，他必须将个人的存亡融入人类的存亡之中。老师还告诉我，从那之后，他就再也没有听到心脏在胸腔里"砰砰砰"跳动的声音了。他很想听到那样的声音。

从老师的讲述里，我发现，其实，老师是一个生命的最大贪恋者。比如，老师那次自杀，其实，他的内心是不想死的，所以，他才会一直努力不让自己睡过去，如果，老师想放弃生命，那么，他只需闭上眼就行了。还有，老师那次自杀，离死亡只差一步了，这种情况下，如果，没有求生的绝对意志，他是活不过来的。我想，正因为老师对生命极致贪恋，所以，老师才不会允许自己在天地间化为虚无，才不会允许人类陷入迷境而毁灭；所以，老师要在绝境之中，与死神战争，为自己、为今天人类寻找一条通往永恒的道路。

当老师叩问永恒时，必然面对的是，上帝是否存在的问题。上帝存在与否，将决定人的存在是否有意义。如果上帝不存在，那么，不管人怎么努力最终只会化为虚无。可是，上帝，在欧洲已被尼采宣布死去，在中国却不言及。老师能否言说上帝，这是巨大的考验。

也许，是为了让老师更清楚地看见前路，上天又一次将老师的生命带入到地狱之中。1997年，在朋友的鼓动下，老师和朋友一起到了武汉，做书，赚钱。那时，老师已从月球上走了回来，重返了人间，从罗宗工委又调回了甘孜日报社。老师向报社请了假，在武汉待了大半年时间。期间，只为钱不为生命的写作经历，让老师深深地感到凡是没有信仰的生活都是绝对堕落的生活。老师一天也待不下去，毅然从武汉返回。回到康定后，老师即怀着对生命的巨大悲情，怀着对人类的巨大责任，每天和死神战争，在三大文明的终结之处，重回人类文明的源头，重建信仰，重建人类文明。五十知天命的时候，老师终于建立起了人觉知后的绝对价值和信仰。老师，作为现代的大巫，终于从自然、从文明、从悲剧精神中诞生。此时，老师人生的三条河流，彻底从形而下转向了形而上。困惑老师的性，升华为了爱，升华为了普遍的慈悲。死亡则升华成了精神的存在。远方则升华为信仰。老师在信仰中获得了彻底的自由、绝对的安宁。

七

老师希望用小说、随笔、诗歌表述他要重建的人类文明的内容。他最想写的是诗歌。因为，只有诗歌能充分表达老师对人类的大爱；只有诗歌能向人类布道。可是，在我和老师共事期间，我没有看见过老师写作诗歌。能否写诗，老师心中也无底。甚至，一度，老师认定他这辈子再不可能写抒情诗。如此的认定，让老师对自己能否活下去始终缺乏信心。为了生，也为了安慰家人，老师给亲人做出活到八十岁的承诺。

2016 年，老师退隐于甘孜藏区一个叫小板场的自然小村。这是我的老家。此时，我已经成为老师的妻子五年了。此时，对老师，我不仅有精神的依恋，还有生活的依恋。老师活着，对我是天一样大的事情。我照顾着老师的生活，但对老师的精神世界无能为力。退隐后，老师斩断了与社会的关系。怎么活下去，成为一个严峻的问题。我知道，如果无法创作，老师是活不下去的。我只有用温情的语言鼓励老师。

在小板场的最初一个月里，老师不知道自己应该先写什么，是写短篇小说还是随笔。老师反复看笔记本，最后决定写他最不可能完成的诗歌。2016年的夏天，老师开始了抒情史诗《时间的舞者》的命名与构建。当老师动笔时，诗歌成为老师的绝对命运。诗歌诞生，则老师得以活命。如果完不成，后果怎样，我不敢想象。

尽管心中担忧，我却不能表露。我能表现的是一个温情的妻子和忠实的听众。期间，老师会念一些他写的诗歌给我听。一天复一天，老师的诗歌日渐变长。一天复一天，我看到了老师的诗歌诞生的可能性。2016年的冬天，老师完成了跨千页的长诗。这是他所万万没想到的。更是我不敢想象的。

当老师落下最后一个字时，我在他的脸上看见了轻松的笑容。我由衷地为老师感到高兴。我知道，老师终于可以理由充分地活着了。如今，厌世的生理周期依然到来，但对老师不再有根本性的影响。

《时间的舞者》完成后，老师投入到第二部作品随笔《绝对安宁》的创作中。他将诗歌手稿交给我，由我录入电脑。当我逐字逐行逐首录入时，我才渐渐明白，为何老师要用三十年，才能完成这部诗歌。因为，它需要足够时间的能量积累，需要足够时间的悲剧提炼。

老师与诗歌之间的命定，需要回溯到老师的大学时代。大学期间，老师因普希金而撞上了诗歌，命运因此而注定。老师渴望写作诗歌，他写了不少草稿。那时，要写什么，该怎么写，老师并不清楚。

大学毕业后，老师又与奥登、惠特曼、金斯伯格、帕斯相遇，他们启示了老师怎样写自己的诗，启示了老师诗歌是从生命中爆发出来的。1985年冬天，老师和朋友在阿坝州米亚罗徒步旅行，迷路三天两夜。风雪中，在夜幕下的茫茫莽原，老师的灵魂第一次撞击到黑夜和火。从此，老师无法摆脱以黑夜、火、死亡和生命呈现的主题的诗歌。

上世纪八十年代，成都活跃着一批第三代诗人。其中一位叫马松的被业内不少人公认为天才的诗人，和老师成为哥们。老师从他那里，知道了诗歌如何从诗落实到语言上。但是，那时，老师悲剧的精神、悲剧的思想、悲剧的美学尚未完成，老师的诗歌无法诞生。

老师的悲剧精神、悲剧思想、悲剧美学，是在青藏高原完成的。1988年，老师回到康巴藏区后，青藏高原其天葬、人性中的原始野性、原始自然性、诗及藏传佛教神启的仪式，让老师的诗歌回到了古老的巫的时代，回到了诗歌寓言人类命运、向人类布道的古老时代。

与人类的关系，老师是通过一个个和他生命相关联的人而达及的。其中，关键的是，女诗人杨小伦。1992年冬天，女诗人杨小伦自杀后，米亚罗呈现的死亡与生命的主题再次涌现，老师想以杨小伦的死为契机，写作诗歌，但却写不出来。那时，杨小伦还是外在的，还没有内化在老师的生命里。老师和女人、和人类的关系，还没有建立。

1996年冬天，在海拔3750米的罗柯玛草原，老师的诗第一次变得清晰。黑夜、火、死亡和生命，以及杨小伦的死呈现为"冬祭"的主题。那个冬天，老师作为草原上唯一的汉人，裹着几十斤重的老羊皮袄，怀揣墨水，想写《冬祭》。老师写了不少纸张，但写出的诗歌，都不是老师想要的。老师深感绝望。那时，老师还未能将黑夜、火、死亡和生命彻底置于形而之上；那时，老师的灵魂和肉体还是未分的；那时，老师悲剧提炼的精神能力尚未凝聚。

　　1996年冬天，老师从月球上走回，从死亡线上走回，老师的生死与人类相连。经历了那次死亡后，老师明白了，死其实很容易。死，比生要容易得多。难的是，死而不亡。老师将生命奔涌的悲情内敛在心中。2000年，老师终于从形式上摆脱了自杀和绝望，悲剧精神从死亡中升华而出，酝酿十多年的诗歌也更清楚了，"时间"作为主题呈现出来。2011年，老师知天命之后，在东西方文明的基础上建构起了以爱与诗性的宗教为核心的悲剧思想，诗歌的内核被确定下来。

　　2016年，老师隐居在泸定的山间，从现实世界彻底退出，也许是受上天的眷顾，像恶灵一样困扰老师三十年的问题终于得到解决。诗人杨小伦的死升华为诗魂，引领着老师的灵魂在天地间自由地穿行。"时间的舞者"成为诗歌不可替代的主题。老师聚集了三十年的悲剧的能量终于舒畅地喷发。一年内，老师完成了《时间的舞者》。

　　老师写完了诗歌后，他的身心得到了安宁。老师被命运注定的三条河流，终于在灵魂的彼岸汇合了。老师终于成为真正意义上的诗人，开创了全新的人类悲剧美学——抒情史诗，写出了他在人世间的自由、责任和信仰，完成了一个现代大巫在今天的使命。这是老师的幸运，也是今天人类的幸运。

作为学生，能有幸在第一时间读到老师的诗歌，能有幸在第一时间被老师的诗歌照亮，这是莫大的福气。这样的福气，应该被更多的有缘人分享。秉持着这样的初衷，当老师让我代写后记时，我欣然答应，写下个人对老师其人、其诗的直观感受，以此为记。老师之所以让我代写后记，是因为诗歌诞生之前，其想象、酝酿和创作的过程，让老师的生命免于每一天因死亡而终结，它是彻底属于老师的；当诗歌一旦诞生了，就不再属于老师，而是属于未来和人类。老师将后续创作交给我，其意正是让未来和人类进入，共同创作《时间的舞者》。

中　篇

一

对于诗歌，我可以说是一个门外的人。我没有学习过系统的理论。我更多地凭着内心的直觉阅读诗歌。阅读的过程中，有的诗歌会让人感受到太阳的温暖。这样的诗歌，阅读完了，也许忘了作者说了什么，但灵魂得到救赎，如但丁的《神曲》，如《诗经》，如弥尔顿的《失乐园》等。有的诗歌，会让人感受到灵魂与灵魂之间的交流。这样的诗歌会将人带入诗人的心灵世界中，会听到诗人内心的呐喊、哭泣、祈祷等，如金斯伯格的《祈祷》、波德莱尔的《恶之花》等。还有的诗歌，则让人感到疲累不堪；这样的诗歌，会人感到诗人在诗歌里用诗歌的语言辛勤地劳作，或耕耘田地或修房建屋。阅读如此诗歌的过程，就是跟着诗人一起劳作的过程，结果自然身心俱疲。不同的阅读体验，让我对诗歌产生了疑问。什么是诗，什么是诗人，诗歌有没有标准，如果有标准，又该是怎样的标准。带着疑问，我看了相关书籍，然而，那些书本上的理论都难以从本质上给出解答。直到我亲眼所见、亲耳所听老师创作《时间的舞者》的过程并反复阅读《时间的舞者》后，我对诗歌的疑问终于得到了解惑。

老师创作《时间的舞者》用了三十年时间。三十年间，老师并非不能写作，1990年冬天，老师写了小说《冬天，那一场雪》，即在藏区引起轰动，不少人为老师的才华而倾倒。老师完全可以按照《冬天，那一场雪》的思路，继续讲述他在高原上的生活，完全可以写出中国版的《在路上》。然而，老师却没有沿着可以成名的道路写下去。

他选择了一条孤独的道路。他阅读、思考、做笔记；他不动笔；他错过了上个世纪最好的挣钱和出名的机会。

我问老师，为何要这样做？老师说，他将自己的人生走到极致，喝完了这一生要喝的酒，走完了这一生要走的路，看完了这一生要看的书，遇见了这一生能遇上的女人，其原因在于，灵魂巨大困惑的驱动。老师说，他必须要知道上帝为何死、世界为何存在、人为何活着，才能获得灵魂的安宁，才能在大地上活下去。老师灵魂的困惑，对宇宙的终极提出了问题。人类从诞生以来即在叩问宇宙终极。宇宙终极即宇宙大道，只有通过修行而成的圆满的慈悲之心才能触及。为了灵魂的安宁，老师毅然地从物质世界走向精神世界，在死亡和爱中，修炼自己。修炼的过程，绝非一天一年之功。所以，老师必然地与时代擦肩而过。

老师一生写作诗歌，却不以诗歌为目的，而是以生命为终极目的。老师对诗歌的态度，让我对何为诗人有了体悟。诗人，在天上的名字叫天使，在大地上叫巫，对每个个体就叫诗人。诗人就是上帝想创造的理想的人，就是上帝想救赎的人，就是没有堕落的人。诗人就是对人的立法。真正的人，就应该像诗人一样活着。

二

老师因灵魂的绝对困惑而进入诗歌，因灵魂的救赎而写作诗歌。老师直面今天人类灵魂的绝境，创作《时间的舞者》。

今天，人类不能回避的事实是，灵魂找不到出路。其一，对以农耕为基础的儒家文明来说，从盘古开天辟地以来，天地人就是一体的，未分的。天，笼罩在华夏民族的上空；天，成为华夏民族精神的终止之处。从庄子以来，华夏民族即试图突破天，但却无法突破。庄子像夸父一样，穷尽了人类思想、精神和文明的力量，但终究无法突破天。屈原，天问，却没有真性的问题可以问天。华夏民族的灵魂被禁锢在天地之间。然而，人来自天空，来自无限，诞生之初无限就蕴含在人的本性中。只有无限的时空，才能彻底满足人存在的需求。华夏民族的灵魂必然要突破天，尤其在科技的帮助下走出了地球，走向外太空后。诗人海子突破了天；但他必然地面对着一片死亡、一片苍茫。海子只有怀揣《圣经》去死。海子留下了预言。如果华夏民族不能在宇宙时空中建立终极信仰，那么，华夏民族的灵魂绝对没有出路，华夏民族不可能在宇宙间安身立命。其二，对以游牧为基础的欧洲文明来说，尽管突破了天，创造了绝对的存在——上帝，然而，基督教却僭越上帝，用绝对权力把上帝专制化。专制化的后果，是人对上帝的反叛。当尼采宣布"上帝死了"后，欧洲陷入绝对价值的真空中，人找不到在宇宙间存在的价值尺度。在绝对价值观的缺失下，欧洲以真理、以各种人造的准宗教替代上帝。然而真理以及各种准宗教都不可能成为人存在的充分理由，欧洲必然地走向上帝缺位后人性迷茫的后现代和后后现代。

今天，东西方都处于灵魂的绝对困境中；今天，在科学与绝对真理的审判下，必须有一种普及全人类的永恒的信仰，才能拨开存在的迷雾，才能拯救人的灵魂，才能澄明人的生活。

老师的诗歌《时间的舞者》正是在经科学与绝对真理审判后永恒信仰的背景下，构建而成的。

《时间的舞者》，是一部关于现代人灵魂自我救赎与存在的心灵史诗。《时间的舞者》共三大篇章，《诗》《乐》《舞》。之所以，以"诗""乐""舞"来定名，在于，诗是人灵魂的表达；乐是人精神的呈现；舞，是人身体的宗教形态。诗，乐，舞就是人的灵魂、精神与肉体。诗、乐、舞的总体，就是人存在的真相，就是世界存在的真相，就是人的内心即精神世界存在的真相。

三

　　《诗》《乐》《舞》的构建，来自屈原《招魂》及但丁《神曲》的启示。《诗》《乐》《舞》前后衔接、层层递进，其形式上以一个大巫在天地间招魂的仪式及灵魂的颂唱贯穿其中，其内容上以一个大巫在大地上诞生和存在而融会贯通。

　　《诗》《乐》《舞》的核心是灵魂。今天人类迷失的灵魂在《诗》《乐》《舞》中被招回，并被觉醒和诞生。

　　对于人类灵魂的迷失和堕落，老师有切肤之感。老师从小即在寻找远方与自由，寻找过程中，他深深地感受到农耕和专制对人的灵魂的抹灭。老师看到，远古时候，中华民族的灵魂是自由的，创造了伟大的中国神话。然而，随着中华民族在大地上定居下来，土地逐渐成为牢笼，人逐渐被土地和皇权专制所禁锢，随着农耕的逐步固化与皇权专制的逐步强化，中华民族的灵魂逐渐被熄灭在了历史的时空中。中华民族找不到自己，在传统与现代之间纠缠不清。

　　与中华民族的灵魂被抹灭相对应的是，欧洲人灵魂的被"肢解"。欧洲尽管创造了伟大的希腊神话与悲剧史诗，创造了绝对的存在者上帝。然而，上帝却被犹太教、天主教、基督教不断世俗化和虚无化，最终，上帝彻底"堕落"在了人性及文化之中。上帝被"肢解"成了无所不在无所不包的碎片。对上帝的"肢解"，也即对人的灵魂的"肢解"。随着上帝死了，欧洲文明因彻底斩断了形而上信仰的天国，而被抛入没有未来的"后现代"的黑夜之中。

老师看到，今天，必须将人类飘散在天地之间的灵魂招回，并让其复活、诞生；如此，人，才是那个有灵气的人，才是那个被上帝吹了一口气的人；如此，人才可能成为信仰者，才可能迎请绝对存在者上帝降临，才可能在天地间自由地舞蹈。

怎样招回人类的灵魂，老师告诉我，其关键的一个节点是，从小我突破为大我。老师说，那次他在以白酒结束自己生命的过程中，感受到后羿的灵魂降临到他身上后，他的灵魂就和中国神话时代的大巫相通。但那时，老师和人类过往巫者的灵魂还是阻隔的。那时，老师还未成为一个彻底的仁者，还局限在小我中。老师修慈悲，修大我。五十五岁，他终于从地狱和死亡中爬出，修成了大我。这时，老师感知到自己的灵魂和人类历史上古老的灵魂相通了；这时，老师和历史上古老的巫者不分你我，成为一体；这时，古代巫者的精神能量在老师处汇聚为现代大巫强大的招魂的能力；于是，老师在天地之间替人类、替自己招魂。

四

《诗》

老师的招魂，不同于古老的神秘仪式的招魂，而是以诗歌、以巫者的声音来招魂的。

第一诗章《诗》即招魂篇。第一诗章中，"招魂"贯穿全诗，"致"就是招魂书。第一诗章《诗》共178首诗歌。以《致上帝》开篇，以《致人类》结束。在这178首诗歌里，老师以一个大巫的身份向古代及现代的巫者招魂，让他们的灵魂从文明、从历史的废墟中里复活过来，摆脱他们所受时代及自身生命的局限，重新以巫的声音向今天的人类布道，向今天的人类招魂。

《致上帝》一篇，由"旧约·创世纪""新约·创世纪""伊甸园""末日审判"四节组成。这四节，高度地概括了欧洲文明，高度地概括了西方的上帝。从"旧约·创世纪"到"新约·创世纪"，即从犹太教的上帝到天主教的上帝到基督教的上帝的过程，即人类文明肢解上帝的过程，即上帝被人类文明覆盖、遮蔽的过程。在"旧约·创世纪"

和"新约·创世纪"里,老师以"上帝说要有光就有了光"对上帝分别进行了七种形式的诠释。七,是因为,上帝用七天创造世界。在"旧约·创世纪"里,上帝还是整体的存在,而到了"新约·创世纪"上帝则成为破碎的存在,最后,上帝被彻底淹没在人的肢解中,被彻底的人化,上帝再也无言,上帝再也无力而言。《致上帝》点出了从"旧约·创世纪"到"新约·创世纪",上帝实则是一个被拟人化的大巫。所以,老师让上帝现身,启示那被遮蔽的绝对存在。

继《致上帝》之后,是《致安徒生》。之所以将《致安徒生》放在《致上帝》后,是因为安徒生以一颗无垢的童心,抗拒了原罪的诱惑,抵达了上帝;安徒生以童话王子的形象,成为人的一种代表;所以,老师以《致安徒生》让安徒生复活,以唤醒人沉睡的童心。

《致安徒生》之后,老师所致的是西方伟大的诗魂。顺数第89处,所致是海子。将《致海子》放在中间,是为了平衡东西方文明。老师将海子作为东方即中国现代诗魂第一人,是因为海子是五千年华夏文明中精神到达天空的巫者。小标题"天·地·人"即对海子灵魂的点题。"天·地·人"意味着,人与天地不再是混沌一体的,人已从天地中分离了出来,但人还是局限的存在,还不是完备的存在。

《致海子》全诗中，老师对海子的诗歌只改动了一个词。老师将海子原诗"在空虚和黑暗中，谁还需要人类"改为"在空虚和黑暗中，谁还爱人类"。一词之变，窥视了海子灵魂的黑暗及他的不可能。在海子灵魂的深处，"人类"对他来说，是"需要"而不是"爱"。然而，需要无法抵达信仰，无法获得灵魂的解脱；只有爱才能抵达信仰，才能获得灵魂的救赎。十字架的真义就是爱，而非除爱之外的其他一切情感需要。因为"需要"，所以，海子不可能作为一个大巫从空虚和黑暗中诞生。

《致海子》中，"0"的那节，全是海子诗歌题目的名字。这些名字是海子对世界的命名，也是对作为诗人海子的一生的预言。这些名字预言了海子的结局，他的灵魂必将终止于太阳。海子所言的"十个海子"也就是太阳，它的宿命是燃烧殆尽，是死亡。太阳是永远不可能引领人类开启天国之门、彼岸之门；太阳更不可能成为上帝。海子以太阳为无法信仰之信仰，注定是没有出路的，注定无法摆脱夸父的命运。最终，海子只有以他的死呼唤大巫的降世。

顺数第148处，所致是昌耀。之所以致昌耀，是因为他拓展了中华民族的心灵。屈原之后，中华民族不敢叩问天，不敢走向十字架，心灵局限于大地，中华诗人也由此变成了风景诗人，变成了土地的抒情诗人。昌耀跨过了农耕文明的边界，到达了游牧文明的戈壁、沙漠与历史，写出了中华民族面对原始自然的心灵之声，所以，老师要致昌耀。

在致昌耀的200多行诗中，老师只在"大道似光瀑倾泻"后加了一句"信仰不受历史的裁决"，其他都是昌耀灵魂的声音。老师所加的这句，正是昌耀诗歌的终结处。在昌耀诗歌中，对信仰的表达是，"信仰听从历史的裁决"。昌耀的一生，尽管走向了青藏高原，但却没有走向精神意义的冈仁波切，没有在历史和现实中脱胎而出。昌耀一生承受着道德和历史的裁决，最终，只能是一个大地上的诗人。生于大地，葬身于大地。

顺数第155处，所致是王小瓜。其诗有五句，"必须将人类带进地狱 否则／世界没有未来／／上帝就是未来／／上帝何在／上帝 就在大巫的心中"。这五句诗，是进入《时间的舞者》一把钥匙；这五句诗点出了基督教上帝死后，人类必须走过的心路历程。基督教上帝死后，人类的心灵只有置身于地狱之中，才会爆发出对真性上帝的渴求，真性的上帝才会降临。真性的上帝何在，在大巫心中。这是对基督教上帝死后，真性上帝临世的预言。

顺数第156处，所致是诗人，其小标题为"诗人墓志铭"。这是老师对自我灵魂的招魂。"为诗歌而生／为诗歌而永生／／人类灭了／诗歌犹在"。这四句话，不仅是老师对自己一生的最终审判，也是对未来的诗人即现代大巫的人生大寓言。老师的生与死，都与诗歌相关。老师的生，是为诗歌而生，老师的死，是在诗歌中永生。老师的生与死，都不是命运决定的，都是自我抉择的。老师，即一个大巫，在离开人世间时，最后留下的是对人类的祝福和信仰，"人类灭了，诗歌犹在"。《致诗人》，写出了一个独立于天地间的大写的人的一生。

顺数第159处，所致是中国。老师以古代中国人的姓名组成全诗。姓名，是对人在天地间存在的命名。由姓名，可以看到古代中国人的心灵状况。老师对《致中国》作了小标题"天地人"。"天地人"点出了古代中国人与天地混沌一体的存在状况。

顺数第177处，所致是仓央嘉措。与安徒生相较，仓央嘉措是人的另一种代表；仓央嘉措以修行超越了物质、超越了情欲、超越了死亡，在生死轮回中获得了解脱。仓央嘉措预示了人类只有从生死轮回中解脱出来，才能再次抵达上帝。

顺数第178处，所致是人类。《致人类》的小标题是"天·地·人"。"天·地·人"意味着，天、地、人三者是独立而又完美和谐一体的存在。天，从物质来说，就是宇宙；从精神来说，就是上帝。地，不仅仅是地球，不仅仅是人类生存的大地；地，是生命存在的场域。人，来自天，依地而具体存在；人是肉体、精神、灵魂三位一体的完备存在。

从《致上帝》到《致人类》，中间是古老的诗魂即人，第一诗章《诗》完成了上帝和人之间的一个生命轮回。上帝创造了人，人走出了伊甸园，人以人类而存在。然而，人类不是人的终结处。上帝，才是人的最终归宿处；人必须回到上帝绝对的爱中。此上帝，既不是天主教的上帝，也不是基督教的上帝，而是从完美的爱心里呈现出的真性的上帝；此人，是经过大巫招魂后的灵魂觉知的大情大爱的人。这即第一诗章《诗》的大预言。

在第一诗章中，老师所招的古老灵魂，都是在阅读的过程中有缘遇到的，不是刻意选出的；他们出场的先后，也是随缘的，不是对他们谁更伟大的排序。每个巫者，在绝对的意义上，都是基督。上帝创世以来，巫者很多，无须一一穷尽。老师所做的是，穿过他们的时代，穿过他们的语言、文化及作品，向他们招魂，让他们以不灭的灵魂的形态在这个时代呈现出来，在天地间布道。

当一个大巫在对古老的巫者招魂之后，安徒生、海子、昌耀、鲁迅、仓央嘉措等等，都成了闪亮的灵魂之星，他们的局限得以突破，他们的被遮蔽得以澄明。第一诗章中，老师之所以对海子、顾城、郁达夫、鲁迅、张承志、杨炼、昌耀、杨小伦、冉仲景、野牛、马松、大豆、王小瓜招魂，是因为，他们灵魂的去向正是华夏民族灵魂丢失的地方。老师通过海子、顾城、郁达夫等巫者，走向被农耕和皇权专制割裂了的时空，走向草原、海洋和天空，深入死亡和地狱，招回华夏民族散落在天地间的灵魂。与老师随意召唤的古代巫者相较，海子、顾城、郁达夫、鲁迅等13人，是老师必须召唤的巫者。13在基督教中，是受难的数字。13，预示了中华民族必须在精神上受难，必须上十字架，才可能唤醒灵魂，才可能从黑夜的过去走向人的现代。这13人，是中华民族受难之灵魂的代表与象征。其中，已逝的6人皆非寿终正寝；其余7人，都在精神的领域里自我流放。他们在精神的领域因触及草原、海洋、天空、死亡和地狱，而与老师在灵魂上有着深厚的缘分。

当我阅读第一诗章时，生的恐慌在阅读中渐渐消散，心在大地上渐渐安定下来，神灵开始进入心中。我感觉到了，自己被物质、被欲望、被文明所淹埋的灵魂正在渐渐回归。巫者穿透文明发出生命的信仰之声，将我的灵魂在诗歌里招回。我又成为一个对生命有灵知的人。有灵魂的我，渴望老师将我带入绝对存在者的存在中。

《乐》

人的灵魂，必须确定与上帝的绝对关系。人在自然中，人在人类中，都不能让灵魂得到安宁。唯有上帝才是灵魂唯一的出路。

在欧洲，但丁遵循基督教的世界观，在人类心灵史上第一次构建出了天堂、地狱、人间的完整思想。但丁将基督教作为人类文明的纪元来划归世界的历史，划归每个人的命运。《神曲》中，人只能被迫地在，只能被迫地因为和上帝的"缘分"而被划入地狱或者天堂。《神曲》进一步开启了欧洲文明。然而，基督教的世界观还不能完全代表人类的世界观，更不可能代表宇宙的世界观。基督教的上帝，经历了希伯来、巴比伦、埃及及古罗马时代，融汇成西方文明；但是，基督教的上帝最终没有跨过恒河和黄河。基督教的上帝因此不是全人类的上帝，不是宇宙及人存在之上帝；所以，基督教的上帝必然死。

当尼采宣布上帝死去后，人被赤裸裸地抛在形而下的世界上。人再也不可能在人编造的天堂、地狱、人间中逃避自我。但丁构建的人的存在，因与上帝的缘分而被置于天堂、地狱或人间终究只是过去的思想。上帝死了，人必须直面存在的险峻与真相。人类存在的真相就是，"不知死，焉知生"。在古代，孔子、耶稣、佛陀皆以对人类的深爱，而以善意的"谎言"遮蔽了死亡。那时，科学之光尚未照亮人类及文明。现代，科学揭示了人的死亡本能，并将死亡清晰地展现在人的面前。死亡已成为人无法逃避的绝对命运。

上帝死了，直面死亡，需要绝对勇气。当上帝缺位时，人之死与人类之死，是一个不敢想象和不堪承受的绝对的问题。没有了上帝，死亡就是绝对深渊。我也曾撞见死亡。面对死亡，我选择了退缩。我的人生也因退缩而处于半死不活的状态；我的灵魂渐渐闭合。

上帝真的死了吗？如果上帝没有"死"，那么上帝何在？

第二诗章《乐》，即对上帝死了的回答。

第二诗章的副题是"人的创世纪"。其意义，上帝死了，人才开始；人因直面死亡，而成为对自我生命负责的独立的现代人，并创造属于人的世纪。

第二诗章共三节，《上篇　墓中船·时间·墓地》《中篇　墓中船·时间·黎明》《下篇　墓中船·时间·情歌》。诗人绝望的灵魂从地狱启程，穿过时间的深渊，抵达绝对精神，迎请真性的上帝的降临。

《上篇　墓中船·时间·墓地》开篇《方舟驶向彼岸》，意味着诗人的灵魂驾生命之舟，经基督教上帝的葬身之处，驶向彼岸，驶向真性的上帝。

《方舟　驶向彼岸》是老师对人在大地上生活的彻底领悟："重建地狱与天堂就是重建绝对性／绝对性就是爱的永恒／重建历史与未来就是重建彻底性／彻底性就是爱的永远／重建人性／就是重建自然性　人类性　上帝性／／重建生活　就是／让生活成为诗性的宗教"。六个重建，划开了被基督教、被古老宗教遮蔽的文明的大幕，完整地构成了基督教上帝死了之后，一切价值参照的十字架。

老师对生活的彻底领悟，是因死亡大门的打开。第二诗章三大节，有一个统领词"墓中船"。"墓中船"，即诗人的灵魂之舟在诗魂的引领下，从诗人杨小伦的墓地出发，从诗人杨小伦的死亡出发。诗人杨小伦的死，斩断了她的生命，斩断了老师对她的生命之爱；诗人杨小伦的死，让老师的生命断裂，让老师的灵魂置于地狱中。所以，开篇，老师即写到，"在想象中／在噩梦中／在愿念中／纵身踏入地狱／寻找死亡存在的真相／探寻你自杀背后／魔鬼或上帝／神秘的意志"。这八句诗，以绝对的悲情将人带入到死亡的不可抗拒中，带入到地狱中。面对死亡，没有上帝，灵魂只有在地狱中挣扎。上篇共 29 首诗，即老师的灵魂在地狱中的状况。

地狱，并不是死亡的终点。老师的灵魂在置于绝对的黑暗时，在诗人杨小伦之死和基督教上帝之死中，聆听到了来自死亡深处的声音，"爱／即爱之大爱本体"。老师对诗人杨小伦的爱，由形而下情之本能升华为形而上爱之本体。爱，并不会因死而终结；生命并不会因死而断裂。"人类不是死亡的终结者"。人是会死的，人是必死的；人类是会毁灭的，人类绝不是基督教上帝创造的大地上的恒产。然而，只要爱在，生命在，死亡就永远不可能成为宇宙最后的胜利。老师由此而坚信，上帝的存在。老师以灵魂，看到了黎明前的曙光。

《中篇 墓中船·时间·黎明》即老师的灵魂在对诗人杨小伦的怀念中，感受上帝的存在，并祈祷上帝的降临。"在你之前／时间没有意义／在 你之后／时间失去了意义／从你开始／死亡成为一种语言／成为聆听上帝的／声音"。因为爱，老师聆听到了上帝的声音。面对死亡，老师尽管依然痛彻心扉，"总有一些词／你终生无法回避／比如上帝　和爱／总有一些词语／将伴随你的一生／比如地狱和人类／总会有一些词语／叫你痛不欲生／比如　　星星与少女"；但是，这样的痛，并不会将人击垮，这样的痛反倒会唤起人心中最柔软的部分，并因此唤起人对上帝的信仰。

上帝，在对诗人杨小伦年复一年日复一日的思念与怀想中，逐渐清晰。老师绝望的灵魂，终于在上帝的存在中得到安宁。《下篇　墓中船·时间·情歌》即老师在灵魂安宁的状态下，唱出的情歌。"从海上看／你是　岸／是到达／是明天／是船／和大海的意义／／从岸上看／你是　　一座坟／是野草与风的家园／你是我死亡前的准备／是灵魂的起点"。老师在大地上深情歌唱，全是因为他从死亡中涅槃，"人能死／敢死／而超越了神／／知爱／能爱　　敢爱／因为爱／人类超越了时间和永恒"；经死亡之烈火的锤炼，老师脱离了生物性，摆脱了对生的无限贪恋和对死亡的无限恐惧，抵达了绝对精神。

《下篇　墓中船·时间·情歌》的最后一首诗是《灵魂志》。这是诗人在大地上信仰的宣言；"上帝之死就是上帝的预言／上帝之死就是上帝终将降临的寓示／／为诗歌而生／为诗歌而永生／／人类灭了／诗歌犹在"。此时此刻，上帝之光已经照亮了老师的生命，老师因此能确知自己在大地上存在的意义"为诗歌而生，为诗歌而永生"。老师可以死而瞑目了；因为，"人类灭了，诗歌犹在"。

"人类灭了，诗歌犹在"是第二诗章《乐》的最后一句。在此，真性的上帝已经临世。当真性的上帝呈现时，尼采的预言宣布终结。上帝并没有死。上帝永远也不会"死"。上帝在哪里？上帝在天地人之中，在世界之中；上帝更在天地人之外和之上。上帝在绝对之上，上帝在彼岸。最终，上帝，在大巫的心中。

极乐是人在大地上生活的最高追求。从古至今，人类即在追求极乐世界。极乐是什么？极乐，之于现代人来说，就是灵魂的自由，就是精神的信仰，就是生命自在和幸福之真性的状态。这就是第二诗章《乐》的真义。

第二诗章，老师写作时，一气呵成。写完后，他说，积压多年的悲情终于被疏导，他的心中没有了地狱，被爱所充满，整个身心得到了放松。

第二诗章，汇聚着老师的最大悲情，也最打动我的内心。阅读第二诗章，犹如接受一次灵魂的洗礼。对于灵魂，《圣经》中只有一句话，即上帝的一口气。《圣经》之后，科学致力于证明灵魂是否存在，灵魂有多重。灵魂，在科学与古老宗教的遮蔽下，被彻底陷入误区，成为似是而非的"东西"。对于灵魂，我也曾困惑不解。第二诗章《乐》，让我明白了，人的灵魂，既非科学的实体，也非上帝的生气，而是人形而上对爱即存在的觉知。灵魂是逐步觉醒的。在基督教上帝死了的今天，人的灵魂唯有面对死亡，从地狱出发，才可能最终在绝对之光的照耀下彻底觉醒。成为灵魂彻底觉醒的人，便是真正的信仰者。

在欧洲，"信仰"最终成了一种专制，变成奴役和殖民人类的武器。第二诗章《乐》，回答了真正的信仰。真正的信仰是从人的灵魂中爆发出来的，是从爱心中爆发出来的。真正的信仰，不是强制，不是被迫，而是自由。信仰即真正的信仰，只有当人的灵魂觉醒时，才不会沦为专制和残暴。灵魂不被唤醒，一切"信仰"，最终只会走向爱的反面，走向信仰的反面。

《舞》

老师的灵魂从绝对精神中觉醒，有了信靠，获得了自由。老师终于死而后生，身体可以在大地上从容地生活了。第三诗章《舞》，即生命在大地上的舞蹈。

第三诗章与第一、二诗章相较，不同的是，

每一首诗都有一个题记。题记是点题也是升华。题记是抒情史诗不可少的组成形式。

第三诗章，开篇即《四季》。这是老师从母亲子宫里诞生的宣告。老师是在五月诞生的。五月，就是诗人的生命纪元。四季从五月开始。这预示着大巫的诞生自有天地的奥秘和神启。《四季》题记中写到"夸父从第一枚蛋中降生；那一天，是五月的第一天。"这里之所以选择夸父作为大地上降生的第一个人，而不是亚当，是因为夸父才是人类的第一个诗人、第一个人、第一个大巫。夸父才是灵魂、精神、肉体俱在的完备的人。夸父的灵魂是爱。夸父才是人在大地上的代表。与夸父相较，亚当不具备人的完备性，仅是人的堕落的象征。四季是一次生命的轮回，是一次宇宙的轮回；是一次生命的预言。"最后的春天／是没有墓碑／也不会有墓志铭的春天"。地球灭了，我们身处的这个世界终究失去了，四季走到了尽头。在四季的尽头，老师说，"天国的春天／就是河流化为树和石头的春天"。在天国，春天依然，依然有河流，有树，有石头；这是一个预言，一个关于生命与信仰的预言。《四季》预言了人类的未来，预言了爱。

继《四季》后，是《青藏高原》。《青藏高原》的题记为"在死亡的背上行走"。题记点出

1310

了青藏高原不是自然之山，它的根部不在大地上，而在地狱中。只有深入地狱，才可能成为登山者，并因此成为信仰者；并最终在山巅迎请上帝。老师背负着三条河流登山，"女人是通往山顶的一条河／死亡是通往山顶的一条河／诗与远方是通往山顶的另一条河"。老师登上山顶，接受上帝的审判和祝福。"飞是上帝的眼睛"，是上帝的注视和审判，也是上帝的祝福。

《青藏高原》之后的《核桃树 石头和鸢尾花》《雪菊》《阳光的雕塑》《献给海和天空的情歌》《鹰笛与雪域》都是老师与诗人杨小伦之间的生死情爱，都是老师在爱与死亡中灵魂的颂唱。其中，《核桃树 石头和鸢尾花》第三节《大渡河边一棵树》借用了中国古代神话中寓意日出和日落的两棵树若木和扶桑作小标题。"核桃树·若木"及"核桃树·扶桑"，象征着永恒的生命和死亡，象征着永远的男人和女人。

《献给海和天空的情歌》，是一首人类的殉道之歌。"海和天空"构成了人类灵魂救赎的十字架。海和天空，是人类灵魂在大地上能达及的最高处与最深处；然而，海和天空救赎不了人的灵魂。没有真性上帝的呈现，人类的灵魂无法逃脱生死轮回的命运；人类的情和爱是悲壮和绝望的，在大地上没有出路。《献给海和天空的情歌》

以诗人杨小伦的托梦进入，以十二个月日构成轮回。整首诗歌共十二小节。每一节，都以公元纪年为小标题。从1月1日开始，即从人类的纪元开始。人在年中月中日中，即处于被的命运中。人只有如《四季》预示的那样，岁月因人而赋义，人在岁月中，才可能是命运的主动者。在被的命运中，即在被生、被死、被虚无中，世界、人生对于人终究是一场梦，顶多是一场女巫的梦。在这场幻梦中，人如果不觉，将是一场宇宙的大悲情；最终，人和天、海及爱的对象，都将一起随地球的毁灭而化为虚无。人如果觉知了这场宇宙的大悲剧，必将陷入彻底的绝望之中。虚无和绝望，是人难以承受的。人只能以似有似无、似真似幻的梦逃避，陷入生死轮回之中。然而，生死轮回是假的。生死轮回不过是女巫做的梦。但世界、人生绝不是女巫做的一个梦。在诗的最后，诗人弹指一挥间，让人从女巫的梦里醒来；让人从既不知生也不知死、既不敢生也不敢死的非真的幻在中清醒过来；去存在，去天上诞生。《献给海和天空的情歌》以诗人杨小伦的梦，以庄子的梦，以女巫的梦揭示了世界和人存在的真相，揭示了人类在大地上生存的大悲情。诗中出现的"红孩儿"，是诗人杨小伦灵魂的呈现。"红孩儿"被诗人杨小伦所孕育，却没有诞生。杨小伦死后，她的灵魂化为爱进驻到老师的心中；老师接续其孕育、帮其诞生了诗歌《红孩儿》，并在附录里将其呈现。"红孩儿"的实质，就是人类不朽的灵魂，就是人类不朽的爱。另外，诗中"天空之城"的内涵，其对身体来说是深渊，对灵魂来说则是上帝之城。

第三诗章的最后一首诗是《鹰笛与雪域》。《鹰笛与雪域》共八节。以《止于怀想》起，以《天上的葬礼》终。《天上的葬礼》为第三诗章画上了句号。

第三诗章，从《四季》老师的诞生到《青藏高原》背负三条河流登山，再到《天上的葬礼》，完成了一次生命的涅槃。《天上的葬礼》，用意在于，肉体在大地死去，灵魂在天上再生。"我将在天上三次死亡／而后诞生／我在你的死亡中死亡／我在你的诞生中／诞生"，即灵魂摆脱生死轮回的状况。生死轮回之外，灵魂的最终归处，是爱，是真性的上帝。"皈依／你天上的存在／是我在大地上新的人生"；这是灵魂皈依了真性的上帝后，发出的衷心赞美之声。第三诗章即整部《时间的舞者》，在对真性的上帝、对爱的赞美中落下帷幕。

第三诗章与第一、二诗章相较，体量不大，仅有七首诗。这七首诗，完整地呈现了一个诗人在大地上的生活，完整地呈现了一个诗人在大地上生命的性质与状态，完整地呈现了一个诗人对大地的爱、对世界的爱、对人类的爱、对生命的爱。

通过七首诗，可以看到，一个大巫的生活，即宗教的生活；一个现代大巫的生活，则是爱与诗性的宗教的生活。爱与诗性宗教的生活，就是要在大地上去爱；就是要在大地上去与女娲相遇；就是要经历雷霆、闪电、风暴；就是要背负死亡、女人、远方之河流去登山；就是要走向草原、海洋，经历天上的葬礼，最后回归爱、回归真性的上帝。

大巫住有万灵的山与江河的身体在太阳下舞蹈。《舞》作为第三诗章，说明人只有灵魂觉醒，经历了历史的诞生、悲剧精神存在的诞生之后，肉体从母亲子宫里的诞生，才会是生命的纪元；肉体在大地上的生活才会有绝对的意义；肉体也因此才不会在大地上成为被的存在，人才会是自主的存在，才会做一个时间的自由舞者。

下　篇

当《舞》完成后，老师的创作完成了。但是，整部《时间的舞者》的创作却没有结束，作为《时间的舞者》组成部分的代后记、诗评还需由我和老师的学生唐闯分别完成；序言则留给永远的未来和人类，交由每一个时代的大巫书写。整部《时间的舞者》由九个部分有机地组成：诗歌本身、代后记、附录三部分；诗歌主体《诗》《乐》《舞》三部分；附录三部分（杨小伦诗文即诗魂的精神传记、诗评、序言）。九大部分完美合一的《时间的舞者》，清晰地呈现出其悲剧美学的样态，其信仰的样态。

在悲剧美学上，整部《时间的舞者》就是一部抒情史诗。史诗，必须是完整的，其形式和内容是不可分割的。《时间的舞者》，由人的诞生和存在而统一其形式与内容。

内容上，《时间的舞者》是人诞生和存在的时间呈现，即人灵魂救赎的过程。《时间的舞者》，从基督教上帝的创世进入。基督教上帝创造了人，人却因信仰的不澄明而堕落。堕落了的人必须重回天国，重回伊甸园，这是人存在的命定。重回天国的路，沿着死亡打开的地狱之门，从地狱出发，在地狱里以爱与诗性的宗教自我拯救，穿过墓地、黎明、情歌三界，到达人间；在人间，迎请真性的上帝的临世。只有当真性的上帝降临在大巫心中，上帝的审判才是真性的审判，人的灵魂才可能因上帝的审判而有了进入天国的机会。大巫在青藏高原之巅、在死亡的脊背上舞蹈，向天空召唤所有逝者的灵魂，让其来到上帝的面前，接受上帝绝对之爱的审判。这即《时间的舞者》《诗》

《乐》《舞》三章呈现的灵魂救赎的全过程。而代后记、诗评、序言，则是进一步的补充和澄明。

形式上，《时间的舞者》则是人诞生和存在的空间呈现。人的存在不是平面的，而是立体的。整部《时间的舞者》即对人的空间存在的诠释。首先，《时间的舞者》在宏观上勾画出了人存在的宇宙空间。整部《时间的舞者》九大部分之"九"，象征着宇宙的完美结构。受藏传佛教坛城的启示，老师对九的理解即是地狱、人间、天堂；前生、今生、来生；过去、现在、未来的合一。九个世界合在一起，才是存在的世界；才是一个存在意义上的人；才是完美宇宙的象征。

其次，《时间的舞者》对人的存在做了空间定位。人的存在，是上帝之心与所有生命之心与人之心三位一体的。《时间的舞者》《诗》《乐》《舞》三章即以三个完整的环圆呈现了人存在的三位一体。《诗》这一章，讲述了基督教上帝的创世纪。该诗章从基督教上帝始，从零开始，到人类终，到零结束，完成了人的历史的诞生，也即人的人类性的开启，从而，形成了人存在的第一个环圆。《乐》这一章，讲述了现代人的创世纪。该诗章从死亡出发，从零开始，到真性上帝的临世，到零结束，完成了人的悲剧精神存在的诞生，也即人的上帝性的开启，从而，形成了人存在的第二个环圆。《舞》这一章，讲述了诗人的创世纪。该诗章从诗人五月降生于大地起始，到诗人的灵魂在天上诞生终止，完成了人的自然生命的诞生，也即人的人性的开启，从而，形成了人存在的第三个环圆。三个圆的重合就是一颗心；就是上帝之心与所有生命之心与人之心的重合；就是一颗诗人之心。

再次，《时间的舞者》呈现了人在世界中存在的状况。第一诗章《诗》，由178个来自东西方巫者的灵魂组成。这178个灵魂形成了一个完整的太极，呈现了人的存在必须是东西方的圆满相遇。第二诗章《乐》，由240首诗组成。240，即是3乘8乘10。3，代表诞生；8，代表圆满；10，代表完美。3与8与10的结合，意味着，人必须经过三次涅槃（墓地、黎明、情歌），最终修成圆满的爱心、完美的人性，上帝才会在大巫的心中降临。240首诗，象征着人的存在必须是形而上圆满的存在。第三诗章《舞》，由七首诗组成。七首诗，展示了诗人在大地上的生活，即诗人走过四季、经历"六道轮回"及精神五行的考验并获得涅槃。六道轮回，即存在的空间，即人存在的场域。在《舞》中，"六道轮回"具体指大海、草原、天空、死亡、地狱和高山。"六道轮回"意味着，诗人的灵魂必须走向草原、海洋和天空，必须深入死亡和地狱，才能登上精神之高山并在山巅上复活，接受上帝的审判而存在。所谓精神的五行，是指山即青藏高原，鸟即灵鹰即灵魂使者，花即雪菊即死亡的象征，树即核桃树即生命的象征，阳光即爱与信仰的象征。所谓精神的五行，意味着诗人的灵魂必须置身于爱与诗性的宗教之中，才可能跳出五行，做时间的自由舞者。六道轮回、精神五行是第三诗章的内在线索。第三诗章七首诗《四季》《青藏高原》《核桃树　石头和鸢尾花》《雪菊》《阳光的雕塑》《献给海和天空的情歌》《鹰笛与雪域》就是诗人的灵魂在四季、六道轮回与精神五行中的诗性之再现。这七首诗，呈现了人在自然中的存在。

整部《时间的舞者》诠释了人存在的真相、世界存在的真相、宇宙存在的真相。人本身就是一部史诗，世界、文明本身就是一部史诗，宇宙本身就是一部上帝创造的伟大至极的史诗。史诗，就是诞生的全过程。史，是生命的道路；史，是世界的过程；史，是人去存在。史诗，让生命完备地呈现，让信仰、爱完备地呈现，让诗完备地呈现。抒情史诗，就是把爱、信仰、自由注入史，也就是把灵魂注入史。

整部《时间的舞者》，完整地阐释了对宇宙的看法、认识及设计；完整地阐释了对历史的理解、认识及确立；完整地阐释了人存在的价值及意义，回答了一切宗教必然涉及的宇宙、人、历史的问题。在信仰的意义上，《时间的舞者》建立了全新的宗教。老师将这种宗教命名为"爱与诗性的宗教"。

爱与诗性的宗教，其核心和本质就是澄明的爱，以及建立在爱的基础之上的生命的信仰。爱与诗性的宗教的主旨，是真性上帝的存在；是真性上帝创造人、创造世界。

在爱与诗性的宗教里，真性的上帝，在大巫心中。真性的上帝创造世界，是通过基督教上帝创世纪、现代人的创世纪、诗人的创世纪来完成的；只有经过三次创世纪，世界才是人自主自足自性的世界。真性的上帝创造人，是通过人的历史的诞生、悲剧精神存在的诞生、自然生命的诞生来完成的；只有经过三次创造，人完成了三次诞生，人的三性有机合一，人才称得上是完备意义上的人。

爱与诗性的宗教对人的最终确定，即真性的诗人。诗人，在爱与诗性的宗教里被上帝所创造，在完备的爱中降生。诗人的肉体、灵魂、精神的本质，便是存在与爱。诗人的精神是爱的力量和极乐；诗人的灵魂是爱的自由和信仰；诗人的肉体是爱的呼唤和诉说。诗人，就是爱的存在。诗人活在世界之中，活在人类之中，活在爱之中，活在上帝的心中。诗人，最终在大地上像天使、神灵一样的生活。

当爱与诗性的宗教诞生后，宗教的形式和道路得以澄明。爱与诗性的宗教，是人类在大地上建立的最后的宗教。基督教及人类历史上所产生的古老宗教，只是宗教的原始形式，是对"爱与诗性的宗教"的启示和预言。宗教和政治，共同构成了人在大地上完整的生活。宗教关乎人的形而上，政治负责人的形而下。宗教不是精神幻想，甚至不是人类的理想；宗教的实质，是抵达爱和上帝的史诗。抒情史诗，则是爱与诗性宗教的一种呈现方式和具体表达。

结　语

《时间的舞者》的诞生，其意义在于拯救抒情，拯救史诗。抒情与史诗，是东西方各自的诗学传统。在中国，因对空间存在的领悟，天地人是一体的，诗歌走向了抒情，走向了写意。从《诗经》《楚辞》《离骚》以降，随着人心的世俗化，诗歌心灵逐步远离最初的天地。唐诗，是中国古代诗歌的标志。从唐以后，诗降为了词，词进一步降成了歌。"抒情"也就宣告终结了。抒情的本质，是祭天、祭神的仪式；抒情的真义，是人向苍天抒发心中之情，是对上天的祈祷和呼请。

中国古代抒情诗，从《诗经》到毛泽东，走完了其生命历程。当中国进入现代以后，天地人一体不分的中华民族面对工业文明，无法找到其精神存在的空间，找不到表达心灵的抒情方式。中国诗歌，进入了漫长的探索阶段。因此，重新认识抒情，拯救抒情，便成了重新认识中华传统文化精神和拯救中国人的心灵的不二之路。

欧洲，人的精神存在的空间在"天国"，人在大地上肉体的存在则是时间性的。因此，欧洲诗歌必然走向史诗，走向纪实。然而，《荷马史诗》之后，史和诗逐步分离。史，交给了历史。诗，则走向自我的表达和对社会的批判。当基督教上帝死了，欧洲诗歌便在绝对精神上再找不到出路。欧洲诗歌，试图通过对东方诗歌的学习，找到一条出路。

东西方诗歌之问题，归根结底，是人类灵魂何去何从的问题，是人类文明何去何从的问题。《时间的舞者》正是对东西方诗歌之问题做出的回答。

人既是时间的存在又是空间的存在。抒情与史诗的结合，即抒情史诗，才是人类诗歌未来的方向。

《圣经》《荷马史诗》《红楼梦》是现今人

类最具代表性的文学作品，最完备地代表了人在大地上的生活。但在根本上，都是史大于诗；也即命运大于人。因此，最终命运遮蔽了人，史遮蔽了诗。随着基督教上帝之死，人的解放与重新定义成为必须。人的解放与重新定义，就是让人成为本质，而不是命运成为本质；就是让诗成为本质，让史成为其必然。

《时间的舞者》是人类文明水到渠成的结果和结晶。《时间的舞者》是一部现代人的心灵史诗。人类未来的诗歌，将从《时间的舞者》开始。

抒情史诗诞生于东方，这绝非偶然，而是必然。巫的原初之生命能量，在欧洲，被引向了基督教上帝；在印度，则被佛教化为了空。只有在中国，自夸父以来，巫的原始生命力量一直被压制在天地间，几千年来没有得到过喷发。《时间的舞者》就是中华民族五千年来被压制的生命能量的一次大爆发。《时间的舞者》阐释了抒情史诗即一个人的作品也是全人类的作品。它的作者诗人即巫者，在宇宙中没有自己的名字，唯一的名字是"树"；其在宇宙中终极的名字叫生命树。因此，抒情史诗真正的作者是人类，是生命，是上帝。

阅读《时间的舞者》，可以感受到，时间因注入了一颗诗人的心，化为了光阴，化为了岁月，而成为人类永远的精神家园。时间本是冷漠的，是绝对的死亡。人类自诞生以来，就在寻找如何在时间中、在宇宙中安身立命。古老之宗教，皆对此进行探索并做出了历史性的回答。在古老的宗教里，人是被的，时间没有注入诗人之心，时间因此没有成为人类的精神家园；人自始至终都是宇宙的他者，或者，宇宙从始到终都是人的他者。在《时间的舞者》中，我能够深切地感受到自己与时间的一体，我也能贴切地感受到，"时间的舞者"即诗人怀抱着灵魂，怀抱着宇宙的精神穿越时间，在时间无尽的长河中永恒地舞蹈。由此，我领悟了上帝的存在。上帝就是时间的终极舞者。对上帝的信仰，从我心中升起。当上帝从人心中诞生时，上帝不再是他者；时间、空间不再是人存在的他者。我既是时间，我也是空间。我既是始，我也是终。我与上帝与大地生命沟通了。我的存在终于成了可以被确定的存在。

　　在我和老师建立起灵魂的传承之前，我一直在近乎绝望地确定着自己的存在。只有当一个人的存在被确定，才不会在宇宙中迷失，才不会在世界中迷失，才不会在文明中迷失。我也曾试图在科学中找到宇宙的始，宇宙的终，找到存在的答案。科学观的宇宙，对于人的存在，永远都是外在的，是他者的。这正是爱与诗性的宗教对于人类的绝对意义之所在；这也就是我所领会到的爱与诗性的宗教的意义之所在。

可以说，整部《时间的舞者》就是一所爱与诗性的宗教的"修道院"。在《时间的舞者》中，我被信仰的力量、被爱的力量、被美的力量即存在的力量一次次撞击。我本是一个大地生物；我接受文明的教育，成为文明人；在我的身上，有生物性自我及文明固化的自我。生物性自我，让我贪生怕死；文明固化的自我，让我难以听到上天的声音。《时间的舞者》摧毁了我身上的生物性自我和文明固化的自我。当我的内心不再贪生怕死时，我终于听到了来自上天的声音。"爱是死亡的终极／爱是死亡的结束 和开启""我在你的死亡中死亡／我在你的诞生中 诞生"；伴随天籁之音，上帝之光进入我的心中；我被重塑。我终于有了信仰之力。对于人类，对于地球，对于宇宙，我有了充分且必须活下去的绝对理由，那就是"为诗歌而生，为诗歌而永生"。我的生命有了壮丽地去死的依托，那就是"死亡是生命的远方／死亡在生命的高处""我将在天上重生"。

《时间的舞者》，告诉了我诗歌的绝对审判标准是：未来人类文明的高度；绝对精神存在的高度；神性预言及信仰的高度。凡被列入人类精神存在的诗歌，无一例外，都具有此三个尺度。

《时间的舞者》从一个侧面展现了东西方诗

歌在人类精神存在上的高度。老师在近现代中国诗歌有限的范围内看到的鲁迅、郁达夫、昌耀、海子、顾城、杨小伦、张承志、杨炼、野牛、马松、冉仲景、大豆、王小瓜13人的诗歌，以及"飞是上帝的眼睛"所点化的整部抒情史诗《时间的舞者》，与第一诗章《诗》中所呈现的西方诗歌相比较，东方诗歌绝不亚于西方诗歌，甚至在绝对精神存在的高度、在神性预言及信仰的高度、在未来人类文明的高度，远远超越了西方诗歌。这预示了人类文明的方向；人类文明的未来必将从东方开启。

《时间的舞者》，是开启人类文明的一艘挪亚方舟。大巫驾驶着它，从文明的黑夜里驶出；抒情史诗开启的爱与诗性的宗教，必将照亮人类的未来和宇宙的未来！

图书在版编目（CIP）数据

时间的舞者／杨单树著. —上海：上海三联书店，2019.8

ISBN 978-7-5426-6674-1

Ⅰ.①时… Ⅱ.①杨… Ⅲ.①诗集－中国－当代 Ⅳ.①I227

中国版本图书馆CIP数据核字(2019)第074737号

时间的舞者

著　　者／杨单树

责任编辑／朱静蔚
特约编辑／周青丰
装帧设计／微言视觉｜乔　东
监　　制／姚　军
责任校对／丁敏翔

出版发行／上海三联书店
　　　　　(200030) 中国上海市徐汇区漕溪北路331号中金国际广场A座6楼
邮购电话／021－22895540
印　　刷／山东临沂新华印刷物流集团有限责任公司

版　　次／2019年8月第1版
印　　次／2019年8月第1次印刷
开　　本／787×1092　1/32
字　　数／261 千字
印　　张／42.5
书　　号／ISBN 978-7-5426-6674-1／Ｉ·1518
定　　价／99.00元

敬启读者，如发现本书有印装质量问题，请与印刷厂联系0539-2925680。